애도예찬

애도예찬

문학에 나타난 그리움의 방식들

왕은철

현대문학

사랑하는 어머니(李鳳珠), 아버지(王耕秋)께

차례

내가 애도에 관한 글을 써봐야겠다고 생각한 건 아주 개인적인 이유에서였다. 몇 년 전부터 나의 어머니가 전과 다르게 조금씩 아프기 시작했다. 그러자 나는 내가 이 세상에서 가장 먼저, 그리고 가장 오래 사랑했던 사람과 언젠가 때가 되면 헤어져야 한다는 사실을 더 이상 외면할 수 없었다. 그러자 다른 사람들은 사랑하는 사람의 부재를 어떻게 슬퍼하고 애도하는지 궁금했다. 이것이 내가 다양한 문학작품에 형상화된 슬픔과 애도의 방식에 눈을 돌리게 된 이유였다.

애도의 관점에서 보면, 문학은 풍요로운 창고다. 놀랄 만큼 많은 문학작품들이 흘러가고 놓치고 잃어버린 대상에 대한 애도를 중심에 놓고 있기 때문이다. 프로이트가 애도를 정의하며 말했던 것처럼 애도의 대상이 사람처럼 구체적일 수도 있고 꿈이나 이상처럼 추상적일 수도 있겠지만, 잃어버린 대상에 대한 그리움 즉 애도가 문학의 가장 중요한 주제 중 하나인 건 분명해 보인다. 내가 이 글을 쓰면서 참조한 많은 외국 문헌들이 문학과 애도의 역학에 주된 관심을 할애하고 있는 것도 이러한 연유에서일 것이다. 문학은 애도의 한 방식일지도 모른다. 이는 언어가 애도와 불가분의 관계에 있다는 말이기도 하다. 어쩌면 애도는 언어의 매개 없이는 가능하지 않은 것인지도 모른다. 그리고 애도는 말로 할 수 없던 슬픔을 말로 표현하면서, 즉 언어의 영역으로 끌어오면서 비로소 시작되는 것인지도 모른다. 비록 그 애도의 끝이 어딘지 알 수 없고, 애도의 끝이라는 게 존재하는지도 불확실하지만…….

데리다는 우리가 어떤 대상을 사랑하고 있을 때, 그에 대한 애도도 이미 시작된 것이라고 한다. 그리고 애도는 끝없이 계속되는 것이고, 그래서 애도에 완성이나 종결은 없는 것이며 애도는 실패해야, 그것도 "잘 실패해야" 성공한 것이라고 한다. 데리다의 말처럼, 사랑했던 사람을 잃은 슬픔에는 끝이 없어야 하며 어쩌면 그것이 진정한 애도일지 모른다. 그러니 내가 애도에 관해 쓴 일련의 글은 죽음이나 상실 이후에도 계속되는 이상적인 사랑, 사랑의 이상, 공존과 연속에의 그리움에 관한 글이다. 달리 말하면 애도에 대한 예찬인 셈이다.

나는 사랑하는 대상을 떠나보내는 성공적인 애도작업의

필요성을 역설한 프로이트와, 애도작업을 성공적으로 완수하지 못해 생긴다고 추정되는 우울증에 실패라는 낙인 대신 윤리성을 부여한 데리다를 대비시키며 대부분의 논의를 전개했다. 그러나 지금 돌아보니 데리다의 입장에 그렇게 기울 필요는 없었던 듯하다. 그가 강조한 우울증의 윤리적 성격이나 속성이 프로이트의 글에 이미 언급되어 있거나 적어도 암시되어 있기 때문이다(나는 이에 대한 학문적 입장을 별도의 논문으로 조만간 발표할 계획이다). T. S. 엘리엇이 18세기 비평가인 사무엘 존슨을 두고 했던 말처럼, 프로이트는 그와 "의견을 달리하기에는 위험한 사람"처럼 보인다. 적어도 내게는 그렇다. 이는 그만큼 인간심리에 대한 프로이트의 생각이나 가설이 심오하다는 말이기도 하고 그를 비판할 때 신중에 신중을 기해야 한다는 말이기도 하다. 데리다도 예외일 수가 없다.

얼마 전, 나는 내 학위논문 지도교수의 근황을 인터넷에서 찾아보다가, 그가 작년에 세상을 떠났다는 해묵은 『워싱턴포스트』 기사를 접했다. 나는 1년이 지날 때까지 그가 이 세상에 없다는 걸 알지 못했던 것이다. 그 기사를 읽으며 가슴이 싸했다. 미안하고 죄스러웠다. 그를 생각하면 앞으로도 늘 그럴 것 같다. 나는 그의 애정과 사랑과 신뢰를 듬뿍 받은 사람이었다. 과연 내가 그것을 받을 자격이 있나 싶을 정도로 많이 받았다. 내가 전례 없이 외국인임에도 불구하고 이어하트재단의 펠로가 된 것을 비롯해 여타의 많은 것들이 그가 있었기에 가능했다. 그러나 고백하건대, 내가 그에게 한 건 아무것도, 창피하고 미안한 얘기지만 아무것도 없었다. 그를 마음속으로 기억하고 존경하고, 그리스 이민자의 후손이며 내가 만난 최고의 보수주의자였던 그에 관해(그는 비평가의 "주된 역할"을 "도덕적, 윤리적 삶의 가치들을 조심스럽게 받드는 보존자conservator"라고 했다.) 나의 학생들이나 주변 사람들에게 이따금 얘기했던 것 말고는 정말이지 아무것도 한 게 없었다. 나는 오늘, 애도에 관한 글들을 묶어 내놓는 이 자리를 빌려, 그를 생각하고 그의 이름을 부르며 그를 애도한다. George A. Panichas.

2010년 봄부터 2011년 가을까지 「사랑과 죽음, 그리고

애도」라는 꼭지로 나의 글을 연재해준 『현대문학』과 양숙
진 주간님, 그리고 대부분의 경우 내 글의 첫 독자들이었던
윤희영 팀장님과 김명희 씨에게 감사 드린다. 이들처럼 성
실하고 유능한 편집자를 만난 건 행운이었다.

　나의 글이 연재되는 동안 하나하나 읽어주고 격려의 말
을 아끼지 않은 많은 사람들에게도 감사를 드린다. 그중에
는 학생들도 있었고 작가들도 있었고 일반 독자들도 있었
다. 내 글을 읽고 가슴이 미어진다는 사람도 있었고 실제
로 울었다는 사람도 있었다. 적지 않은 분량의 글을 매월
써내야 하는 압력을 견뎌낼 수 있었던 건 그들의 성원 때
문에 가능했다. 산수유꽃이 은은하게 피는 봄, 그 모든 사
람들에게 감사와 사랑의 마음을 전한다.*

2012년 4월

왕은철

---

* 이 저서는 2011년도 전북대학교 저술장려 연구비 지원에 의해 연구되었음.

애도를
거부하는
사랑

—히스클리프의 뒷걸음질과 연속에 대한 그리움

상투적인 비유일지 모르겠지만, 삶이라는 바다는 언제나 죽음의 파도로 넘실댄다. 파도가 없는 바다를 상상하기 어렵듯이, 죽음이 없는 삶은 상상하기 어렵다. 그런데 죽음의 파도를 거듭 대하다 보면 그에 익숙해질 만도 한데, 어찌 된 일인지 우리는 사랑하는 사람의 죽음을 대할 때마다 마치 그것이 우리의 삶에서 처음 맞는 죽음이라도 되듯, 어김없이 휘청댄다. 레비나스의 말을 빌리면, "타인의 죽음"은 그래서 늘 "첫 죽음"이다. 사랑하는 사람의 죽음 하나하나는 우리에게 늘 "첫 죽음"인 것이며, 우리는 매번 그 "첫 죽음" 앞에서 망연자실해한다. 죽음에는 학습효과가 없는 셈이다.

우리가 누구를 사랑하든, 언젠가는 그 사람과 이별을 해야 하고 상실의 쓰라림과 고통을 견뎌내야 한다. 애도의 대상은 부모나 연인이나 친구 등 다양할 수 있겠고(언젠가는 우리도 그 대상이 될 것이다), 좀 더 비유적인 의미에서 외연을 넓혀 말하면 우리의 꿈이나 이상까지도 대상에 포함될 수 있을 것이다. 우리 자신을 포함한 모든 것이 어느 시점에선가 죽음의 파도에 쓸리게 돼 있다. 문학의 반복적인 주제가 이별과 상실과 죽음인 것도 놀라운 일은 아니다. 어쩌면 인류의 역사는 죽음의 역사이면서 뒤에 남은 사람들이 그 상실을 견뎌낸 애도의 역사, 즉 살아남은 자들이 가버린 자의 빈자리를 어떻게든 견뎌내고 스스로도 그 대상이 되는 애도의 역사라고 할 수 있을지 모른다.

사회는 우리에게 늘, 죽음을 성공적으로 애도하고 미래를 향해 나아가기를 요구한다. 죽음으로 인해 사랑하는 사람과의 관계가 단절될 경우, 그 사람의 부재를 슬퍼하되 과도하게 집착하지는 말고, 일정한 기간이 지나면 훌훌 털고 일어나 새로운 대상을 찾아 새로운 관계를 맺으라고 요구한다. 죽은 사람에게 지나치게 집착하거나 그에 대한 기억에 매몰되게 되면 우울증(멜랑콜리)을 앓게 되고 자신의 삶을 온전히 살지 못하게 되니, 애도작업을 '성공적으로' 해내야 한다는 것이다. 프로이트가 일찍이 1917년에 발표한 논문 「애도와 우울증Mourning and Melancholia」에서 그 중요성에 대해 언급했듯이, 성공적인 애도작업이 인간의 삶에 중요하다는 덴 이론異論의 여지가 없는 것처럼 보인다. 프로이트에 따르면, 애도는 우리가 떠나보낸 자에 대한 감정적 애착을 단절하고 자유로운 리비도를 새로운 대상에 재투자하는 것이다. 그래서 애도작업이 성공적이지 못하여 감정적 애착이 단절되지 못할 경우, 치료를 필요로 하는 병리학적인 우울증으로 이어진다는 것이다. 이는 애도작업의 성공은 정상이요, 실패는 비정상이라는 말에 다름 아니다.

그런데 애도작업의 성공이나 실패가 꼭 그렇게 정상과 비정상으로 나뉘어야 하는지, 애도작업의 성공만이 긍정적인 것이고 실패는 반드시 부정적인 것이어야 하는지, 살아남기 위해서 그렇게 하는 것이 설령 불가피하다 하더라도, 한 번쯤 뒤집어 생각해볼 필요는 있을 듯하다. 다소 낭만적이고 비현실적인 생각일지는 몰라도, 진정한 애도는 결코 완성될 수 없는, 그래서 우리가 죽을 때까지 계속돼야 하는 작업일지도 모른다. 적어도 우리가 그 사람의 죽음을 통해 죽음을 체험할 정도로 사랑했던 사람일 경우, 그래야만 하는 게 아닐까 싶다. 바로 이것이 자크 데리다가 애도의 "성공은 실패한 것"이고 "실패는 성공한 것"이라고 말한 이유일 것이다. 애도가 성공한다는 것은 결국, 떠나간 사람을 잊고 극복함으로써 새 삶을 사는 것으로 귀착되니 긍정적인 것일지 모르지만, 떠나고 없는 사람을 마음이나 기억 속에서까지 비워내는 것이니, 완전히 비워내지 않는다면 부분만 남기고 비워내는 것이니, 비정한 것이 아닐 수 없다. 아무리 살기 위해서라지만 비정한 것은 비정한 것이다. 그리고 애도작업의 실패는 떠나간 사람이 남긴 빈자리와 공허를 어쩌지 못해 자신의 남은 삶을 저당 잡히고 몸부림을 치는 것이니 부정적인 것일 수 있지만, 살아 있을 때와 마찬가지로 그 사람에 대한 기억과 추억에 충실하려고 한다는 점에서는 오히려 성공적인 것이라고 볼 수도 있을 것이다. 이것이 애도가 "성공하기 위해서는 실패해야, 그것도 '잘' 실패해야 한다"고 데리다가 말한 의미이다. 이런 맥락에서 보면, 떠나간 사람을 잊고 새 관계를 형성하는 '정상적인' 삶이 오히려 '비정상적인' 것일 수 있으며, 죽은 사람을 못 잊어 몸부림을 치며 그 사람을 자기 안에 살아 있게 하는 '비정상적인' 삶이 오히려 '정상적'일 수가 있는 것이다. 이는 사회가 우리에게 처방하는 것과는 달리, 정상과 비정상이 보는 시각에 따라서 얼마든지 자리를 바꿀 수 있다는 말이기도 하다. 부재하는 자가 부재한다고 인정하기를 거부하고 애도를 거부하는 것이 오히려 진정한 애도일 수 있다는 역설이 여기에서 성립될 수 있을 것이다. 사회는 우리에게, 떠난 자는 결코 되돌아올 수 없으니 그 상실을 충분히 슬퍼하되 죽음을 인정하고 앞으로 나아가라고 요구하지만, 사랑했던 사람에 대한 슬픔에는 끝이 없어야 하며 그것이 어쩌면 진정한 애도일지 모른다.

*

　19세기 영국작가 에밀리 브론테의『폭풍의 언덕Wuthering Heights』은 애도의 불가능성에 관한 소설이다. 많은 사람들은 이 소설을 사랑에 관한 이야기로 알고 있지만, 사실은 죽음에 관한 소설이다. 소설에서 히스클리프와 캐서린의 사랑을 묘사한 부분은 몇 페이지밖에 안 되고, 나머지는 히스클리프가 캐서린의 죽음 이후 어떻게 살아가는지에 초점이 맞춰져 있다. 죽음에 관한 소설인 것이다. 아니, 더 정확히 말하면, 사랑하는 사람의 죽음과 부재를 인정하지 않고 애도를 거부하고 애도에 실패하는 사람(들)에 관한 이야기라고 해야 맞다. 적어도 소설의 중심인물인 히스클리프와 캐서린을 중심으로 보자면 그렇다.

　소설은 첫 부분에서, 캐서린이 오래전(18년 전)에 죽었으며 히스클리프가 그동안 그녀의 죽음과 부재를 현실로 인정하지 않고 살아왔다는 사실을 말해준다. 이후의 스토리는 히스클리프가 자신의 삶이 아니라 캐서린의 죽음과 부재를 안고 어떻게 살아왔으며 또 살아가는지에 관한 것이다. 캐서린이라는 인물은 독자의 입장에서 보면 죽어서 땅속에 묻힌 존재지만, 히스클리프에게는 죽었음에도 불구하고 여전히, 아니 죽었으니까(더 이상 남의 아내가 아니니까) 오히려 살아 있는 존재이다. 겉으로는 멀쩡해 보이는 히

스클리프가 느닷없이 격정에 사로잡혀 창문을 열고 "들어
와! 들어와! 캐서린, 제발 들어와. 아아, 한 번만이라도! 아!
내 사랑, 이번에는 내 말을 들어줘…… 캐서린, 한 번만이
라도!"라고 하면서 캐서린의 유령을 부르는 것은 그가 삶
과 죽음의 경계를 인정하지 않고 있다는 말이다(심리학자
들 같으면 이런 그를 가리켜 삶과 죽음의 경계를 인식하는
능력이 결여된 사람이라고 할 것이다).

　사랑하는 사람의 죽음을 슬퍼하고 애도하기 위해서는
당연히, 슬퍼해야 할 이유가 있어야 할 것이다. 롤랑 바르
트, 폴 드 만, 미셸 푸코, 루이 알튀세르, 에마뉘엘 레비나
스 등의 친구들이 죽었을 때 데리다가 썼던 조사들―대부
분은 『애도의 작업The Work of Mourning』이라는 책에 두툼하
게 묶여 있고, 드 만과 레비나스에 관한 조사는 책『폴 드
만의 기억Memories Paul de Man』, 『레비나스에게 작별을Adieu to
Emmanuel Levinas』에 묶여 있다.―이 진정성을 띠고 다가오는
것은 그가 조사를 쓸 만큼 그들의 생전에 그들과 개인적으
로 깊은 관계를 맺고 있었기 때문이다. 조금씩 다른 표현으
로 되어 있지만, 그가 말하는 요체는 제아무리 무슨 말을
해도 그들을 충분히 애도할 길이 없다는 것이다. 어쩔 수
없는 일이어서 그들의 이름을 거론하긴 하지만, 이름을 입
에 올리는 것조차도, 이름만 남기고 그들을 저쪽으로 밀쳐
버림으로써 이쪽에 있는 자신과 분리된 존재로 만드는 것

이 되니까 불경스럽다는 것이다. 결국 애도는 불가능하고, 떠나고 없지만 사랑하는 사람에 대한 슬픔은 끝이라는 게 있을 수 없는 현재진행형이어야 한다는 말이다. 대부분이 지적인 교류의 대상이었을 그들의 죽음이 데리다에게 그처럼 가누기 힘든 슬픔으로 다가왔을진대, 자기 동일시를 할 정도로 서로를 사랑했던 히스클리프와 캐서린이 어찌 서로를 애도할 수 있었으랴.

소설은 히스클리프와 캐서린의 사랑에 대해 많은 이야기를 하지 않는다. 앞서 언급한 것처럼, 그들의 사랑을 직접적으로 묘사한 부분은 10페이지 내외에 불과하다. 그 이유는 이 소설이 사랑이 아니라, 절대적인 사랑을 전제로 한 죽음에 관한 이야기이기 때문이다. 이는 소설이 나-너의 구분이 없는 절대적인 사랑을 전제조건으로 삼고 있는 만큼 그에 대해 굳이 설명할 필요가 없다는 말이다. 작가는 사랑에 관한 묘사를 최소화함으로써 오히려 그것을 절대적인 것으로 만드는 데 성공하고 있을 뿐만 아니라 그것을 향한 히스클리프의 광기를 더욱 설득력 있게 제시하는 데도 성공하고 있는 셈이다. 어떤 의미에서 보면, 사랑에 관한 묘사는 소설의 본령인 산문이 아니라 시의 영역에 속한다고 할 수 있을 듯하다. 어떻게 해서 그 사랑이 절대적인 것이냐는 질문은 따라서 중요하지 않은 것이 된다. 중요한 건 그 절대적인 사랑을 두 사람이 어떻게 이어가느냐는 것이다. 그 사랑의 연속 혹은 불연속이 문제가 된다는 말이다.

캐서린은 생전에 하인인 넬리에게 이렇게 말한다. "내가 바로 히스클리프야." "그는 나보다 더 나야." 이는 『폭풍의 언덕』을 읽은 독자라면 거의 누구나 기억하는 유명한 대사인데, 그녀의 말을 다른 말로 하면 그녀와 히스클리프 사이에는 나-너의 구분이 없다는 것이다. 나-너의 구분이 없다는 것은 한쪽이 죽고 다른 쪽이 살아남는다 해도, 상대의 죽음을 슬퍼하고 애도하고 극복하여 다른 사람과 새로운 관계를 맺는 일이 애초에 불가능하다는 말이다. 이것은 히스클리프가 캐서린의 죽음을 극복하지 못하고 과거의 살아 있는 캐서린의 이미지에 머물러 있는 데서도 확인된다.

그렇다고 두 사람 사이의 관계가 따뜻하고 낭만적인 것은 결코 아니다. 오히려 서로가 감당하기 힘들 만큼 폭력적이고 때로는 가학적이기까지 하다. 그들의 폭력성과 가학성은 근본적으로, 히스클리프가 태생적으로 이방인이라는 사실에서 연유한 것이다. 히스클리프는 캐서린의 아버지 언쇼가 도시(리버풀)에 갔다가 집도 없고 절도 없는 그의 신세를 가엾이 여겨 데리고 온 열네 살짜리 고아였다(캐서린도 같은 나이이다). 언쇼가 살아 있을 때는 친아들이 받는 것보다 더 극진한 사랑을 받았지만 그가 죽고 나자 그의 친아들 힌들리에 내몰려 하인의 신세로 전락하고 만다. 힌들리는 히스클리프를 "떠돌이"라고 부르며 학대한다. 심지어 캐서린을 비롯한 다른 사람들과 같이 앉아 있거나 밥을 먹지도 못하게 한다. 히스클리프를 자기 몸처럼 생각하는 캐서린("내가 바로 히스클리프야. 그는 늘 내 마음속에 있어. 내 자신이 늘 나를 기쁘게 하지만은 않듯 그가 꼭 기쁨이 되지는 않아도, 그는 나 자신으로서 존재해")에게는 그와 같이 놀지 말라고 하고, 자기 명령을 듣지 않으면 그를 쫓아내겠다고 위협한다. 이렇게 해서 캐서린이 "나보다 더 나"인 히스클리프와 결혼하는 것이 불가능해지는 상황이 조성된다. 그런데 히스클리프와의 결혼은 품위를 떨어뜨리는 일이며 두 사람이 결혼을 하게 되면 "둘 다 거지가 된다"는 캐서린의 말은 현실을 직시한 발언인 셈이다. 그녀가 드러시크로스 레인지의 상속자인 에드거 린튼의 청혼을 받아들이는 것 역시 이러한 맥락에서다. 그녀는 린튼과의 결혼이 사회적 신분과 경제적 안정을 보장해줄 테니까, 그 결혼을 통해 "히스클리프가 성공하도록 도와주고 그가 오빠(힌들리)의 손아귀에서 벗어나게 해줄 수 있다"라고 생각한다. 이것이 그녀가 "우리의 영혼이 뭐로 만들어졌든 히스클리프의 영혼과 나의 영혼은 똑같다"라고 하면서도 린튼의 청혼을 받아들이는 이유다. 그녀는 자신이 히스클리프니까("내가 바로 히스클리프야"), 린튼과 결혼한다 해도 그와 헤어지는 건 아니라고 생각한다. 그러나 문제는 히스클리프가 그걸 그런 식으로 받아들이지 않는다는 데 있다.

히스클리프는 자신과 "결혼하는 것이 품위를 떨어뜨리는 것"이어서 린튼의 청혼을 받아들일 수밖에 없다는 캐서린의 말을 엿듣고, 집을 뛰쳐나간다. 그리고 몇 년 후에, 어디에서 어떻게 벌었는지는 모르지만, 상당한 재산가가 되어 돌아와 냉혹하고 무자비한 복수극을 벌인다. 힌들리와 에드거의 죽음, 재산을 노린 이사벨라와의 정략적 결혼과 그녀의 죽음, 힌들리의 아들(헤어튼)과 자신과 이사벨라 사이에 태어난 아들(린튼), 그리고 캐서린과 에드거 사이에 태어난 딸(캐시)에 대한 협박과 학대, 합법을 가장한 워더링 하이츠와 드러시 크로스 레인지의 탈취 등, 모든 것이 히스클리프의 원한과 계산된 복수심에서 비롯된 것이다. 그를 사랑하면서도 남의 여자가 된 캐서린도 그가 몰고 온 복수의 광풍에 휘말려 임종을 맞게 된다.

'정상적인' 연인들이라면 복수심에서 비롯된 죽음으로 서로와 작별을 해야 하는 상황에서는 참회의 눈물을 흘리며 서로를 용서하는 자못 감상적인 장면이 연출되겠지만, 히스클리프와 캐서린이 헤어지는 장면을 보면 마치 서로를 물어뜯는 것처럼 보인다. 그렇지 않으면 임박한 죽음을 현실로 인정하고 서로가 이승과 저승으로 갈라선다는 걸 인정하는 것이기에, 두 사람은 서로를 물어뜯어서라도 죽음에 맞서고자 하는 것이다. 죽어가는 사람은 애도의 대상이 되기를 거부하고, 살아남는 사람은 애도하기를 거부한다. 캐서린은 죽음이 임박한 시점에서 히스클리프에게 이렇게 말한다.

20년이 흐른 후에, '저게 내가 오래전에 사랑했던 캐서린 언쇼의 무덤이지. 그녀를 잃고 너무너무 비참했지만 이제는 다 지나간 일이네. 그 후로 나는 많은 사람들을 사랑했어. 그리고 그녀가 소중했던 것보다 지금은 내 아이들이 더 소중해. 그리고 죽음을 맞을 때도 그녀한테 가는 걸 기뻐하는 게 아니라 아이들과 헤어지는 것을 애석해할 거야!' 히스클리프, 이렇게 말할 거니?

캐서린의 말을 쉽게 옮기면, '내가 죽어서 무덤에 묻히면 너는 날 애도하고 결국 잊을 거니?'라는 의미이고, 그것의 진짜 속내는 '내가 죽더라도 나를 애도할(잊을) 생각일랑 꿈도 꾸지 마라'라는 의미다. 얼핏 보면, 캐서린의 발언은 자신의 죽음을 견뎌내야 할 히스클리프는 안중에도 없는 지독히 이기적인 발언처럼 보이지만, 그것은 죽음이 그들을 갈라놓을 수 없을 만큼 두 사람 사이의 사랑이 공고하다는 걸 반어적으로 표현한 것이다. 그들의 사랑은 늘 그렇게 반어적이다.

캐서린의 죽음은 그녀에게도 그렇지만, 히스클리프에게도 죽음이 아니다. 히스클리프는 더 이상 이 세상에 없는 캐서린을 향해 이렇게 애원한다. "어떤 모습으로로든 나와 함

께 있어줘, 나를 미치게 만들어줘! 내가 너를 찾을 수 없는
이 구렁텅이에 나를 놓아두지만 말아줘!" 그는 심지어 캐
서린이 묘지에 묻힌 날 밤, 그녀를 안으려고 무덤을 파내려
가기까지 한다. 그런데 그때 놀라운 일이 벌어진다. 그가 삽
으로 관 뚜껑을 열려고 하는데 밖에서 한숨 소리가 들린
것이다. 그는 모습이 보이지는 않지만 캐서린이 그의 발밑
에 있는 관 속이 아니라 땅 위에 있다는 느낌을 받고 삽질
을 중단하고 관을 흙으로 덮고 집으로 돌아간다. 캐서린은
죽지 않고 살아 있었던 것이다. 그는 20년 가까운 세월을
그렇게, 모습을 드러내지 않는 유령과 함께 살아간다. 그것
도 오순도순 살아가는 것이 아니라 고통과 그리움에 몸부
림을 치며 살아간다. 그리고 자신이 그녀에게 애원했던 것
처럼, 서서히 미쳐간다. 급기야 그는 바닥에 깔린 돌, 나무
와 구름과 바람, 자신을 비롯한 모든 사람들의 얼굴에서도
그녀의 형상을 보게 된다. 그만이 알 수 있는 일이겠지만,
그가 웃는 모습으로 죽어 있는 걸 보면, 그는 죽으면서 캐서
린의 유령과 마침내 해후를 한 것처럼 보인다. 폭력과 복수
의 형태를 띠고 오랜 세월 동안 계속되던 그리움에 비로소
마침표가 찍힌 것이다. 그리고 히스클리프는 비가 오는 날
이면 캐서린과 함께 폭풍의 언덕을 돌아다니는 사랑의 유
령이 된다(그 지역 사람들은 비가 오는 날이면 히스클리프
가 캐서린과 함께 나타난다고 말한다). 결국 히스클리프는

캐서린이 결혼하기 전에 손에 손을 맞잡고 폭풍의 언덕을 거닐던 시절, 즉 절대적인 사랑의 시절로 돌아간 것이다. 그래서 히스클리프의 뒷걸음질은 캐서린이 죽기 전이 아니라, 결혼하기 전의 절대적이고 운명적인 사랑을 향한 것이었다.

*

죽음과 우울증을 연계시켜 인간심리를 분석하고 치료하는 심리학자들 같으면, 히스클리프와 같은 사람을 가리켜 변화를 견뎌낼 수 있는 능력과 낯선 것을 그들에게 불러들이는 용기가 결여된 사람이라고 할 것이다. 가령, 애도에 관한 주목할 만한 글을 쓴 베르나 카스트에 따르면, 인간은 사랑하는 사람을 잃고 나서 일정한 기간이 지나면, 유목민들이 그렇듯 그간 머물렀던 곳을 정리하고 다른 곳을 향해 떠나야 한다. 우리 인간은 태생적으로, "끊임없이 떠나지만 항상 다시금 일정 기간 정착하는 유목민"이라는 것이다. 삶이라는 게 죽음과 이별의 끊임없는 연속이니 낯선 대상을 향해 떠나는 여정을 받아들여야 한다는 것이다. 이런 의미에서 보면, 캐서린의 남편 에드거는 아주 모범적인 유목민이라고 할 수 있다. 그는 그녀를 떠나보내고 많이 상심하긴 하지만 시간이 지나면서 체념을 하고, 그녀에 대한 기억을 간직하는 동시에 고인이 남기고 간 딸인 캐시에게 애정을 쏟는다. 그에 반해, 캐서린의 영혼을 향해 자신을 따라다니라고, 복수심에서라도 좋으니 자기를 따라다니라고 애원에 애원을 거듭하는 히스클리프는 유목민이기를 거부하는 사람이다.

사회는 우리에게 히스클리프가 아니라 이 소설에 나오는 다른 인물들, 즉 에드거, 록우드(화자), 넬리(대부분의 이야기를 하는 제2화자)처럼 변화를 수용하는 유목민이 되기를 요구한다. 그렇지 않으면 히스클리프가 캐서린의 유령에게 그랬듯, 그리고 캐서린의 유령이 히스클리프에게 그랬듯, 과거를 향해 뒷걸음질을 한다는 것이다. 좀 더 과장해서 말하면, 사회는 우리에게 그 유령을 짓밟고 앞으로 나아가라고 요구한다. 이 소설의 화자인 록우드가 소설 속에서 캐서린의 영혼을 대하는 방식은 비유적인 의미에서 그 영혼을 짓밟는 행위에 다름 아니다. 캐서린이 결혼하기 전에 사용했던 방에서 잠을 자던 록우드는 꿈속에서 캐서린의 영혼이 창문에 나타나 안으로 들여보내달라고 매달리자, 그 유령(여기에서는 젊은 캐서린의 유령이다)의 손목을 잡아당겨 깨진 유리에 그어버린다. 그럼에도 유령이 그의 손을 잡고 매달리자 그걸 뿌리치고 깨진 유리창 틈새를 책으로 후다닥 막아버린다. 물론 이것은 공교롭게 세입자가 되어 넬리로부터 캐서린과 히스클리프의 가슴 아픈 사랑에 대해 듣게 되는 록우드가 꾸는 악몽이지만(그는 히스클리프의 소유가 된 드러시 크로스 레인지의 세입자가 되어, 워더링 하이츠에 있는 히스클리프를 찾아왔다가 날씨 때문에 캐서린이 쓰던 방에서 하룻밤을 묵게 되는데, 그곳에서 악몽을 꾼다), 폭력적인 수단을 동원해서라도 유령을 안으로 들이지 않으려 하는 그의 몸짓은 죽은 사람과의 결별이 때로 폭력적인 것이라는 걸 아주 효과적으로 암시하고 있다. 그것은 록우드의 '정상적인' 모습과 부르고 또 불러도 모습을 드러내지 않는 캐서린의 유령을 불러대는 히스클리프의 '비정상적인' 모습이 대조되면서 더욱 분명해진다. 록우드가 유목민이라면 히스클리프는 유목인의 삶을 거부하는 유목민이다. 히스클리프는 앞으로 나아가기를 한사코 마다하고, 캐서린과 같이 살았던 삶을 향해 자꾸 뒷걸음질을 치는 사람인 것이다. 이 세상에 없는 캐서린을 향한 히스클리프의 뒷걸음질은 베르나 카스트의 말을 빌리면 "공생共生으로의 뒷걸음질"이며, 조르주 바타유의 말을 빌리면 "연속에 대한 그리움"이다.

사회는 우리에게 "공생으로의 뒷걸음질"이나 "연속에 대한 그리움"이 어느 정도까지는 불가피하지만 그에 매몰되어서는 안 된다고 말한다. 사회가 우리에게 그러한 처방을 굳이 내리지 않더라도 우리는 대부분, 자기가 목숨처럼 사랑했던(혹은 사랑한다고 믿었던) 사람이라 하더라도 그 사람이 죽으면 세월의 켜가 쌓이는 과정에서 조금씩 잊어가게 된다. 부인인 캐서린을 잃고 난 후에 에드거가 그랬다. 시간이라는 것이 그에게 "체념을 선물"하면서, 그는 점차 그녀를 잊을 수 있게 되고 딸에게 애정을 쏟는다. 프로이트의 말을 빌려 말하면, 에드거는 새로운 대상에 리비도를 재투자함으로써 애도를 성공리에 해낸 사람이라고 할 수 있다. 이런 의미에서 보면, 우리는 너 나 할 것 없이 어느 정도까지는 에드거일지 모른다. 그리고 우리가 하는 사랑은 죽음을 넘어 계속될 정도로 영구적이지도 못하고 충분하지도 못한 것일지 모른다. 그러나 동시에, 우리 안에는 애도작업을 성공적으로 해내는 에드거이기를 거부하고 애도 자체를 거부하고자 하는 히스클리프도 함께 살고 있는지 모른다(그렇게 믿고 싶은 건지도 모르겠다). 어쩌면 바로 그렇기때문에, 애도 대상이기를 거부하고 유령이 되어버리는 캐서린과 애도하기를 거부하는 히스클리프의 '비정상적인' 뒷걸음질에 우리의 마음이 자꾸 끌리는지도 모른다. 우리도 누군가를, 그리고 누군가가 우리를, 히스클리프처럼 열렬히 사랑하고, 죽은 후에도 애도가 불가능할 정도로 슬퍼해줬으면 싶은 마음이 우리 안에 자리를 잡고 있는지도 모른다.

사랑하는 사람을 죽음으로 잃는 것은 실로 엄청난 것인 모양이다. 「애도와 우울증」을 발표할 때만 해도 그토록 당당하게 애도작업의 필요성을 강조했던 프로이트도 결국, 딸(Sophie)의 죽음(1920년)을 겪고 나서는 애도가, 아니 인간의 마음이라는 것이 그렇게 간단한 것이 아님을 깨닫지 않을 수 없었다. 1929년 4월 12일, 그는 아들을 잃은 친구(Ludwig Binswanger)를 위로하는 편지에 이렇게 썼다.

우리는 그러한 상실 이후에 애도의 극심한 상태가 진정되리라는 걸 알지만, 동시에 우리가 위로할 길 없는 상태로 있을 것이며 대리인을 결코 찾지 않을 것이라는 것도 알고 있지요. 무엇이 그 틈을 메우든, 설령 그 틈이 완전히 메워진다 할지라도, 그것은 뭔가 다른 것으로 남아 있어요. 그리고 실제로 그것은 그래야 해요. 그것은 우리가 버리고 싶지 않은 사랑을 영속시키는 유일한 방법이니까요.

인간의 마음을 분석 대상으로 삼았던 프로이트에게도 사랑하는 사람의 죽음은 "뭔가 다른 것something else" 즉 분석의 영역을 넘어선 불가해하고 특별한 것이었다. 하물며 "내가 바로 히스클리프야"라고 선언하며 자신을 사랑했던 캐서린을 잃은 히스클리프는 어땠으랴. 캐서린이 죽은 지 20년이 지나도 히스클리프가 느끼는 "애도의 극심한 상태는 진정"되지 않았고, 죽음으로 인한 "틈"은 메워지지 않았다. 그건 캐서린에게도 마찬가지였다. 그녀는 땅속에 묻히기를 거부하고 밖으로 나와, 히스클리프가 자신의 곁으로 (돌아)올 때까지, 보일 듯 말 듯 그의 주위를 맴도는 유령의 삶을 택했다. 그들에게는 애도를 거부하는 것만이 "버리고 싶지 않은 사랑을 영속시키는 유일한 방법"이었다. 사랑하는 사람에 대한 진정한 애도는 애도의 거부였던 것이다. 여기에서 모든 대상에 애도가 가능하다는 절대성은 무너진다.

사랑과 함께
시작된 애도

—벤드릭스의 그리움과 '미움의 기록'

자크 데리다에 따르면, 우리가 다른 사람과 맺는 관계는 처음부터 애도를 전제로 한 것이다. 에두를 것이 아니라 좀 더 직설적으로 말하면, 두 사람의 관계에서 언젠가 하나는 상대보다 먼저 죽고 다른 하나는 그 죽음을 애도하게 되어 있다는 말이다. 받아들이기에는 참으로 불편한 진실이지만, 이로부터 예외일 수 있는 인간관계는 어쩌면 거의 없을 듯하다. 사랑도 그렇고 우정도 그렇고, 헤어짐을 전제로 하지 않는 인간관계는 애석하게도 존재하지 않는다. 우리가 누군가를 좋아하고 사랑할 때, 헤어짐은 이미 예정되어 있으며 그에 따른 애도는 이미 시작된 셈이다. 어쩌면 우리가 서로를 영원히 사랑하리라고 생각하는 것은 그것이 유한한 것이며, 우리가 사랑하고 있다는 걸 깨달은 그 순간에 애도가 이미 시작되었다는 걸 본능적으로 감지하기 때문일지도 모른다.

그런데 프로이트를 둘러싼 정신분석이론은 애도를 죽음 이후에 행해지는 일종의 행위나 '작업'으로 본다는 점에서, 그것이 관계의 시작과 더불어 시작된다고 보는 데리다와 입장을 달리한다. 일반적인 정신분석이론에서 중요한 건 언제나 살아남은 쪽이다. 보다 더 정확히 말하면, 정신분석이론은 살아남은 사람이 사랑하는 사람의 죽음을 어떻게 정리하고 애도하느냐에 초점을 맞춘다. 그래서 애도에 관한 정신분석이론은 인간의 이기적인 생존본능을 전제로 한다. 어떤 면에서 보면, 정신분석이론은 우리가 그토록 사랑했던 사람으로부터 우리를 자꾸 떼어놓으려고 한다는 점에서 잔인한 측면이 없지 않다. 우리가 우리인 것은 우리가 사랑하는 사람들과의 관계 때문일 텐데, 정신분석이론은 우리에게 그들이 죽으면 밀어내버리라고 한다. 살기 위해서 어쩔 수 없다는 것이다. "소위 정신분석이라고 하는 걸 제외하고, 지식에 관한 어떤 이론도 잔인함 같은 것에 관심을 가지려고 하지 않는다"는 데리다의 말은 죽은 사람과의 감정적 고리를 끊는 게 살 길이라고 주장하는 정신분석이론의 비정하고 '잔인한' 본질을 예리하게 짚어낸 말이 아닐 수 없다.

정신분석이론은 우리에게 죽은 사람과의 감정적 고리를 끊어내고 새로운 대상에 리비도를 다시 투자하라고 요구한다. 그렇지 않으면 우울증을 앓게 된다는 것이다. 프로이트의 애도이론에 충실한 정신분석학자들이자 데리다의 친구들이었던 아브라함Nicolas Abraham과 토록Maria Torok은『외피와 핵심The shell and the kernel』에서 정상적인 애도와 비정상적인 애도를 "내재화introjection"와 "합일화incorporation"라는 용어로 풀이한다. 그들이 말하는 "내재화"란 살아남은 사람이 죽은 사람의 좋은 특징들을 자신의 일부로 동화시키는 정상적인 애도를 의미하고, "합일화"란 살아남은 사람이 죽은 사람의 면면을 자기화하기를 거부하고 마음속에 "비밀 묘지"(일종의 납골당)를 만들어 그를 살아 있게 하는 비정상적인 애도를 의미한다. 그들에 따르면, 후자의 경우 "때때로 한밤중에 그 묘지 속의 유령이 다시 돌아와 살아남은 자를 괴롭히는" 현상(우울증)이 발생한다고 한다. 그러니 묘지를 만들면 안 된다는 것이다. 죽은 자는 떠나보내라는 말이다. 그러니까 정신분석이론은 비유적으로, 우리에게 죽은 사람을 우리 손으로 '죽여야' 한다고 말하는 셈이다. 살아남은 사람이 중요하니까, 더 이상 우리와 같이 있지 않은 죽은 사람은 죽음의 세계로 밀쳐버리고 우리 본위로, 이기적이고 자기중심적으로 살아가라고 처방하는 것이다. 그러나 삶의 모든 것이 그러한 것처럼, 사랑하는 사람을 죽음으로 떠나보내고 그와의 감정적 고리를 끊는 일이 무 자르듯 쉽게 해낼 수 있는 일만은 아닐 것이다. 우리의 삶이 아무리 자기중심적이고 이기적인 것이라 해도, 그리고 우리가 사랑했던 사람을 마음속에서 몰아내는 것이 현실적으로 가능하다 해도, 죽음의 세계로 물러나서 더 이상 자신을 변호하거나 방어할 길이 없는 사람을 몰아내는 것은 얼마나 비정한 일인가. 이런 의미에서 보면 소위 말하는 애도의 성공은 대단히 비정하고 '잔인한' 것일 수 있다. 이것이 애도가 성공하면 실패한 것이고, "실패해야, 그것도 '잘' 실패해야" 성공한 것이라고 데리다가 말한 이유일 것이다. 사랑했던 사람은 우리의 일부로 병합돼야 하는 존재가 아니라, 죽어서도 여전히 낯설고 신비로운 남(타자)으로 우리 안에 살아 있어야 하는 존재가 아닐까.

*

그레이엄 그린Graham Greene의 『사랑의 끝The End of the Affair』은 사랑하는 사람과의 이별이, 그것도 보통의 이별이 아니라 죽음으로 인한 이별이 얼마나 힘들고 고통스러운 것인지를 아주 생생하게 보여주는 소설이다. 소설은 처음부터 끝까지, 사랑하는 사람을 잃고 살아남은 사람이 경험해야 하는, 밑바닥이 어딘지 알 수 없는 상실과 절망의 나락을 절절히 묘사하고 있다. 이 소설은 제목이 암시하는 바와 같이 '끝'에 관한 이야기다. 그것도 평범한 사랑의 '끝'이 아니라 어페어affair, 즉 사회와 관습이 허용하지 않는 불류의 '끝'에 관한 이야기다. 이 '끝'의 의미를 더욱 복잡하게 만드는 것은 사랑만 끝난 게 아니라, 사랑하는 두 사람 중 하나의 삶이 이미 '끝'났다는 사실이다. 소설이 살아남은 사람(일인칭 화자)이 과거를 향해 뒷걸음질을 하는 형식으로 되어 있는 것은 이러한 이유에서다. 그러니 이 소설은 두 개의 '끝', 즉 사랑의 끝과 삶의 끝에 관한 이야기라고 할 수 있다.

2차세계대전을 시대적 배경으로 삼아 사랑의 종말과 그 고통을 놀라운 감정의 힘으로 전달하는 스토리의 가닥은 대충 이렇다.

유명작가인 모리스 벤드릭스(이 소설의 화자)와 고위공무원의 아내인 세라 마일즈는 거의 첫눈에 사랑에 빠진다. 하지만 그들의 불같은 사랑은 모리스의 과도한 질투로 인해 복잡한 양상을 띤다. 그는 세라가 "영원히 사랑하겠다"고 해도 믿으려 하지 않는다. "사랑이 끝나면 그를 에워쌀 사막을 두려워해서다." 그건 세라 역시 마찬가지다. 모리스와 달리, 아무 말도 그에게 할 수는 없지만 그녀 역시도 사랑이 끝나면 자신을 에워쌀 사막이 두렵긴 마찬가지다. 이처럼 두 사람은 서로를 사랑하는 동시에 그 사랑의 끝과 사막을 벌써 예감하고 애도를 시작한 셈이다. 그런데 어느 날, 두 사람이 모리스의 아파트에서 시간을 보내고 있는데, 공습이 시작된다. 모리스는 집주인 여자가 잘 대피했는지 확인하려고 아래층으로 내려간다. 그 와중에 폭탄이 떨어지고 그가 쓰러진다. 폭발음을 듣고 세라가 아래층으로 내려가 보니, 그가 피투성이가 된 채 쓰러져 있다. 그의 몸을 만져보니 죽은 게 분명하다. 공포감에 사로잡힌 세라는 방으로 돌아가 신에게 기도를 하기 시작한다. 그녀는 "그를 살려만 주면" 그를 "영원히 포기"하는 걸 포함해서 "무슨 짓이든 하겠다"며 밑도 끝도 없이 신에게 맹세를 한다. 그렇다고 그녀가 신앙심이 깊은 사람은 결코 아니다. 기도에 익숙한 사람은 더더욱 아니다. 오히려 그때까지는 신이라는 존재를 아예 믿지 않고 살았던 사람이다. 그러한 그녀가 기도를 했다는 건 그만큼 상황이 절박하고 절망스러웠다는 말이다. 이러한 실존적 상황을 묘사하는 대목이 소설의 백미에 해당하니 약간 길어도 인용할 가치가 있어 보인다.

나는 마루에 무릎을 꿇었다. 그런 일을 하다니 나는 미쳤던 게 틀림없다…… 무슨 말을 해야 할지 나는 알지 못했다. 모리스는 죽었다. 사멸했다. 영혼 같은 건 없었다. 내가 그에게 주었던 반쯤의 행복마저도 피가 빠져나가듯 그에게서 빠져나갔다. 그는 다시는 행복할 기회를 갖지 못할 것이었다. 누군가 다른 사람이 내가 할 수 있는 것 이상으로 그를 사랑하고 행복하게 해줄 수 있었을 테지만, 이제 그에게는 그런 기회가 주어지지 않을 것이었다. 나는 무릎을 꿇고 침대에 머리를 대고 내가 믿을 수 있기를 바랐다. '하느님, 제가 믿게 해주세요. 믿을 수 없으니, 믿게 만들어주세요. 저는 잡년이고 사기꾼이고 제 자신이 싫어요…… 제가 믿게 해주세요.' 나는 눈을 꼭 감고 고통만이 느껴질 때까지 손톱으로 손바닥을 눌렀다. '믿을게요. 그를 살려주세요. 그러면 믿을게요. 그에게 기회를 주세요. 그가 행복하게 해주세요. 그렇게 해주면 믿을게요.' 하지만 그것으로 충분하지가 않았다. 믿는다고 해서 무슨 해가 되는 건 아니잖은가. 그래서 나는 말했다. '그를 사랑해요. 그러니 당신이 그를 살려주면 무슨 짓이든 하겠어요.' 나는 아주 천천히 말했다. '그를 영원히 단념하겠어요. 그를 살려만 주세요.' 나는 손톱으로 손바닥을 누르고 또 눌렀다. 살갗이 찢어지는 게 느껴졌다. 나는 말했다. '사람들은 서로를 보지 않으면서도 사랑을 할 수 있잖아요. 그들은 당신을 보지 않고도 평생 당신을 사랑하잖아요.' 그때, 그가 문으로 들어왔다. 그가 살아 있었다. 나는 이제 그 없이 살아가는 괴로움이 시작되는구나 하고 생각했다. 나는 그가 다시 문 밑에 깔려 죽어 있었으면 싶었다.

위의 인용에서 보듯, 세라는 자신이 목숨처럼 사랑하는 사람을 다시 보지 않아도 좋으니, 모리스를 다시 살려달라고 신에게 기도를 한다. 그런데 놀랍게도 그가 살아서 돌아온 것이다. 세라는 신이 자신의 기도를 들어준 것으로 생각하고 약속을 지키려고 한다. 한편, 모리스는 자신이 살아서 돌아온 걸 보고 기뻐하는 게 아니라 오히려 실망스러운 듯한 표정을 지으며 황급히 그곳을 떠나는 그녀를 오해한다. 그녀가 자신을 더 이상 사랑하지 않고 남편에게 돌아가거나 다른 남자에게 가려는 것으로 오해한 것이다. "못 만난다 해도 사랑은 영원한 거예요"라는 그녀의 애매모호하고 갑작스러운 말은 귀에 들어오지도 않는다. 그들의 관계는 거기에서 끝난다. 모리스는 그 때문에 자살할 생각까지 하며 몸부림을 치고(그가 자살하지 않은 것은 오직, 세라에 대한 미움 때문이었다), 세라는 모리스를 만나지 않겠다는 신과의 약속을 지키려 하면서도 사랑하는 사람에게 돌아가고 싶은 충동에 몸부림을 친다. 오랜 시간이 흐른 후, 모리스는 사설탐정을 고용해 세라의 뒤를 밟게 한다. 그런데 그는 사설탐정이 훔쳐낸 그녀의 일기를 통해, 그녀가 그를 떠난 것은 그를 살려준 기적(이후에 그녀가 신을 믿기 시작하는 걸 보면 그녀는 그렇게 생각했음이 분명하다)을 행한 신과의 약속 때문이지 남편이나 다른 남자 때문이 아니었다는 사실을 알게 된다. 당시에 그녀가 실망한 듯한 표정을 지었던 것이 "그 없이 살아가는 괴로움이 시작된다"는 암담한 현실에 대한 절망 때문이었다는 걸 뒤늦게야 알게 된 것이다. 비로소 그는 자신과 마찬가지로 세라도 "평범하고 타락하고 인간적인 사랑"을 갈망하며 얼마나 괴로워했었는지를 깨닫게 된다. 그런데 그를 그토록 사랑하고 있음에도 불구하고, 그녀가 그에게 돌아갈 수 없는 상황이 조성되고 결국 그녀는 급성폐렴으로 죽게 된다.

이상에서 본 것처럼, 스토리는 세상에 존재하는 대부분의 러브스토리와 마찬가지로 그리 복잡한 게 아니다. 연인들 사이에 오가는 대부분의 사랑은 느낌과 감정이 얼마나 절실하느냐가 중요하지 그다지 복잡한 것은 아닐지 모른다. 복잡한 것은 한 사람은 죽고 다른 사람은 살아남아 상실과 절망의 늪에서 허우적거려야 한다는 사실이다. 남편이 있는 여자를 사랑한 사람이 애도를 할 자격이 있느냐 없느냐 하는 것은 여기에서 중요한 것이 못 된다. 『폭풍의 언덕』에 등장하는 히스클리프의 사랑도 따지고 보면 불륜이었지만, 우리는 그 불륜을 탓하지 않는다. 오히려, 우리는 캐서린을 향한 히스클리프의 거의 악마적인 충동과 저돌성에서 논리와 문명과 이성, 그리고 죽음까지도 초월한 사랑과 순수함을 느낀다. 사랑하는 사람의 죽음을 애도하지 못하는, 아니 애도하지 않으려 하는 히스클리프의 느낌과 감정이 이야기에 절절히 배어 있기 때문이다. 이것이 철학이 감당하지 못하는 이야기의 힘이다. 철학이 죽음의 문제를 불편해하는 것도 무리는 아니다. 이런 의미에서 보면, 철학은 죽음의 문제를 종교나 정신분석학의 영역으로 밀쳐버리는 측면이 없지 않다. 죽음의 문제를 얘기할 때, 철학자가 자주 인용되지 않는 것은 어쩌면 바로 이러한 이유에서일 것이다. 데리다가 말년에 쓴 글들이 인용되긴 하지만, 그는 고전적 의미의 철학자는 아니다. 그가 철학보다 문학 논의에서 더 많이 인용되는 것은 결코 우연이 아니다. 그런데 철학과 달리, 문학은 죽음의 문제를 낯설어 하지 않는다. 그건 문학만이 아니라 인간사를 다루는 다른 예술장르도 마찬가지다. 삶의 바다에 넘실대는 죽음의 파도를 말하지 않고 인간사를 얘기할 수 없는 탓이다. 그리고 인간사가 논리 이전의 감정과 느낌인 탓이다. 수많은 문학작품들이 사랑하는 사람을 잃은 슬픔과 비애와 절망을 주제로 삼고 있는 것도 놀라운 일은 아니다. 나-너를 구분할 수 없을 정도로 상대가 좋은 걸 어떡하랴. 서로에 대한 몰이해 때문에 서로를 괴롭히다가 결과적으로 한쪽을 죽음으로 내몰았음에도 상대가 자신의 전부인 걸 어떡하랴. 그것이 몸에 대한 탐닉이라 해도, 그래서 다른 사람의 눈에는 속물적이고 타락한 것으로 비칠지 몰라도, "평범하고 타락하고 인간적인" 사랑이 좋은 걸 어떡하랴. 세상의 돌팔매질을 당할 불륜의 관계라 하더라도, 자신을 포함한 모든 것을 소진시키고 싶을 정도로 좋은 걸 어떡하랴.

문제는 그 사람이 이 세상을 떠나고 없다는 것이다. 그의 눈에 바라보이는 모든 것이 그녀가 전에 이 세상에 있었음을 환기시키는데, 그가 절망하지 않을 도리가 없다. 그녀의 흔적을 지워버리고 싶은 생각도 들지만, 그래서 다른 여자(친구의 애인)와 잠자리를 같이 해볼까 하는 생각까지 해보지만, 그건 애당초 가능한 일이 아니다. 그녀에게 자신의 모든 걸 소진시켰기에 더 이상 남은 게 없기 때문이다. 그에게는 단 하나의 사랑만이 존재하기 때문이다.

프로이트는 정신적인 건강을 재확립하기 위한 수단으로 자기 안에 있는 타자의 "흔적"을 지워야 한다고 했다. 프로이트에게는 타자의 "흔적"을 지우는 것은 일종의 강박관념이었다. 이것이 그의 글에 "흔적trace"이라는 말이 자주 등장하는 이유다. 그는 죽은 대상을 "비난하고 모욕하고 죽여서라도 대상에 대한 리비도의 집착을 떼어내는" 일이 필요하다고 생각했다. 이런 의미에서 보면, 『사랑의 끝』에 등장하는 화자의 행위는 대단히 '비정상적인' 것이 아닐 수 없다. 모리스는 세라의 흔적을 지워야 하는 상황임에도 자꾸 그것을 들춰내 자신을 들들 볶으며 자학한다. 사랑에 끝이 있다는 걸 믿지 못하기 때문이다. "어떤 물질도 완전히 없앨 수는 없다"라고 하는 "화학자들의 말"을 인용하는 것에서 보듯, 그는 세라의 죽음으로 모든 것이 끝났다는 걸 믿을 수 없다. 그는 괴로움에서 벗어나고자 하는 게 아니라 그 "괴로움을 잡아두려고 몸부림을 친다". 그에게 "사람은 괴로움이 있는 동안 살아 있기" 때문이다. 그가 가톨릭식으로 장례를 치르자는 신부의 말을 거절하는 것도 사실은 괴로움을 잡아두기 위한 것이다(남편이 버젓이 있음에도, 그리고 그 남편이 자신과 부인이 연인관계였음을 알고 있음에도, 그리고 세라가 생전에 신을 믿기 시작했고 그녀가 가톨릭에 귀의한 정황이 드러났음에도, 그는 그처럼 오만하게 행동한다. 그래서 그의 오만함은 더욱 애절하게 다가온다). 자신과 세라를 그토록 괴롭게 만든 질투를 계속하는 것도 같은 이유에서다("내 질투는 세라의 죽음에서 끝나지 않았다. 아직도 세라가 살아서 나보다 더 마음에 드는 다른 남자하고 있는 것 같았다. 가능하다면 누군가를 시켜 세라의 뒤를 밟게 하여 그들의 관계를 끝장내고 싶었다"). 남편을 속이고 연인을 속이고 신부까지 속인 "거짓말쟁이"이자 "잡년"이었다며 죽은 세라를 몰아치는 것도 그런 미움과 악담을 통해서라도 그녀를 살아 있게 하려는 처절한 몸부림이다. 믿지도 않는 신을 "교활하다"고 몰아치고, "세라의 몸을 위하여 살아온" 자신은 그녀의 몸을 다시 갖고 싶을 뿐이라며 "교활한" 신을 향해 악담을 퍼붓는 것도 그녀를 망각의 늪으로 밀어넣지 않으려는 몸부림이다. 화자가 서두에서 이 스토리가 "사랑의 기록이 아니라 미움의 기록"이라고 하고, 기회가 있을 때마다 세라에 대한 미움을, 아니 그녀와 관련된 모든 사람들에 대한 미움을 토로했던 것도 그녀를 잊지 않기 위한 일종의 주문이었다. 그러한 끈이라도 잡고 있어야 할 만큼, 살아남은 사람의 심정은 절박했던 것이다.

세라의 일기를 버리거나 태우지 않고 벽장 속에 넣어두는 것도 같은 맥락이다. 여기에서 벽장은 일차적으로는 그의 아파트에 있는 벽장을 가리키지만, 그것의 진짜 속내는 그의 마음속에 있는 벽장이다. 이는 아브라함과 토록이 말한, 살아남은 사람이 '정상적'으로 애도를 하지 못하고 마음속에 만드는 "비밀묘지"와 크게 다를 바가 없다. '정상적인' 사람이라면 마음속에 벽장이나 묘지를 만들 게 아니라, 사랑했던 사람의 좋은 점들을 추려 자기 것으로 만들고 타자의 흔적이나 자율성 자체를 제거해야 하겠지만, 모리스는 부재하는 세라를 부재의 자리에 놓고 싶지 않기에 그녀가 남긴 글을 벽장에 넣는 것이다.

사랑하는 사람을 자신의 잘못된 질투와 미움과 오해로 인해 잃게 된 화자의 직업이 소설가라는 사실은 이 소설에서 애도의 문제를 글쓰기와 연계시켜볼 수 있는 근거를 마련해준다. 표면적으로 보면, 자신의 잘못된 사랑을 비통하게 돌아보는 화자의 글쓰기는 궁극적으로 그 사람을 잊기 위해 모든 기억들을 불러 모으는 행위로 비칠 수도 있을 것이다. 프로이트 같으면, 이런 걸 가리켜 애도작업에 반드시 필요한 단계, 즉 상대를 떠나보내기에 앞서 거쳐야만 하는 예비 단계라고 할지 모른다. 프로이트에게 애도작업은 죽은 자에 관한 모든 기억들을 죄다 *끄집어내는* 것에서부터 출발한다. 잊기 위해서 *끄집어내는* 것이다. 그러나 모리스의 글쓰기는 외양은 애도작업의 첫 단계처럼 보일지 몰라도, 사실은 괴로움을 붙잡음으로써 사랑하는 사람을 떠나보내지 않으려 하는 몸부림, 즉 애도를 거부하기 위한 몸부림이라고 보는 게 더 맞을 듯하다. 사실, 그가 그토록 사랑했던 세라가 일기를 쓴 것도 과거를 과거로 돌리지 않고 현재화하려는 마음 때문이었다. 그녀는 자신이 "계속 글을 쓰는 한, 어제는 오늘이고" 그들이 "아직도 같이 있다"는 느낌을 받았기 때문에 일기를 계속 썼던 것이다. 직업이 소설가인 모리스가 세라와의 사랑과 추억을 향해 자꾸 뒷걸음질을 하는 것도 글을 쓰는 한 어제를 오늘로 붙잡아둘 수 있기 때문이다. 글을 쓰는 한, 벽장 속의 그녀가, 아니 그녀의 일부(가령, 벽장 속에 넣어둔 일기)가 살아서 돌아오기 때문이다. 세라의 일기가 그러하듯, 부분이 전체를 대변하는 걸 가리켜 문학에서는 환유라고 일컫는다. 그래서 죽음은 환유화의 과정일지 모른다. 이것이 모리스가 벽장 속에 넣어두는 세라의 일기가 중요한 의미를 띠게 되는 이유다.

우리가 사랑을 시작할 때, 애도는 이미 시작된 것이라는 데리다의 말은 사랑하는 사람(타자)에 대한 지극한 헌신과 환대가 필요하다는 말에 다름 아니다(물론 데리다가 남녀 간의 사랑을 두고 이런 의미의 말을 한 건 아니었다). 우리가 사랑하는 사람은 살아 있을 때는 물론이고 죽었을 때조차, 아니 죽었으니까 더욱, 우리의 헌신과 환대를 필요로 한다는 말이다. 에마뉘엘 레비나스는 이를 가리켜 "타인에 대한 우리의 책임"이라고 했다. 어쩌면 진정한 애도는 프로이트가 처방하는 것과는 다르게, 우리가 사랑하는 사람의 흔적을 지우는 게 아니라 우리 안에 있는 '벽장' 속에 고스란히, 죽어서도 여전히 낯설고 신비로운 남으로 고스란히 남겨두는 것일지 모른다.

몸에 의한,
몸을 위한,
몸의 애도

—안티고네와 애도의 불가능성

당연한 말이지만, 사랑하는 사람의 죽음이 우리에게 매번 힘들게 다가오는 것은 이제는 그 사람을 이 세상에서 더 이상 볼 수 없게 된 현실을 받아들이기 힘들어서다. 볼 수 없다는 것은 더 이상 보듬을 수도 없고, 체취를 느낄 수도 없고, 말을 걸 수도 없다는 말이다. 몸이 있고 없고가 그렇게 중요한 것이다. 우리는 태어나면서 몸을 얻고, 죽으면서 그 몸을 내어준다. 이 세상과 저세상을 가르는 선은 결국 몸인 셈이다. 우리가 사랑했던 사람의 몸을 고이 묻어주고 묘비를 세워주는 것은 그렇게 중요한 몸이기에, 우리의 관계가 몸과 몸을 매개로 한 것이었기에, 그 몸을 끝까지 환대하기 위한 것인지 모른다. 그 몸을 끝까지 환대해야만, 우리는 비로소 우리가 사랑하는 사람을 가슴에 묻을 수 있게 되는 건지도 모른다. 그래서 애도는 사랑하는 사람의 몸을 편안하게 자연에 눕히는 것에서부터 출발한다. 결국, 애도란 몸을 애도하는 것이다. 몸이 있음은 삶이고 몸이 없음은 죽음이기에.

몸이 그토록 소중한데, 우리가 사랑하는 사람의 몸이, 어쩌면 우리 자신보다 더 사랑하는 사람의 몸이, 어디에 있는지조차 알지 못하는 상황이라면 어떻게 될까? 그리고 사랑하는 사람의 몸을 눈앞에 두고도 묻지 못하는 상황이라면 어떻게 될까?

이것은 소포클레스의 비극에 등장하는 안티고네가 맞닥뜨리게 되는 실존적 상황이다. 『콜로노이의 오이디푸스 Oedipus Coloneus』에서는 오이디푸스가 두 딸인 안티고네와 이스메네에게 자신이 죽어 묻히는 곳을 알리지 않아서, 『안티고네Antigone』에서는 크레온왕이 안티고네의 죽은 오빠를 반역자라는 이유로 묻지 못하게 하고 들짐승들에게 내어줘서 그런 상황이 발생한다. 두 작품은 배경은 비록 다르지만 사랑하는 사람의 죽음을 애도할 수 없는 실존적 상황을 극화하고 있다는 점에서는 엇비슷하다고 할 수 있다. 몸이 묻힌 곳을 모르는 것이나 몸을 묻지 못하는 것이나, 살아남은 사람이 애도를 할 수 없다는 점에서는 마찬가지인 것이다. 결국 몸이 문제다.

그리스 비극을 예로 드니까 우리가 사는 현실로부터 동떨어진 것이라고 생각할지 모르지만, 이와 유사한 예는 우리 주변의 현실 속에서 어렵지 않게 찾아볼 수 있다. 안티고네가 처한 상황과 맥락이 다르긴 해도, 몸이 없어서 발생하는 실존적 상황은 수십 명의 군인들이 목숨을 잃은 천안함 사고(2010년 3월 26일, 백령도 부근에서 발생)의 경우에도 마찬가지였다. 목숨을 잃은 마흔여섯 명 중, 마흔 명의 몸은 싸늘한 주검으로나마 가족의 품으로 돌아왔지만, 그중 여섯은 돌아오지 못하고 차가운 바닷물 속에 아직도 잠겨 있다. 돌아온 아들의 시신을 보고 "아빠 없이 혼자 클 때도 외로웠는데 그 싸늘한 바다에서 얼마나 힘들었니? 미안하다"는 어느 어머니의 말과 "시신을 안고 있는 가족들을 보면 부럽다"는 어느 실종자 가족의 말은 몸이 우리 인간에게 얼마나 중요한 것인지를 생생하게 증언해준다. 이들에게 시신은 죽은 몸이 아니라, 사랑하는 사람의 살아 있는 몸이다. 물속에 잠겨 있는 사람이 내 아버지, 아들, 남편, 형, 오빠, 애인이라고 가정해보자. 물속에 잠겨 있는 한, 그들은 뼛속까지 스며드는 바닷물의 한기에 오들오들 떨고 있는, 살아 있는 것보다 더 살아 있는 존재인 것이다. 죽은 사람이 추운 데서 떨고 있을 거라는 생각은 대단히 비현실적이지만, 그러한 비현실적인 생각이 그들에게는 현실보다 더 현실인 것이다. 그리고 그러한 상황에서는 사랑하는 사람의 죽음을 인정하지 않고 애도를 거부하는 것이 의무이기까지 하다. 어쩌면 애도의 본질은 어차피 잊지 않고 영원히 기억하는 것이니까, 그래서 그것은 처음부터 비현실적인 것이니까, 그리고 비현실적인 것이야말로 윤리적인 것이니까 그렇다.

인간은 대단히 초월적인 존재 같지만, 이처럼 몸에 얽매인 존재다. 사랑하는 사람의 몸을 제대로 떠나보내지 않고서는 애도를 하지도 못하고, 애도 자체를 시작하지도 않으려 하는 대단히 비초월적인 존재다. 그리고 사회가 요구하는 대로 애도를 한다고 해도, 그것은 늘 미완의 것으로 남을 수밖에 없다. 몸을 떠나보내는 것이 애도의 출발점인데, 몸이 존재하지 않으니 애도를 시작할 수 없는 탓이다. 『콜로노이의 오이디푸스』에서 안티고네가 처한 상황이 그러하다. 그녀에게는 아버지 오이디푸스를 애도할 수 있는 무덤도 없고 비석도 없다. 아버지 스스로가 아들들은 물론이고 심지어 자기를 보살펴준 딸들에게조차 죽음의 장소를 알리지 않고 죽었기 때문이다. 그런데 "고정된 곳 없이는, 확정할 수 있는 장소 없이는, 애도는 허용되지 않는다". 이는 데리다의 말인데, 더 쉽게 말하면 무덤이나 비석 등과 같은 것이 있어야만 애도가 가능해진다는 말이다. 무덤이나 비석이 있어야 하는 것은 사랑하는 사람이 삶을 마감하고 그곳에 몸을 뉘었다는 표식이 우리가 애도의 고통스러운 여정을 시작하는 출발점이 되어주기 때문이다. 이런 의미에서 우리는 너 나 할 것 없이 물질을 중시하고 물질에 기대는 '유물론자'인지 모른다. 몸도 물질이고 무덤이나 비석도 물질인 것이다. 물질이라는 매개가 있어야 영혼을 비롯한 비물질도 존재하는 것이다. 무덤이나 비석과 같은 물질은 우리가 사랑했던 사람에 대한 기억, 즉 비물질로 넘어가는 다리이다. 그것마저 없다면 우리는 슬픔의 바다에 빠져 허우적거리다가 결국 익사해버릴지 모른다. 사랑하는 사람을 잃은 슬픔에 끝이 있을 리 없지만, 그나마 견딜 수 있는 건 그러한 다리가 있기 때문이다. 그 다리를 건너면 사랑하는 사람을 상상이나 꿈에서나마 만날 수 있게 되기 때문이다. 그래서 오이디푸스가 죽은 후, 안티고네가 그토록 서럽게 우는 것은 일차적으로는 아버지를 잃은 슬픔 때문이지만, 이차적으로는 아버지의 몸이 이승의 삶을 다하고 정착하게 된 "고정된 곳"이나 "확정적인 장소"가 없어서이기도 하다. 그녀는, 데리다의 말을 다시 옮기면, "정상적인 애도를 박탈당한 것 때문에 우는 것이다". 그래서 그녀의 애도는 "정상적인 애도"가 아니라 "애도의 애도", 즉 애도가 불가능한 것을 애도하는 것이다. 그녀에게 애도는 출발점이 없는 "끝없는 유예"이다.

아버지가 죽은 게 확실함에도 불구하고 안티고네는 그에게 말을 건다. 이는 애도가 유예되어 죽은 아버지가 아직도 살아 있는 존재이기에 가능한 일이다. 그녀는 이렇게 말한다. "그래요, 불행들마저도 그리울(애석할) 수가 있어요. 제가 그(아버지)를 제 팔에 안고 있을 때에는, 소중하지 않은 것도 소중했으니까요. 오, 아버지, 사랑하는 아버지, 지하의 영원한 어둠을 걸친 아버지, 그곳에서도 저나 동생이 아버지를 돌보겠어요." 스스로 눈을 찔러 장님이 된 상태로 낯선 땅을 전전하는 아버지를 이스메네와 함께 보살피는 일이 여간 불행한 일이 아니었지만, 그 불행마저도 아버지의 죽음 앞에서는 그리움으로 다가온다. 아무리 힘들고 고달팠어도, 그때는 사랑하는 아버지가 옆에 있었던 것이다.

오이디푸스는 그 당시, 자기도 알지 못하는 상황에서 아버지인 라이오스를 죽이고 테베의 왕이 되어 어머니 이오카스테와 결혼하게 된 자신의 기구한 운명을 알고 나서, 그에 대한 자책으로 자신의 두 눈을 찔러 멀게 하고, 낯선 나라에서 유랑의 삶을 살고 있었다. 그의 말처럼, 안티고네와 이스메네는 그에게 딸이 아니라 아들이었다. 그를 돌봐야 하는 두 아들인 에테오클레스와 폴리네이케스가 왕권에 눈이 멀어 그들의 외삼촌인 크레온과 합세해 그를 테베에서 내쫓고 거들떠보지 않을 때, 딸들이 그를 돌본 것이었다. 이런 의미에서 눈이 먼 것은 오이디푸스가 아니라 그들이었다. 결국 오이디푸스의 파란만장한 삶은 유랑 중에 막을 내리게 되었다.

그런데 그는 자신이 어디에 묻히는지 딸들에게 알리지도 않고 세상을 떠났다. 아버지에 대한 애정이 남다른 두 딸이었기에, 그중에서도 안티고네의 애정은 더욱 각별한 것이었기에, 그의 죽음은 받아들이기 힘든 것이다. 특히, 무덤이 없어 "정상적인 애도"가 불가능한 상황이어서 슬픔은 증폭된다. 안티고네는 죽음까지 불사하려고 한다. 그녀는 이스메네에게, 어디에 있는지 알 수 없는 아버지의 묘지로 자신을 데려가서 죽여달라고까지 한다. 지하세계로 따라가서라도 아버지를 돌보겠다는 것이다. 이쯤 되면 안티고네는 "정상적인 애도"를 하지 못해 우울증에 시달리는 '비정상적인' 사람들의 대열에 속하게 된다. 아버지를 떠나보내야 함에도 여전히 그를 붙잡고 있으니 비정상적인 것이다. 죽음의 세계로 아버지를 떠나보낼 바에야 자신도 그곳으로 따라가겠다고 말하고 있으니 비정상적인 것이다. 비정상적일 뿐만 아니라 비현실적이고 비실제적이기까지 하다.

그런데 안티고네의 비정상적이고 비현실적이고 비실제적인 반응이 그녀를 누구보다도 윤리적인 존재로 만든다. 사랑하는 사람을 따라 죽을 수는 없지만, 그리고 죽은 사람을 살려낼 수도 없지만, 따라 죽으려 하고 살려내려고 하는 것이 사랑하는 사람에게 충실한 애도의 정신이라는 점에서 그렇다. 사회는 우리에게 죽은 자를 죽은 자의 세계로 보내는 애도작업을 성공리에 끝내고 다른 사람과 또 다른 관계를 맺으며 앞으로 나아가라고 요구한다. 그리고 그 "작업"을 제대로 끝내지 못하는 사람들에게는 우울증이라는 딱지를 붙여버린다. 그러나 그러한 요구에 저항하며 우리가 사랑하는 사람과 떨어지지 않으려 하고 그를 잊지 않으려 하는 것이 진정한 애도의 윤리일 것이다. 그렇다면 역설적으로 말해, 어느 정도의 우울증은 필요한 건지도 모른다.

오이디푸스는 묻힌 곳이 없어서 더 살아 있는 존재다. 더 이상 이 세상 사람이 아님에도 불구하고 "정상적인 애도"를 할 수 없도록 무덤을 남기지 않았기에 더 살아 있는 존재인 것이다. 안티고네가 비통하게 울면서 아버지에게, 그가 마치 살아 있는 것처럼 자꾸 말을 거는 이유가 여기에 있다. "저의 이 눈은 눈물로 당신을 슬퍼합니다. 가엾은 저는 당신 때문에 생긴 이 엄청난 고통을 어떻게 없앨지 모르고 있습니다. 아, 당신은 낯선 땅에서 돌아가시기를 바랐습니다. 하지만 당신은 이렇게 저 없이 돌아가셨습니다." 안티고네는 낯선 땅에서 죽어 무덤을 남기지 않음으로써 더욱 '낯선' 존재로 남게 될 아버지에게 이처럼 말을 걸며 자신이 지금, 이 순간, 이토록 슬퍼하는 모습을 보아달라고 애원한다. 아버지가 설령 살아 있다 하더라도 눈이 멀었기에 그녀가 우는 모습을 볼 수 없겠지만, 그럼에도 불구하고 그녀는 자신이 우는 모습을 보아달라고 그에게 애원하는 것이다. 대단히 비논리적이고 비이성적인 애원이지만, 지극한 슬픔에 논리나 이성이 있을 턱이 없다.

이 모든 것이 몸을 둘러싸고 일어난다. 문제는 몸이다. 몸이 있고 없음이 이토록 중요한 것이다. 몸은 죽어서도 몸이다. 그래서 애도는 몸에 의한, 몸을 위한, 몸의 애도일지 모른다.

*

『콜로노이의 오이디푸스』가 애도의 문제를 중요하긴 하지만 말미에서 부분적으로만 다루는 것과 달리,『안티고네』는 반란을 일으켰다가 죽은 오빠의 몸을 크레온왕이 묻지 못하도록 함으로써 애도를 하지 못하게 되는 실존적 상황을 중심에 놓고 있다. 이 비극은 안티고네가 왕의 명령을 어기고 오빠의 몸을 묻으려고 하다가 산 채로 돌무덤에 갇힌 후 자살로 삶을 마감하는 간단한 내용이지만, 어떻게 해서 그런 일이 발생하게 되는지에 대해서는 약간의 설명이 필요할 듯싶다.

앞에서 언급했던 것처럼, 오이디푸스에게는 두 아들과 두 딸이 있다. 에테오클레스와 폴리네이케스가 두 아들이고, 안티고네와 이스메네가 두 딸이다. 자신의 의지와는 전혀 상관없이 운명에 이끌려 아버지를 죽이고 어머니와 살게 된 오이디푸스는 자신의 기막힌 팔자를 알고 나서 두 눈을 옷핀으로 찍어 멀게 하고 장님이 된다(이는 시간적으로 보면, 그의 아내이자 어머니인 왕비가 침실에서 밧줄로 목을 매 자살한 후에 일어난 일이다. 그는 원래 칼로 자결할 생각이었는데, 왕비가 죽은 걸 보고 그녀의 옷을 여미던

기다란 황금 옷핀을 뽑아 자신의 눈을 찌르고 만다). 그는 두 아들이 성년이 될 때까지 처남인 크레온에게 섭정을 맡기고 테베를 떠나 낯선 땅을 전전한다. 권력에 눈이 먼 아들들 대신, 안티고네와 이스메네가 아버지를 돌보게 된다. 그런데 두 형제는 자신들이 성년이 된 후에도 크레온이 왕권을 내놓지 않자 왕권을 차지하기 위해서 권력싸움을 하기 시작한다. 그런데 그 싸움에서 폴리네이케스가 수세에 몰린다. 에테오클레스가 국민들의 지지를 받게 된 것이다. 그러자 폴리네이케스는 이웃 나라인 아르고스로 건너가서 그 나라의 공주와 결혼하고 아르고스 군대를 이끌고 테베로 쳐들어온다. 무력으로 왕권을 차지하기 위해서다. 그러나 그가 이끄는 아르고스 군대는 테베 군대에 패배하고 만다. 그 와중에 두 형제는 서로에게 목숨을 잃는다. 『안티고네』는 바로 여기에서 시작된다. 그러니까 전쟁이 이미 끝나고 두 형제가 죽어 싸늘한 시신이 되어 있는 상황에서 시작된다는 말이다.

크레온왕은 조국을 지키기 위해 용감하게 싸운 에테오클레스는 법과 절차에 따라 명예롭게 장사를 지내주라고 하고, 폴리네이케스는 외세의 힘을 등에 업고 조국을 치러 온 반역자라며 매장도 하지 말고 들판에 놓아 들짐승의 밥이 되게 하라고 지시한다. 그런데 안티고네는 그 지시를 어기고 오빠의 몸을 묻으려 하다가 붙잡힌다. 결국 그녀는 돌

무덤에 갇혀 스스로 목숨을 끊게 되는 가혹한 운명에 처하게 된다. 결국 『안티고네』는 몸에 관한 비극이요, 몸에 관한 이야기인 셈이다. 조국을 배반한 배신자라며 폴리네이케스의 몸을 묻어주지 말라고 명령하는 크레온왕이나 그 명령을 어기고 오빠의 몸을 묻으려고 하는 안티고네나, 몸이 소중하다는 것을, 생명을 잃은 몸이라 해도 소중하기는 매한가지라는 것을, 인정하고 있다는 점에서는 조금도 다를 게 없다. 크레온은 폴리네이케스의 몸을 통치의 차원에서 그런 식으로 처리해 국가를 배반하는 자의 말로가 어떻게 되는지 국민들에게 보여주려 하고, 안티고네는 그 몸을 국가가 아닌 가족과 인간의 차원으로 풀어내려고 한다는 점이 다르다면 다를 뿐이다. 국가의 이데올로기와 가족의 이데올로기가 몸의 처리방식을 놓고 첨예하게 대립하는 형국이다.

안티고네의 도전과 저항이 놀랍게 다가오는 것은 명령을 어기는 자가 있을 경우, "백성들이 보는 앞에서 돌로 쳐 죽이겠다"는 왕의 경고를 뻔히 알면서도 그렇게 하기 때문이다. 타 죽을 줄 알면서도 불 속으로 걸어 들어가는 격이다. 그녀의 동생인 이스메네도 오빠의 몸이 그렇게 들판에 방치되어 있는 게 좋을 리가 없지만, 법을 어기고 왕권에 도전할 경우, 죽게 될 것이 두려워 오빠의 몸을 묻자는 언니의 제안을 거절한다. 어머니와 아버지도 그토록 불행하게 죽고, 두 오빠들도 서로 싸우다가 허무하게 죽고, 이제는 "두 사람만 남았는데 왕의 명령을 어기면 얼마나 더 끔찍한 죽음이 우리를 기다리겠느냐?"는 게 이스메네의 입장이다. "국법에 대항할 힘"이 그녀에게는 없는 것이다. 현실적인 그녀가 생각하기에 안티고네는 "불가능한 것과 사랑에 빠져 있다". 여기에서 "불가능한 것"이라는 말은 안티고네의 생각이 비현실적이라는 말이다. 그리고 비현실적이라는 말은 어리석다는 말이다. 사실, 죽은 사람의 몸을 매장하는 의식과 자신의 생명을 맞바꾸려 하는 안티고네의 행위는 무모하고도 어리석은 짓일지 모른다. 더욱이 그녀의 오빠는 외세의 힘을 빌려 테베를 침략한 반역자가 아닌가. 그리고 그녀의 오빠는 크레온 편에 선 에테오클레스와 더불어 아버지의 말을 거역했을 뿐만 아니라, 아버지가 낯선 땅을 떠돌 때는 보살필 생각조차 하지 않았던 불효자가 아니었던가. 그리고 에테오클레스와 더불어, 아버지가 자기 편에 서면 왕권을 확보하는 데 유리할 것이라고 판단하고 데려가려고만 했지, 아버지의 안위에 대해서는 조금도 신경을 쓰지 않았던 비정한 자식이 아니었던가.

그러나 안티고네가 법을 어기고 오빠의 몸을 묻으려 하는 것은 그가 나라에 반역을 했든 안 했든, 아버지에게 불효를 했든 안 했든, 그에 상관없이 몸을 끝까지 환대하는 것이 (크레온의 명령이 대변하는) 인간의 법을 넘어선 "신의 법"이라는 논리에서다. 그 몸의 주인이 생전에 무슨 일을 했든, 그 몸을 새와 개들에게 내어주는 형벌을 내려서는 안 된다는 논리다. 더욱이 그 몸은 같은 어머니의 배에서 나온 오빠의 소중한 몸이다. 그녀에게는 자식이나 남편보다 오빠가 더 중요하다. "남편을 잃으면 다른 남편을 맞을 수 있고, 자식이 죽으면 다른 자식을 낳을 수 있지만, 아버지와 어머니가 하데스(지하세계)에 가 있으니 오빠는 다시 태어날 수 없다"는 이유에서다. 여기에서 자식이나 남편보다 오빠가 어째서 더 중요하냐며 그녀의 말을 공박할 필요는 없다. 그녀는 결혼을 해본 적도 없고(그녀는 크레온왕의 아들 하드몬과 약혼한 상태다) 자식을 낳아본 적도 없어서 그 차이에 대해 알 수 있는 입장이 아니다. 중요한 것은 그녀의 다소 과장된 말이, "새끼를 빼앗긴 어미새가 둥지에서 비통하게 우는 것처럼" 들판에 있는 오빠의 몸을 보고 비통한 울음을 우는 그녀의 절박한 마음을 대변하고 있다는 것이다.

안티고네는 자신이 산 채로 무덤에 묻히는 걸 감수하면서까지, 오빠를 잃은 슬픔과 "정상적인 애도"를 하지 못하는 상황에 필사적으로 대응한다. '정상적인' 사람이라면, 그런 상황에서 자신의 목숨을 내어놓으려 하지 않겠지만, 안티고네는 자신의 몸을 돌볼 생각을 전혀 하지 않는다. 그녀는 자신이 명대로 살지 못하더라도 손해가 아니라 득이라고 생각하기조차 한다. 프로이트가 애도작업을 통해서 극복해야 한다고 했던 것이 바로 이것이었다. 그는 이런 상황에서 인간은 자기 보호 본능이 발동하여 죽은 사람과의 고리를 스스로 끊으려고 한다고 보았다. 사랑하는 이의 죽음 앞에서도 사람은 그 운명에 동참하지 않으려고 거의 자동적으로 삶을 향해 방향을 튼다고 보았던 것이다. 그런 의미에서 보면, 안티고네의 도전은 무모한 것일 뿐만 아니라 상식에 위배되어도 보통 위배되는 것이 아닐 수 없다. 오빠를 위해, 아니 살아 있지도 않은 오빠의 몸을 위해, 국가의 권위에 도전하고 자신의 살아 있는 몸을 버리고자 하기 때문이다. 그러나 죽은 오빠와의 연대감이, 오빠의 죽은 몸에 대한 예의와 환대가, 그리고 그 무모함이 안티고네의 행위를 윤리적인 것으로 만든다. 이것은 "적은 죽어서도 친구가 될 수 없다"며 미움과 증오를 행동의 원리로 삼고 폴리네이케스의 시신을 매장하지 못하게 하는 크레온왕과 달리, 안티고네가 적과 동지를 구분하는 이승에서와 다르게 "저승에서는 상황이 다를지 모른다"고 항변하며 사랑을 행동의 원리로 삼고 있기에 가능한 것이다("내 본성은 미움이 아니라 사랑과 함께하는 것입니다"). 이해득실을 따져서 행동하는 이스메네와 달리, 안티고네는 자신에게 유리할 것이 없음에도 죽은 오빠의 몸을 끝까지 환대하려고 노력한다. 그리고 바로 이것이 그녀를 윤리적인 존재로 만든다.

물론 그녀는 오빠를 묻으려고 시도하지만 성공하지는 못한다. 공권력에 제지를 당하기 때문이다. 한 번은 오빠의 몸을 흙으로 살짝 덮는 데 그치고, 또 한 번은 항아리에 든 물을 오빠의 몸 주변에 세 번 뿌려 정화의식을 거행한 후 묻으려고 하다가 파수병한테 붙들리고 만다. 결국 그녀는 산 채로 무덤에 갇혀 죽는다. 이는 공권력과의 싸움이, 산 자가 아니라 죽은 자와 연대하는 것이, 얼마나 힘들고 어려운 것인지를 말해주지만, 동시에 불가능한 것을 시도하는 무모하고 비정상적인 행위 자체가 윤리적인 행위라는 사실 또한 실감나게 말해준다(아이러니컬하게도, 안티고네의 오빠의 몸을 묻어주는 것은 크레온왕이다. 물론 그것은 선의에서 나온 게 아니라, 예언자 테이레시아스가 크레온왕에게, 안티고네의 오빠의 몸을 그대로 방치하게 되면 그의 가족한테 무서운 재앙이 닥치게 될 것이라고 예언한 데서 나온 조치였다. 그러나 그 장례는 너무 늦은 것이었다. 나중에 밝혀지게 되지만 그의 아들과 아내가 이미 자살한 뒤였기 때문이다).

이 모든 것이 몸 때문에, 그것도 죽은 사람의 몸 때문에 빚어진 일이다. 『콜로노이의 오이디푸스』에서는 몸이 어디에 있는지 모르기에, 『안티고네』에서는 몸이 어디 있는지 알지만 묻히지 않았기에, 애도는 시작될 수조차 없었다. 그렇다고 몸이 어디에 있든지 안다고 해서, 그리고 몸을 묻는다고 해서, 애도를 성공적으로 해낼 수 있다는 말은 결코 아니다. 사회의 기대나 요구와는 다르게, 애도에는 성공이라는 게 없는지 모른다. 소위 말하는 "애도작업"의 성공은 사랑하는 사람을 기억의 저편으로 몰아내고 자신의 삶을 자기중심적으로 살아가는 것인데, 죽은 사람의 입장에서 보면 그것은 너무나 이기적이고 비정한 행위가 아닐 수 없다. 그러니까, 애도에 성공하면 우리가 사랑하는 사람한테 충실하지 못하는 결과가 되는 셈이다. 역설적으로 말해, 애도를 시작하지도 못한 안티고네가 애도에 충실한 사람이요, 애도를 제대로 해낸 사람이라고 할 수 있을지 모른다.

*

천안함 사고의 여파로 목숨을 잃은 군인들의 명복을 빈다. 특히 가족의 품으로 돌아오지 못하고 바닷물 속에 몸이 있는 분들의 명복을 빈다. 우리 사회는 돌아오지 못한 몸에 "산화"라는 딱지를 붙여 행방불명 처리하고 껍데기에 불과한 장례를 치렀다. 하지만 몸 대신 유품을 넣고 장례를 치를 게 아니라 그들의 몸을 찾아줬어야 했다. 바다를 막고 물을 퍼내서라도 그래줬어야 했다. 그것이 아무리 불가능한 것이라 하더라도, 불가능한 것을 가능한 것으로 만들려고 하는 몸짓 자체가 윤리다. 그러나 사회는 우리에게 적당한 곳에서 적당히 멈추라고 하며, 무엇이 어디까지 허용될지를 정한다. 안티고네가 싸운 대상은 그러한 사회의 잣대요, 요구였다. 찾아줬어야 하는 건 군인들의 몸만이 아니라, 그들을 찾다가 실종되었지만 우리가 관심 밖으로 매정하게 밀어낸 일곱 명의 금양호 선원들의 몸도 마찬가지였다(아홉 명 중 두 사람의 몸은 돌아왔다). 그들의 가족들한테는 그 몸 없이는 애도를 시작할 수조차 없는 소중한 몸이었다. 국가의 반역자인 오빠의 몸이 안티고네에게 그랬듯이.

애도란 결국 다른 게 아니라 몸에 의한, 몸을 위한, 몸의 애도이다. 그만큼 우리 인간은 안티고네처럼 몸에 집착하는 존재다. 애도를 "작업"이라고 부르며 떠나간 사람과의 관계를 단절하라고 주장하는 프로이트와 그를 따르는 정신분석학자들의 입장에서 보면 천부당만부당한 말일지 모르지만, 우리 안에는 "애도작업"을 거부하는 안티고네가 살고 있는지 모른다.

사랑하는 사람을 잊는 걸 "애도작업Trauerarbeit, work of mour- ning"이라고 하다니, 이 얼마나 잔인한 말인가. 애도는 "작업"일 수가 없다. 아니, 그래서는 안 된다.

"당신의 다른 쪽에 있는 사람은
누구인가요?"

—플라스의 저당 잡힌 삶과 미완의 애도

"인간의 마음속에는 아직 존재하지 않는 공간이 있다. 그리고 고통이 안으로 들어가면서 그것이 존재할 수 있게 된다." 프랑스 작가 리옹 블로이Leon Bloy의 말이다. 형체도 없는 마음에 무슨 공간이 있고 없고 하겠냐만, 고통이라는 것이 어느 때부턴가 마음속에 들어앉아 우리의 삶을 때로 좌지우지하는 형국을 잘 표현한 말이다. 그래도 천만다행인 것은 우리가 우리 안에 들어앉은 고통에 처음에는 휘둘리지만 시간이 지나면서 슬기롭게 그걸 극복하며 살아간다는 것이다. 적어도 대부분의 경우에는 그렇다.

그런데 우리가 고통을 극복한다 하더라도 한 번 만들어진 고통의 자리는 없어지는 게 아니라 마음속 어딘가에 어떤 형태로든 존재하든가, 적어도 흔적이라도 남기려 하는 것처럼 보인다. 정신분석학에서 '흔적'이라는 말을 자주 사용하는 것은 고통과 상처로 인해 생긴 마음속 공간이 없어지지 않고 흔적으로 남아 우리에게 암암리에 영향력을 행사하기도 하고 때로는 존재의 기둥을 사정없이 흔들기도 한다는 어찌 보면 아주 평범한 사실을 직시한 탓이다. 사랑하는 사람의 죽음을 애도하는 것이 그토록 어려운 이유도 잘 헤아려보면, 세월이 지나도 어딘가에 남아 있는 이별의 고통과 그 흔적 때문일 것이다. 그러나 대부분의 경우, 우리 인간은 생존본능이 강해 처음에는 이별의 고통에 휘둘리지만 나중에는 그 고통을 극복하고 고통의 흔적과도 화해를 하면서 '정상적인' 삶을 살아가게 된다. 그래서 사별한 사람에 대한 그리움마저 없다면, 우리 인간은 자신만을 생각하는 대단히 자기중심적인, 목숨처럼 사랑한다고 말했던 사람마저 세월이 가면 마음에서 밀어내버리는 자기중심적인 존재가 아닐까 싶다. 그런데 고통이나 그 흔적에 휘둘려 '정상적인' 삶을 살아갈 수 없는 마음이 아픈 사람들이 있다. 트라우마trauma라고 일컫는 감당할 수 없는 충격에 자신의 삶을 저당 잡힌 채 살아가는 사람들이 대표적인 경우일 것이다. 어렵게 설명할 필요도 없이, 트라우마란 인간의 마음에 과부하가 걸려 정상적으로 작동하지 못하는 상태를 말한다. 규정량을 초과하는 전기가 흐르면 문제가 되듯이, 인간의 마음도 감당할 수 없는 충격이 오면 문제가 되는 것이다. 그러고 보면, 보이지 않는 인간의 마음이 돌아가는 이치도 전기와 같은 물질의 세계가 돌아가는 이치와

매한가지인지 모른다.

　서른 살의 나이로 요절한 미국의 천재 시인 실비아 플라스(Sylvia Plath, 1932-1963)도 트라우마, 즉 심리적인 과부하에 삶을 저당 잡힌 경우였다. 그녀의 트라우마는 아버지의 죽음이었다. 보스턴대학의 생물학 교수였던 벌 전문가, 아버지(Otto)가 당뇨병으로 다리를 절단하게 되고 그에 따른 합병증으로 세상을 떠난 것이 트라우마였다. 1940년 11월 5일, 아버지가 죽었을 때, 플라스는 고작 여덟 살이었다. 아버지의 사랑이 절대적으로 필요한 나이였다. 그렇다고 어머니(Aurelia)가 이후에 그녀가 필요로 하는 아버지의 사랑까지도 줄 수 있는 상황이 아니었다. 어머니는 딸에게 사랑이 필요할 때 "어찌 됐든 옆에 있지 못했다". 교사로 일하며 가족의 생계를 책임져야 했기 때문이다. 실비아와 다섯 살짜리 아들(Warren)이 딸려 있었으니 어쩔 수 없는 노릇이기도 했다. 물론 그녀는 나름의 방식으로 자식들을 사랑하고 그들을 위해 헌신했던 어머니였다. 외면적으로 보면, 그녀는 남편의 부재에도 불구하고 자식들을 성공적으로 키워낸 어머니였다. 플라스도 그녀의 일기에서 "어머니가 자신을 위해 삶을 희생했다"는 사실을 인정했다. 문제는 그것이 플라스가 "원하지 않았던 희생"이었으며 그녀의 어머니가 감정의 문제를 지나치게 과소평가했다는 데 있다. 그녀는 남편이 전날 죽었음에도 "다음 날까지 기다렸다가 자식들에게 알릴 정도"로 냉정한 사람이었다. 그녀는 "용기를 실습"시킨다는 이유로 자식들이 아버지의 장례식에 참석하지도 못하게 한 사람이었다. 그것이 그녀의 입장에서는 자식들에 대한 배려였는지 모르지만, 결과적으로 보면 실비아가 사랑하는 아버지를 떠나보내는 의식에 참여하지 못하게 함으로써 애도의 감정을 억누르게 만들었다. 따라서 아버지가 죽은 걸 알고, 실비아가 "저, 학교에 가고 싶어요"라고 했던 건 무정하거나 비정해서가 아니라, 한 사람의 죽음을 감정이 아니라 현실적인 논리의 차원에서만 받아들이는 어머니의 비위를 맞추기 위한 반응이었는지 모른다.

플라스의 어머니 오릴리아는 현실적이고 생활력이 강하고 헌신적인 여자였다. 자기는 매번 "똑같은" "낡은 옷"을 입으면서도 아이들에게는 "새 옷을 입히고 새 신발을 신겼다". 넉넉하지 않은 살림에도 아이들에게는 "피아노, 바이올린, 프렌치호른 레슨" 등 각종 과외활동을 시켰으며 그들을 명문대학에 보냈다. 그녀에게는 자식들이 성공하는 게 전부였다. 재혼도 필요 없었고(플라스는 아버지가 돌아가셨을 때, 어머니에게 "결혼하지 않겠다"는 계약서에 서명을 하라고 했고, 어머니도 기꺼이 그렇게 했다), 개인적인 안위도 필요 없었다.

실비아는 어머니가 원하는 것이 무엇인지를 정확히 간파하고 자신의 감정을 억누르며 살았다. 그러지 않기에는 어머니가 너무 강했다. 실비아가 학교성적을 비롯한 외적인 성취에 급급했던 것은 머리가 비상해 그것이 현실적으로 가능한 것이었기 때문이기도 하지만, 궁극적으로는 아버지가 없는 집안에서 권위의 중심이었던 어머니한테 잘 보이기 위해서였다. 나름의 생존전략이었던 셈이다. 고등학교를 다니며 모든 과목에서 A를 받고, 명문 사립대인 스미스Smith대학에 장학생으로 입학하고, 그 대학을 수석으로 졸업한 후에는 장학금을 받아 영국 케임브리지대학에서 공부를 하고, 다양한 상을 휩쓰는 등, 모든 것은 어머니를 만족시키기 위한 것이었다. 그런데 주목할 점은 실비아가 좋은 점만을 어머니에게 보여줬지, 어머니가 부정적으로 생각할 만한 것들은 보여주지 않고 안으로 감췄다는 사실이다. 심지어 그녀는 테드 휴즈Ted Hughes와의 결혼생활이 끝나가는 상황에서도, 어머니에게 보낸 편지에는 "우리는 아주 잘 지내고 있어요"라고 적었다. "이렇게 행복한 적도, 이렇게 기분이 좋은 적도 없는 것 같아요"라고도 했다. 편지에 쓴 것과는 반대로 그녀의 심신은 만신창이가 된 상태였다. 외도를 하는 남편에 대한 배신감, 두 살인 딸(Frieda)과 태어난 지 몇 개월밖에 되지 않은 아들(Nicholas)을 떠맡아야 하는 현실, 강박관념에 가까운 시작詩作 욕구, 극단적인 심리적 불안정 등으로 만신창이가 된 상태였다. 그때가 스물아홉이었다.

그녀의 삶이 만신창이였던 것은 그녀의 감정이 억눌림을 당한 유년기부터 예정된 것이었다. 그것의 출발점은 아버지의 죽음이었다. 더 정확히 말하면, 그것은 아버지의 죽음을 제대로 애도하지 못한 데서부터 시작된 것이었는지 모른다. 여덟 살의 나이에 다가온 아버지의 갑작스러운 죽음은 아무리 위로를 해준다 해도 정상적인 애도가 가능하지 못할 트라우마였을 텐데, 어머니가 감정의 출구를 봉쇄해버린 탓에 애도의 눈물마저 흘리지 못하고 안으로 삭여야 했으니 그 상처와 쇼크가 날것으로 남을 수밖에 없었다. 플라스가 우울증과 정신질환에 시달리고 1953년과 1958-1959년에 정신과 의사(Ruth Beuscher)를 찾은 것은 어쩌면 불가피한 일이었는지 모른다. 그녀의 일기를 보면, 어머니나 다른 사람 앞에서는 좀처럼 울지 않던 자신이 정신과 의사 앞에서는 걷잡을 수 없이 울었다고 고백하며 그렇게 감정을 폭발시킨 원인이 무엇이었는지 의아해하는 대목이 나온다. 그건 삶의 굽이굽이를 크게 바라볼 수 있는 위치에 있지 않았던 그녀의 입장에서는 의아스러운 일이었을지 모르지만, 그녀가 감정의 출구를 봉쇄당하고 살아온 사람이라는 점을 감안하면 어쩌면 당연한 것이었다. 문제는 정신과 의사 앞에서 감정의 둑을 허물고 속에 있던 것을 쏟아내는 것이 일시적인 해소책이었을 뿐, 과부하가 걸린 마음을 온전한 것으로 되돌릴 수 없었다는 데 있다. 모든 걸 아버지

의 부재 탓으로 돌릴 수는 없겠지만 아버지의 부재가 과부
하의 주된 이유였던 건 분명해 보인다.

*

　플라스에게 아버지의 부재는 숙제였다. 쉽게 풀어낼 수
없는 모순적인 숙제였다. 그녀는 한편으로는 죽은 아버지
에 대한 사랑과 그리움, 다른 한편으로는 여덟 살밖에 되지
않은 자기를 두고 세상을 떠난 아버저에 대한 원망에 마음
이 늘 찢겨 있었다. "고백시"라 일컬어지는 그녀의 시들 중
상당수가, 아버지에 대한 복잡한 마음을 때로는 직접적으
로, 때로는 우회적으로 토로한 것이었다. 가령, 그녀가 스
물일곱 살에 발표한 「거상 The Colossus」(巨像)은 아버지에 대
한 사랑과 그리움을 노래한 시인데, 화자는 여기에서 자신
을 붕괴된 아폴로신의 청동상을 재건하려고 하는 여사제
에 비유한다. 화자는 지난 "30년 동안 당신의 목에서 모래
를 제거하려고 노력했지만" "아무리 조각들을 맞추고 아교
로 붙이고 제대로 결합해도/당신을 제대로 복원할 수 없을
것"이라고 한탄한다. 그리고 "아교 통과 소독약 통을 들고
작은 사다리들을 오르고/상중喪中인 개미처럼/잡초가 무
성한 넓은 당신의 눈썹 위를 기어 다니며/거대한 머리 판
을 손질하고/민숭민숭한 흰 무덤 같은 당신의 눈을 청소하

지만" 완전한 복원은 요원한 일이라며 안타까워한다. 아버지에 대한 그리움을 표현하고 있는 시 「진달래 길 위의 일렉트라Electra on Azalea Path」에서도 화자는 어머니를 비롯한 다른 사람들이 생각하는 것과 다르게 아버지가 자기 때문에 죽은 것이라며 자책한다.

내 어머니는 당신이 다른 사람처럼 죽었다고 했어요.
그런데 제가 어찌 그렇게 생각할 수 있을까요?
　　　　　　　(……)
아, 아버지, 용서해달라며 문을 두드리는
못된 년이자 딸이자 친구인 저를 용서해주세요.
우리 두 사람을 죽음에 이르게 한 것은 제 사랑이었으니까요.

아버지가 세상을 떠난 건 당뇨병으로 인한 다리 절단과 그로 인한 합병증이었으니, 자신의 어머니가 그러했듯 "다른 사람처럼 죽었다"고 생각하고 마음을 정리하는 것이 상식적이겠지만, 마음에 과부하가 걸린 플라스는 죽음의 원인을 자신에게서 찾으며 아버지에게 용서를 구하는 논리적 비약을 감행하고 있다.

플라스에게 아버지는 강박관념이었다. 사무치게 그리운 사람이었다. 그리움이 사무쳐 죽이고 싶은 사람이기도 했다. 그녀의 마음속 "어딘가에는 죽은 아버지가 있었다". 그는 죽었지만 살아 있었다. 그녀가 자신의 시에서 끝없이 아버지에게 말을 거는 것도 죽었지만 살아 있기에 가능한 일이었다. 그녀에게 아버지의 죽음은 소문이었지 사실이 아니었다. 그래서 아버지에 대한 그리움을 토로하고 있는 또 다른 시 「깊은 물 속Full Fathom Five」을 보면, 아버지는 죽지 않은 것으로 나온다. 아버지의 "매장에 대한 애매한 소문들"이 떠돌지만 아버지가 "나타나면서 소문들이 근거 없는 것이었다는 게 드러난다". 아버지에 대한 그리움이 아버지를 되살려내고 있는 것이다.

플라스에게 아버지의 부재는 견디기 어려운 실존이었다. "저녁을 먹은 후, 거실 소파에 누워 있는 아버지를 위해 춤을 추던" 딸은 여덟 살이 된 후로는 아버지 없이, 아니 아버지의 부재와 함께 살아야 했다. 더 이상 아버지를 위해 재롱을 떨 수도 없었고, 아버지의 칭찬에 고무될 수도 없었고, 아버지의 가슴에 덥석 안길 수도 없었다. "나는 여덟 살 이후로 아버지의 사랑, 나와 혈연관계에 있는 사람의 사랑, 나를 평생 변함없이 사랑해줄 유일한 사람의 사랑을 알지 못했다"며 "어머니가 어느 날 아침 들어와서 아버지가 영원히 가버렸다고 말했을 때, 나는 어머니가 미웠다"는 실비아의 고백은 아버지에 대한 그리움이 어느 정도의 것이었는지를 잘 말해준다.

프로이트에 따르면, 잃어버린 것은 뭔가 다른 것으로 대체

되어야 한다. 상실의 자리를 그대로 놓아두는 건 인간의 본성이 아니라는 말이다. 이는 프로이트의 모든 이론을 관통하는 핵심적인 원리인데, 언뜻 보면 평범하고 또 평범해 보여도 인간심리가 작동하는 물리와 이치를 정확하게 꿰뚫은 말이 아닐 수 없다. 아래로 흘러간 물의 자리가 다른 물에 의해 채워지듯, 뭔가를 잃어버리면 다른 것으로 빈자리를 채우려 하는 게 인간심리의 일반적인 속성이기 때문이다. 플라스도 예외는 아니었다. 그녀는 아버지가 부재하는 자리를 다른 존재로 대체하려 했다. 그녀가 "남자친구에 대한 강렬한 욕구를 느끼고 사내아이들이 모여서 웃고 떠드는 소리를 들으며 즐거움을 느꼈다"는 것은 아버지를 다른 존재로 대체하기 위한 심리적 욕구의 소산이었다. 또한 그녀에게 남편은 남편이 아니라 아버지를 대신하는 남자였다. 1958년 12월 27일자 일기는 그녀가 남편과 아버지를 동일시했다는 사실을 여실히 보여준다. 그녀는 자신이 "어떤 때는 그를 아버지와 동일시하며" 휴즈가 바람을 피우는 걸 알고 느꼈던 배반감을 아버지가 죽으면서 자신을 저버린 느낌과 동일시했다. 그녀는 꿈속에서까지 아버지의 자리에 남편을 놓았다. "나는 지난밤, 꿈속에서 테드가 다른 여자와 같이 있다는 걸 알고 그의 뒤를 쫓았다. 그런데 병원 곳곳을 뒤져 찾아낸 그는 얼굴은 남편이었지만 사실은 내 아버지였고 내 어머니였다." 이 꿈은 과부하가 걸린 그녀의 마음속에서 남편과 아버지가 같은 존재였다는 것을 여실히 말해 준다. 거기다 한술 더 떠 어머니까지 한몸이 되어 있었다. 그것은 플라스의 삶에서 어머니가 아버지를 대신하는 권위적인 존재였기에 어쩌면 당연한 것이었는지 모른다.

*

플라스의 시 중 가장 유명한 「아빠Daddy」는 아버지의 부재가 그녀의 삶에 얼마나 큰 영향을 끼쳤는지 여실히 보여주는 시다. 이 시가 쓰인 건 1962년 10월 12일이었다. 같은 해 9월에 남편과 공식적인 별거에 들어갔으니, 그녀가 이 시를 쓴 건 그 직후였다. 자신의 아버지를 형상화한 시에 그녀가 남편을 향해 느끼는 복잡한 감정이 투영된 건 불가피한 일이었을 것이다. 그래서 "아빠, 아빠, 이 개자식아, 나는 끝났어"라는 대단히 자극적인 마지막 시행은 아버지만이 아니라 남편을 향한 미움을 토로한 것임과 동시에 그들에 대한 역설적 사랑을 표현한 것이었다. 그런 의미에서 그녀의 시는 애도의 시로, 아버지의 죽음에 대한 애도만이 아니라 잃어버린 사랑에 대한 애도의 시로 읽힌다.

그러나 「아빠」를 역설적인 사랑과 애도의 시로 본다 해도, "아빠, 아빠, 이 개자식아, 나는 끝났어"라는 대목은 너무 충격적이다. 아버지를 '파더'가 아니라 '대디'라고 부르

면서 욕을 하고 있으니 더욱 그렇다. '파더'와 '대디'는 우리
말로 하면 '아버지'와 '아빠'쯤 되는데, '대디'가 훨씬 친근하
고 다정한 어감을 주는 말임은 물론이다. 플라스에게 아버
지는 '대디'라는 말로밖에 존재하지 않았다. 그녀가 세상을
제대로 알기도 전에 그가 세상을 떠났기에 '아빠'의 단계로
부터 심리적인 의미에서 덜 의존적인 '아버지'의 단계로 넘
어가고 싶어도 넘어갈 여유가 없었던 것이다. 그래서 아버
지는 늘 '아빠'여야 했다. "이 개자식아you bastard"라는 말이
따라붙을 여지도 없고, 따라붙어서도 안 되는 순진무구한
어감의 '아빠'여야 했다. 그럼에도 불구하고 "이 개자식아"
라는 말이 따라붙었다면 뭔가 이유가 있거나 맺힌 것이 있
어서 그러했을 것이다. 그리고 그렇게 욕을 했다면 맺힌 것
이 풀리며 후련했어야 할 것이다. 그런데 사랑의 표현("아
빠, 아빠")과 원망의 표현("이 개자식아") 사이의 엄청난 간
극을 감당하지 못하고 기진맥진해진 탓인지, 시인은 "나는
끝났어"라고 절규한다. 왜일까. 어째서 후련해하지 못하고
"나는 끝났어"라고 하는 걸까. 그래서 이 시를 읽는 건 마
지막 행의 비밀을 풀어가는 과정이라고 보면 된다. 아니, 첫
줄에 이미 답이 나와 있는 셈이니까 비밀이라고 할 것까지
도 없을지 모른다.

　당신은 못해요, 더 이상은

못해요. 나는 지난 30년을

검은 구두 속의 발처럼

살았어요. 불쌍하고 창백한 모습으로

감히 숨도 못 쉬고 재채기도 못하면서.

시인은 서두에서부터 자신을 지난 30년 동안, 아버지라는 "검은 구두" 속에서 "감히 숨도 못 쉬고 재채기도 못"했던 발에 비유하며 이제는 자신의 인내가 한계에 달했다는 것을 암시한다. 보통의 경우, 구두와 발의 관계는 한쪽이 다른 쪽을 억압하고 군림하는 게 아니라 감싸주고 보호해주는 상호의존적인 관계이겠지만, 시인은 그걸 한쪽이 다른 쪽에 폭력을 가하는 관계로 묘사하고 있다. 마지막 시행에 나오는 "이 개자식아"는 이러한 폭력적 관계 속에 있는 발이 구두한테 할 수 있는 말이다. 그런데 구두와 발이 아버지와 딸을 지칭한다는 데 문제가 있다. 그러니까 딸이 아버지에게 "이 개자식아"라고 하고 있는 셈이다. 여기에서 "지난 30년"은 플라스가 자신의 서른 번째 생일을 보름쯤 앞두고 이 시를 썼다는 사실을 감안하면 의미심장하다. 플라스가 살아온 세월의 모두에 해당하기 때문이다. 그녀는 아버지가 죽었음에도 살아 있는 것과 마찬가지로, 어쩌면 살아 있는 것보다 더 파괴적인 영향력을 자신에게 행사해왔다는 걸 그런 식으로 표현한 셈이다.

　그런데 아버지와 딸의 관계는 "검은 구두"와 "발"의 관계 이상의 것이었다. 그것은 나치와 유대인의 관계이기도 했다. 아버지는 나치였고, 딸은 그 앞에만 서면 혀가 "입속에서" 굳어지거나 "철조망에 걸려" 아무 말도 할 수 없는 유대인 이었다(어머니도 아버지 앞에서는 예외일 수 없었다. 그녀 도 나치 앞에서 벌벌 떨던 유대인이긴 마찬가지였다). 아버 지는 "독일 공군 기장, 알아들을 수 없는 말,/말끔히 다듬 은 콧수염,/아리안족의 연푸른 눈"과 "너무 검어서, 어떤 하늘도 뚫지 못할 나치 문양"의 독일인이었고, 딸은 그 나 치에 의해 "다차우, 아우슈비츠, 벨젠으로 실려 가는 유대 인"이었다. 아버지는 그녀의 "얼굴에 닿는 구둣발"이자 "짐 승의/가슴을 가진 짐승"이었고, 그녀는 그런 "파시스트를 좋아"하는 여자였다.

> 나는 당신에게 말을 할 수 없었어요.
> 혀가 입속에서 굳어버렸어요.
> 혀가 철조망에 걸려버렸어요.
> 이히Ich*, 이히, 이히, 이히,
> 나는 거의 말을 할 수 없었어요.
> 나는 독일인들은 모두 당신이라고 생각했어요.

---

* 독일어로 "나"(i)(I)라는 의미임.

지긋지긋한 말

나를 유대인처럼 실어 가는

기관차, 기관차.

다차우, 아우슈비츠, 벨젠으로 실려 가는 유대인.

나는 유대인처럼 말하기 시작했어요.

내가 유대인일지도 모른다는 생각이 들어요.

(……)

난 늘 당신이 무서웠어요.

독일 공군 기장, 알아들을 수 없는 말,

말끔히 다듬은 콧수염,

아리안족의 연푸른 눈.

기갑부대원, 기갑부대원, 오, 당신―

하느님이 아니라, 너무 검어서

어떤 하늘도 뚫지 못할 나치 문양.

여자들은 모두, 파시스트를 좋아해요.

얼굴에 닿는 구둣발을, 당신처럼 짐승의

가슴을 가진 짐승을 좋아해요.

나치가 유대인에게 자신의 생존을 위해 죽여야 하는 대

상이었듯이, 아버지는 플라스에게 극복해야 하는, 더 과격하게 말하면 "죽여야" 하는 대상이었다. "나는 아빠를 죽여야 했어요"라는 말은 이러한 필요에서 나온 말이었다. 그런데 문제는 "그러기도 전에" 아버지가 죽었다는 데 있었다.

나는 아빠를 죽여야 했어요.
그런데 그러기도 전에 당신은 죽었어요.

아버지가 살아 있었더라면 문제가 있었다 하더라도 성장하는 과정에서 어쩌면 자연스럽게 극복했을 테지만, 그녀는 극복할 기회를 갖지 못한 채 그의 유령에 "지난 30년 동안" 휘둘리기만 했다는 말이다. 죽인다는 얘기가 나오니 섬뜩하게 느껴지지만, 여기에서 죽인다는 것은 아이가 태어나고 성장하면서 부모에 대한 과도한 집착을 단절하고 극복하는 과정을 비유적으로 표현한 것이다. 문제는 플라스가 아버지의 죽음을 제대로 극복하지도, 애도하지도 못하고 살았다는 데 있었다. 앞서 얘기한 것처럼, 플라스는 지극히 실리적이고 현실적인 어머니 때문에, 울고 또 울고 슬퍼하고 또 슬퍼해도 해소되지 못했을 상실의 아픔을 안고 살아야 했다. 어머니는 자신의 희생을 무기로 딸을 압박했다. 그 결과는 부재하는 아버지는 물론이고 실재하는 어머니도 죽여야겠다고 생각하게 만든 정신적 공황과 분열이었다. 플라스가 1958년, 그러니까 그녀의 나이 스물여섯 살 때 쓴 일기는 이 점을 명확히 하고 있다. 그녀는 어느 날, 프로이트의 논문 「애도와 우울증」을 읽고 자기가 어머니에게 느끼는 감정에 대한 "거의 정확한 묘사"라며, "어머니에 대한 살인적 충동이 자신에게로 전이"되면서 자살하고 싶은 충동을 느낀다고 했다. 그녀에게는 어머니가 "자아를 고갈시키는" "흡혈귀"였다. 그녀는 자신을 놔두고 떠남으로써 어머니에게 자신을 '버린' 아버지가 미웠다. 그녀의 마음속에서 어머니는 아버지와 같은 독재자였으며, 숨도 못 쉬게 하는 폭군이었다. 그녀에게는 남편 휴즈도 마찬가지였다. 꿈속에서도 아버지와 남편과 어머니는 분리된 존재가 아니라 하나의 몸으로 통합된 억압의 주체였다. 페미니스트들이 플라스를 가부장적 이데올로기에 희생된 전형적 여성이라며 그녀의 남편이었던 테드 휴즈를 파렴치한 인간이자 살인자로 몰아붙인 것은 이런 정황을 감안하면 지나친 점이 없지 않다. 남성 대 여성의 이분법적 구도로만 플라스의 죽음을 본 그들은 플라스의 삶에 미친 어머니의 파괴적인 영향에는 눈을 감았다. 문제는 아버지의 죽음을 제대로 애도하지 못한 데 있었던 것이지 가부장적 이데올로기에만 있었던 건 아니었다.

플라스는 아버지의 부재가 싫었고, 부재하기에 더욱 실재하는 아버지가 싫었다. "살인적인 충동"을 느낄 만큼 싫었다. 이 말은 그녀가 본능적으로 살려고 몸부림을 쳤다는 말이기도 하다. 그녀는 자신을 옥죄는 아버지의 유령을 떨쳐내고 싶었다. 그래서 부재하는 아버지를 향한 "살인적인 충동"은 살아남기 위한 몸부림의 소산이었다. 그러나 부재하는 아버지에 대한 "살인적인 충동"은 죄의식으로 이어졌고, 그것은 다시 자기혐오로 이어졌다. 프로이트식으로 말하면 아버지를 향해 느끼는 "살인적인 충동"이 자기를 향해 "전이"된 것이었다. 그녀가 자살을 시도한 것은 바로 그러한 "전이"로 인한 죄의식과 절망감 때문이었다.

나는 스무 살 때, 당신한테 돌아가려고,
다시 돌아가려고 죽으려 했어요.
뼈만이라도 그렇게 할 수 있다고 생각했던 거예요.

실제로 플라스는 스무 살 때 수면제를 먹고 자살을 시도했고, 이후로 여러 번에 걸쳐 정신과 치료를 받았다. 여러 가지 복합적인 요인이 작용했을 수 있겠지만, 플라스가 자살을 시도한 데는 아버지의 죽음과 그로 인한 트라우마가 결정적인 역할을 했던 것은 분명해 보인다.

자살이 실패로 돌아간 후, 그녀는 표면적으로는 정상을 되찾은 듯했다. 하지만 그녀는 자신에게 드리워진 아버지의 그늘을 벗어나지 못했다. 자신보다 두 살 많은 테드 휴즈를 영국에서 만나 넉 달도 안 되어 결혼까지 했지만(그들이 처음 만났을 때, 휴즈는 그녀의 귀걸이를 낚아채며 그녀에게 키스를 퍼부었고, 플라스는 피가 날 정도로 그의 뺨을 물어뜯었다고 한다. 전설에나 나올 법한 이야기지만 사실이었던 듯하다), 그녀에게는 늘 아버지의 그림자가 따라다녔다. 휴즈도 그걸 알았다. 그의 시 「검은 외투Black Coat」를 보면 그녀의 눈에 아버지의 "환영"과 남편의 모습이 겹치는 대목이 나오는데, 이는 그들의 결혼생활이 순탄할 수 없었던 이유 중 하나가 아버지의 그림자나 환영이었음을 암시한다. 두 사람이 살지만 결국 세 사람이 동거하는 거나 마찬가지였던 플라스와 휴즈의 결혼생활은 T. S. 엘리엇의 「황무지The Waste Land」의 한 대목을 연상시킬 정도로 기이한 것이었다.

당신 곁에서 늘 걷고 있는 세 번째 사람은 누구인가요?
세어보면, 당신과 나밖에 없는데
흰 길 앞을 내다보면
갈색 망토를 입고 두건을 쓰고
당신 곁에 걷고 있는 다른 사람이 늘 있어요.
나는 그게 남자인지 여자인지 모르겠어요.
당신의 다른 쪽에 있는 사람은 누구인가요?

그랬다. 엘리엇의 시에서처럼, 두 사람 사이에는 늘 세 번째 사람이 있었다. "당신의 다른 쪽에 있는 사람은 누구인가요?"라는 말은 휴즈가 자신의 아내에게 했음 직한 질문이었다. 휴즈는 실제로 시 「초상화Portraits」에서 플라스의 뒤에서 그녀를 바라보고 있는 "두건을 쓴 인간의 모습을 한 작은 그림자"를 향해 "저게 누구야?"라고 물었다.* 물론 그 "그림자"는 플라스의 아버지였다.

플라스가 「아빠」의 후반부에서 "당신을 모델로 삼아" "검은 옷을 입은, 히틀러처럼 생긴 남자"를 택했다고 한 것은 이런 맥락에서였다. 자신과 아버지의 관계가 유대인과 나치의 관계였던 것처럼, 자신과 남편의 관계도 마찬가지였다. 남편은 "고문과 압력을 좋아하는" 나치였고, 자신은 억압당하는 유대인이었다. 여기에서 휴즈가 실제로 "검은 옷을 입은, 히틀러처럼 생긴 남자"이자 "고문과 압력을 좋아하는 남자"였는지 어쩐지는 중요하지 않다. 플라스가 남편과 헤어져 감정이 격앙된 상태에서 글을 쓰면서 극단적인 표현과 수사를 동원했을 가능성은 얼마든지 있다. 중요한 것은 그녀가 휴즈를 자신의 아버지와 동일시했다는 사실이고,

---

* 「초상화」에서 "저게 누구야?"라고 말하는 사람은 실제로는 플라스의 초상화를 그리는 화가인데, "저게 누구야?"라고 묻는 건 실제로는 휴즈인 것처럼 보인다. 휴즈는 정신착란 상태의 플라스가 자신과 아버지를 동일시했던 걸 화자의 입을 통해 형상화하고 있다. 물론 이 시는 플라스가 죽은 지 오랜 후에 쓰인 시다.

그리고 휴즈가 바람을 피우자 자신을 두고 떠난 아버지와 그를 더욱 동일시하게 됐다는 사실이다. 그녀는 아버지에게 그랬던 것처럼, 휴즈에게도 애증의 감정을 느꼈다. 이 상황에서 그녀가 할 수 있는 일은 그에 대한 집착에서 벗어나는 것이었다. 죽이기라도 해서 벗어나는 것이었다. 그는 "1년 동안", 아니 "7년 동안" 자신의 "피를 빨아먹은 흡혈귀"였다. 그리고 그는 그녀가 죽여야 하는 아버지였다. 둘은 하나였던 것이다.

> 내가 한 사람을 죽였다면, 두 사람을 죽인 거예요—
> 자기가 당신이라고 하면서
> 1년 동안 내 피를 빨아먹은 흡혈귀를 죽였으니까요.
> 아니, 사실은 1년이 아니라 7년이었어요.
> 아빠는 이제 다시 누우실 수 있게 됐네요.
>
> 당신의 살찐 검은 가슴에 말뚝이 박혀 있네요.
> 마을 사람들은 당신을 좋아한 적이 없었어요.
> 그들이 당신 위에서 춤을 추며 발을 구르고 있어요.
> 그들은 그게 당신이라는 걸 늘 알고 있었던 거예요.
> 아빠, 아빠, 이 개자식아, 나는 끝났어.

표면적인 의미에서만 보면, 이 시의 결말은 화자/시인이 마침내, 아버지로부터 해방이 된 듯한 분위기를 풍긴다. 화자는 지난 30년 동안, 자신을 괴롭힌 아버지의 "살찐 검은 가슴에 말뚝"을 박아 드디어 그를 무덤에 눕히는 데 성공한 것처럼 보인다. 그런데 석연치 않은 것은 지난 30년 동안 자신을 괴롭힌 아버지와 지난 7년간 자신을 괴롭힌 남편이 서로에게로부터 구분되지 않는 존재여서 그들을 동시에 죽였다는 것이며, 자신이 원하던 존재를 죽였음에도 불구하고 "아빠, 아빠, 이 개자식아, 나는 끝났어"라는 마지막 시구가 너무 암울하게 느껴진다는 사실이다. 마치 아빠를 죽임으로써 모든 에너지가 고갈되고 스스로의 목숨도 끝났다고 자인하는 것처럼 느껴진다.

그렇다. "나는 끝났어"라는 말에서는 자신이 그들을 죽이면서 동시에 자기 자신도 죽이고 말았다는 그녀의 절망이 느껴진다. 이 시를 쓴 시점(1962년 10월 12일)에서 정확히 4개월 만인 1963년 2월 11일, 시인이 가스오븐 속에 얼굴을 넣고 자살을 했다는 것은 크게 놀랄 일은 아니었다.* "나는 끝났어"를 썼을 때, 그녀의 삶은 이미 끝났던 것이

---

* 플라스가 가스오븐에 머리를 넣고 죽어가는 사이, 두 아이는 옆방에서 자고 있었다. 딸인 프리다는 세 살이었고, 아들인 니콜라스는 한 살(13개월)이었다. 플라스는 아버지가 여덟 살 때 자신에게 했던 걸 그보다 훨씬 어린 두 아이들에게 되풀이하면서 죽었다. 마치 복수하듯이. 그렇게 남겨진 두 아이는 아버지인 테드 휴즈의 손에서 컸다. 그들의 아버지는 그들이 30대 중반을 넘을 때까지 그들을 보호해주며 살았다. 그들은 아버지 덕에 세간의 이목에서 벗어나 평화롭게 살 수 있었다.

다. 아버지를 제대로 애도하지 못한 그녀는 결국 자신의 삶을 마감함으로써 스스로도 애도의 대상이 되었다. 그녀의 삶은 고통과 그것의 흔적에 휘둘린 삶이었다. 이 글의 서두에 인용한 블로이의 말("인간의 마음속에는 아직 존재하지 않는 공간이 있다. 그리고 고통이 안으로 들어가면서 그것이 존재할 수 있게 된다")은 맞는 말이었다. 플라스는 처음에는 존재하지 않다가 고통이 들어서면서 존재하기 시작한 마음속 공간에 휘둘리고 저당이 잡힌 삶을 살았다. 그녀의 삶은 끝나지 않는 애도 그 자체였다.

아빠

당신은 못해요, 더 이상은

못해요. 나는 지난 30년을

검은 구두 속의 발처럼

살았어요. 불쌍하고 창백한 모습으로

감히 숨도 못 쉬고 재채기도 못하면서.

나는 아빠를 죽여야 했어요.

그런데 그러기도 전에 당신은 죽었어요.

신神으로 가득한, 대리석처럼 무거운 자루,

샌프란시스코 물개처럼 커다란
회색 발가락 하나가 달리고

아름다운 노시트 근해에서
초록색을 청색 위로 쏟아내는
변덕스러운 대서양에 머리가 잠긴 무시무시한 조상彫像,
나는 당신을 되돌려달라고 기도했어요.
아흐, 두.*

전쟁, 전쟁,
전쟁이라는 롤러에 납작 바스러진
폴란드의 어느 마을에서 들리는 독일어.
그러나 그런 이름은 흔하대요.
폴란드 친구의 말에 따르면

그런 이름을 가진 곳이 일이십 개나 된대요.
그래서 나는 당신이 어디에 발을 딛었는지
당신의 뿌리가 어딘지 알 수 없었어요.
나는 당신에게 말을 할 수 없었어요.
혀가 입속에서 굳어버렸어요.

---

* 독일어로 "아, 당신."이라는 의미임.

혀가 철조망에 걸려버렸어요.

이히, 이히, 이히, 이히,

나는 거의 말을 할 수 없었어요.

나는 독일인들은 모두 당신이라고 생각했어요.

지긋지긋한 말

나를 유대인처럼 실어 가는

기관차, 기관차.

다차우, 아우슈비츠, 벨젠으로 실려 가는 유대인.

나는 유대인처럼 말하기 시작했어요.

내가 유대인일지도 모른다는 생각이 들어요.

티롤의 눈도, 비엔나의 깨끗한 맥주도

그리 맑지도 않고 그리 순수하지도 않아요.

집시 조상에 섬뜩한 운명, 그리고 한 벌의 타로카드,

타로카드까지 있으니

나도 조금은 유대인일지 모르겠어요.

난 늘 당신이 무서웠어요.

독일 공군 기장, 알아들을 수 없는 말,

말끔히 다듬은 콧수염,

아리안족의 연푸른 눈.

기갑부대원, 기갑부대원, 오, 당신—

하느님이 아니라, 너무 검어서
어떤 하늘도 뚫지 못할 나치 문양.
여자들은 모두, 파시스트를 좋아해요.
얼굴에 닿는 구둣발을, 당신처럼 짐승의
가슴을 가진 짐승을 좋아해요.
아빠는 내가 가진 사진 속에서 보면
칠판 앞에 서 있어요,
갈라진 건 발이 아니라 턱이지만
그렇다고 악마가 아닌 것도 아니고,
귀엽고 붉은 내 심장을 두 조각 낸

시커먼 남자가 아닌 것도 아니에요.
그들이 당신을 묻었을 때, 나는 열 살이었어요.
나는 스무 살 때, 당신한테 돌아가려고,
다시 돌아가려고 죽으려 했어요.
뼈만이라도 그렇게 할 수 있다고 생각했던 거예요.

하지만 그들이 나를 침대에서 끄집어내
풀로 전부 붙였어요. 그래서 나는
내가 뭘 해야 하는지 알게 됐어요.

나는 당신을 모델로 삼았어요,

검은 옷을 입은, 히틀러처럼 생긴 남자,

고문과 압력을 좋아하는 남자를 그래서 택했던 것이에요.

알겠어요, 알겠어요, 나는 이렇게 말했어요.

그래서 나는 결국 끝난 거예요.

시커먼 전화는 선이 뽑히고

목소리는 밖으로 새어 나갈 수도 없어요.

내가 한 사람을 죽였다면, 두 사람을 죽인 거예요—

자기가 당신이라고 하면서

1년 동안 내 피를 빨아먹은 흡혈귀를 죽였으니까요.

아니, 사실은 1년이 아니라 7년이었어요.

아빠는 이제 다시 누우실 수 있게 됐네요.

당신의 살찐 검은 가슴에 말뚝이 박혀 있네요.

마을 사람들은 당신을 좋아한 적이 없었어요.

그들이 당신 위에서 춤을 추며 발을 구르고 있어요.

그들은 그게 당신이라는 걸 늘 알고 있었던 거예요.

아빠, 아빠, 이 개자식아, 나는 끝났어.

—「아빠」

생일에 부치는 편지

—휴즈의 침묵과 애도의 노래

슬픔과 애도는 개인적인 것이다. 그 사람이 생전에 다른 사람과 맺은 관계의 무늬와 빛깔이 저마다 다른 만큼, 그를 잃은 슬픔의 무늬와 빛깔도 서로 달라 개인적인 것이다. 물론 무늬와 빛깔이 서로 다르더라도 서로를 안아주고 토닥이며 슬픔을 공유하는 것은 얼마든지 가능하겠지만, 그것은 잠시일 뿐이다. 부모를 잃은 형제들 사이에도 그건 예외가 아니다. 다른 사람은 금세 자기 자리로 돌아가고, 자신만이 홀로 남아 이 세상에 없는 사람이 남긴 빈자리와 공허를 감당해내야 한다.

슬픔과 애도가 개인적인 것이란 말은 그것이 추상적이 아니라 구체적인 것이란 말이기도 하다. 그렇다고 슬픔과 애도가 늘 구체적이어야 한다는 말은 결코 아니다. 우리가 개인적으로 잘 알지 못하는 공인의 죽음을 슬퍼하고 애도하는 건 얼마든지 가능한 일이다. 그러나 그것은 가능하긴 하되, 그를 깊이 알고 사랑했던 사람(들)이 느끼는 개인적인 슬픔과는 근본적으로 다른 추상적인 슬픔이다. 바로 이것이 사랑하는 사람을 잃은 슬픔과 그를 애도하는 것이 어느 누구도 대신해줄 수 없는 개인적인 영역에 속하는 이유다. 그리고 바로 이것이 우리가 애도의 사적인 공간을 존중해줘야 하는 이유다.

그러나 유감스럽게도, 존중을 받아야 하는 슬픔과 애도의 사적인 공간이 침해를 받는 경우가 더러 있다. 그것도 우발적이 아니라 아주 의도적이어서 무례하고 상스럽기까지 한 경우가 더러 있다. 영국의 계관시인이었던 테드 휴즈(Ted Hughes, 1930-1998)의 마지막 35년은 사적이어야 할 슬픔과 애도의 공간이 무참하게 침해를 당한 대표적인 사례였다. 침해의 이유는 단 하나였다. 휴즈가 애도해야 하는 대상이 페미니스트들이 떠받드는, 서른 살의 나이로 삶을 마감한 실비아 플라스(Sylvia Plath, 1932-1963)라는 시인이었기 때문이다.

휴즈의 아내인 플라스는 1963년 2월 11일, 가스오븐 속에 머리를 넣고 자살했다. 그녀가 자살을 한 방식은 주도면밀했다. 그녀는 세 살인 딸과 첫돌이 갓 지난 아들의 침대 옆에 우유와 비스킷을 놔두고, 그들의 방으로 가스가 새어 들지 않도록 문틈을 테이프로 봉한 후, 가스오븐 속에 스스로 머리를 넣고 목숨을 끊었다. 끔찍한 죽음이었다. 그런데 신문에 보도된 사인死因은 바이러스성 폐렴이었다. 자살이 아니라 병사로 보도된 것이었다. 휴즈가 아이들과 자신을 보호하기 위해 그렇게 알린 것이었다. 그러나 세상은 그것을 가만두지 않았다. 1965년에 출간된 플라스의 유고시집 『에어리얼Aerial』이 세간의 관심을 끌면서 그녀가 극단적인 방식으로 자살을 했다는 사실이 조금씩 알려지기 시작했다. 그리고 급기야 1971년, 플라스의 소설 『둥근 항아리 Bell Jar』가 미국에서 출간되어 선풍적인 인기를 끌 무렵, 휴즈와 플라스를 잘 알고 지냈던 앨버레즈Al Alvarez가 『야만적인 신The Savage God』이라는 저서에서 플라스가 어떻게 자살했는지를 세상에 폭로했다. 휴즈가 노발대발하며 그에게 보낸 편지에서 얘기한 것처럼, 그것은 휴즈와 그의 어린 자식들에게는 "다이너마이트"였다. 앨버레즈에게는 어머니가 자기들을 두고 자살했다는 걸 알면 아이들이 입게 될 상처 같은 건 안중에 없었다. 그건 휴즈를 살인자로 내몬 페미니스트들에게도 마찬가지였다.*

---

* 프리다 휴즈와 니콜라스 휴즈는 그들이 각각 열네 살, 열두 살이었을 때, 어머니의 죽음에 대해 알게 되었다. 그들은 전에는 어머니가 "폐렴"으로 죽은 줄로만 알고 있었다. 프리다는 시인이자 화가로 활발하게 활동하고 있고, 니콜라스는 알래스카 페어뱅크스대학의 교수로 해양학을 가르치다가 2009년, 자살로 삶을 마감했다. 남의 일에 코를 들이밀고 말하기 좋아하는 사람들은 어떻게 생각할지 모르지만, 속내를 제대로 알기 전에는 니콜라스의 자살에 관해서도 왈가왈부해서는 안 될 듯싶다.

문제를 더 복잡하게 만든 것은 플라스의 시가 어쩌면 그럴 수 있을까 싶을 정도로 철두철미하게 자신과 주변 사람들을 향한 것이었다는 데 있었다. 그녀에게 시의 소재와 대상은 자신이었다. 더 정확히 말하면, 자신과 주변 사람들이었다. 개인의 경험을 보편적인 것으로 승화시켜야 한다는 T. S. 엘리엇식의 미학은 그녀에게 맞는 것이 아니었다. 그래서 그녀의 시는 자신이 느끼는 바를 날것으로 옮겨놓은 "고백시"였다. 옳고 그름이 문제가 아니었다. 남편과 별거에 들어간 후 쓴 「아빠」를 보면, 그녀에게 남편은 지난 7년 동안 "내 피를 빨아먹은 흡혈귀"였다. 그녀는 남편과 별거하기 시작하면서 엄청난 양의 시를 썼다. 아니, 썼다기보다는 토해냈다. 놀라운 것은 언어적 감각과 집중력이 뛰어났던 탓에 그녀가 토해내는 감정이 나름대로 괜찮은 시의 형태를 갖추었다는 사실이다. 그녀가 그렇게 많은 시를 쓰면서 일정한 수준을 유지했던 건 언어에 대한 감각적 통제력 덕분이었다. 그녀는 '위대한' 시인은 아닐지 몰라도, 그런 맥락에서 보면 타고난 시인이었다. 그러나 그녀는 자신의 감정을 통제하지 못하고 그 감정에 '들려' 있었다. 그녀가 우울증과 정신분열증을 앓았고 아버지에 대한 강박관념에 시달렸던 것도 감정에 '들려' 그걸 통제하지 못한 탓이었다. 그래서 그녀는 자신의 죽음을 어린 자식들이 후에 어떻게 받아들일지, 자신의 남편이 그것의 후폭풍으로 어떻게 인생을 저당 잡히게 될지 생각할 겨를이 없었다. 그녀는 죽는 순간, 그렇게 이기적이었다. 보살펴주지 않으면 몸도 가누지 못할 정도로 어렸던 자식마저 생각하지 못할 정도로 이기적이었다. 그래서 아이들의 침대 옆에 비스킷과 우유를 놓아두고 가스가 그들의 방으로 새어들지 못하도록 문틈을 봉했다는 애기는 그로테스크하게 들린다. 아이들의 어머니임에도 불구하고 자신의 행위가 이기적이라는 걸 보지 못할 정도로 절망적 상태였다는 사실을 감안하면 다소 안쓰러운 마음이 들기도 하지만, 그녀의 자살로 말미암아 아이들은 어머니 없이 살아야 했고 남편은 평생 치욕적인 돌팔매질을 당하며 살아야 했다는 사실을 떠올리면 그녀를 향한 안쓰러움은 금세 착잡한 마음으로 바뀐다.

플라스한테 '버림을 받은' 두 아이는 아버지의 손에서 컸다. 휴즈는 그들이 30대 중반을 넘을 때까지 그들을 보호하며 살았다. 그들은 아버지 덕에 세간의 이목에서 벗어나 평화롭게 살 수 있었다. 사생활이라는 걸 용납하지 않으려드는 시대에 그렇게 할 수 있었다는 건 참으로 대단한 것이었다. 그런데 휴즈는 자식들에게는 세상으로부터 그들을 보호해준 자상한 아버지였지만, 플라스의 묘석에서 휴즈라는 이름을 끌로 파낼 정도로 극렬했던 페미니스트들에게는 아내의 피를 빨아먹은 "흡혈귀"이자 살인자였다. 그들은 "틀린 것은 맞다고 하고, 맞는 것은 틀리다고 한" 플라스의 정신분열적인 상태를 조금도 감안하지 않고, 그녀가 감정이 과잉된 상태에서 쓴 「아빠」의 내용을 곧이곧대로 믿었다. 즉 아버지와 남편을 동일시하며 아버지에게는 "아빠, 이 개자식아"라고, 남편에게는 자신의 피를 지난 7년 동안 빨아먹은 "흡혈귀"라고 한 것을 엄정한 사실에 근거한 것이라고 믿어버린 것이었다. 플라스가 그랬듯이, 그들에게도 맞고 틀리고는 중요하지 않았다. 그리어Germaine Greer의 말에 따르면, "페미니스트들은 테드 휴즈를 상대할 생각이 없었다. 테드 휴즈는 응징을 받기 위해 존재했을 뿐이다. 우리는 여주인공을 잃고 비난할 대상이 필요했다. 그리고 휴즈가 거기에 있었다." 그랬다. 진실은 중요하지 않았다. 그들은 처음부터 휴즈의 말에 귀를 기울이지 않았다. 그의 입에서 무슨 말이 나오든 그는 살인자여야 했다. 플라스의 자살과 그녀의 사후 시집 출간 시기가 유럽과 미국에서 페미니스트 운동이 일어나던 때(1960-1970년대)와 맞물리면서 휴즈에 대한 공격은 극에 달했다. 그는 죄인이어야 했다. 젖은 걸레로 얼굴을 문질러버려도 싼 죄인이어야 했다. 그가 나타나는 공항이나 강연장에서도 극렬한 페미니스트들은 살인자라는 구호를 외쳤다. 그 상황에서 그가 택한 저항의 방식은 침묵이었다. 그의 말에 따르면, 그 침묵이 비록 그를 "모든 비난과 갖은 억측을 시인하는 것으로 보이게 만들지라도" 그는 "투우장에 끌려 가" 소처럼 자극을 받아 자신이 플라스와 살았던 삶을 낱낱이 "토해내 아주 저급한 호기심 외에는 느끼는 게 별로 없는 수십만 명의 영문과 교수들과 대학원생들을 즐겁게 하는 것보다는" 침묵을 "선호했다". 실제로 휴즈와 플라스의 사적인 삶을 토대로 수십 권의 책이 쓰였다. 그들에게는 미학보다는 스캔들과 뒷공론이 먼저였다. 그래서 그들과의 싸움은 승산이 없는 싸움이었다. 호전적이고 극렬한 페미니스트들에게 그는 변변한 상대가 되지 못했다. 페미니스트이자 시인인 모건Robin Morgan은 「규탄Arraignment」이라는 시에서 휴즈를 플라스의 몸과 마음을 강간한(mind-rape and body rape) 살인자라고 "규탄"하기까지 했다. 승부는 이미 결정되어 있었다. 그도 그걸 알고 있었다.

그런데 휴즈를 공격했던 페미니스트들이 한 가지 간과했던 것은 플라스의 유고시집과 편지들이 휴즈에 의해 출판되었으며 그녀의 명성이 그것에 전적으로 의존하고 있다는 사실이었다. 휴즈가 자신에게 유리할 것이 전혀 없음에도 플라스의 시집과 일기를 출판한 것은 시인으로서의 재능을 높이 샀기 때문이었다. 자살했을 당시, 플라스는 그녀의 남편 휴즈와 달리 거의 알려지지 않은 시인이었다. 그녀가 지금처럼 다소 과장된 명성을 누리게 된 건 전적으로 그녀의 시적 재능을 아끼고 눈여겨본 남편 덕이었다. 그러니 휴즈는 플라스의 살인자일 수 없었다. 오히려 그녀를 망각의 늪에서 건져낸 사람이었다. 그렇다고 그의 외도를 정당화하자는 말은 아니다. 플라스에게 아이들을 맡기고 별거한 것을 정당화하자는 말도 아니다. 다만, 속내를 제대로 알지 못하고, 그렇지 않아도 아내의 자살에 충격을 받고 두 아이를 키워야 했던 그에게 살인마라는 굴레를 씌우고 증오를 쏟아낸 건 온당한 것이 아니었다는 말이다. 침묵해야 했던 건 휴즈가 아니라 그를 살인마로 몰고 가면서 슬픔과 애도의 사적인 공간마저 침해했던 사람들이었다. 폭력적이었던 건 플라스의 유고시집을 출판해 그녀를 주요작가의 반열에 들게 했던 휴즈가 아니라 플라스의 묘비에서 휴즈라는 글자를 끌로 파내며 그녀의 잠을 방해하고, 그가 가는 곳마다 피켓을 들고 따라다니며 살인마라고 외쳤던 사람들이었다. 그들의 행위와 말은 플라스를 위한 것이 아니라 애도의 정신과는 천리만리 떨어진 추상적인 이데올로기를 위한 것이었다. 그들은 플라스를 애도한 것이 아니라 그녀를 무덤 속에서 끌어내 그녀의 손에 이데올로기와 증오의 깃발을 들려 전쟁터로 내몰고 싶었던 것이다. 더 좋은 시들이 얼마든지 있는데, "아빠, 이 개자식아"라는 자극적인 표현이 나오는 「아빠」가 플라스의 시 중 가장 유명해지게 된 건 바로 이런 맥락에서였다. 그래서 결과적으로 보면 아이러니컬하게도, 그들은 「아빠」를 플라스의 대표작으로 부각시킴으로써 독자들이 그녀의 재능이 한껏 드러나는 다른 형태의 좋은 시들에 접근하는 길목을 차단한 셈이 되었다.

그들의 광기에 맞설 수 있는 휴즈의 유일한 무기는 침묵이었다. 그는 숱한 비난과 모함에 대해서 가타부타 말을 하지 않았다. 그 침묵은 그가 플라스의 전기작가 스티븐슨Anne Stevenson에게 보낸 편지에서 말한 것처럼 "가능하다면, 내 감정의 사적 영역과 실비아에 대한 결론을 내 자신을 위해 되찾고 다른 사람들에 의한 오염을 제거하기 위한 소박한 소망"에서 비롯된 것이었다. 그러나 그의 침묵은 그를 비난하고 모함하는 사람들에게는 자신의 죄를 시인하는 것으로 비쳤다. 그래도 그는 가만히 있었다.

그런데 놀라운 일이 벌어졌다. 휴즈가 1998년 1월 29일, 숱한 비난과 모함 속에서도 지난 35년 동안 한결같이 지켜오던 침묵을 깨고 『생일에 부치는 편지Birthday Letters』라는 놀라운 시집을 세상에 내놓은 것이었다. 첫 시인 「풀브라이트 장학생Fulbright Scholars」에서부터 마지막 시인 「붉은색Red」에 이르기까지, 대부분의 시들이 그의 아내에게 쓰는 편지형식으로 된 시집이었다. 공교롭게도 그는 이 시집을 자신과 플라스 사이에서 태어나 30대의 성년이 된 프리다와 니콜라스에게 헌정했다. 그리고 그는 9개월 후, 세상을 떠남으로써 스스로도 애도의 대상이 되었다.

휴즈가 죽기 몇 개월 전에 『생일에 부치는 편지』를 세상에 내놓음으로써 몇십 년에 걸쳐 지켜온 침묵을 깬 건 실로 놀라운 일이었다. 모든 사람들이 플라스에 관해서는 그에게 침묵 외에는 바랄 것이 없다고 생각했기에 더욱 놀라운 일이었다. 그런데 그것은 놀랍지만 불가피한 일이기도 했다. 플라스를 처음 만나면서부터 그녀의 죽음에 이르기까지, 그리고 그녀의 죽음에서부터 이후의 삶에 이르기까지 그가 느꼈던 것들이 투영된 여든여덟 편의 시를 읽노라면, 그가 30년 넘게 지켜온 침묵이 사실은 침묵이 아니라 소리 없는 아우성이었으며 인생의 말년에 이르러서는 더 이상 안에 가둬둘 수 없는 상태였던 게 아닐까 하는 느낌을 받게 된다. 그런데 30여 년에 걸쳐 쓰인 여든여덟 편의 시를 통해 분명하게 드러나는 한 가지는 그를 살인자라고 "규탄"했던 일부 페미니스트들의 생각과는 다르게, 그가 재능이 많았지만 나름대로 인간적 약점도 많았던 플라스를 사랑했고 그녀의 죽음 이후에도 그녀를 애절하게 그리워했으며, 지난 30여 년에 걸친 그의 삶 자체가 애도의 연속이었다는 사실이다. 이는 『생일에 부치는 편지』에 수록된 여든여덟 편 하나하나가 애도의 시라는 말이기도 하다.

우선, 시의 형식부터가 그러하다. 휴즈의 시는 죽은 지 오래인 플라스를 무덤에서 불러내기라도 하듯, 그녀에게 얘기하는 형식을 취하고 있다. 좀 더 정확하게 말하면, 장인에게 얘기하는 형식을 취하고 있는 「오토의 초상A Picture of Otto」과 두 자식들에게 얘기하는 형식을 취하고 있는 「개들이 너희 어머니를 뜯어 먹고 있다The Dogs Are Eating Your Mother」를 예외로 하면 그렇다. 그러나 두 편의 시도 플라스의 아버지와 자식들을 대화의 상대로 삼고 있긴 하지만, 여타의 모든 시들이 플라스에게 얘기를 건네는 형식을 취하고 있다는 점에서 크게 보아 무시할 수 없는 비중이고, 어떤 면에서 보면 플라스의 아버지와 자식들에게 말을 건네는 형식을 취하고 있지만 그것이 궁극적으로 지향하는 대상이 플라스일 가능성도 얼마든지 있기에, 『생일에 부치는 편지』에 수록된 여든여덟 편 모두가 플라스를 향한 것이라고 해도 크게 무리는 아닐 듯싶다.

휴즈의 시집이 대화체(서간체)로 되어 있는 탓에 독자들은 휴즈가 플라스에게 그녀와의 만남, 데이트, 결혼, 미국 생활, 영국으로의 귀환, 두 아이의 출생, 불화로 인한 별거, 그녀의 자살, 그리고 이후로 험난했던 자신의 삶을 얘기하는 걸 엿듣고 엿보는 형국이 된다. 그런데 죽은 사람에게 말을 건넨다는 것은 그 사람이 죽은 게 아니라 살아 있다는 걸 전제로 한다. 그러니 죽음이 죽음이 아니고 부재가 부재가 아닌 것이다. 지난 30여 년간 플라스는 죽은 게 아니라 살아 있었던 셈이다. 프로이트는 죽음을 죽음으로 돌리고 부재를 부재로 돌리는 "애도작업"의 필요성을 역설했지만, 사랑하는 사람의 죽음은 우리에게 삶을 다하는 날까지 애도해야 하는 것임을, 그러니까 애도라는 건 일상적인 "작업"처럼 끝낼 수 있는 게 아니라 언제까지라도 계속되어야 하는 것임을, 그리움과 회한과 고통이 절절히 배인 휴즈의 시들은 증언해준다.

「수선화Daffodils」를 보면, 과거가 현재에 어떤 형태로 그림자를 드리우며 애도의 삶을 살게 만드는지를 잘 말해준다.

우리가 수선화를 어떻게 꺾었던지 기억해?

아무도 기억하지 못하더라도 나는 기억하지.

당신 딸은 수선화를 한아름 안고 행복한 표정으로 열심히

일을 도왔지. 그런데 그 아이는 잊었을 거야.

그 아이는 당신을 기억조차 못하니까.

(……)

수선화는 그냥 솟아났어,

마치 땅에서 나오는 것이 아니고 하늘에서 떨어지는 것처럼.

우리의 삶은 아직 우리의 행운에 대한 기습이었지.

우리는 우리가 영원히 살 거라고 생각했지.

그런데 우리는 알지 못했던 거야,

영원해 보이는 수선화들이

얼마나 덧없는 것인지를.

(……)

그해 4월의 빗속에서,

당신은 몸을 구부리고 일을 했지.

당신의 마지막 4월.

(……)

이 시에서 휴즈는 플라스와 함께 미래에 대한 꿈에 부풀어 수선화를 꺾어 내다 팔며 가난하지만 행복하게 살던 과거를 회상하면서, 당시에는 자신이 해마다 4월이 되면 그녀와의 추억을 떠올리며 가슴 아파할 줄은 몰랐다고 고백하고 있다. 휴즈는 꽃이 인간을 기억하지 못하는 것은 물론이려니와, "수선화를 한아름 안고 행복한 표정으로 열심히 일을 돕던" 딸마저도 너무 어렸던 탓에 어머니를 기억하지 못하니, 오직 자신만이 그녀를 추억하고 애도해야 한다며 하소연을 하고 있다. 그래서 4월은 아름다운 수선화가 하늘거리는 아름다운 계절이 아니라 아름다운 수선화로 인해 그녀의 부재가 더욱 두드러지는 "잔인한 달"이 되어 있다.

그를 고통스럽게 하는 건 수선화가 피는 4월만이 아니다. 수선화야 피고 시들면 그만이지만, 그 수선화를 배경으로 찍은 사진은 그를 다시는 돌아오지 않을 그해의 4월로 시도 때도 없이 데려간다. 「완벽한 빛Perfect Light」은 그러한 사진을 소재로 한 시다. 사진 속에는 세 사람이 있다. 하나는 "'순수'라는 제목의/사진을 찍으려고 자세를 취하듯" "수선화 가운데/순수한 모습으로 앉아 있는" 플라스이고, 다른 하나는 그녀의 품에 안겨 있는 "태어난 지 몇 주밖에 안 된" "장난감 곰처럼 생긴 아들"이다. 두 사람의 모습은 "성화 속의 성모마리아와 아기 예수처럼" 평화롭다. 그리고 다른 하나는 옆에서 엄마를 "올려다보며 웃고 있는 두 살이 채 안 된 딸"이다. 수선화를 배경으로 한 그야말로 "완벽한" 가족사진이다. 세 사람의 표정도 그렇고, 배경인 수선화도 그렇고, 그들을 비추는 빛마저도 완벽해 보인다. 시가 이 정도에서 마무리되었다면 가족사진을 바라보며 과거의 추억에 잠기는 형태의 시가 되었겠지만, 완벽한 순간 이후의 "다음 순간"이 없다는 점이 강조되면서 시의 정조는 금세 평화로움에서 고통으로 바뀌어버린다. 이듬해 4월이 되기 전에 플라스가 자신과 두 아이를 남겨두고 자살한 기억이 사진 속의 평화로움을 교란하는 탓이다. "다음 순간"이 "뭔가에 눌려 고개를 숙이고/어딘가로부터 천천히 돌아오는 보병처럼" 플라스를 "향해 오다가" 그녀에게 "결코 닿지 못하고/완벽한 빛 속으로 그저 녹아버렸다"라고 시가 마무리되는 것은 이러한 연유에서다. 플라스에게는 이 사진 이후의 "다음 순간"이 없었다. "다음 순간" 즉 미래는 그녀의 남편과 자식들을 위한 것이었다. 그리고 그 미래는 사진 속의 평화로움이 아니라 고통으로 너덜너덜해진 미래였다.

그녀의 자살로 인해 자신과 아이들의 삶이 만신창이가 돼버렸을진대, 그녀에 대한 원망의 감정이 어찌 없었으랴만, 『생일에 부치는 편지』는 좀처럼 그러한 감정을 날것으로 드러내지 않으려 한다. 「수선화」와 「완벽한 빛」에서처럼 오히려, 원망보다는 안타까움과 안쓰러움과 체념의 감정이 주조를 이루는 시들이 대부분이다. 잠을 자는 사이에 어머니가 자살을 해버려 졸지에 고아가 돼버린 두 아이가 등장하는 「죽음 이후의 삶Life after Death」에도 그녀에 대한 원망이나 분노보다는 아이들에 대한 안타까움과 안쓰러움, 그리고 체념이 짙게 배어 있다.

완벽하게 당신 눈을 닮은 아들의 눈은
젖은 보석이 되었어,
순백의 고통의 제일 단단한 물질이 되었어.
내가 높은 백색 의자에 그를 앉히고 음식을 먹일 때
슬픔의 거대한 손들이 그의 젖은 얼굴을 쥐어짜고 있었어.
그러나 그의 입은 당신을 저버리고 있었어…… 손 같지 않은
내 손에 든 숟가락 위의 음식을 받아먹으며……

아이의 누이는
내가 날마다 브르통 재킷을 입혀주고

치료해줬지만

볼 수도, 만질 수도, 느낄 수도 없는 상처로

날마다 창백해져갔어.

(……)

우리는 늑대들한테 위로를 받았어.

(……)

늑대들은 매일 밤 두세 차례

몇 분간 계속해서 울었어. 우리가 있는 곳을 그들이 찾아낸

거지.

(……)

늑대들은 기다란 소리를 내며 우리를 들어 올렸어.

그들은 당신을 위해 울부짖고 우리를 위해 슬퍼하며

우리를 휘감고 그들의 목소리 속으로 우리를 엮어넣었어.

우리는 당신의 죽음 속에 누워 있었어,

내리는 눈을 맞으며, 눈 속에.

나의 몸은 전설 속으로 들어가고 있었어,

잠을 자다가 어머니의 시신 옆에서

고아가 돼버린 두 아이를 위해, 숲 속의

늑대들이 울부짖는 전설 속으로.

이 시는 13개월에 불과했던 아들과 세 살이었던 딸이 밤 사이에 고아가 된 상황을 빼어나게 형상화하고 있다. 엄마를 찾으며 울다가도 음식을 덥석 받아먹는 니콜라스, 아무리 다독여도 "볼 수도, 만질 수도, 느낄 수도 없는 상처로/날마다 창백해져"가는 프리다, 그리고 "교수형을 당한 사람"처럼 "목신경이 뽑히고/두개골 하단을 왼쪽 어깨로 연결하는 힘줄이 찢어진" 채 잠을 자지 못하고 "밤새 깨어 있는" 휴즈가 늑대의 울음소리로 위안을 삼는 처연한 모습은 플라스의 죽음이 가족 모두에게 얼마나 고통스러운 것이었는지를 실감 있게 전해준다. 인근의 동물원에서 들려오는 늑대의 울음소리는 그들을 위한, 그들에 관한, 그들의 울음소리였다.

휴즈는 근본적으로 플라스의 죽음이 아버지의 죽음과 연루된 우울증과 깊은 관련이 있다고 생각했던 것처럼 보인다. 이는 사후에 출간된 『실비아 플라스의 일기Journals of Sylvia Plath』나 편지들에서 플라스가 토로한 것과 정확히 부합하는 것이다. 플라스가 뒤에 남긴 일기를 읽고 알았든, 아니면 그녀가 살았을 때 이미 알았든, 휴즈는 그녀가 아버지의 다리 절단과 그에 연유된 죽음으로 인해 엄청난 충격을 받고 고통을 당했으며 그것이 모든 문제의 근원이었을 수 있음을 「검은 외투Black Coat」「초상화Portraits」「탁자The Table」「미노타우로스The Minotaur」「꿈의 삶Dream Life」「벌 신Bee God」「그리스도처럼Being Christlike」「활시위The Cast」「순사殉死(Suttee)」
「오토의 초상」 등에서 누누이 얘기하고 있다. 플라스는 "아
버지가 어디에 있건/그와 함께 있고 싶어했고" 남편과 아버
지를 동일시하기까지 했다. 그래서 두 사람의 결혼생활은
두 사람이 아니라 세 사람, 즉 휴즈와 플라스, 플라스의 아
버지가 사는 것이나 마찬가지였다. 그녀는 아버지와 남편을
"따로 떼어 얘기할 수 없었다". 이는 정신과 치료를 받아야
할 정도로 심한 경우였다. 「꿈의 삶」은 그녀가 겪은 고통의
일면을 적나라하게 보여준다.

    당신은 마치 매일 밤 잠을 잘 때마다
    아버지의 무덤 속으로 내려간 것처럼
    다음 날 아침이면 쳐다보거나
    당신이 본 것을 기억하기를 두려워하는 것 같았어.
    당신이 기억하는 꿈들은 시체들로 가득한 바다,
    죽음의 수용소의 잔학상들, 수족이 절단된 사람들이었어.

    당신의 잠은 유혈이 낭자한 묘 같았어.
    그곳의 성스러운 유품은 당신 아버지의
    썩어가는 절단된 다리.
    당신이 잠을 무서워한 것도 놀랄 일은 아니었어.
    깨어나면서 "꿈 좀 안 꿨으면!" 하고 말한 것도 놀랄 일은 아

니었어.

이 시는 플라스가 악몽에 시달리는 걸 곁에서 지켜본 휴즈만이 증언할 수 있는 일상이었다. 휴즈가 이 시를 비롯한 많은 시들에서 암시한 것처럼 플라스는 정상이 아니었다. 그녀가 남긴 일기나 편지를 보면 그녀가 얼마나 힘들어했는지 어렵지 않게 알 수 있다. 그것이 때로는 아버지에 대한 강박관념으로 나타나기도 했고, 때로는 폭력의 형태로 나타나기도 했다. 「미노타우로스」를 보면, 플라스가 휴즈가 "아이를 돌보는 데 20분 늦었다는 이유로" 그의 어머니가 가보처럼 애지중지하며 물려준 "마호가니 탁자 상판"을 망치로 부수고 "등받이 없는 의자"마저 박살내는 대목이 나오는데, 이러한 폭력적 성향도 뭔가에 휘둘리던 플라스의 심리상태를 잘 말해준다. 그에 관해서는 휴즈도 어찌해볼 도리가 없었던 것처럼 보인다. 플라스의 불같은 성격은 「토끼 사냥꾼 The Rabbit Catcher」에도 잘 나타나 있다.

5월이었어. 가만있자, 그게 어떻게 시작됐었지?
우리를 흥분하게 했던 게 뭐였지? …… 내가 뭘 했지?
내가 뭔가 오해했었어. 머리끝까지 화가 난 당신에게
나는 다가갈 수 없었어. 당신은 아이들을 차 안에 던지고
운전을 했어.

(……)

나는 당신이 말도 안 되는 짓을 할지 모른다고 생각했어.

그래서 문을 열고 안으로 뛰어들었어.

(……)

플라스는 이처럼 격정적이고 때로 폭력적이었다. 이런 상황에서 두 사람의 결혼생활이 순탄할 리가 없었다. 두 사람 사이에서 일어난 아주 사적인 문제여서 조심스러운 발언이지만, 그들이 별거에 들어간 건 불가피한 일이었는지도 모른다. 그리고 잘 알려져 있듯이, 플라스는 별거가 시작되면서 엄청난 양의 시를 토해냈고 결국에는 자살로 삶을 마감했다.

휴즈는 플라스의 죽음으로부터 자유로울 수만은 없었던 듯하다. 연유야 어찌 됐든, 그녀가 자살한 건 그들이 별거에 들어간 지 몇 개월 후였으니 그에게도 일말의 책임이 없을 수 없고 그도 어느 면에서는 그걸 시인하고 있는 것처럼 보인다. 그런 상황에서 어느 누가 그렇지 않으랴만, 휴즈도 일말의 죄의식을 느꼈다. 1998년 10월 18일, 『선데이 타임스』에 실린 「제안The Offers」이라는 시는 그가 그녀의 죽음과 관련하여 느꼈던 일말의 가책과 회한을 적나라하게 드러내고 있다. 이 시에서 플라스의 유령은 죽은 지 두 달이 된 시점에서, 세 번에 걸쳐 남편 앞에 나타나 그를 시험한다. 그런데 그 유령은 가까운 거리에 있으면서도 그를 번번이 무시한다. 꿈속에서 그녀가 "맡은 역할"은 그를 "무시하는 것"이다. 그녀는 그렇게 그를 무시하면서 애를 태우더니 결국 세 번째에 가서는 그의 "등 뒤로 와서" 이렇게 말한다.

이게 마지막이에요. 이번에는 날 실망시키지 말아요.

이 시가 『선데이 타임스』에 실리고 나서 열흘 후인 10월 28일에 휴즈가 세상을 떠났으니, 「제안」은 그가 공식적으로 발표한 마지막 시가 되었고, "이게 마지막이에요. 이번에는 날 실망시키지 말아요"라는 시행은 그의 마지막 것이 되었다. 휴즈는 생의 마지막 순간에도, 플라스를 지하세계로부터 불러와 자신이 잘못한 것에 대해 용서를 빌고, 다시 한 번 기회를 잡아 "이번에는" 그녀를 "실망시키지" 않겠다고 맹세하고 싶은 심정이었는지도 모른다. 그리고 자신의 직업이 시인이었기에 플라스에 대한 미안함과 회한을 토로한 시로 자신의 삶을 갈무리하고 싶었는지도 모른다. (사실, 엄밀히 말하면 이 시를 휴즈의 마지막 시라고 할 수는 없을지 모른다. 휴즈는 1998년 1월 29일에 『생일에 부치는 편지』를 출간하면서 『울부짖음과 속삭임Howls and Whispers』이라는 시집을 동시에 출간했다. 앞의 것에는 여든여덟 편의 시가 실려 있었고 뒤의 것에는 열한 편의 시가 실려 있었다. 그런데 뒤의 것은 110부 고급 한정판으로 인쇄된 탓에 밖으로 알려질 기회가 없었는데, 휴즈가 죽기 열흘 전에 『선데이 타임스』에 「제안」이 게재된 것이었다. 그러나 다른 시도 아닌 「제안」이 그가 죽기 열흘 전에 신문에 실렸다는 것은 의미심장하다. 회한이 짙게 배어 있는 시라서, 그리고 마지막 시행이 플라스의 유령이 하는 말로 되어 있어서 더욱 그렇다.)

이렇듯 『생일에 부치는 편지』와 『울부짖음과 속삭임』에 수록된 모든 시들(아흔아홉 편)은 자기성찰 및 자기고백이 담긴 한 편의 기다란 애도시라고 해도 과언이 아닐 것이다. 그러나 그것이 애도시라면, 마지막에 한꺼번에 발표해 우리의 가슴을 저미게 할 것이 아니라, 그때그때 하나하나 발표하면서 치유의 과정을 거쳤더라면 더 좋지 않았을까 하는 아쉬움이 남는다. 그리우면 그립다고 하고, 잘못됐으면 잘못됐다고 하고, 미안하면 미안하다고 하고, 원망스러우면 원망스럽다고 했더라면, 마음의 짐이 훨씬 덜어지지 않았을까. 그도 그 점을 후회스럽다고 했다. 그는 죽기 몇 달 전, 동료 시인 레인Kathleen Raine에게 보낸 편지에서 이렇게 말했다.

나는 그 편지들(시집에 수록된 시들을 지칭함)이 내가 1960년대 초반부터 썼던 모든 것이 회피해 온 이야기를 풀어놓는 거

라고 생각해요. 내가 결국 그 시들을 출판하게 된 건 일종의
자포자기에서였어요. 나는 늘 그 편지들이 출판할 수 없을 정
도로 거칠고 부주의하고 너무 취약한 것들이라고 생각했어요.
그러다가 더 이상 안에 가두고 있는 게 참을 수 없어지더군요.
우리가 우리의 비밀을 밖으로 드러내야 한다는 건 참으로 낯
선 일인 것 같아요. 그럼에도 우리는 그렇게 하죠. 그런데 30
년 전에 그렇게 했었더라면 싶어요. 그랬더라면 더 생산적인
삶을 살았을지 모르니까요. 틀림없이 심리적으로 더 자유로운
삶을 살았을 것 같아요.

맞는 말이었다. 침묵으로 일관할 게 아니라 속마음을 있
는 그대로 드러내는 건 그에게 꼭 필요한 일이었다. 그럼에
도 그는 침묵을 지켰다. "더 이상 안에 가두고 있는 게 참
을 수" 없을 때까지 침묵을 지켰다. 그의 침묵은 일차적으
로는 그를 살인마로 내모는 사람들을 향한 "침묵"이었지만,
이차적으로는 그를 두고 떠난 플라스를 향한 소리 없는 절
규요 아우성이었다. 그리고 그 침묵 밑에 슬픔과 애도의 사
적인 공간이 자리 잡고 있었다. 그것은 휴즈가 「방문A Visit」
이라는 시의 말미에서 얘기한 것처럼, "당신의 이야기. 나
의 이야기" 즉 두 사람만의 이야기가 있는 사적인 공간이
었다. 또한 그것은 그가 「표현의 자유Freedom of Speech」의 말
미에서 얘기한 것처럼, 다른 사람이 다 웃어도 "당신과 나

만은 웃지 않는" 사적인 공간이었다. 『생일에 부치는 편지』에 수록된 애도의 편지들이 우리의 마음을 울리는 이유가 여기에 있다. 그런데 아이러니컬하게도, 휴즈는 사적인 영역에 속하는 애도편지를 공적인 영역, 즉 세상에 내놓은 지 몇 달 후에 삶을 마감했다. 그러니 크게 보면 세상을 떠나기 직전까지 그는 플라스를 애도한 셈이다. 그의 애도는 아무리 해도 끝이 없는 애도였고, 그런 의미에서 실패한 애도였다. 그러나 데리다가 말한 것처럼, 애도에 실패하는 것이야말로 진정한 애도일지 모른다. 플라스의 생일에 보낸 가슴 저미는 아흔아홉 편의 편지들이 증언하듯, 휴즈의 삶은 그에게 돌팔매질을 하며 슬픔과 애도의 사적인 공간을 침해했던 많은 이들을 머쓱하게 만든 애도의 삶이었다. 35년 전에 세상을 떠난 플라스에게 미안해하며, 그녀가 마지막 말("이게 마지막이에요. 이번에는 날 실망시키지 말아요.")을 하게 하는 시인의 모습은 그래서 아름답고 감동적이다.

돌이 된 어머니의 눈물

—니오베의 슬픔과 애도의 윤리

슬픔은 때로 사람을 돌로 만든다. 슬픔이 내지르는 적당한 주먹 정도는 삶에 부대끼면서 생긴 맷집을 이용해 적당히 맞아줄 수 있을지 모르지만, 그 정도가 심한 경우에는 맷집이고 뭐고 다 소용이 없게 된다. "혀도 입안에서 굳어버리고, 발도 움직이지 않고, 손도 움직이지 않는다." 이게 돌의 상태가 아니고 뭐란 말인가. 어쩌면 돌이 되는 건 우리가 만신창이가 되지 않게 하려고 자연이 우리에게 허락하는 자비로움의 한 형태인지도 모르고, 그것도 아니라면 우리 안에 있는 디펜스메커니즘(방어기제)이 발동한 결과인지도 모른다. 아무것도 느끼지 못하는 돌의 상태가 되면, 더 이상 고통스러워할 것도 없고 눈물을 흘릴 필요도 없으니, 어떤 고통이든 견뎌낼 수 있게 될 테니까 말이다. 어쩌면 우리는 어느 선까지만 고통을 참아낼 수 있고, 그걸 넘어서면 울음을 비롯한 모든 것이 석화石化되는 숙명을 안은 나약한 존재인지도 모른다. 돌이 되면 그게 무엇이든 느낄 수 없으니 일단락이 됐다는 말이다. 역설이지만, 인간은 그래서 고통이 감당할 수 없는 경우가 되면 돌의 상태로 피해버리는 편리한 존재인지도 모른다.

그런데 돌도 때로 눈물을 흘린다. 눈물을 흘릴 수 없는 게 자신의 속성임에도 불구하고 처절한 울음을 우는 것이다. 가령, 열네 명의 자식을 한꺼번에 잃은 어머니가 있다고 하자. 그 어머니가 어찌 돌이 되지 않을 수 있으랴. 그 모습을 쳐다보는 사람들도 돌이 되는데 어찌 그 어머니가 돌이 되지 않을 수 있으랴. 그리고 아무리 돌이라고 해도 어찌 울지 않을 수 있으랴.

그러나 돌이 어찌 울 수 있겠는가. 아무런 감정을 느끼지도 못하는 돌이 어찌 울 수 있겠는가. 돌이 되면 모든 게 끝난 건데, 아무리 열네 명의 자식을 다 잃었다고 해도, 돌로 변한 사람이 어찌 애도를 할 수 있겠는가. 그건 현실이 아닌 신화 속에서나 가능한 일이다. 돌이 되었지만 지금도 울고 있다는 니오베에 관한 얘기도 현실이 아니라 신화의 세계이기에, 산문이 아니라 시의 세계이기에, 가능한 일이다. 니오베에 관한 이야기가 담긴 오비디우스(로마 시인)의 『변신 이야기』가 산문이 아니라 시의 형태로 되어 있는 건 그래서 우연이 아니다(이런 의미에서, 오비디우스의 신화를 산문으로 풀어 번역하고 개작한 국내외의 많은 책들은 독자들에게 지나치게 친절한 나머지, 제거해서는 안 될 시적인 요소를 제거한 셈이다). 그런데 중요한 건, 얼핏 보면 허무맹랑해 보이는 신화가 인간에 관한 진실을, 영국 시인 테드 휴즈의 말을 인용하면, "심리적인 진실"을 얘기해준다는 사실이다. 니오베 신화의 경우에는 사랑하는 자식을 잃은 어머니의 고통과 슬픔, 애도에 관한 "심리적 진실", 돌이 될 수밖에 없고 또 돌이 되어서도 울어야 하는 "심리적 진실"일 것이다. 인간이 돌이 된다는 것은 인간으로서는 참을 수 없는 상태에 이르렀다는 말이고, 이걸 표현하기 위해서는 신화적인 영역에 기댈 수밖에 없다는 말이다. 이는 250개에 달하는 오비디우스의 에피소드 중 24개의 에피소드를 추려 현대식 영어로 멋지게 번역한 휴즈가 『오비디우스의 이야기Tales from Ovid : 24 Passages from the Metamorphosis』(1998)의 서문에서 밝힌 생각이다.

니오베 신화에서 중요한 건 돌이 된 상태가 아니라 그 이전에 어머니로서 니오베가 겪어야 하는, 돌이 되지 않으면 안 될 정도의 극심한 고통과 슬픔이다. 신화 속의 많은 이야기들이 그러한 것처럼, 니오베에 얽힌 이야기도 아주 단순하다. 니오베는 어느 것 하나 빼놓을 수 없이 다 갖춘 여자였다. 남편인 암피온왕은 유서 깊은 가문 출신이었고 그녀도 마찬가지였다. 그녀가 남편과 함께 다스리는 왕국도 누구나 부러워할 정도로 부강했다. 그녀가 특히 자부심을 가졌던 건 자식들이었다. 그녀에게는 건장하고 늠름한 아들 일곱에 아름답고 고운 딸 일곱, 도합 열네 명의 자식이 있었다(헤시오도스는 아들 여섯에 딸 여섯, 합해서 열두 명이 있다고 했다). 훌륭한 남편에 권력과 미모, 거기다가 자식복까지 있었으니 그야말로 니오베의 콧대가 높을 만도 했다. 그런데 바로 그 자만심이 사단이었다. 오비디우스의 말을 옮기면, 니오베는 "자기가 모든 어머니 중에서 가장 축복받은 사람이라고/으스대지만 않았더라면/모든 어머니 중에서 가장 축복받은 사람이었을 것이다". 그녀의 눈에는 모든 사람이 우스워 보였다. 사람만이 아니라 신마저도 우스워 보였다. 그녀가 테바이 여자들이 신전으로 몰려가서 라토나(레토) 여신과 그녀의 쌍둥이 남매, 즉 아폴론 신과 디아나(아르테미스) 여신에게 경배를 하는 모습을 보고 노발대발한 것은 그러한 오만함 때문이었다. "풍문으로만 존재하는/하늘의 신들에게 경배를 하다니/이게 미친 짓이 아니고 뭐냐?/너희들 모두 정신이 나갔느냐?" 그녀는 채찍을 들고 호통을 치며 그들을 신전에서 몰아내며, 그들이 경배해야 할 대상은 자식이 둘밖에 없는 라토나 여신이 아니라 그들의 왕비이며 자식이 열넷이나 있는 자신이라고 거드름을 피웠다. 그녀의 논리는 자신에게는 자식이 열넷이나 있고 라토나 여신에게는 둘밖에 없으니 자신이 여신보다 낫다는 것이었다. 그녀는 이처럼 자식을 수량화하고 물량화하면서, 적어도 상대에게는 두 자식이 자신의 열네 자식보다 더 소중한 존재일 수 있다는 평범한 사실을 망각하고 있었다. 그녀에게는 자식들이 수량화할 수 있는 소유물이었던 셈이다.

신화에서 늘 그러한 것처럼, 자신을 업신여기는 인간을 신이 가만히 놔둘 리가 없었다. 인간은 신보다 아름다워서도 안 되고 재주가 많아서도 안 되었다. 인간이 신을 업신여기는 건 더더욱 있을 수 없는 일이었다. 라토나 여신이 노발대발한 것도 무리는 아니었다. 여신은 자기가 낳은 두 자식, 즉 아폴론과 디아나를 불러 요망한 니오베가 테바이 여자들을 신전에서 몰아내고 자식이 둘밖에 없는 자신을 모욕했다며 구구절절 하소연을 하기 시작했다. 어머니의 말을 듣고 있던 아폴론이 어머니의 말을 막았다. "어머니가 말씀을 많이 하시면 니오베의 망상을 연장시켜줄 뿐이에요." 그러니 더 이상 들을 것도 없이 당장 가서 니오베의 망상을 깨주고 오겠다는 거였다. 성격이 불같은 아폴론은 이렇게 말하고 디아나와 같이 복수를 하러 나섰다.

그렇게 해서 니오베의 열네 자식들에 대한 살육이 시작되었다. 아폴론과 디아나는 말을 타고 있던 니오베의 큰아들 이스메노스로부터 시작하여 형과 함께 말을 타고 있던 시필로스, 씨름을 하고 있던 파이디모스와 탄탈로스, 형제가 죽은 걸 보고 슬퍼하는 알페노르, 도망가려고 하는 다

마식톤, 그리고 마지막으로 살려달라고 애원하는("신들이시여, 저를 살려주소서. 저를 지켜주소서") 일리오네오스에 이르기까지 차례로 죽었다. 그들은 화살을 하나라도 더 쓰는 게 아까웠던지, 씨름을 하고 있던 파이디모스와 탄탈로스(외조부인 탄탈로스와 이름이 같다)는 화살 하나로 꿰어 죽였다. 그들의 아버지이자 니오베의 남편인 암피온왕은 일곱 아들이 화살에 맞아 죽었다는 소식에 스스로 목숨을 끊었다. 오비디우스는 자식을 잃은 니오베한테 초점을 맞추고 싶어서였는지(아니면 여자인 그녀에게만 비난의 화살을 쏘고 싶었는지), 그녀의 남편이자 테바이의 왕의 죽음에 대해서는 단 두 줄만을 할애했다("그녀의 남편은 그 소식을 듣고/칼로 자신을 찔러 슬픔에 종지부를 찍었다").

아들들의 죽음에 남편의 죽음까지 더해지자, 그녀는 더 이상 "채찍을 들고 라토나 여신의 신전에서/사람들을 몰아내고/정복당한 사람들을 바라보는/정복자처럼/시내를 활보했던" 여왕도 아니었고, "아름다움과 자만심과 오만함으로/사람들을 질투와 증오로 몰아넣었던" 니오베도 아니었다. "그녀를 미워했던 사람들도 이제는/그녀를 동정하기 시작했다". 오만하던 그녀가 순식간에 동정의 대상이 된 것이었다. 그녀는 그게 사실이라는 걸 믿을 수 없었다. 그녀는 "신들이 그렇게 신속하게/그렇게 할 수 있다는 데 놀랐다". 또한 "그들에게 그렇게 할 힘이 있다는 것에 놀랐다". 그러나 그녀는 남편처럼 죽을 수도 없었다. 신을 상대로 한 싸움은 끝난 게 아니었다. 그녀는 신들이 그렇게 했다는 데 너무너무 화가 났다. 그녀는 싸늘하게 식어가는 일곱 아들의 몸을 바라보다가, "평생에 걸친 입맞춤을/해주는 것처럼 그들의 몸에 입을 맞추고" 이렇게 말했다.

> 라토나 신이여, 나의 비참함을 보고
> 승리에 취해 맘껏 즐기세요.
> 나는 당신의 손에서 일곱 번을 죽었어요.
> 일곱 시신 하나하나에 나는 몸부림을 치며 죽어 누워 있어요.
> 고소해하세요. 의기양양해하세요. 하지만
> 당신의 승리는 하찮은 거예요.
> 당신이 나를 짓밟았지만, 나는 여전히
> 당신보다 훨씬 더 복을 받은 존재예요.
> 나한테는 아직 자식이 일곱이나 남아 있으니까요.

그녀는 자신이 일곱 아들이 죽으면서 자신도 일곱 번 죽어 아들의 시신과 함께 누워 있지만, 자기에게는 아직 일곱 딸이 남아 있으니 라토나 신보다 여전히 더 축복받은 존재라며 여신을 자극했다. 그녀는 아들들을 잃기 전에 그랬던 것처럼, 여전히 자식들을 수량화하고 물량화하면서 일곱 자식과 두 자식을 비교하고 있었다. "아들들을 잃어 미쳐버린 그녀는/어떻게 놀라야 하는 건지, 신중해야 하는 건지/더 이상 알지 못하고" 이렇게 라토나 여신을 자극했다. 그러자 아폴론과 디아나가 이번에는 그녀의 딸들을 향해 활을 겨눴다(아폴로도로스가 저술한 신화에 따르면, 아들들은 아폴론이 죽였고 딸들은 디아나가 죽였다). "일곱 딸들은 일곱 아들의 시신 옆에 서서/슬퍼하고 있었다." 그들이 하나씩 화살에 맞아 죽어가기 시작했다. 하나는 오빠의 가슴에 박힌 화살을 뽑다가 화살에 맞았고, 다른 하나는 어머니를 위로하는 말을 하다가 화살에 맞았다. 하나는 도망치다가 넘어져 화살에 맞았고, 다른 하나는 넘어진 언니의 몸에 걸려 넘어지면서 화살에 맞았다. 하나는 죽은 오빠 몸 밑으로 들어가다 화살에 맞았고, 다른 하나는 공포에 질려 울다가 화살에 맞았다. 그렇게 해서 일곱 명의 딸 중에서 여섯이 차례로 죽고 하나만 남았다. 일곱 명의 오빠가 죽고, 뒤를 이어 여섯 명의 언니들이 죽는 모습을 본 막내는 공포에 질려 어머니의 품으로 뛰어들었다. 그러자 니오베는 본능적으로 "손과 몸으로" 딸을 감싸고 옷으로 덮었다. 이 딸마저 죽으면, 그녀에게는 자식이 하나도 남지 않게 될 판이었다. 어떻게든 딸을 구해야 했다. 신에게 애원이라도 해서 딸을 살려야 했다.

막내는 살려주세요.

하나만은 살려주세요. 막내는 살려주세요.

내 아이들 중에서 이 하나만은 내가 갖게 해주세요.

그러나 애원한다고 살려줄 라토나 여신이 아니었다. 그건 어머니인 라토나 여신을 위해 잔혹한 복수극을 벌이고 있는 아폴론이나 디아나도 마찬가지였다. 막내딸의 죽음은 이미 결정되어 있었고 그걸 막을 방도는 없었다. 니오베도 그걸 알고 있었다. 그럼에도 불구하고 그녀는 그걸 막으려 막내딸의 몸에 옷을 둘러 화살을 막으려 했고, 자신의 청을 들어주지 않을 줄 알면서도 신에게 간청했다. 그것은 시위를 떠나 과녁을 향해 날아오는 화살에게 돌아가라고 애원하는 거나 마찬가지로 부질없는 짓이었다. 그녀도 화살이 스스로 돌아가는 일은 없을 것이며 신이 그 화살을 거둬들이는 일도 없을 것이라는 걸 알았다. 이미 벌어진 일이었다. 화살은 막내딸을 향해 날아오고 있었다. 그것은 자신이 신을 자극했을 때부터 이미 예정된 일이었다. 그녀는 그걸 알면서도 딸을 구하려 했다. 열세 명의 자식을 이미 죽인 신이지만, 그래도 딸을 위해서라면 그 신이라도 붙들고 늘어지고 싶었다. 그녀는 불가능한 것을 바라고 있었다.

오비디우스의 이야기는 이 지점에서부터, 자신이 갖고 있고 누리고 있는 것에 대한 자만심에 신마저도 업신여기다가 복수를 당하는 니오베에 관한 도덕적인 우화에서, 열세 명의 아이들을 잃은 상황에서 니오베가 마지막 남은 막내딸을 지키려는 헛된 노력을 하는 윤리적인 이야기로 넘어간다. 이전까지의 이야기가 단순한 도덕적 복수극이라면, 막내딸을 살리려는 생각에 불가능한 것을 행하려고 하고 불가능한 것을 바라는 대목에서부터 이야기는 윤리적인 성격을 띠게 된다. 그래서 이 대목은 니오베에 관한 이야기에서 가장 핵심에 해당하는 부분이다. 그러나 오비디우스는 그토록 중요함에도 불구하고 이 장면에 오래 머물지 않고, 마지막 남은 자식마저 잃게 됨으로써 열네 자식을 모두 잃은 니오베가 슬픔을 감당하지 못한 나머지, 돌이 되어버리는 장면으로 곧장 넘어가버린다. 이는 앞으로 나아가야 하는 이야기의 속성상 불가피한 면이 없지 않다. 그리고 어떤 장면에 오래 머문다고 반드시 그것의 중요성이 더해지거나 배가되는 건 아닐 것이다.

그래서 불가능한 현실 앞에서 막내딸을 보호하려고 하는 니오베의 실존적 모습에 주목하고 싶다면, 우리는 두 가지 방식 중 하나를 택해야 한다. 하나는 니오베가 돌이 되는 다음 장면으로 넘어가지 말고 돌처럼 우뚝 서서, 니오베가 두려움에 벌벌 떨고 있는 아이를 안고 있는 모습을 상상해보는 것이다. 그리고 그냥 상상만 할 것이 아니라 "금세 다가올 사건을 바라보는" 니오베나 자신을 보호해달라며 어머니의 품을 파고드는 막내딸이 되어볼 일이다. 이는 결코 어려운 일이 아니다. 우리는 모두, 누군가의 자식이나 부모, 혹은 양쪽 다가 아니던가. 니오베와 그녀의 딸은 그래서 바로 우리의 모습이 아니던가. 상상력을 동원할 때 염두에 둘 것은 어머니가 두려움에 떠는 아이를 안고 있음에도 불구하고 파국을 피할 수 없다는 사실이다. 니오베의 실존적 모습에 주목할 수 있는 또 다른 방식은 실제의 사건을 카메라에 담듯이 그 순간을 공간 속에 옮겨놓은 그리스의 조각상을 음미하는 것이다. 딸을 안고 있는 니오베의 모습을 조각한 그리스 조각가도 작업을 시작하기 전에 머릿속에 그 장면을 상상했을 것이 분명하다. 이 조각가도 누군가의 자식이었을 것이고 누군가의 부모였을 것이다. 누가 조각을 했는지 분명하지 않지만(기원전 395년에서 350년까지 살았다는 스코파스의 작품이라는 설도 있으나, 확실한 건 아니다), 조각가는 니오베상을 조각하면서 실존적 상황에 처한 어머니와 딸의 모습을 상상하며 속울음을 울었을지도 모른다. 그래서 이 조각상이 더 감동적으로 다가오는지 모른다. 어떠한 과정을 거쳐 만들어졌든, 그 조각가는 오비디우스가 열 줄 정도에 담아낸 것을 실물 크기의 아름답고 처연한 형상으로 빚어냈다. 조각가는 돌로 변한 니오베를 이전의 상태로 돌려놓고 고착시킨 것이었다. 1583년에 로마에서 발견된 니오베 조각상이 바로 이것이었다.

*

19세기 초반에 영국의 낭만주의 시인 셸리Percy Bysshe Shelley
가 플로렌스에 머물면서 "어느 것에서보다도 더 큰" 감동
을 받았다는 조각상도 이것이었고, 신화작가인 토머스 벌
핀치Thomas Bulfinch가 라오콘 조각상, 아폴론 조각상과 더불
어 "가장 찬사를 많이 받는 조각상 중 하나"라고 한 조각
상도 이것이었다.

서른 살에 요절한 셸리가 『로마와 플로렌스의 조각품에
대한 단상Notes on Sculptures in Rome and Florence』에서 니오베에
관해 한 얘기를 읽어보면, 그가 이 조각상을 보고 얼마나
큰 감동을 받았는지를 실감할 수 있게 된다. 셸리는 1818
년에서 1820년까지 세 명의 아이들을 매년 하나씩 잃었다.
그가 구체적으로 말을 하지 않았기에, 자식을 잃은 개인적
인 슬픔을 이입시켜 그 조각상을 보았는지 어쩐지 분명하
게 알 길은 없지만, 그가 다른 조각상보다 이 조각상에 더
민감하게 반응한 걸 보면 그랬을 개연성은 충분히 있어 보
인다. 그녀는 친구에게 "어떤 조각도, 심지어 아폴론 조각
상조차도, 니오베 조각상처럼 강렬한 느낌을 내 안에 일으
킨 적이 없었다"라고 고백했다. 그가 니오베의 얼굴에서 본
건 일곱 아들을 잃고 신을 향해 쏟아내던 분노도, 두려움
도, 도발도 아니었다. 그가 위를 쳐다보고 있는 니오베의 얼

굴에서 본 것은 자신이 보호해줘야 하는 아이를 화살과 죽음에 내주어야 하는 실존적 상황에 처한 어머니의 "깊은 슬픔"이었다. 셸리의 말을 옮기면, 아이는 전에도 무슨 일이 있으면 어머니한테 그렇게 달려와 안기며 피난처를 삼았을 것이고, "어머니도 그걸 거절한 적이 없었을 터였다". 어머니의 가슴에 달라붙은 아이는 이번에도 어머니가 자기를 보호해줄 것이라고 철석같이 믿고 있을 것이었다. 어머니가 자기를 감싸고 있으니 이제는 살았다고 생각했을 것이었다. 그러나 그녀는 자신을 보호해야 하는 어머니가 자신을 보호해줄 수 없다는 걸 알지 못했다. 아니, 보호해주기는커녕 자신의 어머니가 자신을 죽게 만들고 있다는 걸, 그래서 깊은 의미에서 보면 어머니가 자신을 배반하고 있다는 걸 까마득히 모르고 있었다. 어머니의 품에 안긴 딸의 뒷모습은 그래서 셸리에게는 더욱 안쓰러워 보였다. 땋아서 질끈 묶인 아이의 머리는 "어쩌면 어머니가 그렇게 해준 것일 터였다". 그런데 딸은 자신의 어머니가 다시는 자신의 "머리를 땋아 묶어줄 수 없을 것"이라는 걸 알지 못했다. 그러나 니오베는 모든 게 신을 거역한 자신의 돌이킬 수 없는 잘못 때문이라는 걸 알고 있었다. 그래서 절망했고, 셸리의 표현을 빌리면, 얼굴과 손짓과 몸짓 등 "모든 것이 슬픔에 삼켜져 있었다". 특히 위로 향하고 있는 니오베의 얼굴은 "깊은 슬픔"이 배어 있었다. 그것은 딸에게 "금세 일어나게 될 사건을 바라보고 있는” 어머니의 슬픈 얼굴이었다. 셸리는 이 조각상에서 “슬픔의 장엄한 아름다움”을 보았다.

셸리가 정확하게 간파한 것처럼, 니오베의 애도는 이 조각상이 대변하는 실존의 순간에 이미 시작된 것이었다. 딸을 구하기에는 이미 늦었기에, 그리고 그녀 자신이 이미 늦었다는 걸 알고 있기에, 그녀에게는 애도가 이미 시작되어 있었던 것이다. 그녀가 몸으로 감싸고 옷으로 덮어주려 해도 딸의 등에는 화살이 날아와 맞게 되어 있었다. 조각상이 적나라하게 재현하고 있는 것처럼, 딸의 등은 화살에 고스란히 노출되어 있었다. 허겁지겁 어머니한테 달려드느라 옷이 흘러내린 것이었다. 아이의 드러난 등만큼 어머니의 무력함을 효과적으로 표현해주는 것도 없다. 아무리 가려주려 해도 딸의 옷은 아래로 자꾸 흘러내려 화살이 맞을 곳을 내어주고 있었다. 그러니 슬픔과 애도는 그 순간에 이미 시작된 것이었다. 딸은 이 순간에는 살아 있지만 다음 순간에는 죽고 없을 것이었다. 데리다의 말처럼, 사랑하는 순간에 애도는 이미 시작되어 있었다. 남은 것은 슬픔과 애도를 감당하는 일밖에 없었다. 오비디우스는 “깊은 슬픔”에 잠긴 니오베의 모습을 이렇게 묘사했다.

니오베는 시신들을 바라보았다.
자식들은 다 죽었다.

남편도 죽었다.

그녀의 얼굴이 굳어지며

피가 빠져나간 것처럼 하얘졌다.

머리도

끌로 판 머리처럼 굳었다.

뜬 눈은 돌이 되었다.

몸 전체가

하나의 돌이 되었다.

니오베는 죽음이 휘두르는 폭력 앞에서 무감각해졌다.
얼굴도 핏기가 없어지고 머리도 감각이 없어졌다. 그녀는
돌이 되어가고 있었다. 슬픔이 그녀를 돌로 만들고 있었다.

그녀의 혀는 돌이 된 입속에서 굳었다.

다리는 움직일 수 없었다, 손도

움직일 수 없었다. 그것들은 돌이었다,

그녀의 혈관도 돌 혈관이었다.

그녀의 내장과 자궁 모두,

돌 속에 채워진 돌이었다.

그녀는 자식들의 죽음 앞에서 할 말을 잃었다. 다리도 말
을 듣지 않고, 손도 말을 듣지 않았다. 내장도 돌이 되어 소

화기관으로서의 역할을 할 수 없었고, 자궁도 돌이 되어 아이를 낳을 수 있는 기관이 더 이상 아니었다. 엄청난 비극 앞에서 모든 것이 돌로 변했다. 그래서 그녀는 "돌 여자"가 되었다. 그러니까 오비디우스의 이야기를 곧이곧대로 따라가자면, 니오베는 막내딸을 잃고 난 후, 곧장 돌이 된 셈이었다. 오비디우스는 니오베가 이후에 겪어야 했던 것들을 세세히 묘사하지 않고 그냥 돌이 되었다고만 했다. 그녀가 얼마나 고통스러워했는지, 어떻게 살았는지 말하지 않고, 그저 돌이 됐다고만 했다. 이것은 자식을 잃은 어머니의 고통이 인간이 감내할 수 없는, 신화적인 영역에서나 풀어낼 수 있는 것이었다는 걸 생략과 침묵을 통해서 전달하기 위한 시인의 전략이었다. 자식을 잃은 어머니가 느끼는 고통은 돌이 되기에 충분한 것이었다. 그래서 니오베의 "변신"을 비롯한 신화 속의 변신들을 가리켜, "감정이 신화적인 것이 되었으며, 모든 에피소드를 초자연적이거나 신적인 영역으로 들어올리는, 참을 수 없는 강렬함(강도)에 도달했다는 상징적인 담보로 기능한다"라고 했던 휴즈의 말은 전적으로 맞는 말이었다. 달리 말하면, 휴즈의 말은 인간이 느끼는 고통이 참을 수 있는 한계를 넘어 신화적인 경지에 이른 상태가 변신의 동인動因이었다는 것이다.

그런데 인간이 돌이 되고 다시 그 돌이 울음을 우는 것이 신화에서나 가능한 일이라고 해서, 그것을 그저 허무맹랑한 이야기로 치부할 수는 없다. 신에게 노여움을 사 열네 명의 자식을 순식간에 잃는다는 발상 자체는 대단히 비현실적이고 허황해 보이지만, 여기에서 중요한 것은 신과 인간의 대립이나 신의 노여움이 아니라 고통에 대한 깊은 사유와 성찰일 것이다. 오비디우스의 이야기를 곧이곧대로 따르자면, 니오베의 고통과 변신은 그녀의 오만불손함에서 비롯된 것이었다. 사람들을 업신여기는 데 그치지 않고 신마저 업신여긴 탓에 열네 명의 자식을 모두 잃게 되었으니 말이다. 이런 맥락에서 보면, 이 이야기는 우리한테 겸손하고 또 겸손해야 한다는 도덕적 메시지를 전달하기 위한 것이라고 해석될 수도 있다. 그러나 문제는 그리 간단한 게 아니다. 만약 니오베처럼 오만하지 않다면 우리는 그녀가 경험한 것과 같은 고통을 겪을 일이 없는 걸까. 그렇다면 예를 들어, 성서에 나오는 욥이 이유도 없이 겪는 고통은 뭘까. 그가 집도 잃고 가족도 잃고 재산도 잃는 고통을 받은 이유는 뭘까. 니오베는 오만방자한 태도에 문제가 있어서 그런 고통을 당한다지만, 욥처럼 믿음이 깊고 매사에 모범적인 사람이 어째서 그런 고통과 시련을 당해야 하는 걸까. 라토나 여신이 개인적인 복수와 한풀이를 위해 그녀의 자식들인 아폴론과 디아나를 시켜 니오베의 열네 자식들을 살육했다는 이야기가 황당한 것처럼, 신이 욥의 믿음을 시험하기 위해 악마와 일종의 내기를 해 그가 가진 모든 것들을 송두리째 빼앗도록 놔뒀다는 이야기도 황당하긴 마찬가지다. 니오베의 이야기도 그렇고 욥의 이야기도 그렇고, 그것의 요체는 신의 복수심이나 시험의지가 아니라, 우리 인간이 인간사에 수반되기 마련인 죽음을 포함한 고통의 이유를 알 수 없어 초자연적이거나 신적인 것에서 그 원인을 찾으려 한다는 것이다. 우리 인간은 고통의 원인을 초자연적이거나 신적인 것에서라도 찾지 않으면 배길 수 없는 편리하고도 슬프고, 나약하기까지 한 존재인지 모른다. 그래서 역설적으로 말하면, 신화를 제대로 이해하려면 그 안에 등장하는 신들을 밖으로 살짝 밀어내고 읽어야 하는지도 모른다. 결국, 니오베 신화는 신들의 노여움에 관한 이야기가 아니라 우리의 삶에 관한 "심리적 진실"에 관한 이야기인 것이다. 사랑하는 사람을 잃으면 그 사람을 고통스럽게 애도하다가 돌이 되고 싶고, 돌이 되어서도 그에 대한 애도를 계속하고 싶은, 살아남은 사람의 "심리적 진실" 말이다. 그래서 니오베 신화는 신과는 상관없이, 크게는 자식을 잃은 모든 어머니들을 위한 애도의 노래요, 더 크게는 사랑하는 사람을 잃은 우리 모두를 위한 슬프고 아름다운 애도의 엘레지다.

슬픔은 때로 사람을 돌로 만든다. 돌도 때로 눈물을 흘린다. 그리고 이것이 애도의 본질이요 윤리다.

고통의 쓰나미와
트라우마

—욥의 슬픔과 절망

트라우마는 원래 그리스어로 "상처", 더 구체적으로 하면 몸에 난 상처를 의미한다. 그것이 몸이 아니라 마음에 난 상처를 일컫는 말로 통용되고 있는 건 프로이트와 정신분석학자들이 그것을 원래의 의미와 다르게 전유해 사용한 탓이다. 여기에서 한 가지 주목해야 할 것은 트라우마가 몸이 아니라 마음의 차원으로 넘어가면서 치유가 (거의) 불가능한 상처를 지칭하게 됐다는 것이다. 그러니 몸의 상처처럼 치료해서 나을 수 있는 마음의 상처는 트라우마가 아닌 셈이다.

그렇다면 트라우마로 지칭되는 마음의 상처는 어째서 치유가 불가능하다고 하는 걸까. 원인을 찾아서 해결하면 되는 거지 뭐가 그리 어렵다는 걸까. 이 질문에 대한 답은 의외로 간단하다. 트라우마가 치유하기 어려운 것은 그것이 의식이 아니라 무의식에 속하는 것이기 때문이다. 통제가 가능한 의식의 영역에 속한 것이라면, 어렵더라도 상처의 원인을 제대로 찾아서 치료하면 되겠지만, 인간의 의지로 통제할 수 없는 무의식의 미로 속으로 숨어든 상처이기에 치유가 거의 불가능하다는 말이다. 그렇다면 그 상처는 어째서 우리의 의지로 해결할 수 있는 의식의 차원에 머무르지 않고 우리를 속수무책으로 만드는 무의식 속으로 숨어드는 걸까. 이 질문에 대한 답도 간단하긴 마찬가지다. 그 상처가 의식이나 지각능력이 수용할 수 있는 한계를 넘어선, 전혀 예상하지 않은 때에 다가온 너무나 엄청난 사건에 의한 것이기 때문이다. 또한 존재의 기둥을 들었다 놓았다 하며 시간과 자아와 세계 사이의 정상적인 관계를 산산조각 낼 정도로 충격적인, 아니 충격적인 것 이상의 사건에 의한 것이기 때문이다. 그래서 상처가 무의식의 미로 속으로 숨어드는 것이다. 이런 의미에서 보면, 우리의 무의식은 이성과 의지와 의식으로 감당할 수 없는 충격을 흡수해주는 완충장치의 역할을 해주는 건지도 모른다. 정신분석학자들은 이러한 생각에 동의하지 않을지 모르지만, 이 완충장치가 없다면, 우리는 상상할 수 있는 것 이상으로 엄청난 사건을 겪으면 바로 그 자리에서 미쳐버리거나 죽어버릴지도 모른다. 실제로 그렇게 되는 사람이 없는 것도 아니다. 바로 이것이 완충장치로서의 트라우마가 우리 인간에게 필요한 이유다. 문제는 이것이 당장은 완충장치의 기능

을 하지만, 길게 보면 삶을 옥죄는 결과로 이어진다는 것이
다. 언젠가는 어떤 식으로든 모습을 드러내려 하기 때문이
다. 그래서 트라우마는 이중적 기능을 한다. 한편으로는 인
간의 능력으로 감당할 수 없는 걸 스펀지처럼 흡수해 미치
지 않게 해주고, 다른 한편으로는 차후에 모습을 드러냄으
로써 삶을 어렵게 만든다. 그러니 그것이 완충장치라면 임
시적이면서도 불완전한 완충장치인 셈이다.

프로이트에 따르면, 무의식 속으로 숨어든 트라우마가 모
습을 드러내는 것은 악몽이나 반복적인 행동을 통해서이
다. 여기에서 그가 말하는 악몽이나 반복적인 행동은 당
연히 우리의 의지와 상관없이 자기 나름의 논리를 갖고 밖
으로 모습을 드러내는 현상이다. 그러니까 깊은 상처는 그
걸 감당할 수 없는 의식을 피해 무의식 속으로 숨어들었다
가 어느 정도의 시간이 흐른 후에 틈을 봐서 밖으로 모습
을 드러낸다. 그래서 악몽이나 반복적인 행동은 마음의 상
처가 내는 절규이자 애도의 한숨 소리인지 모른다. 어쩌면
이러한 절규나 한숨마저 없다면, 삶은 더 이상 살아질 수
없는 것인지 모른다.

최근에 일본에서 있었던 쓰나미도 수많은 사람들이 트
라우마를 입을 정도로 엄청난 사건이었다. 2011년 3월 11
일, 10미터가 넘는 파도가 일본의 해안마을과 도시를 덮쳤
다. 그것은 파도라기보다는 차라리 물기둥이나 거대한 바

다 괴물이라고 표현하는 게 옳을 만큼 기괴했다. 텔레비전의 화면을 통해 보이는 파도의 모습은, T. S. 엘리엇의 「황무지」를 인용해 말하자면, 현실이 아니라 "비현실"이었다. 그것도 대문자 U가 필요한 비현실Unreal이었다. 영화의 한 장면 같다는 상투적인 표현은 더 이상 상투적인 게 아니라 현실이었다. 그것은 영화보다 더 영화 같았다. 그럴 리는 만무하지만, 물기둥은 묵시적이고 종말론적인 것을 연상시킬 만큼 뭔가를 향한 물기둥, 아니 바다괴물의 분노 같았다. 사람들도 그렇고, 그들이 평생에 걸쳐 일군 것들도 그 바다괴물 앞에서는 속수무책이었다. 너무나 많은 사람들이 순식간에 목숨을 잃었다. 어떤 사람들은 흔적도 없이 바다로 떠내려갔다. 쓰나미는 그렇게 밀려왔다가 사람들이 사는 곳을 황무지로 만들고 나서야 스스로 물러났다.

AP통신은 어떤 젊은 여성이 부서진 집의 잔해를 바라보는 모습을 담은 가슴 아픈 사진을 우리에게 보여준다. 그녀가 쪼그리고 앉은 아스팔트는 걸레처럼 너덜너덜 찢겨져 있다. 그녀의 앞뒤로 폭격을 맞은 듯 쓰레기 더미로 변한 도시가 보인다. 사진 속의 그녀는 사랑하는 부모나 가족을 잃어버렸을 수도 있고, 애지중지하는 개를 잃어버렸을 수도 있다(한 달이 지나 밝혀진 바로는 열세 마리의 개였다). 그녀는 차마 미안해서 신지 못하겠는지(미안하다면 누구한테 미안한 걸까) 신발을 벗어 아스팔트 위에 가지런히

놓고 앉아서 울고 있다. 그녀는 눈앞에 펼쳐진 광경을 차마 못 보겠는지 눈을 아래로 뜨고 울고 있다.

사진 속의 그녀가, 아니 그녀로 대변되는 쓰나미 희생자들이, 눈앞에 펼쳐진 모습과 그것이 의미하는 바를 제대로 인식할 수 있을까. 불가능한 일일 것이다. 부모나 자식이 제 영역을 벗어나 뭍으로 들어온 바다괴물의 아가리 속으로 사라졌는데, 어찌 그걸 제대로 인식할 수 있겠는가. 능력 밖의 일이다. 생지옥의 실상과 의미를 제대로 보기 위해서는 돌이 되어야 가능한 일일 것이다. 그러니 그 사람은 눈을 뜨고 있어도 눈을 뜨고 있는 게 아니고, 보고 있어도 보고 있는 게 아닌 셈이다. 이 상황에서 그 사람이 할 수 있는 건 사랑하는 이들의 이름을 부르고 또 부르면서 울고 또 우는 게 전부일지 모른다. 자연에 의한 재해임이 분명함에도 불구하고 그것이 누군가가 고의로 일으킨 것처럼, 미지의 대상을 향해 삿대질이라도 하면서 울고 절망하는 게 전부일지 모른다. 그것이 현재로서는 그 사람에게 남은 유일한 애도의 방식일지 모른다. 10미터의 거대한 물기둥으로 상징되는 쓰나미로 인한 트라우마가 이후로 그의 삶의 행로를 어떻게 바꿔놓을지는 아무도 모르는 일이다. 확실한 것은 트라우마, 즉 마음의 상처가 언젠가는 어떠한 형태로든 그를 찾아올 거라는 사실이다. 그런 의미에서 마음의 상처는 일단 생기게 되면 완전한 치유라는 게 불가능하고 좋든 싫든 보듬고 살아가야 하는 것인지 모른다.

*

성서 속의 욥도 쓰나미의 희생자였다. 물론 그의 경우에는 물기둥이 아니라 바람과 불과 약탈자들의 폭력에 의한 쓰나미였다. 하기야 「욥기」에서 전하는 이야기를 곧이곧대로 받아들이자면, 바람과 불과 약탈자들을 보낸 것은 사탄과 내기를 한 신이니, 그 쓰나미는 신에 의한 쓰나미였다고 해야 맞을지 모른다. 무엇에 의한 것이든, 그의 집은 물론이고 7천 마리의 양, 5백 마리의 겨릿소, 5백 마리의 암나귀 등이 순식간에 사라지고 말았다. 그뿐만이 아니었다. 하인들도 죽었고 자식들도 다 죽었다. 그는 아들 일곱에 딸 셋을 두고 있었는데, 그들은 큰아들 집에서 음식을 먹다가 한꺼번에 급사했다. 하인들의 경우에는 침략자들한테 맞아서 죽었고, 열 명의 자식들은 집이 광풍에 무너져 그 밑에 깔려 죽었다. 주인에게 그 소식을 건넨 하인 한 사람, 그리고 욥과 그의 아내만 남고 다 죽은 것이었다. 「욥기」는 그러한 실존적 상황에 처한 사람이 그것을 견뎌내는 과정, 즉 애도의 몸부림에 관한 이야기다.

흥미로운 것은 욥의 이야기에 애도에 관한 상호 모순되는 시점들이 공존하고 있다는 것이다. 이 이야기의 틀을 보면, 전체가 42개의 장으로 되어 있는데, 1-2장과 마지막 장인 42장의 일부(1-6절을 제외한 나머지 부분)는 산문형식을 취하고 있고, 나머지는 시형식을 취하고 있다. 전체의 골격을 잘 살피면, 이야기의 대부분을 차지하는 시를 산문이 앞뒤로 감싸고 있는 형상이다. 내용을 감안하지 않고 보면 괜찮은 짜임새가 아닐 수 없다. 산문이 도입부와 결말부에서 전체적인 이야기를 잡아주고 조율하는 형식일 수 있기 때문이다. 그런데 문제는 산문과 시에 나오는 애도의 이야기가 서로 겉돌면서 갈등을 일으킨다는 사실이다. 성서학자들은 이처럼 산문에 나오는 욥의 이야기와 시에 나오는 욥의 이야기가 서로 다르면서 겉돌게 된 건 서로 다른 작가들(적어도 두 사람 이상)이 쓴 것들을 세월이 흐르는 과정에서 누군가가 하나로 통합하고 때로는 덧붙이면서 생긴 결과라고 생각한다. 산문에 나오는 욥의 이야기와 시에 나오는 욥의 이야기는 적어도 두 사람 이상에 의한 서로 다른 작품이라는 말이다. 신의 호칭이 산문에서는 야훼로, 시에서는 엘, 엘로아, 샤다이로 돼 있는 건 그래서 우연이 아니다.

그러나 서로 다른 이야기가 갈등을 일으키는 게 단점일 필요는 없을 듯하다. 오히려 상반된 시각이 공존하는 건 「욥기」가 갖고 있는 강점이라고 할 수 있는 여지도 얼마든지 있다. 하나의 원칙적, 교조적 입장만이 아니라 그와 상반되는 입

장이 제시됨으로써 자칫 밋밋하고 단조로워질 수 있는 이
야기가, 서로를 돌아보고 반성할 수 있는 여지가 있는 흥미
진진한 이야기가 되고 있기 때문이다. 그래서 바흐친의 용
어를 빌려 말하면, 「욥기」는 "독백적" 상상력이 아니라 "대
화적" 상상력을 기반으로 하고 있는 이야기다. 이런 점에
서 「욥기」는 하나의 의미, 하나의 시각을 강요하는 종교적
인 이야기나 알레고리와 사뭇 다른, 고통과 애도에 관한 대
단히 역동적이고 사색적이고 흥미진진한 이야기다. 어쩌면
이 점이 서양 학자들이 「욥기」를 호머의 『일리아드』, 단테
의 『신곡』, 밀턴의 『실낙원』과 같은 고전들과 어깨를 나란
히 하는 걸작으로 보는 이유일 것이다. 토마스 하디를 비롯
한 서양의 수많은 작가들이 「욥기」에서 영감을 얻은 것도
그것이 갖고 있는 역동성과 박진감, 그리고 상실과 고통과
애도에 대한 사유의 깊이 때문이었다.

산문으로 된 이야기가 대단히 순종적인 욥의 애도를 그
리고 있다면, 시로 된 이야기는 반항적일 뿐만 아니라 신성
모독적이기까지 한 욥의 애도를 그리고 있다. 산문 속의 욥
이 모범생이라면, 시 속의 욥은 반항아다. 산문 속의 욥은
신에게서 칭찬을 받지만, 시 속의 욥은 신에게서 꾸지람을
듣는다. 이보다 더 대조적일 수가 없다.

산문으로 된 이야기 속에서 욥은 자식들과 재산을 남김
없이 잃고도 신을 원망하지 않고, 어차피 자신은 "알몸으

로 어머니 배에서 나왔으니 알몸으로 그리 돌아가겠다”며 “하느님께서 주셨다가 하느님께서 가져가시니” 어떠한 상황에서도 하느님의 “이름”을 “찬미”하고 경배하겠다고 선언한다. 그는 자식들이 죽고 집이 무너져 내렸어도 하느님을 원망하기는커녕, “우리가 하느님에게서 좋은 것을 받는다면, 나쁜 것도 받아들여야 하지 않겠소?”라고 말하며, “당신은 아직도 당신의 그 흠 없는 마음을 굳게 지키려고 하나요? 신을 저주하고 죽어버려요”라고 말하며 자신을 다그치는 아내를 달랜다. 욥은 “모든 일을 당하고도 죄를 짓지 않고 신께 부당한 행동을 하지 않으며” “제 입술로 죄를 짓지 않는다”. 여기에서 화자가 지칭하는 “모든 일”이란 재산과 자식을 잃은 것만이 아니라 “발바닥에서 머리 꼭대기까지” 들어앉아 “질그릇 조각으로 제 몸을 긁으며 잿더미 속에 앉아” 있게 만든 “고약한 부스럼”까지를 지칭하는 것이다. 한마디로 욥은 눈 뜨고 볼 수 없는 지경에 처해 있다. 그를 위로하러 온 세 친구들, 즉 엘리파즈와 빌다드와 초바르가 알아보기 힘들 정도로, 욥은 만신창이가 되어 있다. 그들은 그러한 욥을 보고 할 말을 잃고 “목 놓아 울며, 저마다 겉옷을 찢고 흙을 위로 날려 머리에 뿌리며” 애도에 동참한다. 그리고 욥은 이런 상황에서도 신을 원망하지 않는다. 그는 열 명의 자식들이 떼죽음을 당하고 모든 재산과 소유물을 잃은 있는 그대로 받아들이는 것이다. 자식을 잃은 슬픔이 어찌 없으랴만, 그는 "겉옷을 찢고 머리를 깎는" 것 말고는 별다른 애도의 감정을 드러내지 않는다. 그에게 는 슬픔이나 애도의 감정보다 신에 대한 경외심이 더 중요 한 것으로 보인다. 신은 사탄의 시험을 어렵지 않게 통과한 그가 너무 기특하고 자랑스럽다. 그래서 신은 그것에 대한 보답으로 재산을 곱절로 불려주고(양은 7천 마리에서 1만 4천 마리로, 겨릿소는 5백 마리에서 1천 마리로, 암나귀는 5백 마리에서 1천 마리로 정확하게 두 배 불어난다), 다시 일곱 아들과 세 딸을 낳게 해준다. 그리고 그는 아들딸, 손 자, 손녀와 함께 행복하게 살다가 140세에 죽는다. 그래서 산문 속의 욥 이야기는 너무 밋밋한 해피엔딩의 스토리다.

*

그런데 3장에서 시작되어 42장 초반부에서 끝나는 시를 보면, 욥은 순종적인 것과는 거리가 멀어도 너무 먼 모습으 로 나온다. 3장은 "마침내 욥이 침묵을 깨고 자신이 태어 난 날을 저주하였다"라는 문장과 함께 시작된다. 이 문장 은 욥이 열 명의 자식들을 잃은 후, 침묵을 지키며 애도를 하고 있었다는 걸 말해줌과 동시에, 결국에는 애도의 감정 을 삭이지 못하고 무슨 말인가를 하려고 작심하고 있다는 걸 아주 분명하게 말해준다. "마침내"라는 말은 그래서 욥

의 결단을 아주 효과적으로 드러내는 말이다. "마침내"라
는 말을 하기 이전에 그가 어떤 상태였는지는 상세히 알 길
이 없지만, 그가 이후에 쏟아내는 말로 미뤄 상상을 초월
하는 고통을 겪었으리라는 건 어렵지 않게 유추할 수 있다.

내가 태어난 날을 저주해주소서!
내가 잉태된 날을 저주해주소서!
그날을 어둠으로 만들어주소서!
(······)
뱃속에서 죽었거나
태어나는 순간에 죽었더라면 얼마나 좋았으랴.
(······)
그때 죽었더라면 지금은 편안할 텐데.

욥은 자신이 과거를 되돌릴 길이 없다는 걸 알고 있음
에도 불구하고, 태어나지 않았더라면 싶고, 태어났더라도
태어난 순간에 죽어버렸더라면 싶다. 그럴 정도로 절망적
인 상태에 처해 있다는 말이다. 죽고 싶은 마음에는 이후
로도 변함이 없다("죽음을 기다리지만, 오지 않네"). 차이
가 있다면 전에는 그 마음을 밖으로 드러내지 않았고 지
금은 그걸 날것으로 드러내고 있다는 것이다. 그는 스스로
의 힘으로 죽을 수 없자, 신에게 자신을 죽여달라고 애원

하기까지 한다.

욥이 모든 걸 잃고 나자, 그가 잘살 때는 몰려들었던 친구들과 형제들은 그에게 등을 돌린다. 게다가 그의 몸에는 사금파리로 긁어야 가려움이 가시는 부스럼이 앉아 있다("내 살은 구더기와 흙먼지로 뒤덮이고/내 살갗은 갈라지고 곪아 흐르네"). 그러니 자기도 열 명의 자식들의 뒤를 따라서 죽고 싶은 것이다. 재산도 잃고 자식도 잃고 건강도 잃었으니, 더 이상 버틸 힘도 없고 희망도 없다("내게 무슨 힘이 있어 더 견디어내고/내가 얼마나 산다고 더 참으란 말인가?"). 그에게 신은 자신의 앞길을 "높은 담"과 "어둠"으로 가로막는 존재이자 "나무뿌리를 뽑듯이" 자신의 희망을 뽑은 존재다. 또한 신은 그를 "궁지로 몰아넣은" 존재이자 "그물로 덮어버린" 존재다. 신에 대한 그의 항변은 끝없이 이어진다.

하느님께서는 편안하게 살던 나를 깨뜨리시고
덜미를 붙잡아 나를 부수시며
당신의 과녁으로 삼으셨네.
그분의 화살들은 나를 에워싸고
그분께서는 무자비하게 내 간장을 꿰뚫으시며
내 쓸개를 땅에다 내동댕이치신다네.
나를 갈기갈기 찢으시며

전사처럼 달려드시니
나는 자루옷을 내 맨살 위에 꿰매고
내 뿔을 먼지 속에다 박고 있네.
내 얼굴은 통곡으로 벌겋게 달아오르고
내 눈꺼풀 위에는 암흑이 자리 잡고 있다네.

이처럼 그는 동원할 수 있는 비유는 다 동원하여 신을 원망하고 있다. 그에게 신은 자신을 과녁으로 삼아 활을 당기는 가학적인 궁수이자 전사이다. 이 모든 원망의 말들이 3장의 처음에 나오는 "마침내"라는 말 이후에 그의 입에서 쏟아져 나온다. 그는 자신에게 닥친 재앙의 진원지가 신이라는 걸 아주 분명히 하면서 신에 대한 원망의 말을 거침없이 쏟아내고 있다.

욥의 세 친구들(마지막에 나오는 엘리후까지 합하면 넷이다)은 이렇게 신을 원망하는 그에게 화를 내며 그가 신성모독을 범하고 있다고 비난한다. 그들의 이야기는 서로 조금씩 다르지만 내용상으로는 별 차이가 없는데, 그들의 말을 요약하면 욥이 당한 고통은 그가 지은 잘못과 죄에 합당한 벌이라는 것이다. 가령 엘리후는 욥이 "마땅히 받아야 할/형벌을 받고 있다"라고 말하고, 엘리파즈는 욥이 받는 고통은 "목마른 이에게 물을 주지 않았고/배고픈 이에게 먹을 것을 거절하"였으며, "과부들을 빈손으로 내쫓고/

고아들의 팔을 부러뜨린” 결과라고 구체적으로 말한다. 그러나 이들의 말은 현실에 근거한 것이 아니다. 욥은 어째서 그들이 사실을 왜곡하는지 이해할 수 없다. 그는 하인들의 권리를 무시하지도 않았고, “가난한 사람들의 소망을 물리치고/과부의 눈을 흐리게” 하지도 않았다. 또한 고아가 옆에 있을 때는 빵을 혼자서 먹지도 않았고, 고아에게 손찌검을 하지도 않았다. 그는 “고난받는 사람을 보면/함께 울었고/궁핍한 사람을 보면/함께 마음 아파하였다”. 달리 말해, 욥은 착하고 모범적으로 살아온 사람이다. 그럼에도 불구하고 자식을 포함한 모든 걸 순식간에 잃은 것이다. 그가 신을 원망하는 것은 이러한 이유에서다.

욥은 어째서 자신처럼 신을 믿고 경배하며 자식들을 잘 건사하고 이웃들에게 잘했던 사람들은 고통을 당하고, “어째서 악한 사람들은 잘 살고/늙도록 오래 살면서/번영을 누리는지” 이해할 수가 없다. 그는 어째서 악한 사람들의 “가정에는/아무런 재난도 없고/늘 평화가 깃들며”“그들의 수소는/확실하게 새끼를 배게 하며/암소는 새끼를 밸 때마다/잘도 낳는지” 이해할 수 없다. 그는 이러한 질문을 퍼부음으로써 신의 존재를, 신의 존재가 아니라면 신의 의로움이나 공평함을 의문시하고 있다. 어째서 세상은 불공평한 거냐고, 어째서 자기한테만 불행이 닥치는 거냐고 신에게 따지고 있는 것이다. 어째서 “어떤 사람은/죽을 때까지도

기력이 정정하며/죽을 때에도 행복하게/편안하게 죽는" 반
면, "어떤 사람은 행복하고는 거리가 멀며/고통스럽게 살다
가/고통스럽게 죽느냐"라고 묻고 있는 것이다. 하루아침에
모든 걸 잃은 욥에게는 물음표가 달리지 않은 세상사가 없
다. 이것이 그가 끝없이 묻고 또 묻는 이유다.

　그런데 욥의 친구들은 권선징악이나 인과응보의 논리만
을 들이댈 뿐, 그를 이해하려고 하지 않는다. 그들은 욥에
게 잔소리나 변명은 듣고 싶지 않으니, 신 앞에 머리를 조
아리고 참회를 하라고 한다. 그들은 욥이 자신들이 하는
말을 일일이 반박하며 대꾸하자, 화를 내기도 하고 호통을
치기도 한다. 그들은 감정의 문제인 애도에 논리로만, 그것
도 교조적이고 획일적인 논리로만 접근하고 있다. 욥이 상
실의 고통과 절망적인 현실에 숨이 넘어가고 있는데, 친구
라고 하는 사람들은 한가하게 논리만 들이대고 있다. 진정
한 친구라면 그럴 수가 없다. 진정한 친구라면 엘리후처럼,
"하느님은 고통을 통해서 사람들을 가르치시며/고난을 통
해서 그들의 눈을 뜨게 하신다"라고 말하며 욥의 고통을
합리화하려고 하지 않을 것이다. 고통도 적당한 고통이어
야지, 욥이 겪는 것과 같은 고통을 보며 어찌 "하느님이 고
통을 통해서 사람들을 가르친다"라고 할 수 있을까. 욥처
럼 고통을 직접 겪은 사람이 그런 말을 한다면 몰라도, 고
통을 겪는 당사자가 아닌 아웃사이더가 어찌 그런 말을 입

에 올릴 수 있는가. 아웃사이더에 불과한 사람이 어찌 "발바닥에서 머리끝까지" 부스럼이 생겨 고름이 나오는 사람에게 신이 "고난을 통해서 눈을 뜨게 하신다"며 "이 고통이 당신을/악한 길로 빠지지 않도록/지켜줄 것"이라고 말할 수 있는가. 욥이 되어보지 않았기에 그런 말이 나오는 것이다. 욥에게 위로의 말이 필요한 때, 그들은 논리를 들이대며 학문을 논하고 있다.

(그래서 수많은 사람들을 절망으로 몰아넣은 일본의 쓰나미를 가리켜 "일본인의 아욕[我欲, 자기 욕심]"을 씻어내기 위한 "천벌天罰"이라고 말한 일본의 어느 정치인이나, 쓰나미가 "너무나 하느님을 멀리하고 우상숭배, 무신론, 물질주의"로 나가는 것에 대한 "하느님의 경고"라고 말한 한국의 어느 종교인은 시에 나오는 욥의 친구들을 닮았다. 그러나 "하느님의 경고"나 "천벌"을 운운하는 사람들은, 포악한 일제에 의해 말로 표현할 수 없을 정도의 피해를 입은 한국의 일본군 위안부 피해자들이 쓰나미를 천벌이나 경고가아닌 자연재해로 생각하고 희생자들을 위해 모금활동을 벌이는 감동적인 모습을 돌아볼 필요가 있을 듯싶다. 위안부 피해자들은 가해자의 후손들이 당하는 고통도 여느 사람의 것이 당하는 고통과 다름없는 것으로 생각하고 있는 것이다. 그들은 "하느님의 경고"니 "천벌"을 운운하는 사람들처럼 잘 살지도 못하고, 잘 배우지도 못한 사람들이지만,

아니 어쩌면 잘 살지도 못하고 잘 배우지도 못하고 당하고 만 산 사람들이기 때문에 더욱 남이 당하는 고통을 외면하지 못하는 것인지 모른다. 이보다 인간을 더 윤리적인 존재로 만드는 게 있을까. 윤리를 실천하고 구현하는 이런 사람들을 보면 사람이라는 게 자랑스럽다.)

이 맥락에서, 산문으로 된 부분에 나오는 세 친구의 행동은 참으로 대조적이다. 그들은 시에 나오는 네 명의 친구들과 달리, 감당하기 힘든 재앙 때문에 "알아볼 수조차" 없을 정도로 변해 있는 욥을 보고, "저마다 겉옷을 찢고 먼지를 위로 날려 머리에 뿌린다. 그들은 이레 동안 밤낮으로 그와 함께 땅바닥에 앉아 있지만, 아무도 그에게 말 한 마디 하지 않는다. 그의 고통이 너무도 큰 것을 보았기 때문이다". 어찌 보면 너무나 당연한 것이면서도, 말할 수 없는 고통에 시달리는 친구를 위해 일주일 동안을 같이 있으면서도 말 한 마디 건네지 않는 그들의 모습은 감동적이고 아름답다. 이에 반해, 시로 된 이야기 속에 나오는 친구들은 매섭게 욥을 공격할 뿐, 그를 위로할 생각을 전혀 하지 않는다. 그들은 욥이 말하는 것의 옳고 그름을 따지는 것보다는, 삶을 포기하려고 할 정도로 절망에 차 있으며 그 절망감에 신마저 원망하고 있는 욥을 위로하는 것이 더 시급한 일이라는 걸 간과하고 있는 것처럼 보인다. 욥을 몰아치는 비정한 모습을 보면, 그들이 애도나 배려의 정신으로부터 얼마나 멀리 떨어져 있는지 어렵지 않게 알 수 있다. 바로 이런 의미에서, 산문에 나오는 친구들과 시에 나오는 친구들은 이름만 같지 성격이 전혀 다르다. 산문과 시의 저자를 다르게 보는 이유 중 하나가 이것이다.

*

더 큰 문제는 신마저도 욥을 위로해주지 않는다는 것이다. 신은 욥의 물음에 답변하는 대신, 천지창조를 하고 만물의 근원인 자신에게 감히 대드는 방자한 태도를 문제 삼는다.

네가 누구이기에

무지하고 헛된 말로

내 지혜를 의심하느냐?

(……)

바닷물이 땅속 모태에서

터져 나올 때에,

누가 문을 닫아 바다를 가두었느냐?

구름으로 바다를 덮고,

흑암으로 바다를 감싼 것은,

바로 나다.

바다가 넘지 못하게 금을 그어놓고,

바다를 가두고 문빗장을 지른 것은,

바로 나다.

"여기까지는 와도 된다.

그러나 더 넘어서지는 말아라.

도도한 물결을 여기에서 멈추어라!"

하고 바다에게 명한 것이 바로 나다.

여기에서 신이 말하고자 하는 건 어떤 식으로든 자신의 권위에 도전하지 말라는 것이다. 어떠한 형태의 도전이든 용납하지 않겠다는 것이다. 욥의 말이 맞고 안 맞고가 중요한 게 아니라 권위에 대한 도발과 도전이 중요하다는 말이다. 친구들한테는 따지고 대들고 했던 욥도 권위를 앞세우는 신한테는 옴짝달싹하지 못하고 납죽 엎드려 잘못했다고 용서를 빈다. 욥 앞에 나타난 신은 이처럼 권위적이다. 신은 인간의 차원으로 내려와서 욥이 당한 고통의 쓰나미가 어떻게 해서 일어난 건지 설명해주지 않는다. 욥이 실제로 그렇게 말한 건 아니지만, 위의 인용을 이용하여 비유적으로 말하자면, 그가 질문한 것의 요체는 신이 "바다를 가두고 문빗장을" 지르며 바다한테 "여기까지는 와도" 되지만 그 이상은 "넘어서지는 말아라"라고 명령했다면, 어째서 바다는 그 명령을 어기고 쓰나미가 되어 인간을 덮쳐 고통스럽게 하느냐 하는 것이다. 즉, 고통은 왜 존재하느냐 하는 것이다. 어째서 아무 잘못도 없는 사람에게 쓰나미가 밀어닥쳐, 자신이 태어난 날을 저주할 만큼 삶을 고통스럽게 하느냐 하는 것이다. 신은 이러한 물음에 답변하지 않고 자기한테 대드는 오만불손함만 따지고 든다. 그래서 욥이 물었던 수많은 질문들은 여전히 물음표가 찍힌 채로 그대로 남는다. 이야기가 그 이상으로 넘어가지 않고, 욥이 자신을 몰아치는 신 앞에 자신의 무례와 오만방자함과 무지를 고백하며 용서를 구하는 것으로 성급하게 마무리되기 때문이다. 지금까지 전개된 고통에 대한 진지하고 심오한 대화적 사유의 결말로서는 대단히 불만스럽다.

그러나 이 불만스러움이 욥의 이야기에 내포된 고통과 애도에 대한 사유의 심오함을 약화시키는 건 결코 아닐 듯하다. 「욥기」가 제기하는 수많은 질문들은 명확하게 답변할 수 있는 게 아니어서 물음표로 찍힌 채 그대로 두는 것이 불만스럽더라도 정직하고 현명한 것이기 때문이다. 고통의 쓰나미가 왜 발생하는지를 어찌 대답할 수 있으랴. 사실, 그 질문은 답변을 위한 게 아니라 쓰나미의 희생자가 감정을 해소하기 위해서 하는, 질문 자체를 위한 질문인 측면이 없지 않다. 그렇게라도 하지 않으면 미칠 것 같기에 어쩔 수 없이 하는 질문인 것이다. 단 한 사람의 죽음도 믿음을 송두리째 흔드는데, 재산과 열 명의 자식들을 잃고 급기야 차신의 건강마저도 잃은 상황에서 욥이 그러한 질문을 하는 것은 어쩌면 불가피한 일인지 모른다. 그래서 「욥기」의 서두에 제시된 대로, 자신의 고통이 신이 사탄과 내기를 한 데서 비롯된 것이라며 고통의 원인을 신한테서 찾으려고 할 수도 있는 것이다. 고통의 쓰나미가 인간을 덮치는 이유를 찾다 찾다 못 찾으니 그렇게 할 수도 있는 것이다. 그런데 신이 사탄과 내기를 했다는 생각은 얼마나 유치한가. 신이 어떻게 사탄과 내기를 해서 인간을 괴롭힌다는 말인가. 누군가가, 그러니까 「욥기」를 쓴 사람(들)이, 신이 사는 곳을 넘보거나 훔쳐보기라도 했다는 말인가. 그럴 리는 없다. 인간이 신의 영역을 알 수는 없는 노릇이다. 중요한 것은 욥이, 그리고 욥으로 대변되는 수많은 사람들이, 그런 생각을 하며 자신의 감정을 풀어냄으로써 애도의 과정을 견뎌낸다는 사실이다. 그리고 그것이 막막하고 깜깜한 절망의 벼랑에서 살아날 수 있는 유일한 길인지도 모른다. 그것이 신과의 대적을 필요로 하는 힘겨운 과정일지라도 어쩔 수 없는 노릇이다. 또한 그것이 아이가 부모한테 부리는 심통이나 짜증의 형태를 취한다 하더라도 어쩔 수 없는 노릇이다.

"신이 생사를 관장하는 방법에 도저히 동의할 수가 없고, 특히 그 종잡을 수 없음과 순서 없음에 대해선 아무리 분노하고 비웃어도 성이 차지 않았다." 이는 몇 달 사이에 남편과 아들을 차례로 잃은 소설가 박완서가 생전에 자신이 느겼던 심경을 토로한 말이다. 얼마나 숨이 막혔으면 이런 말까지 했으랴. 얼마나 절망스러웠으면 신을 비웃기까지 했으랴. 그런데 놀라운 것은 그녀의 말이 2천 년도 더 전(「욥기」는 기원전 7세기와 2세기 사이에 기록된 것으로 추정된다)에 욥이 했던 말과 크게 다를 바 없다는 사실이다. 그러니 그녀는 욥이었고, 욥은 그녀였다. 이는 인간이 끝없이 고통의 쓰나미에 시달리면서 대답이라고는 있을 수 없는 질문을 해왔고 앞으로도 그러할 것이며, 바로 그것이 인간의 삶이고 실존이라는 말에 다름 아니다. 욥이 고통을 당하고 애도를 하는 많은 사람들의 원형이 되는 것은 바로 이러한 이유에서다. 욥은 우리와 늘 가까이 있었던 셈이다.

어쩌면 우리가 욥, 아니 수많은 욥을 위해 해줄 수 있는 건, 시가 아니라 산문에 나오는 세 친구들처럼, 아무 말 없이 옆에 있어주며 같이 울고 같이 애도하는 게 전부인지도 모른다. 제자가 죽음의 의미에 대해 묻자 "아직 삶도 모르는데 어찌 죽음을 알랴未知生 焉知死"라고 말하며 더 이상 언급하는 걸 거부했던 공자도 애도의 현장에서는 다른 사람들과 함께 소리 없이 울었다. 그는 울음에 동참했을 뿐, 아무런 위로의 말도 하지 않았다. 그의 제자가 왜 울었느냐고 묻자, 그는 다른 사람이 울어서 자기도 모르게 울었다고 했다. 바로 이것이 애도를 하는 사람에 대한 상스럽지 않은 최소한의 예의일 것이다. 트라우마에 두고두고 시달리게 될 일본의 쓰나미 희생자들을 향해서도 마찬가지다.

「용기」는 우리에게 침묵도 애도의 한 방식일 수 있다는 걸 가르쳐준다. 더불어 저항이나 절규나 절망도 애도의 한 방식일 수 있다는 걸 가르쳐준다. 앞의 가르침은 산문으로 된 이야기를 통해, 그리고 뒤의 가르침은 시로 된 이야기를 통해.

존재가
존재에게 남기는
"공동"

— 홀로코스트와 동물들을 위한 애도

2011년에 작고한 소설가 박완서는 2010년, 젊은 작가들의 작품을 평하는 글에서 "어쩌면 존재가 사라진 후에 다른 존재에 남긴 공동空洞의 크기가 살다 갔다는 존재증명의 전부"일지 모른다고 했다. "공동"이란 빈 구멍이나 빈 동굴, 혹은 빈 골짜기를 의미하는 한자어인데, 이는 심리학에서 얘기하는 자취나 흔적이란 말과 크게 다르지 않아 보인다. 애도는 사라진 존재가 남긴 "공동"을 감당해가는 과정을 일컫는 말인데, 어쩌면 그녀의 삶과 문학도 자신이 사랑하는 사람들, 특히 가족들이 그녀에게 남긴 "공동"과의 몸부림, 즉 애도의 과정이었는지 모른다. 그녀는 그것이 자신의 문학의 원천이었음을 굳이 숨기지 않았다. 그래서 그녀의 문학은 "공동"의 문학이자 애도의 문학이었다고 해도 과언이 아니다. 그런 그녀가 뭇사람들의 가슴에 "공동"을 남기고 떠남으로써 이제는 스스로도 애도의 대상이 되었다. 많은 이들의 가슴에 남긴 "공동의 크기"와 "존재증명"
이 남다른 탓인지, 그녀의 죽음을 슬퍼하고 애도하는 정도
도 남달라 보인다.

그런데 박완서의 길지 않은 말에서 한 가지 흥미로운 점
은 사람이라는 말 대신 "존재"라는 말이 사용되고 있다는
사실이다. 물론 "존재가 사라진 후에 다른 존재에 남긴 공
동"은 "사람이 사라진(죽은) 후에 다른 사람에 남긴 공동"
이라고 바꿔도 무방한 표현이다. 작가도 그런 의미에서 존
재라는 표현을 썼을 것이다. 아니, 어쩌면 자신의 말에 실
존성을 부여하고 인간 외의 존재까지 포괄할 수 있는 여지
를 주려고 일부러, 혹은 자기도 모르게 그 말을 사용했는
지도 모를 일이다.

작가가 어떠한 의미와 맥락에서 사용했든, "존재"라는 말
은 포괄적이다. 우리가 주변에서 흔히 볼 수 있는 동물이
나 생물들까지 아우를 수 있을 정도로 포괄적이다. 그런데
"존재가 사라진 후에 다른 존재에 남긴 공동"에는 여러 가
지 유형이 있을 것이다. 사람이라는 존재가 사람이라는 존
재에게, 종種이 다른 존재가 사람이라는 존재에게, 사람이
라는 존재가 종이 다른 존재에게, 종이 다른 존재가 같은
부류의 존재에게 남기는 "공동" 등……. 물론 종이 다른 존
재에게도 인간에게처럼 "공동"이 남느냐 하는 데에는 얼마
든지 이견이 있을 수 있지만, 짝이나 새끼, 어미, 때로는 주

176

인을 잃고 망연자실해하거나 심지어 따라 죽기까지 하는 동물들도 더러 있는 걸 보면, 그들에게도 존재의 상실은 인간과 똑같은 방식으로는 아닐지 모르지만 일종의 "공동"을 수반하는 것이 아닐까 싶다. 다만 우리가 인간이라서 다른 존재들이 느끼는 "공동"의 깊이와 정도, 그리고 애도의 방식을 알지 못하는 것뿐인지 모른다. 그래서 인간과는 다른 종의 존재들이 같은 부류의 존재들에게 남기는 "공동"에 관해서 왈가왈부하는 건 인간 능력의 한계를 벗어난 것처럼 보인다. 따라서 세상을 인간 중심적으로 본다는 비난을 감수하고서라도, 그리고 어차피 우리는 인간을 중심에 놓고 세상을 본다는 점에서 철두철미하게 이기적인 존재이므로, 인간을 축으로 해서 논의를 전개하는 게 더 생산적일 것이다. 그러니 앞에 열거한 네 가지 "공동" 중 두 가지, 즉 사람이라는 존재가 사람이라는 존재에게, 종이 다른 존재가 사람이라는 존재에게 남기는 "공동"에 논의를 한정시키는 게 좋을 듯싶다. 여기에서 전자는 우리가 사랑하는 사람(들)을 보내면서 늘 맞닥뜨려야 하는 것이어서 논란의 여지가 없지만, 후자는 종이 다른 존재와의 관계에서 발생하는 문제여서 생각해볼 여지가 있을 수 있다. 종이 다른 존재도 우리 인간에게 "공동"을 남길까. 즉, 종이 다른 존재도 우리 인간에게 애도의 대상일 수 있을까. 보는 이에 따라서 다르겠지만, 이 질문에 대한 일반적인 답은 대체로 긍정적인 쪽으로 기울지 않을까 싶다. 애완동물을 잃고 자식을 잃은 것처럼 망연자실해하고 때로는 심리치료까지 받는 사람들을 보면, 동물도 사람에게 "공동"을 남기는 건 분명해 보인다. 이는 동물도 애도의 대상일 수 있다는 명백한 증거다. 그러니 인간은 종이 같은 인간은 물론이고 종이 다른 존재까지 그리워하고 애도할 수 있을 만큼 윤리적인 존재라고 할 수 있다. 사랑하는 대상을 향한 그리움만큼 인간을 인간답게 하는 것이 또 있으랴. 더 이상 눈에 보이지 않는 사람까지도 그리워하고(그래서 '그리움'이라는 말은 마음속에 상[그림]을 그린다고 해서 생긴 말이라는 얘기도 있지 않은가!) 애도하는 게 인간이니, 우리 인간은 얼마나 아름답고 윤리적인 존재인가.

인간을 규정하는 것이 여기까지만이면 얼마나 좋으랴. 이처럼 인간을 윤리적인 존재라고 규정할 수 있다면 얼마나 좋으랴. 하지만 문제는 인간이 때로는 자신과 아무 관련이 없는, 종이 다른 존재들을 향해서는 절망적일 만큼 비정하고 냉혹하다는 데 있다. 종이 다른 존재는 수없이 죽어나가도 애도의 대상이 되지 못하는 경우가 대부분이다. 이는 우리가 처한 현실을 돌아보면 너무나 분명해진다. 떼죽음을 당한, 그것도 인간의 손에 떼죽음을 당한 소와 돼지와 닭을 생각해보라. 2011년 2월 25일 현재, 한국에서 구제역으로 매몰된 소와 돼지의 수는 3백만이 훌쩍 넘었다.

또한 조류독감으로 매몰된 닭과 오리의 수는 5백만이 넘었고 양쪽을 합하면 9백만에 육박한다. 그럼에도 불구하고 그들은 우리의 식탁에 오르는 고기 이상의 존재는 아니다. 아니, 존재는 무슨 존재인가. 그들은 존재랄 것도 없이 물건이고 음식이다. 부버Martin Buber가 인간관계를 설명할 때 사용했던 말을 인용하면 그들은 "그것It"이다. "그것"은 이용의 대상이지 애정의 대상도, 애도의 대상도 될 수 없다. "그것"은 주사약으로 죽여 묻어도 상관이 없고, 주사약이 떨어지면 산 채로 묻어도 상관이 없는 물체다. "그것"이라는 생각 없이 어찌 "살처분"이라는 말을 쓸 수 있으며, 어찌 "생매장"을 할 수 있겠는가. 이러한 현실 앞에서 우리는 인간의 잔혹성에 절망하게 된다. 어쩌면 우리는 종이 다른 존재를 "그것"으로 치부하고, 우리의 것과 달리 그들의 삶은 중요하지 않다고 생각하는 스스로의 비인간성과 비윤리성을 애도하는 것부터 배워야 하는 존재인지 모른다. 하기야 우리가 "그것" 취급을 하는 게 어디 동물뿐인가. 같은 부류의 인간들에게도 "그것" 취급을 하며 짓밟는 야만적인 존재가 바로 우리다. 1, 2차세계대전, 아우슈비츠, 캄보디아 인종학살, 수많은 식민주의 폭력 등, 인간을 "그것"으로 취급한 과거의 예는 수도 없이 많고, 그러한 야만의 역사는 지금도 계속되고 있다. "야만의 기록이 아닌 문명은 없다"고 한 베냐민Walter Benjamin의 말은 결코 과장이 아니다.

*

2003년도 〈노벨문학상〉 수상자인 남아프리카공화국 출신의 소설가 쿳시J. M. Coetzee는 인간과 종이 다른 동물들이 당하는 고통에 일정한 관심을 할애한 위대한 작가다. 그를 “위대한” 작가라고 하는 것은 그가 “지적인 힘과 균형적 스타일, 역사적 비전과 윤리적 통찰력을 독특한 방식으로 통합시킨” 작가여서만이 아니라, 사유의 영역을 인간 외의 존재로까지 확장시킨 정말로 몇 안 되는 작가이기 때문이다. 물론 그의 주된 관심사는 데리다Jacques Derrida가 “세계의 몸에 난 악성종양”이자 “폭력적인 위계질서”라고 표현한 아파르트헤이트(남아프리카의 인종차별정책) 치하에서 신음하는 흑인들의 고통이었지만, 그것은 인간이 동물에게 가하는 고통과 별개의 것이 아니었다. 그의 눈에는, 소수의 백인들이 다수의 흑인들을 “그것”으로 취급하는 것은 인간이 동물을 “그것”으로 취급하는 것과 크게 다르지 않은 것이었다. 그가 “나는 세계에 존재하는 고통, 그것도 인간의 고통만이 아닌 고통의 존재를 보며 기가 질리고, 나의 생각도 그로 인해 혼란과 무력감에 빠진다”라고 했을 때 염두에 둔 고통은, 인간이 인간에게 가하는 것만이 아니라 인간이 동물을 비롯한 다른 존재들에게 가하는 것까지를 아우른 고통이었다. 그는 자신의 소설이 그 고통을 완화시킬 수 있다고 믿지 않았다. "시는 아무것도 일어나게 할 수 없다"고 했던 오든W. H. Auden처럼, 그도 문학이 현실을 바꿀 수 있다고는 믿지 않았다. 그에게 소설은 고통을 당하는 것에 대한 "하찮고 우스운 방어"일 따름이었다. 그는 세상에 만연한 고통 앞에서, 그것도 인간만이 아니라 인간 외의 존재까지 무차별적으로 당하는 고통 앞에서, 자신의 문학을 "하찮고 우스운" 것으로 생각할 줄 알았던 겸손하고 윤리적인 작가였다. 그래서 그는 희망이 아닌 절망과 애도의 작가였다.

"인간의 고통만이 아니라" 다른 존재의 고통에 주목했던 쿳시가 동물이 당하는 고통을 그의 소설에 투영한 것은 그래서 필연적인 것이었다. 그는 『철의 시대Age of Iron』『마이클 케이Life & Times of Michael K』『추락Disgrace』『엘리자베스 코스텔로 : 여덟 개의 강의Elizabeth Costello : Eight Lessons』(이하 엘리자베스 코스텔로)『어느 운 나쁜 해의 일기Diary of a Bad Year』 등에서 동물의 문제를 다루고 있다. 이 중에서 『엘리자베스 코스텔로』(왕은철 역)가 가장 많은 부분을 그 문제에 할애하고 있지만, 이 소설을 포함하여 여기에 열거된 어느 소설에서도, 동물에 대한 부분이 차지하는 비중이 큰 건 아니다. 그러나 그가 고통을 생각할 때 인간의 고통만이 아닌 다른 존재의 고통을 늘 염두에 두고 있었다는 사실을 감안하면, 소설에서 동물에 관한 언급이나 사유가 차지하는 비중이 적다는 것이 중요성이 덜해서 그런 것이라고는 결코 볼 수 없을 것이다. 이것이 동물에 관한 언급이 몇 페이지에 불과한 『어느 운 나쁜 해의 일기』나 그보다는 비중이 크지만 전체의 4분의 1 정도에 불과한 『엘리자베스 코스텔로』를 가볍게 봐서는 안 되는 이유다.

『엘리자베스 코스텔로』는 특이하게도, '여덟 개의 강의'라는 부제에서 알 수 있듯이, 스토리를 중심으로 하는 일반적인 소설들과 달리, 여덟 개의 장 모두가 서로 다른 주제에 관한 강의 형식의 글로 이뤄져 있다. 주제는 리얼리즘, 아프리카에서의 소설, 동물, 아프리카에서의 인문학, 에로스, 죽음처럼 다양하다. 따라서 각 장은 개별적으로 읽어도 전혀 문제가 되지 않는다. 전체를 연결해주는 끈이라고 해야 엘리자베스 코스텔로라는 인물이 여덟 개의 장 모두에 등장한다는 것뿐이다. 사실, 이 소설은 작가가 대부분(여덟 장 중 여섯 장) 이런저런 잡지에 시기를 달리하여 발표한 것들을 모아놓은 것이다. 특히 동물을 다룬 글은 작가가 프린스턴대학의 초청을 받아 1997년 10월 15일에서 16일까지 두 차례에 걸쳐 강연을 했던 내용으로, 1999년에 출판된 『동물들의 삶The Lives of Animals』에 실렸던 것을 재수록한 것이다. 보통의 연사 같았으면 자신이 생각하는 바를 강연 형식에 맞춰 풀어냈겠지만, 쿳시는 강연 대신, 미리 준비한 소설 형식으로 된 글을 청중에게 읽어주는 방식을 택했다. 강연치고는 대단히 파격적인 것이었다. 이처럼 다소 장황하게 이 소설의 형식에 대해 언급하는 이유는 쿳시가 자신의 생각을 투사할 수 있는 그러한 방식을 의도적으로 택했으며, 따라서 이 소설에 나오는 동물담론이 그의 개인적인 생각과 아주 밀접한 관련이 있다는 점을 강조하기 위해서이다.

『엘리자베스 코스텔로』를 구성하는 여덟 개의 장 중, 동물에 관한 작가의 사유가 담긴 두 개의 장, 즉 3장에 해당하는 「동물들의 삶 1 : 철학자들과 동물들」과 4장에 해당하는 「동물들의 삶 2 : 시인들과 동물들」도 다른 장들과 마찬가지로 소설의 형식을 빌린 "사유의 한 방식" 정도로 받아들이는 게 적절할 듯하다. 쿳시가 처음부터 소설을 "사유의 한 방식"으로 생각하긴 했지만, 적어도 『엘리자베스 코스텔로』 이전의 소설들은 스토리에 사유가 녹아드는 형태를 취하고 있는 반면, 『엘리자베스 코스텔로』는 스토리보다는 사유나 관념이 불거지는 특이한 형태를 취하고 있다(이는 이후에 출판된 『어느 운 나쁜 해의 일기』에도 적용될 수 있는 말이다). 하지만 그렇다고 해도, 각 장이 나름대로 소설의 형식을 취하고 있으니 간단하게나마 3장과 4장의 스토리를 소개하는 게 필요하지 않을까 싶다.

중심인물은 저명한 오스트레일리아 소설가인(물론 허구다) 엘리자베스 코스텔로다. 그녀는 미국의 애플턴대학(이 대학도 허구다)으로부터 두 차례에 걸쳐 "그가 선택하는 어떤 주제로든 연설을 해달라는 초청"을 받는다(이는 쿳시가 프린스턴대학으로부터 두 차례에 걸쳐 강연을 해달라고 초청을 받은 사실과 겹쳐지는 대목이다). 그녀에게는 아들이 하나 있는데, 공교롭게도 애플턴대학의 이공계 교수다. 하지만 대학 당국은 그가 그녀의 아들이라는 걸 알지 못한 채, 그녀를 초대한다. 그녀는 미국에 도착해 아들 집에 머물며, 이틀간 강연을 한다. 하루는 "철학자들과 동물들"에 관한 강연을 하고, 다른 하루는 "시인들과 동물들"에 관한 강연을 한다. 전자는 동물과 관련하여 인간 중심적이고 이성 중심적인 철학자들의 오류를 비판하는 내용이고, 후자는 "동물이라는 존재의 총체성과 그것의 비非추상적이고 비非지적인 본질"을 "언어화하고 있는 시인들"을 읽고 인간의 삶과 마찬가지로 동물의 삶도 중요하다는 걸 역설하는 내용이다. 스토리는 강연과 그것에 대한 청중의 반응을 소개하는 것으로 이뤄져 있다. 이처럼 「동물들의 삶 1」과 「동물들의 삶 2」는 스토리라기보다는 특정한 주제에 대한 강연이라고 해야 맞다.

그렇다면 왜, 쿳시가 대학의 진지한 강연 요청에 소설의 형식을 빌린 강연을 했을까. 그 이유를 헤아리는 건 그리 어렵지 않다. 그건 "동물들의 삶"에 대해 자신의 견해만을 일방적으로 피력할 경우, 독백적이고 교훈적인 형태의 강연이 될 것을 우려했기 때문일 것이다. 그래서 그는 자신의 생각을 코스텔로라는 인물에 투사하고 그것을 극단적인 쪽으로 밀어붙인 다음, 예상되는 반박이나 반응과 대비시키고 싶었을 것이다. 그러니까 그는 자신의 강연을 듣고 청중이 반응하는 것을 예단하고 그것까지 내용에 포함시킨 것이다. 이는 자신의 입장마저도 객관화시켜 반대적인 입장과 대비시키려는 쿳시의 일관된 서술전략과 잘 맞아떨어진다.

윤리적인 주제에 관해 강연을 해달라는 프린스턴대학의 초청을 받고, 쿳시가 동물의 문제를 들고 간 것은 우연이 아니었다. 전면에 부상하지만 않았지, 동물의 문제는 늘 그의 관심사였다. 그렇다고 그가 대부분이 지식인들인 청중을 향해 육식을 하지 말자고 무슨 설교를 한 것도 아니었다. 물론 그래서 될 일도 아니었다. 또한 그가 "세계 도처에 있는 생산시설, 도살장, 트롤선, 실험실 등에서 동물들에게 어떠한 일이 행해지는지에 대해" 세세하게 얘기한 것도 아니었다. 동물에 대한 "잔혹성들이 연설의 중심에 있는" 건 분명하지만, 그의 관심사는 어디까지나 인간이 동물을 다루는 방식 이면에 있는 윤리성이었다.

*

코스텔로는 홀로코스트, 즉 유대인 대학살사건을 거론하

며 "동물들의 삶"에 관한 강연을 시작한다. 그런데 홀로코스트는 동물과 아무런 관련이 없는 것이다. 물론 어원적으로 보면, 홀로코스트는 동물을 통째로 구워 신의 제단에 바치는 유대인들의 종교의식(전번제全燔祭)을 의미하는 것이어서 동물과 무관하지는 않다. 하지만 이제 그 말은 "1942년에서 1945년까지, 7백만 명의 유대인들이 독일 제3제국의 강제 수용소에서" 학살당한 사건을 일컫는 말이 되어 있다. 그럼에도 불구하고 코스텔로가 홀로코스트를 거론하며 강연을 시작하는 것은 인간이 동물에게 가하는 잔혹성의 정도를 지칭할 수 있는 다른 적절한 말을 찾을 수 없기 때문이다. 생각하기에 따라서는, 나치에 의한 홀로코스트가 아무리 극악무도한 것이었다 하더라도 인간이 인간에게 행한 잔혹 행위였으니 인간이 종이 다른 존재에게 가한 행위를 그에 견주는 것은 무리로 보일 수도 있을 것이다. 실제로 소설에 나오는 몇몇 사람은 코스텔로의 발언에 격하게 반응한다.

어떤 유대인 시인은 "학살당한 유대인들과 도살된 가축을 비교"한 코스텔로의 발언을 "말장난"으로 생각하고 "유대인들이 가축 같은 취급을 받았다고 해서, 가축이 유대인들처럼 취급을 받는다고 말해서는 안 된다"고 말한다. 그렇게 발언하는 것은 나치의 손에 잔혹하게 죽은 "망자들의 기억을 모욕하는 것"이며 "수용소의 잔혹성을 저질스러운 방식으로 이용하는 것"이라는 논리다. 이 시인의 말은 인간과 동물을 이분화하고, 전자는 이성적인 사고가 가능한 일류적 존재요, 후자는 사고라는 걸 할 줄 모르는 이류적 존재라는 걸 전제로 한다. 그래서 "만물의 영장"에게 행해진 폭력과 이류적 존재에게 행해진 폭력을 동일시하는 것은 "말장난"이라는 것이다.

그 유대인 시인과 마찬가지로, 어떤 철학 교수는 "살 권리를 포함해서 동물들의 권리를 주장하는 것은 너무 추상적"이며 "죽음에 대한 두려움이 너무 극심해져 동물들을 포함한 다른 존재들에게 그것을 투사하는 것은 오직, 상상력이 풍부한 인간들에게만 가능한 일"이라고 말한다. 따라서 "닭들을 도살하는 도살업자와 사람을 죽이는 사형집행인을 동일시하는 것은 심각한 오류"라는 것이다. 이 철학 교수는 한술 더 떠, "우리의 삶이 우리에게 중요한 만큼 그들의 삶이 그들에게 중요한 건 아니기 때문"에 "동물들을 죽이는 것이 정당하다고 생각"한다면서, 다만 "영혼이 없는" 동물이기에 죽이는 것은 "정당"하되 불필요하게 잔인하게 죽이지는 말자고 한다. 그래서 그에게는 "동물에 대한 인도적인 취급, 특히 도살장에 있는 동물들에 대한 인도적인 취급에 관심을 환기시키는 것은 아주 적절한 것"이다. 그러한 반론에 코스텔로는 이렇게 반응한다.

삶이 우리에게는 중요하지만 동물들에게는 중요하지 않다고 말하는 사람은, 살려고 발버둥을 치는 동물을 몰라서 그러는 것입니다. 그렇게 몸부림을 치는 동물은 자신의 온 존재를 남김없이 그 몸부림에 쏟아붓습니다. 당신이 그 싸움에 지적 혹은 상상적 공포의 차원이 결여돼 있다고 말씀하신다면, 저도 거기엔 동의합니다. 지적인 공포를 갖는 것이 동물들의 존재 방식은 아닙니다. 그들의 온 존재는 살아 있는 몸에 있습니다. 만약 제가 드리는 말씀이 이해가 안 가신다면, 그것은 동물이라는 존재의 총체성과 그것의 비非추상적이고 비非지적인 본질을 당신에게 절실히 느끼게 해줄 능력이 저한테 없기 때문입니다. 바로 그것이 제가 여러분에게 살아 있는, 전기電氣와 같은 존재를 언어화하고 있는 시인들의 시를 읽으라고 권유하는 이유입니다. 만약 시인들이 여러분의 마음을 움직이지 못한다면, 저는 활강로 아래로 밀쳐져 그들의 처형자한테 넘어가게 되는 동물 옆에 나란히 서서 걸어가 보시기를 권하고 싶습니다.

이는 서로 다른 방식이긴 하지만, 삶과 죽음은 인간에게처럼 동물에게도 중요하다는 논리다. 살려고 몸부림을 치는 유대인은 살려고 몸부림을 치며 "자신의 온 존재를 남김없이 그 몸부림에 쏟아붓"는 동물과 크게 다를 바 없다는 논리다. 그녀는 그래도 그것이 이해가 가지 않으면, 영국 시인 휴즈 Ted Hughes가 쓴 「재규어The Jaguar」나 「재규어를 두 번째 보다

Second Glance at a Jaguar」 같은 시를 읽어보라고 권한다. "우리로 하여금 때때로, 다른 존재와 공유하도록 하는 능력, 즉 공감이 있는 자리"인 "마음의 문"을 열고 다른 존재가 되어보라는 말이다. 그녀는 재규어를 형상화한 휴즈의 시에 대해 이렇게 말한다. "우리는 「재규어」를 읽으면서, 그리고 읽은 후에 그것을 곰곰이 회상해보면서, 잠시 재규어가 됩니다. 재규어는 우리 안에서 잔물결을 일으키고 우리의 몸을 차지하고 우리가 됩니다." 이는 휴즈가 그랬듯이 재규어의 자리에, 그러니까 희생자의 자리에 우리 자신을 놓아보라는 말이다. 그녀에 따르면, "유대인수용소에서 있었던 일이 인간성에 반하는 범죄였다는 걸 우리에게 확인시켜주는 공포는, 살인자들이 그들을 기생충처럼 다뤘다는 사실"에 있는 게 아니라 "그들 자신을 희생자의 자리에 놓고 생각해보지 않았다"는 것이었다.

그들(가해자들)은 '덜컹거리며 지나가는 가축운반용 기차에 그들이 실려 있다'라고 말했습니다. 그러나 그들은 '내가 저기에 실려 있다면 어떻게 될까?'라고 말하지 않았습니다. 그들은 '저 차에 실려 있는 것은 나야'라고 말하지 않았습니다. 그들은 '지독한 냄새가 나고 채소밭에 재가 떨어지는 걸 보면서, 오늘 죽은 사람들이 불에 태워지는구나'라고 말했습니다. 그러나 그들은 '내가 불에 타고 있다면 어떨까?'라고 말하지 않았습니다. 그들은 '나는 타고 있다. 나는 재가 되어 떨어지고 있다'라고 말하지 않았습니다. 달리 표현하면 그들은 마음의 문을 닫아걸었습니다.

똑같은 논리로, 우리도 가해자로서 한 번쯤 희생자의 자리에 자기를 놓아보자는 얘기다. 그리고 그녀는 시를 읽어도 마음이 동하지 않으면, 도살업자를 향해 끌려가는 동물 "옆에 나란히 서서 걸어가" 보라고 권한다. 그렇게 되면, 삶과 죽음이 동물에게도 중요하다는 걸 깨닫지 않을 수 없을 거라는 거다. (여기에서 코스텔로가 철학 교수의 반박에 이의를 제기하지 않는 것이 하나 있는데, 그것은 동물에 대한 "불필요한 잔인성"에 관한 것이다. 코스텔로는 동물에게도 삶과 죽음이 중요하다는 점을 포괄적으로 얘기함으로써 그에 대한 반응을 한 셈인데, 쿳시는 그것이 불충분하다고 느꼈음인지, 몇 년 후인 2007년에 발표한 『어느 운 나쁜 해의 일기』에서 이 문제를 더욱 구체적으로 거론하고 있다. 그는 J. C.라는 인물의 입을 통해 "배에서 쫓겨 나오고 트럭 뒤에 실려 사람들로 혼잡한 도로들을 지나쳐 피와 죽음의 냄새가 진동하는 낯선 곳으로 끌려간 동물이 어떻게 평온한 마음상태가 될 수 있느냐?"라고 물으며 "동물들에 대한 인도적인 취급"이나 동물들을 "자비롭게 죽인다는 생각은 모순으로 가득 차 있다"고 말한다. 문제는 그들에게 삶이나 죽음이 큰 의미가 없으니 죽여도 된다는 인간의 태도이지, 얼마나 관대하게 죽이느냐 하는 게 아니란 말이다. 이는 관대하게 죽이나 잔인하게 죽이나, 그들을 "그것"으로 취급한다는 점에서는 하등 다를 바가 없다는 말이기도 하다.)

유대인 시인과 철학 교수의 반응에서 알 수 있듯이, 코스텔로가 동물들에 대한 인간들의 잔혹성을 나치에 의한 홀로코스트에 비유하자 청중은 불편해하며, 인간과 다르게 이성이 없는 동물을 인간에 비유하는 것은 비이성적인 "말장난"이라고 몰아친다. 그들은 코스텔로가 인용하는 어떤 철학자처럼 이렇게 반문하고 싶은 건지도 모른다.

> 엄밀한 의미에서, 송아지가 제 어미를 그리워한다고 할 수 있을까? 송아지는 제 어미와의 관계의 중요성을 충분히 파악하고 있을까? 송아지는 제 어미가 없다는 것의 의미를 충분히 파악하고 있을까? 송아지는 자신이 갖고 있는 느낌이 그리움이라는 것을 알 정도로 그리움에 대해서 충분히 알고 있을까?

> 그러니까 이성이 없으면 그리움도 없다는 말이다. 송아지와 어미 소 사이에는 그리움이고 뭐고 없다는 말이다. 이에 대한 코스텔로의 답변은 다소 냉소적이다.

> 이것은 있음과 없음, 자아와 타자 등의 개념을 습득하지 못한

송아지는, 엄밀히 얘기하면 어떤 것을 그리워할 수 없다는 말이 됩니다. 그렇다면 어떤 것을 그리워하기 위해서는 철학의 한 강좌를 먼저 수강해야만 될 것 같습니다. 이게 무슨 철학입니까? 그런 건 집어치워야 합니다. 그렇게 사소한 차이점들을 지적해 무슨 소용이 있습니까?

이렇듯 코스텔로는 이성중심주의를 공격하는 데 강연의 상당 부분을 할애한다. 그녀에 따르면, 이성중심주의자들은 세상은 "이성에 기초해 있으며, 하느님은 이성의 하느님"이며 인간이 "이성을 통해서 세상을 돌아가게 하는 규칙들을 이해한다는 사실은 이성과 세상이 똑같은 본질에서 나온다는 걸 증명한다"고 주장한다. 또한 그들은 "이성이 없는 동물들이 세상을 이해하지 못하고 맹목적으로 그 규칙들을 따른다는 사실은, 동물들이 사람들과 다르게, 그것의 일부일 뿐이지 본질의 일부가 아니라는 것, 즉 인간은 신과 같고 동물은 물건과 같다는 사실을 증명한다"고 주장한다. 이런 맥락에서 성 토마스는 "인간만이 하느님의 형상으로 만들어지고 하느님과 함께하는 존재이기 때문에, 우리가 동물을 어떻게 취급하느냐 하는 문제는, 동물들을 잔혹하게 다루는 것이 우리가 사람들을 잔혹하게 대하는 것으로 이어지지 않는 한 중요하지 않다"고 했다.

데카르트도 비슷한 맥락에서 인간과 동물을 구분했다. 그는 "동물이 기계가 사는 것처럼 산다"고 했다. "동물은 그걸 구성하는 기계장치 이상의 것이 아니라는" 것이었다. "동물한테 영혼이 있다면 그것은, 기계가 돌아가는 데 필요한 불꽃을 일으키는 배터리가 필요한 것처럼, 기계적인 것에 불과하다"는 것이었다. 따라서 "나는 생각한다. 고로 나는 존재한다"라는 데카르트의 유명한 말은 코스텔로가 보기에 "우리가 소위 말하는, 사고를 하지 않는 살아 있는 존재는 여하튼 이류적이라는 걸 암시"하는 말일 뿐이다.

그러나 코스텔로는 성 토마스, 데카르트, 칸트 등이 생각하는 것과 다르게 이성은 "세상의 본질도 아니고 하느님의 본질도 아니다. 아니, 그보다 더 나쁘게 그것은 인간이 사고를 하는 하나의 경향에 불과하다"고 말한다. 그녀의 말을 요약하자면, 이성중심주의가 동물에 대한 홀로코스트를 정당화하고 있다는 것이다. 그녀는 이성을 중심으로 하는 인간의 입장에서 보면 동물이 "그것"이나 "기계장치"에 불과할지 모르지만, "밖에서 보면, 그러니까 이질적인 존재의 입장에서 보면" 인간이 아닌 존재로 "존재하는 것도 존재로 충만한 것"이며 따라서 "완전히 인간으로 존재하는 것과 같다"라고 한다. 더욱이 데카르트가 "인간과 동물 사이에서 보았던 불연속성의 개념이 불완전한 정보의 결과였다"는 사실까지 더해지면, 이성이 설 자리마저 잃게 된다는 논리다. 그녀에 따르면, "데카르트시대의 과학은 유인원들이나 물속에 사는 고등 포유동물들에 대해 알지 못했고, 따라서 동물들이 생각을 할 수 없다는 가정을 의문시할 이유가 거의 없었다". 또한 데카르트시대의 과학은 "유인원에서 호모사피엔스에 이르기까지 점진적인 연속성이 있다는 걸 보여줄 화석에 접근할 수도 없었다". 결국 코스텔로는 데카르트와 달리, 인간과 동물 사이에 연속성이 있다고 생각했다. 따라서 특정한 인종에 대한 학대는 동물에 대한 학대와 하등 다를 것이 없으며, 그런 의미에서 홀로코스트는 동물을 향한 폭력과 잔혹성과 관련해서도 사용할 수 있는 표현이라 결론 내린다.

*

코스텔로가 동물의 죽음을 홀로코스트에 비유한 일차적인 이유는 죽음과 고통의 문제를 종의 구분 없이 바라볼 필요가 있다는 점을 역설하기 위한 것이다. 그런데 그녀가 그렇게 한 부차적인 이유는 유대인들의 고통과 죽음을 방치한 평범한 사람들과, 동물들의 고통과 죽음을 방치한 평범한 사람들의 유사성에 주목하기 위해서이다. 코스텔로는 "영혼의 병"은 "사악한 행위를 저지른 사람들만이 아니라 그 이유가 무엇이든 그들의 행위를 몰랐던 사람들에게까지 각인되어 있었다"고 말함으로써, "제3제국이 자행한 것에 육박하는, 아니 그보다 더 타락하고 잔혹한 도살기업에 둘러싸여" 있음에도 불구하고 그것에 무관심하고 무지한 평범한 사람들도 영혼이 병들어 있긴 마찬가지라는 걸 암시한다. 코스텔로에게 홀로코스트의 가해자는 몇천 개의 수용소를 만들어놓고 유대인들을 사지로 내몰았던 나치만이 아니라 당대를 살았던 모든 사람들(평범한 독일인, 폴란드인, 우크라이나인 등)이었다. 같은 논리로 동물에 대한 홀로코스트의 가해자는 도살기업이나 그에 관련된 개인들만이 아니라 그렇게 도축되는 걸 방치하고 그 고기를 소비하는 평범한 시민들이라는 것이다. 그녀는 이렇게 말한다.

저는 오늘 아침 차를 타고 도시 주변을 둘러봤습니다. 충분히 호감이 가는 도시 같았습니다. 저는 잔혹한 것도, 제약회사 실험실도, 공장식 축산농장도, 도살장도 보지 못했습니다. 하지만 저는 그러한 것들이 여기에 있다는 걸 확신합니다. 그건 틀림없습니다. 그것들은 다만, 드러나 있지 않을 뿐입니다. 그것들은 제가 얘기하는 이 순간에도 우리의 주변에 있습니다. 어떤 의미에서 보면, 다만 우리가 그것들에 관해 알지 못할 뿐입니다. 솔직하게 말씀 드리겠습니다. 우리는 제3제국이 자행한 것에 육박하는, 아니 그보다 더한 타락과 잔혹함과 도살의 기업에 둘러싸여 있습니다. 우리는 그 안에서 토끼, 쥐, 닭, 가축을 끊임없이 재생시키고 세상에 태어나게 합니다. 죽이기 위한 목적으로 말입니다.

코스텔로는 이렇게 말하면서도 자신이 "쓸데없는 것을 따지고 말도 안 되는 것을 비교한다며, 트레블링카는 죽음과 소멸 외에는 어느 것에도 소용없는 소위 형이상학적 기획이었으며, 반면에 육류산업은 궁극적으로 생명에 봉사하기 위한 것이라고(동물은 죽으면 태워지거나 묻히지 않고, 정반대로 우리가 가정에서 그것들을 편안하게 소비할 수 있도록, 잘라져 냉장고에 보관되고 포장되는 것이라고) 주장하는" 사람들이 많다는 걸 모르지는 않는다고 한다. 심지어 철학자인 그녀의 며느리마저 그녀의 논리를 공박하며 노골적으로 반기를 들고, 며느리처럼 노골적이지는 않지만, 아들도 그렇게 불편한 주제를 갖고 강연을 함으로써 사람들을 자극하여 논란거리를 만드는 어머니가 못마땅하기는 마찬가지라고 말한다. "동물들 자신이 어찌할 수 없는데, 왜 그들을 도우려고 시간을 낭비하세요? 그들의 문제니까, 고통을 당하든지 말든지 그냥 내버려두세요." 아들은 이렇게 말하며 그의 어머니가 여생을 편히 살기를 바란다고 한다.

그러나 그녀는 자신이 생각하고 느끼는 바를 밀고 나간다. 동물에 대한 홀로코스트를 막을 방법은 없지만, 그것에 대해 침묵하는 건 그에 공모하는 거나 마찬가지라고 생각하는 탓이다. 그리고 동물들의 삶과 죽음을 생각하면 가슴이 미어지는 탓이다. 그렇다고 그녀가 현실을 직시하지 않는 건 아니다. 그녀는 누군가가 동물과 관련된 그녀의 "삶의 방식을 존경한다"라고 하자, 이렇게 말한다. "저는 가죽구두를 신고 있습니다. 또 가죽지갑을 들고 다닙니다. 제가 당신이라면 그렇게 과도한 존경심은 갖지 않을 것 같습니다." 이는 그녀가 냉철하게 자신의 부조리와 현실을 바라보고 있다는 말이다. 그럼에도 그녀는 자신이 연루되어 있는 비참한 현실을 견디기가 힘들어 스스로를 향해 이렇게 절규한다.

너는 하찮은 일을 과장하고 있어. 이게 삶이야. 다른 사람들은 모두 받아들이고 사는데, 왜 너는 그럴 수 없니? 왜 너는 그럴 수 없니?

이렇게 절규하는 그녀의 눈에 눈물이 그렁그렁하다. 그녀의 눈물은 인간과는 다른 종에 속한다는 이유로 인간의 손에 속절없이 죽어나가는 동물들을 위한 애도의 눈물이다. 그녀의 눈물은 종이 다른 존재가 인간이라는 존재에게 남기는 "공동의 크기"를 감지할 줄 아는 사람만이 흘릴 수 있는 윤리와 애도의 눈물이다. 그녀의 눈물은 구원이라는 게 존재한다면 구원의 눈물에 가깝다. 인간의 비인간성을 인간성으로 환원시켜주는 눈물이라서, "마음의 문을 열고 마음이 말하는 것에 귀를 기울이는" 눈물이라서 그렇다.

우리와 종이 다른 9백만에 가까운 존재의 생명이 땅에 묻혔다. 책임을 회피하거나 전가하는 수동태 문장이 아닌 좀 더 솔직한 능동태 문장으로 하면, 우리는 우리와 종이 다른 9백만에 가까운 존재의 생명을 땅에 묻었다고 해야 되겠다. 얼마나 더 가야 끝날지 모르는 상황이다. 우리가 묻은 무수한 수의 그들이 우리에게 "공동"을 남기지 않는 건 불가능한 일일 것이다. 그러니 인간만이 아니라 그들도 당연히 애도의 대상이어야 한다. 다만 우리가 그걸 인정하지 않으려고 할 뿐이다. 넘지 말아야 할 "선"을 늘 넘어서면서(코스텔로는 홀로코스트를 거론하며 "독일은 어떤 선을 넘어섰습니다"라고 했다), 인간의 생명만 생명이라고 생각하고 존중하고 애도하는 내가, 우리가, 인간이 이렇게 절망스러울 수 없다.

애도의 속도에 관하여

—햄릿의 실패한 애도와 "타자의 시간"

공자의 제자 중에 재아(宰我, 재여宰子라고도 함)라는 사람이 있었다. 그는 스승인 공자에게 미운털이 제대로 박힌 제자였다. 그는 스승의 가르침을 다소곳하게 받아들이는 게 아니라 사리에 맞지 않다고 생각되면 거침없이 이의를 제기했다. 공자도 사람인지라 자신한테 대드는 제자가 미울 수밖에 없었다. 하기야 공자한테 혼난 제자가 한둘이었겠는가. 여하튼 공자는 재아가 낮잠을 자는 것도 마음에 안 들어 했다. 그러던 두 사람 사이의 가장 첨예한 대립은 '애도'에 관한 문제를 두고 벌어졌다. 재아는 3년상喪을 고집하는 공자가 못마땅했던 모양이다. 세상은 바쁘게 돌아가는데, 부모가 죽으면 무덤 앞에 초가를 짓고 3년 동안 부모를 기려야 한다고 고집하는 게 도대체 못마땅했던 것이다. 그는 애도의 기간을 3년으로 정한 것은 비현실적이라고 생각하고 공자에게 이렇게 따졌다.

"스승님, 3년상은 너무 긴 것 같습니다. 군자가 3년 동안 예禮를 행하지 아니하면 예가 무너지며, 3년 동안 음악을 연주하지 아니하면 음악도 붕괴하고 말 것입니다. 옛 곡식이 떨어지고 새 곡식이 벌써 익었으며, 장작도 새것으로 다시 사용했습니다. 그러니 1년으로 상을 끝내면 어떻겠습니까?"

제자의 당돌한 말에 심기가 불편해진 공자는 "부모가 죽었는데 쌀밥을 먹고 비단옷을 입으면 네 마음이 편하겠느냐?"라고 물었다. 쌀밥을 먹고 비단옷을 입자는 게 문제의 본질이 아닌데, 스승이 그렇게 그를 공박하자, 재아는 속이 상했는지 "그렇습니다!"라고 대답해버렸다. 재아가 그런 식으로 말대꾸를 하자, 공자는 더 화가 났다.

"모름지기 군자는 상을 당하면 뭘 먹어도 달지 않고 음악을 들어도 즐겁지 않으며 거처가 편치 않은 법이다. 그러나 너는 마음이 편하다니 네 맘대로 해라."

이 말을 듣고 재아도 화가 났는지 밖으로 나가버렸다. 그러자 공자는 이렇게 말했다.

"어질지 못한 자로구나. 자식은 모름지기 태어났을 때부터 3년이 지나야 부모의 품을 벗어나는 법이다. 3년상은 온 세상의 공통된 예법이거늘, 저도 부모한테서 3년 동안 사랑을 받았으면서 저렇게 말하다니!"

공자는 이렇게 말함으로써 재아에게 어질지도 못하고 예

법도 모르는 사람이라는 낙인을 찍어버렸다. 재아라고 부모의 죽음을 겪고 나서 "쌀밥을 먹고 비단옷을 입으면" 마음이 편하겠냐만, 스승이 바쁜 현실을 도외시하고 3년상을 고집하니 그렇게 대꾸한 건데, 스승은 그의 진심을 몰라주고(아니, 알고도 그랬는지 모른다) 야단만 친 것이었다. 여하튼, 공자가 생각하기에 부모상을 3년에서 1년으로 줄이자는 재아의 생각은 자식을 낳아 길러준 부모에 대한 도리가 아니었다. 물론 재아의 발언이 현실을 감안한 실용적이고 실리적인 발언이었으니만큼 말도 안 된다고 내치기보다는 다독거리면서 대화로 푸는 편이 훨씬 좋았을 테지만, 재아가 그 말을 어떤 어조로 어떻게 했는지 알 수 없는 상황에서 그것에 대해 왈가왈부할 필요는 없을 것 같다. 각자의 입장이 따로 있으니 누가 맞고 그르냐를 따지는 것도 생산적인 일은 아닐 것이다. 중요한 것은 공자가 3년의 애도기간을 부모가 자식을 돌봐준 최초의 3년과 연계시키고 있다는 점이다. 부모가 자식에게 준 사랑의 세월이 어디 3년뿐일까마는, 몸도 가누지 못하는 갓난애에게 젖을 물려 보듬어주고 재워주고 키워줘 제 발로 설 수 있게 해준 최초의 3년만은 적어도 되돌려줘야 한다는 논리를 공자는 펴고 있는 것이다. 우리한테 기억조차 없는 최초의 3년만이라도, 그 3년간에 진 빚만이라도, 부모가 죽은 후에 3년상을 통해 돌려주자는 논리는 다소 비현실적이고 억지스럽기까지 한 면이 없지 않지만(이 점에서 재아의 손을 들어줄 만하다) 그래도 얼마나 감동적인가(이 점에서 공자의 손을 들어줄 만하다)! 어쩌면 공자는 부모의 죽음을 1년 내에 극복하는 건 어렵다고 생각하고 3년상을 고집했는지도 모른다. 이는 프로이트도 마찬가지였다. 그는 사랑하는 사람에 대한 애도의 기간을 1-2년 정도로 생각했다. 공자도 그랬고 프로이트도 그랬고, 일정한 애도기간이 지나면 일상으로 돌아가야 한다는 덴 의견이 일치했다. 그들은 어느 정도의 세월이 흐르면 인간이 슬픔을 딛고 일어설 수 있다고 보았다. 특히 프로이트는 사람들이 사랑하는 사람을 떠나보내고 힘겨운 나날을 보내다가도 시간이 흐르면서 "보통의 경우에는 현실에 대한 존중심이 승하게 되어" 결국 그것을 극복하게 된다고 보았다.

*

윌리엄 셰익스피어의 『햄릿』에 관한 얘기를 『논어論語』에 나오는 공자와 재아 사이의 에피소드에 관한 언급과 함께 시작하는 이유는 이 드라마의 요체가 애도의 기간과 관련된 것이기 때문이다. 보통 『햄릿』을 아버지의 죽음에 대한 복수극으로 보는 견해가 지배적이지만, 복수보다 몇 배 더 중요한 것은 햄릿이 아버지의 죽음을 어떻게 애도하느냐,

아니 그의 좌절당한 애도가 그에게 얼마나 견디기 힘든 실존적 상황을 초래하느냐 하는 것이다. 결국 햄릿의 우울증과 광증, 그리고 그에 연유하는 엄청난 재앙과 비극은 비상식적으로 짧은 애도기간에서 비롯된 것이라고 해도 과언이 아니다. 자크 라캉이 『햄릿』의 근간이 되는 문제를 비정상적으로 단축된 애도의 문제라고 한 것은 그래서 정곡을 찌르는 말이다. 일반적으로 생각하는 것과 달리, 비정상적인 것은 햄릿이 아니라 죽음을 대하는 사람들의 방식이었다. 누구보다도 그의 어머니가 특히 비정상적이었다. 그도 그럴 것이, 그녀는 남편이 죽은 지 한 달도 안 되어 남편의 동생과 결혼하고 말았다. 햄릿이 이해할 수 없는 건 이 부분이었다. 그의 아버지가 죽었을 때, 열네 명의 자식을 한꺼번에 잃은 "니오베처럼 눈물로 범벅이 되어 가엾은 아버지의 시신을 따라가던" 어머니는 장례식 때 신었던 "신발이 닳기도 전에" 그리고 눈에서 눈물이 마르기도 전에 남편의 동생인 클로디어스의 품에 안긴 것이었다. 장례식이 끝나고 한 달도 채 안 되어 결혼을 했으니, 그녀는 남편의 장례식과 자신의 결혼식을 동시에 행한 거나 마찬가지였다. 햄릿의 말을 옮기면, "장례식 때 쓴 고기가 식은 채로 결혼식 잔칫상에 놓였다". 햄릿의 눈에 그것은 빛과 같은, 아니 그보다 더 빠른 속도였다. 그리고 그 속도는 아버지를 잃고 망연자실해하고 있는 그의 눈에 "가장 사악한 속도"로 보였다.

결국 『햄릿』은 애도의 "속도"에 관한, 그것도 너무 빨라서 "사악해" 보이는 속도에 관한 얘기다. 당연히 햄릿은 애도에 속도를 내서는 안 된다는 입장이고, 그의 어머니는 죽은 사람은 어차피 죽은 사람이니 신속하게 애도하고 앞으로 나아가야 한다는 입장이다. 공자와 그의 제자 사이의 충돌도 그 속도 때문에 일어난 사건이었다. 자식을 낳고 길러준 최초의 3년을 생각해서라도 3년은 애도해야 한다는 게 공자의 논리였다. 그런데 공자가 말한 애도의 기간이 『햄릿』에서는 1년도 아니고, 3년은 더더욱 아니고, 한 달로 싹둑 잘린 것이다. 동양에서 서양으로 건너가 그 광경을 보는 게 가능했다면, 실용적이고 현실적인 재아마저도 놀라지 않았을까 싶을 정도로 유례없이 짧은 기간이다. 그것을 햄릿이 "가장 사악한 속도"라고 한 것도 결코 무리는 아니다. 장례식이 치러지고 한 달도 안 되어 결혼식이 치러지다니, 정상적인 궤도를 벗어나도 보통 벗어난 게 아니었다. 햄릿이 우울증에 걸린 것도 무리는 아니었다. 아버지를 보낼 준비가 아직 안 되었는데, 어머니를 비롯한 많은 사람들이 그에게 아버지를 떠나보내라고 요구하고 있으니 우울증에 걸리지 않을 수가 없었던 것이다. 그러니 우울증은 햄릿 나름의 방어기제였고, 냉혹한 현실에 대한 방어막이었다.

햄릿이 아버지를 살아 있게 할 수 있는 건 이 방어막을 통해서 뿐이었다. 그래서 그는 친구인 호레이쇼에게 이렇게 말한다. "내 눈에는 내 아버지가 보이네." 그에게는 아버지가 죽은 게 아니라 살아 있는 것이다. 라캉이 햄릿을 가리켜 "타자의 시간에 정지돼 있다"라고 말한 것은 아버지가 죽은 현실을 인정하지 못하고 환상을 통해 아버지를 살아 있게 하는 그의 심리상태를 가리켜 한 말이다. 여기에서 "타자의 시간"이란 아버지의 시간이다. 좀 더 엄밀하게 말하면, 아버지가 생존했던 때의 시간이다. 즉, 햄릿은 자신의 시간, 즉, 현재를 살지 못하고 아버지의 시간, 즉 과거에 갇혀 있는 것이다. 아버지가 죽은 지 이제 겨우 두 달째인데(『햄릿』은 햄릿의 아버지가 죽은 지 두 달쯤 된 시점에서 시작된다), 어머니가 다른 남자의 품에, 그것도 숙부의 품에 안겨 있으니 어찌 그러지 않을 수 있으랴. 그에게 시간은 흐를 수가 없다. 시간이라는 것은 망각의 터널 아닌가. 어찌 그 터널을 통과해 아버지를 망각 속으로 밀어넣을 수 있겠는가. 그가 몇 달이 지났어도 "내 아버지는 돌아가신 지 두 시간밖에 안 됐다"라고 말하는 것은 바로 이런 이유에서다.

프로이트는 사랑하는 대상이 죽으면 "현실reality-testing은 대상이 더 이상 존재하지 않는다는 걸 보여주고, 모든 리비도를 그 대상에 대한 집착으로부터 거둬들이라고 요구한다"라고 했다. 어찌 보면 지극히 상식적인 말이 아닐 수 없다. 사랑하는 사람이 죽으면 결국 그걸 인정하고 받아들이는 게 순리일 것이다. 죽는 건 우리 모두의 숙명 아닌가. 그러니 죽음을 받아들이는 것도 우리 모두의 숙명일 것이다. 그러나 아무리 세상이 우리에게 사랑하는 사람의 죽음을 현실로 받아들이고 앞으로 나아가라 하지만, 그게 어디 그렇게 쉬운 일인가. 그것도 한두 달 안에 그 죽음을 극복한다는 것이 어디 가능하기라도 한단 말인가. 그럼에도 불구하고 햄릿의 어머니인 거트루드와 햄릿의 숙부이자 새아버지인 클로디어스는 현실원칙만을 강조하며 그를 설득하려고 한다. 거트루드는 얼굴에 수심이 가득한 아들에게 이렇게 말한다. "애야, 흙 속에 있는 네 아버지를 그렇게 눈을 내리깔고 하염없이 찾지 마라. 너도 살아 있는 모든 건 죽게 돼 있다는 게 상식이라는 건 알고 있잖니." 햄릿은 "그것이 상식"이라는 건 자신도 알고 있다고 대꾸한다. 그러자 거트루드는 "그렇다면 그것이 어째서 너한테는 그리 특별한 것처럼 보이냐?"라고 묻는다. 햄릿은 자신이 "특별한 것처럼 보이는" 게 아니라 특별하다고 말한다. 그는 어머니의 말에서 "methinks"라는 말을 문제 삼고 있다. 이 말은 "—처럼 보인다it seems to me"는 의미의 고어인데, 그가 이 표현을 문제 삼는 것은 "—처럼 보인다"는 말속에 그럴 수도 있고 그렇지 않을 수도 있다는 양가적 의미가 내포돼 있기 때문이다. 이것은 아버지를 향한 자신의 애도가 겉으로 보이는 것만큼, 아니 그 이상으로 특별한 것이라는 걸 그의 어머니에게 분명하게 전달하기 위해서다. 아무리 검은 상복을 입고 눈물을 흘리고 상심한 얼굴을 해도 자신이 속으로 느끼는 슬픔과 애도의 마음을 온전히 표현할 도리가 없다는 걸 전달하기 위해서다. 그렇게 외면적인 슬픔의 표시는 "슬픔의 장식과 옷"에 불과하다는 것이다. 그는 "자기 안에는 그러한 외면적인 것을 능가하는 것이 있다"라고 말한다. 그가 이렇게 말하는 것은 아버지를 잃은 자신의 속마음을 드러내기 위한 것이기도 하지만, 남편에 대한 슬픔과 애도를 그렇게도 쉽게, 그렇게도 "사악한 속도"로 마무리하고 남편의 동생과 결혼하여 살고 있는 어머니의 무정함과 비정함을 자신의 속마음과 대비시키기 위한 것이기도 하다. 아버지가 죽었을 때 그렇게도 슬피 울더니, 숙부와 순식간에 결혼한 걸 보면 그것이 악어의 눈물이 아니었겠느냐는 힐난이 그의 말에 담겨 있는 것이다.

클로디어스는 그들 사이에 오가는 말을 가만히 듣고 있다가, 거트루드가 햄릿을 설득하지 못하는 걸 보고 그를 향해 이렇게 말한다.

네가 네 아버지에 대한 애도의 의무를 다하는 것은
칭찬할 만한 일이다.
그러나 너는 네 아버지도 아버지를 잃었고,
그 아버지의 아버지도 아버지를 잃었다는 사실을 알아야 한다.

살아남은 자식은 부모에 대한 의무감에서
한동안 슬픔에 잠기는 거다. 그러나 애도를 너무 오래
고집하는 건 불경스러운 완고함이다. 그리고 그것은 남자답
지 못한 슬픔이다.
그것은 하늘에 대한 가장 옳지 못한 태도요
허약한 마음이자 조급한 마음이요
단순하면서도 무지한 이해력이다.
가장 비천한 자도 알 만한 당연하고 상식적인 것을
우리가 어째서 까다롭게 반대하며
죽음을 가슴에 품어야 하겠느냐? 그것은
하늘에 대한 잘못이고,
고인에 대한 잘못이며, 자연에 대한 잘못이고
이성에 가장 어긋나는 것이다. 이성은 태초의 죽음에서부터
최근에 죽은 사람에 이르기까지
'그래야 한다'는 걸 아직도 우리에게 말해준다.
그러니 쓸데없는 슬픔은 땅바닥에 던져버리고 나를
아버지로 생각하며 살아라.

클로디어스의 발언이 거트루드의 것보다 더 논리적이고
이성적이고 구체적인 것은 분명해 보이지만, 내용상으로는
거트루드가 하는 말과 크게 다를 바가 없다. 결국 그의 충
고도 거트루드의 것과 마찬가지로 사람은 어차피 언젠가

죽게 돼 있으니 죽은 사람한테 너무 집착하지 말고 현실을 인정하고 살라는 것이다. "가장 다정한 아버지가 아들에게 줄 수 있는 것 이상의 사랑을 줄 테니" 자신을 아버지로 인정하고, 슬픔을 다스리고 왕위 계승자로서의 체통을 지키라는 것이다. 그런데 햄릿은 어머니한테는 대들지만, 클로디어스한테는 가타부타 아무 대꾸도 하지 않는다. 클로디어스가 그의 슬픔을 "남자답지 못한 슬픔"이라며 다소 모욕적으로 들리는 말을 해도 그는 참는다. 상대는 왕이다. 도전을 용납하지 않는 절대적인 권위이자 힘의 소유자다. 그리고 표면적으로 보면, 클로디어스가 햄릿에게 하는 말이 틀린 말도 아니다. 우리의 아버지도 아버지를 잃었고 그 아버지의 아버지도 아버지를 잃었다는 말은 누구도 부인할 수 없는 말이다. 부모를 잃으면 "한동안" 슬픔에 잠겨 "애도의 의무를 다하는 것은 칭찬할 만한" 일이지만, 그 슬픔이 너무 오래 지속되면 문제가 된다는 말도 맞는 말이다. 정신분석학에서는 클로디어스가 말하는 과도한 애도를 "불경스러운 완고함"이나 "남자답지 못한 슬픔" 정도가 아니라 아예 우울증이라는 딱지를 붙여 치료의 대상이라고 선언한다. 그러니까 과도한 슬픔은 병이라는 말이다. 치료를 요하는 병이라는 말이다. 「애도와 우울증」이라는 논문에서 프로이트가 하는 말의 요체는 클로디어스의 발언에 그대로 담겨 있다. 사랑하는 사람이 죽으면 그에게 투자했던 리비도를 회수해 다른 대상에게 재투자해야 한다는 프로이트의 애도이론은 클로디어스가 햄릿에게 고인이 된 아버지에 대한 집착을 버리고 자신을 "아버지로 생각하라"라고 하는 맥락과 거의 정확하게 일치하는 것이 아닐 수 없으며, 그것을 액면 그대로 실천하는 이가, 그러니까 아주 성공적으로 애도작업을 완수한 이가 클로디어스의 부인이자 햄릿의 어머니인 거트루드인 것이다. 어쩌면 거트루드만큼 프로이트가 말하는 "애도작업"을 충실하게 구현하고 있는 인물도 없을 듯하다(이런 점에서 보면, 프로이트가 『햄릿』에서 힌트를 얻어 「애도와 우울증」이라는 논문을 집필한 게 아닐까 싶다. 실제로 프로이트의 논문을 보면, 각주에서 『햄릿』의 2막 2장을 구체적으로 인용하고 있는데, 이는 그가 『햄릿』에 애도이론의 상당 부분을 빚지고 있다는 증거다. 그래서 「애도와 우울증」은 『햄릿』을 풀어 쓴 얘기라고 해도 과언이 아닐 것 같다).

그런데 프로이트가 애도에 관해서 얘기한 바가 『햄릿』에 나오는 인물들(클로디어스, 거트루드 등)에 의해 구현되어 있는 것도 중요하지만, 더 중요한 건 프로이트가 주장하는 애도방식의 문제점과 그에 대한 문제제기가 햄릿이라는 인물을 통해 동시에 행해지고 있다는 사실이다. 그러니까 『햄릿』은 애도의 성공과 실패의 예를 동시에 다루고 있는 드라마라는 말이다. 거트루드가 프로이트식의 애도에 성공한 예라면, 햄릿은 애도에 실패한 예이다.

프로이트 자신도 인정했듯이, 죽은 사람의 부재를 인정하고 그 사람에게 투자했던 리비도를 다른 사람에게 재투자하라는 "요구에 대한 저항"이 우리 인간에게는 존재한다. 달리 말하면, 사랑하는 사람의 죽음을 현실로 받아들여야 한다는 사회적 요구도 존재하지만, 그 요구를 수용하지 않으려 하는 "저항"이 동시에 존재한다는 말이다. 그도 그럴 것이 어제까지만 해도 곁에 있던 사람의 죽음을 어떻게 현실로 인정하라는 말인가. 그것이 제아무리 현실이라 하더라도 어찌 그것이 현실로 다가올 수 있겠는가. 꼭 눈에 보이는 것만이 현실이어야 하는가. 삶이라는 것이 꼭 눈에 보이는 것으로만 구성된 것인가. 사랑하는 사람이 죽었다고 사랑이 중지되어야 하는가. 사랑이라는 것이 영원을 전제로 하지 않으면 어찌 사랑이란 말인가. 사랑하는 사람의 죽음 앞에서 햄릿은, 그리고 우리는, 이렇게 질문하고 또 질문한다. 이러한 실존적 상황 앞에서, 사람은 죽게 돼 있고 사랑은 유한한 것이니 살길을 찾으라는 상식과 현실의 소리는 심각한 저항에 부딪친다. 프로이트는 이 "저항"을 "이해할 만한 저항"이라고 했다. 그는 "대체물(대리인)이 벌써 그들에게 손짓을 하고 있을 때조차, 리비도의 위치를 자발적으로 포기하려 하지 않는 게 사람들의 일반적인 경향"이라고 하면서, 그것을 "이해할 만한 저항"이라고 했다. 그는 "이 저항이 너무 강렬해서 현실로부터 멀어지는 일이 생기며

환각적인 정신병의 수단을 통해 대상에 집착하는 일이 생긴다"라고 했다.

프로이트의 말을 빌려 햄릿의 경우를 설명해보자면, 그는 클로디어스가 그를 향해 손짓을 하며 너한테 "아버지 이상의 사랑을 줄 테니 나를 아버지로 생각하라"라고 하면서 그를 명명백백한 왕권 후계자로 삼겠다고 천명했음에도 불구하고("네가 왕관의 최고 왕위 계승자임을 천명하노라"), 죽은 아버지에게 쏟았던 심리적 에너지를 회수할 생각을 하지 않고 어떻게든 아버지를 살아 있게 하려고 한다. 그에게 아버지는 누구로도, 어떤 것으로도 대체할 수 없는 존재인 것이다. 절대적인 권력을 갖고 있는 클로디어스의 손짓을 거부하는 것이 그에게 하등 도움이 되지 않지만, 그로서는 어쩔 수 없다. 아버지는 하나인 것이다. 그리고 그 거부의 몸짓이 햄릿이 행하는 애도의 윤리성이다.

그래서 『햄릿』에 나오는 유령은 아버지를 살아 있게 하려는 햄릿의 마음이 반영된 것일 수 있다. 물론 그 유령을 본 사람들이 궁성을 경비하는 경비병들과 그의 친구인 호레이쇼이기 때문에 그것이 햄릿의 마음속에만 존재하는 유령이라고는 할 수 없는 측면이 있긴 해도, 햄릿이 나중에 그의 어머니와 단둘이 있을 때 아버지의 유령이 나타나자, 그만 보고 그의 어머니는 보지 못하는 상황을 감안하면, 그 유령은 햄릿의 환상이 만들어낸 것일 가능성이 크다. 유령이 햄릿의 환상에 기인한 것이든, 아니면 다른 무엇에 의한 것이든, 햄릿의 내면심리를 반영하고 있음은 분명해 보인다. 유령의 존재를 상정하는 것은 유령의 실재 여부를 떠나서 "우리의 삶이라는 것이 보이는 것만으로는 불충분한 것이기 때문"이라는 프레드릭 제임슨의 말은 이런 점에서 유념할 필요가 있다. "타자의 시간"에 갇혀 있는 햄릿에게 유령은 어쩌면 불가피한 존재인지 모른다.

*

햄릿의 애도를 복잡하게 만드는 것은 그의 아버지가 정원에서 잠을 자다 죽은 게 아니라 숙부한테 독살을 당했으며, 아버지의 유령이 그에게 복수를 하라고 부추긴다는 점이다. 그런데 묘하게도 햄릿은 복수를 하겠다고 아버지의 유령에게 약속을 했음에도 불구하고 그것을 자꾸 뒤로 미룬다. 그는 저주의 말들을 늘어놓거나(그에게 클로디어스는 "곰팡내 나는 곡식 알갱이"다) 자기비하에 탐닉하면서("어머니가 나를 낳지 않았더라면 싶을 정도로 나한테는 비난받을 게 많아") 그것을 자꾸 뒤로 미룬다. 그리고 배우들을 고용해 왕이 살해당하는 장면을 재현하는 연극을 무대에 올린 걸 계기로, 클로디어스가 자신의 아버지를 죽인 범인이라는 명백한 증거를 확보했음에도, 복수를 뒤로 미루기만 한다. 그리고 결정적으로 복수할 기회를 잡았을 때도 마찬가지다. 가령 3막 3장에서 그는 클로디어스가 혼자서 무릎을 꿇고 기도를 하는 모습을 보게 된다. 복수를 해야 한다면 이보다 좋은 기회는 없다. 클로디어스는 무장을 하지 않은 상태이고, 그에게는 칼이 있다. 그럼에도 불구하고 그는 클로디어스를 죽이려고 빼들었던 칼을 다시 집어넣는다. 그러면서 그는 "술에 취해 잠이 들었거나 화가 나 있을 때나 침대에서 간통의 즐거움을 만끽하고 있을 때 죽이면 그가 구원받을 여지가 없겠지만" 기도를 하고 있을 때 죽이면 "그를 천국으로 보내는 결과"가 된다는 이유를 댄다. 아버지를 죽인 "악당"을 그 아버지의 "유일한 자식"이 "천국에 보내주는 것"은 진정한 "복수가 아니다"라는 것이다. 그러나 이것은 그가 구실로 내세우는 것일 뿐, 진짜 이유는 그가 복수하기를 근본적으로 꺼려 한다는 데 있다. 그의 아버지의 유령도 그 점이 못마땅한지 다시 그 앞에 나타나서 아들의 "무뎌진 복수심을 날카롭게 하려고 한다". 어찌 보면 유령도 자신이 그렇게 하지 않으면 그가 복수를 하지 않게 되지 않을까 두려워하는 것처럼 보인다. 그러니까 『햄릿』은 복수를 해야 함에도 복수를 미루고 또 미루는 복수극 아닌 복수극인 셈이다. 그러니까 진정한 의미의 복수극은 아니란 말이다. 결말에 이르러 일종의 복수를 하게 되지만, 그것도 상대가 스스로 쳐놓은 덫에 걸려 죽게 되는 것에 불과하다.

그렇다면 여기에서 우리가 질문해볼 수 있는 것은 햄릿이 복수를 자꾸 뒤로 미루는 이유가 뭘까 하는 것이다. 이러한 질문에 대한 일반적인 답은 그가 대단히 우유부단하고 결단력이 부족해서 그렇다는 것이다. 복수해야 한다는 생각은 갖고 있지만 그것을 실행에 옮기는 용기와 결단력이 부족하기 때문이라는 말이다. 그 스스로도 그렇게 생각하는 것처럼 보인다. 그는 자신을 가리켜 "살해당한 아버지의 아들인 내가 하늘과 지옥으로부터 복수를 하라는 요구를 받고도 매춘부처럼 말로만 마음을 열고 있다"라고 한다. 또한 자신을 "비둘기의 간을 갖고 있는" 비겁한 사람이라고도 생각한다.

그래서 그가 회의적이고 우유부단하고 결단력이 부족하다는 일반적인 생각은 그리 틀린 게 아닌 것처럼 보인다. 그러나 햄릿이 복수를 지연시키는 이유는 이것만으로는 설명이 안 된다. 물론 그의 온 존재가 복수만을 향한 것이라면 그것만으로도 충분한 이유가 될 수 있을 것이다. 문제는 그의 온 존재가 복수가 아니라 아버지에 대한 진실한 애도를 향하고 있다는 데 있다.

애도의 본질은 복수가 아니라 현실적으로 가능하지는 않지만 그 사람을 삶의 영역 밖으로 내치지 않고 어찌해서든 붙들고 있는 것이다. 프로이트는 이 발언에 동의하지 않겠지만, 애도의 본질은 사랑하는 사람을 삶의 세계에 붙들어놓는 것이다. 죽은 사람을 삶의 세계로 다시 불러온다는 게 누구한테도 가능한 일은 아니지만, 그럼에도 불구하고 햄릿이 그러한 것처럼 환상이나 우울증, 신경증 등 온갖 수단을 동원해 그것을 가능하도록 만들려고 하는 것이 애도의 본질이고 윤리다. 그러니 애도는 처음부터 실패하게 돼있다. 데리다가 말했듯, 그 실패야말로 애도의 본질에 충실한 것이고 그런 의미에서 성공이다. 이런 맥락에서 보면, 햄릿이 복수를 하지 않으려 했던 것은 우유부단하고 회의적이고 무능력해서가 아니라, 복수를 해도, 아니 복수를 하면 더욱, 그의 아버지가 돌아올 가능성이 없다는 절박한 심리적 이유에서였다. 복수라는 게 뭔가. 복수라는 것은 클로디어스의 살인에 살인으로 맞수를 놓는 것이다. 햄릿의 경우, 복수는 그의 아버지의 죽음에 다른 사람의 죽음으로 종지부를 찍는 것이다. 그의 아버지의 유령도 그것을 원하는 것처럼 보인다(이런 점에서 보면, 그의 아버지의 유령도 궁극적으로 클로디어스나 거트루드와 다를 바 없는 상식적인 존재처럼 보인다. 클로디어스와 거트루드가 햄릿의 아버지에 대한 애도를 신속하게 종료하고 그를 상징의 세계로 밀어낸 것과 마찬가지로, 햄릿의 아버지도 아들한테 복수를 해달라고 하면서 자신을 정치적인 희생자로서만 부각시키지, 하나밖에 없는 아들한테 자신의 존재와 자신의 죽음이 어떠한 의미를 지니고 있는지 관심을 두지 않는다.

그래서 아들에게 복수를 해달라고 하는 햄릿의 아버지는 클로디어스와 거트루드와 마찬가지로 대단히 이기적인 존재인지 모른다. 결국 그들은 서 있는 자리가 다를 뿐, 같은 세계의 산물이다).

죽여서 어쩌란 말인가. 복수를 하면 죽었던 사람이 돌아오기라도 하는가. 그럴 리는 없다. 결국 클로디어스를 죽여 아버지의 복수를 하는 것은 아버지의 존재를 복수로 대체하는 것과 마찬가지다. 복수가 애도의 끝이 될 수 없고, 그리 되어서도 안 되는 이유가 여기에 있다. 애도라는 것은 끝없이 그 존재를 자기 앞에 불러와야 하는 것인데, 복수가 끝나면 햄릿이 맞닥뜨려야 하는 마침표는 어찌할 것인가. 마침표가 없는 게 애도의 본질인데, 마침표가 찍히면 애도는 끝나고 마는 것이 아닌가. 프로이트가 말한 바와 같이, 애도가 "작업"이나 "일"이라면, 그것은 그가 말한 것과 다르게 완성하고 끝내야 하는 게 아니라 계속적으로 행해져야 하는 "작업"이고 "일"이다. 햄릿이 복수를 자꾸 뒤로 미룬 이유는 바로 여기에 있다. 그는 사랑하는 이를 죽음의 세계로 떠밀고 싶지도 않고, 다른 사람이나 사물이나 행위로 대체하고 싶지도 않고, 그저 살아 있게 하고 싶었던 것이다.

그러나 그것은 환상 속에서만 가능한 일이다. 이것이 그가 결국 아버지의 유령이 원했던 대로 왕을 죽이게 되는 이유다. 그리고 그 순간, 그는 상식의 세계로 돌아가버린다. 그리고 그 상식의 세계는 그가 복수를 미루고 또 미루며 들어가지 않으려 했던 이기적인 현실의 세계다. 그것은 클로디어스와 거트루드가 믿고 실천했던 상식의 세계다. 그러니 결국 승리하는 쪽은 햄릿이 아니라 클로디어스와 거트루드가 대변하는 상식과 현실이다. 이는 죽음에 대한 햄릿의 태도가 이야기의 끝에서 변하는 데서 여실히 드러난다. 그는 자신과 어머니와 클로디어스의 죽음을 포함한 마지막 재앙이 일어나기 전에 호레이쇼에게 이렇게 말한다.

참새 한 마리가 떨어지는 데도 특별한 섭리가 있네. 죽음이 지금 오면 앞으로는 오지 않을 거 아닌가. 지금 오지 않는다면 앞으로 올 거 아닌가. 그에 대해 준비할 뿐이네. 누구도 언제 죽는 것이 가장 좋은지 모른다네.

아버지의 죽음을 인정하기를 거부하던 햄릿의 입에서 도저히 나올 수 없는 발언이다. 이러한 변화는 그가 상식의 세계로 돌아와 아버지의 죽음을 인정하기 시작했다는 말이다. 그의 말은 앞에서 그의 어머니가 "너도 살아 있는 모든 건 죽게 돼 있다는 게 상식이라는 건 알고 있잖니."라고 한 말이나 클로디어스가 "너는 네 아버지도 아버지를 잃었고, 그 아버지의 아버지도 아버지를 잃었다는 사실을 알아야 한다"라고 한 말과 다를 바가 별로 없다.

그러나 햄릿이 상식의 세계로 돌아와 죽음의 불가피성을 인정했다고 해서, 그가 아버지의 죽음을 인정하지 않고 아버지의 "시간" 속에 머물면서 클로디어스가 대변하는 상식의 세계에 저항하고 도전했던 것의 의미가 희석되는 것은 결코 아니다. 그의 저항과 도전이 대단히 비현실적이긴 하지만, 그처럼 죽음을 거부하며 "타자의 시간" 속에 살고자 하는 게 애도의 윤리일지 모른다. 그리고 자신의 시간 속으로 결국 돌아오는 게 애도를 하는 그의 운명이고 우리의 운명이긴 하지만, 떠난 사람을 그리워하며 그와 공유했던 "시간" 속에 갇혀 있고자 하는 것이 애도의 윤리일지 모른다.

비유적으로 얘기하면, 우리 모두는 죽은 아버지를 놓지 않으려 하는 햄릿과 죽은 남편을 보내고 새 삶을 살고자 하는 그의 어머니 사이에서 늘 갈등하는 존재인지도 모른다. 어쩌면 우리는 햄릿처럼 사랑하는 사람을 놓지 않으려 하다가도 결국에는 그의 어머니처럼 현실을 택하는 이기적이고 슬픈 존재인지도 모른다.

일상을 비추는 애도의 거울

—셉티머스의 우울증과 애도의 윤리

프로이트가 애도를 "사랑하는 사람을 잃거나 국가, 자유, 이상 등처럼 우리 안에 자리 잡은 추상적인 것을 잃은 것에 대한 반응"이라고 정의한 것은 우리 인간의 삶이 끝없이 뭔가를 잃고 그것에 반응하는 과정의 연속이라는 지극히 평범하고 상식적인 사실에 주목한 탓이었다. 그런데 그가 관심을 기울인 것은 시간이 지나면서 상실의 아픔을 극복하는 평범한 사람들이 아니라, 세월이 흐르고 또 흘러도 그걸 극복하지 못하고 여전히 과거에 사로잡혀 정상적인 삶을 살아가지 못하는 사람들이었다. 그가 인간심리를 대상으로 하는 분석가였기 때문이다. 그는 인간심리의 오작동에 대해 관심이 많았다. 그렇다고 그가 무슨 뾰족한 해결책을 제시한 것도 아니었다. 그는 해결책이 아닌 걸 해결책이라고 제시하기에는 너무 솔직한 사람이었다. 그는 연구가 더 필요하다고 생각되는 경우에는, 자신의 생각이 가설에 불과하다는 걸 밝히기를 주저하지 않았다. 그리고 그가 우울증이라고 했던 것이 치료될 수 없을 정도로 극단적인 경우였으니만큼, 해결책이 있을 리 없었다. 그가 이후에 쓴 글들에서 우울증에 관한 언급이 거의 나오지 않는 것은 그래서 어쩔 수 없는 측면이 없지 않았나 싶다.

그러나 그가 애도와 우울증에 관련해 했던 발언은 아직도 유효한 것처럼 보인다. 그는 정상으로 분류되는 애도와 비정상으로 분류되는 우울증을 놀라울 만큼 가까운 것으로 파악했다. 그는 사랑하는 대상을 잃었을 때의 반응은 양쪽 다 마찬가지로 "삶에 대한 정상적인 태도로부터의 심각한 이탈"이 수반된다고 보았다. 외부세계에 대한 "관심의 상실"도 그렇고, "고통스러운 마음상태"도 그렇고, "새로운 사랑의 대상을 받아들이려는 능력의 상실"도 그렇고, "사랑의 대상이었던 존재와 관련이 없는 아무런 행위를 하지 않으려 하는 것"도 양쪽이 마찬가지라고 보았다. 즉, 그는 사랑하는 대상과의 헤어짐에 고통이 수반되는 건 불가피하고 또 자연스럽다고 생각했다. 그가 보기에 문제는 자기 비하의 유무였다. 그는 애도가 대상의 상실을 극단적인 자기 비하의 감정 없이 극복하는 과정이라면, 우울증은 극단적인 자기 비하로 인해 대상의 상실을 제대로 극복하지 못하고 오히려 그것에 집착하는 현상이라고 생각했다. 그러니까 프로이트는 애도와 우울증이 결과적으로는 정상과 비정상으로 분류되지만, 근본적으로는 백지장 하나 정도로밖에 차이가 나지 않는다고 생각했던 셈이다.

어쩌면 애도와 우울증은 동전의 양면처럼 인간심리의 두 모습일지 모른다. 사랑하는 대상을 잃고 가슴이 미어지긴 하지만 결국에는 그 상실을 극복하고 일상성으로 돌아가고자 하는 것이 인간심리의 한 모습이라면, 사랑하는 대상을 잊지 못하고 그를 떠나보내지 않으려고 끝없이 붙들고 늘어지려 하는 건 또 다른 모습일 것이다. 당연히 사회는 우리에게 전자를 요구한다. 아무리 사랑했던 대상이라하더라도, 더 이상 내 앞에 있지 않으면 떠나보내라고, 삶이 어차피 그러한 것이니 떠나보내고 다른 대상에 관심을 쏟으라고 요구하는 것이다. 그리고 사회는 그 요구에 응하지 않으면 '비정상'이라는 딱지를 붙여버린다. 하기야 사회가 우리에게 그 요구를 하기 전에도, 자기중심적인 우리는 얼마간의 시일이 지나면(프로이트는 이 기간을 1-2년 정도로 보았다) 스스로 알아서 그 대상을 기억의 저편으로 몰아내고 지워버린다. 그러나 사회라는 것이 자기중심적인 인간 하나하나가 모여서 만들어진 것이니, 우리의 자기중심성은 일정한 정도의 시일이 지나면 일상 속으로 복귀하라는 사회의 요구와 별개의 것이 아닐지도 모른다. 그러니 우리의 요구가 사회의 요구이고, 사회의 요구가 우리의 요구인 셈이다. 이쯤 되면, 대상에 대한 과도한 집착은 사회의 요구에 의해서든 자기중심적인 인간심리의 작동방식에 의해서든, 설 자리를 잃고 무의식 속으로 숨어든다. 프로이트가 애도를 의식의 차원으로, 우울증을 무의식의 차원으로 돌려 해석한 이유가 여기에 있다.

그런데 그것이 우울증이든 뭐든, 우리는 대상에 대한 과도한 형태의 집착을 병으로서가 아니라 인간심리의 윤리성이라는 측면에서 이해할 필요가 있다. 어쩌면 프로이트의 심리이론에서 빠져 있는 것이 바로 이 윤리성에 대한 사유가 아닐까 싶다. "나보다 더 나"일 정도로 소중한 대상을 잃었다면, 그 대상에 집착하는 것보다 더 자연스러운 일이 어디 있겠는가("나보다 더 나"라는 말은 『폭풍의 언덕』에서 캐서린이 히스클리프를 두고 했던 말이다). 물론 세상에 "나보다 더 나"일 수 있는 대상이 그리 흔하겠냐만, "나보다 더 나"인 대상을 상정하지 않고 어찌 사랑을 할 수 있겠는가. 그러니 우리가 사랑하는 사람은 "나보다 더 나"일 수 있어야 한다. 그래서 그 사람의 슬픔은 나의 슬픔이어야 하고, 그 사람의 죽음은 나의 죽음이어야 한다. 이런 의미에서 보면, 과거의 대상에 집착하는 우울증은 비정상으로 보일지 모르지만, 과거를 훌훌 털어버리고 아무렇지도 않은 듯 잘만 살아가는, 그래서 사뭇 비정해 보이기까지 하는 정상적인 애도보다 훨씬 더 정상적일 수 있다. 우울증은 개인의 입장에서 보면 대단히 불행하고 비극적이기까지 한 것이지만, 사랑의 대상에 대한 헌신이라는 측면에서 보면 그보다 더 윤리적일 수 없다. 지극하고 진정한 헌신은 그 대상의 죽음 여부와 상관없이 지속되어야 하는 것일 테니까 말이다. 그래서 모든 경우가 다 그렇지는 않겠지만, 우울증에 삶을 저당 잡히고 살아가는 사람들이 오히려 애도의 윤리성을 우리에게 일깨워줄 가능성은 얼마든지 있다.

*

버지니아 울프(1882-1941)의 『댈러웨이 부인Mrs. Dalloway』에는 정상적으로 보이는 사람들이 자신의 삶과 내면의 풍경을 비춰볼 수 있게 하는 거울의 역할을 하는 우울증 환자가 등장한다. 그의 이름은 셉티머스 워런 스미스이다. 그는 1차세계대전에 참전하기 전에는 문학을 사랑하는 평범한 젊은이였다. 그는 셰익스피어를 좋아했고 훗날 유명작가가 되는 꿈을 꾸며 살았다. 시골에서 올라온 그는 이자벨 폴이라는 야학 선생을 사랑했다. 그녀는 그의 마음속에 "일생에 한 번만 있을 수 있는 불길이 타오르게 만들었고" 그의 마음에 "깊은 감정과 사랑과 이상주의"를 불러일으켰다. 그런데 야속하게도 전쟁이 터지고 말았다. 그는 1914년 8월 4일, 1차세계대전이 벌어지자, "영국을 구하기 위해 프랑스로 갔다". 그에게 영국은 셰익스피어의 희곡들을 의미했고,

말을 더듬고 수줍어하고 독학으로 공부를 한 자신에게 깊은 인상을 남긴 이자벨 폴 선생을 의미했다. 그는 셰익스피어와 여선생으로 대변되는 영국을 구하기 위해 전쟁에 자원한 것이었다.

그러나 그가 품었던 꿈들은 전쟁을 거치면서 산산이 부서졌다. 그가 품었던 감정들은 전쟁이 지속되면서 하나씩 고갈되다가 결국 아무것도 남지 않게 되었다. 그래서 그는 자신이 사랑한 직속상관 에반스의 죽음을 목격하고도 "거의 아무것도 느끼지 못했다". 소설은 두 사람이 얼마나 서로를 아끼고 사랑했는지에 대해 많은 지면을 할애하지 않지만, 두 사람의 관계를 "양탄자 위에서 노니는 두 마리의 개 같았다"고 비유함으로써 그들의 관계가 얼마나 순수하고 친밀한 것이었는지를 부각시킨다. 두 마리의 개 중 하나가 "종이봉지를 갖고 으르렁대고 물어뜯다가 이따금 상대방의 귀를 물어뜯으면," 다른 하나는 "불꽃을 향해 눈을 깜빡거리며 졸린 듯 누워 있다가, 앞발을 들고 기분 좋게 으르렁거렸다". 두 사람은 그러한 두 마리의 개처럼 "같이 있고, 같이 나누고, 같이 싸우고, 같이 다투며" 전쟁터를 누볐다. 그런데 문제는 그런 사람이 죽었음에도 셉티머스가 아무런 감정을 느끼지 못했다는 것이다. 그는 "아무런 감정을 느끼지 않았을" 뿐만 아니라 그것에 "아주 이성적으로 대하는 자신을 축하하기까지 했다". 전쟁이 "그에게 그렇게 가르친 것이었다”. 전쟁이 그에게 돌이나 나무가 되도록 가르친 것이었다. 그는 포탄이 터지는 것도, 포탄이 자신을 비껴가는 것도 “무관심”으로 지켜볼 뿐이었다.

그런데 문제는 “모든 것이 끝나고, 휴전조약이 성립되고, 죽은 자들이 묻히고 난 다음”에 불거진다. 그는 “갑작스러운 공포”를 느낀다. “특히 저녁이 되면” 더 그렇다. 그가 느끼는 공포는 다른 것이 아니라 “아무것도 느낄 수 없다”는 것에 대한 공포다. 에반스가 죽는 걸 보고 아무것도 느낄 수 없었던 것처럼, 그는 자신이 매사에 그렇다는 걸 깨닫고 두려움에 질린다. 그는 전쟁 직후, 이탈리아 여인들이 모자를 만들고 있는 방에 들어가 그들이 다양한 형태의 모자를 만드는 모습을 보고도 “아무것도 느낄 수 없었다”. 그 스스로도 “뭔가 잘못된 것 같았다”고 생각했으나, 그 상황에서, 그러니까 아무것도 느낄 수 없는 상황에서, 그는 모자를 만들며 살던 루크레치아한테 청혼을 하고 결혼까지 한다. 그런데 모든 것이 사랑이 아니라 “아무것도 느낄 수 없는” 상황 때문에 발생한 일이었다. 그는 아내가 울어도 위로하려고 하지 않는다. 오히려 그녀의 울음소리를 “피스톤 소리” 같다고 생각한다. 아내가 남편이 심하게 자학을 하며 헛것까지 보는 절박한 상황에 절망한 나머지 우는데도, 그는 그것을 울음이 아니라 “피스톤 소리”로 인식하는 것이다.

셉티머스의 문제는 생각은 할 수 있는데 느끼지는 못한

다는 것이다. 그의 머리는 정상으로 돌아간다. 그는 "단테의 작품도 아주 쉽게 읽을 수 있고, 물건이 얼마인지도 계산할 수 있다". 그의 "머리는 완전하다". 그런데 왜 아무것도 느낄 수 없는 걸까. 결국 그는 자신이 "아무것도 느끼지 못하는 건 세상의 잘못이 틀림없다"라고 생각하기 시작한다. 그는 "세상 자체에 의미가 없을지 모른다"라고도 생각한다. 그래서 그는 그의 아내 루크레치아가 아이를 낳자고 해도, "그를 닮은 아들을 낳자"고 해도 한사코 거부한다("아이를 원치 않으면 결혼은 왜 하는 거죠?" 이는 T. S. 엘리엇의 「황무지」에 나오는 어떤 인물이 하는 말이지만, 어쩌면 루크레치아는 아이를 낳지 않겠다고 하는 남편에게 이렇게 절규하고 있는 건지 모른다). 셉티머스가 아이를 낳지 않으려 하는 이유는 "이런 세상으로 아이들을 데려와" "고통을 영속화할 수도 없고" "변덕이나 허영 외에는 지속적인 감정이 없는 탐욕스러운 동물의 떼를 번식시킬 수 없다"는 논리에서다. 그가 생각하기에 인간은 "순간적인 쾌락을 증진시키는 것 외에는 친절함도 없고, 믿음도 없고, 자비심도 없는" 짐승이고, "떼를 지어 사냥을 하고, 소리를 지르며 황야 속으로 사라지는" 짐승일 뿐이다. 당연히 "넘어진 자가 있으면 버리고 간다". 그는 자신을 그처럼 비정한 존재로 규정하고 있는 것이다. 이 모든 것이 그가 좋아했던 상급자이자 동료였던 에반스의 죽음을 제대로 애도하지 못한 데서 태동된 것이다. 그것이 죄의식이 되어 그를 괴롭히는 것이다. 그는 자신이 그렇게 에반스의 죽음 앞에서 아무것도 느끼지 못했던 것에 대해 "변명의 여지가 없다"고 생각한다. 그리고 그것이 인간본성이라면, 차라리 죽는 게 낫겠다는 생각까지 하게 된다.

그가 죽고 싶다는 말을 자꾸 하자, 그의 아내는 겁에 질려 공공보건의인 홈즈를 집으로 데려온다. 그런데 홈즈는 그가 "두통과 불면과 두려움과 악몽"에 시달린다는 말을 듣고도 그것을 단순한 신경과민으로 돌리며 "아무 문제도 없다"고 한다. 그리고 "건강이라는 건 주로 우리 자신의 통제에 달린 문제이니 외부적인 것에 관심을 돌려 취미를 가져보라" 권한다. 홈즈는 자신의 예를 들며, "런던의 누구보다 열심히 일을 하면서도" 건강을 유지할 수 있는 것은 "늘 환자들한테서 신경을 끄고 낡은 가구로 관심을 돌리기 때문"이라고 말한다. 그러면서 그는 남편이란 사람이 자꾸 자살을 하겠다고 하면, 이탈리아인 아내가 "영국 남편들에 대한 이상한 생각을 갖게 되지 않겠느냐?"라며 "침대에 누워 있지만 말고 뭔가를 하고" "남편으로서의 의무를 다하라"고 충고한다. 그는 자신의 충고가 40년에 걸친 경험에서 우러나온 것이니 시키는 대로 하라고 덧붙인다. 그는 셉티머스가 왜 죽고 싶어하는지, 왜 죽은 사람에게 이야기를 하는지 따져보려 하지도 않고, 아무 문제도 없으니 외적인 것에 흥미를 가지라고만 주문한다. 셉티머스가 이런 홈즈에게 본능적인 거부감을 느끼는 것은 당연한 것이다. 그러나 홈즈는 6주 동안 자신의 환자였던 셉티머스가 자신을 계속 거부하자, 자신의 치료방식이 마땅치 않고 돈이 많으면 다른 의사를 찾아가 보라며 자기보다 돈을 더 받는 정신과 전문의인 윌리엄 브래드쇼 경을 추천한다.

윌리엄 경도 피상적이라는 점에서는 홈즈와 다를 바가 별로 없다. 다른 점이 있다면, 그는 셉티머스에게 "아무 문제도 없다"는 진단을 내리는 홈즈와 달리, "아주 심각하게 아프다"는 진단을 내린다는 정도다. 전혀 상반된 결과다. 그런데 윌리엄 경은 "아주 심각하게 아프다"는 진단을 내리면서도, 환자가 엉뚱한 행동을 하는 이유가 뭔지를 알아보려는 최소한의 노력조차 하지 않는다. 그는 셉티머스가 전쟁에 나가 훈장을 받았음에도 스스로 "범죄를 저질렀다"라고 말하는 속내를 들여다볼 생각도 하지 않는다. 그러니 그가 에반스의 죽음을 목격하고 "아무것도 느끼지 못했던" 것이 죄의식이 되어 셉티머스를 괴롭히고 있다는 걸 알 리가 없다. 그는 셉티머스가 동료의 죽음을 목격하고 "아무것도 느끼지 못했던" 건 그의 본성이 천박해서거나 동료에 대한 사랑이 부족해서가 아니라, 그것이 모든 걸 마비시킬 정도로 엄청난 사건이어서 그랬다는 걸 알 리가 없다. 셉티머스의 '비정상적인' 행동이 그가 윤리적인 존재라는 걸 역설적으로 보여주고 있다는 것 역시 짐작할 수 없다. 그는 정신과 의사로서 자신이 해야 할 일이 환자를 보듬어주는 일이라는 걸 망각하고 있다. 만약 그가 프로이트의 제자라면, 대단히 잘못된 제자인 셈이다. 프로이트가 제시한 것은 의사가 환자의 입장이 되어 속내를 들여다보는 것이다. 그에게 감정의 "전이"라는 것이 그렇게 중요했던 이유가 바로 이것이다. 미리 정해진 결론을 갖고 환자의 상태를 재단하는 것이 결코 아니었던 것이다. 윌리엄 경이 환자를 대하는 방식을 보면, 인간심리를 다루는 정신분석가나 의사가 얼마나 폭력적일 수 있는지를 말해준다. 윌리엄 경에게는 차가운 눈만 있지 따뜻한 가슴은 없다. 이건 일반의인 홈즈의 경우에도 마찬가지다.

윌리엄 경은 모든 원인을 균형감각의 결여에서 찾는다. 그는 셉티머스의 행동을 "균형감각을 갖지 못한" 데서 연유한 광기로 규정하고, 그를 사회로부터 격리시켜 "몇 달 동안 쉬게" 해야 한다고 생각한다. 그는 루크레치아가 자기도 남편과 떨어져 있어야 하느냐고 묻자, "아플 때는, 우리가 가장 좋아하는 사람들이 곁에 있는 것이 우리를 위해 좋은 게 아니라며" 남편을 철저히 격리시켜야 한다고 말한다. 루크레치아 외에는 아무도 셉티머스를 보살펴주지도 못하고, 따뜻하게 보듬어주지도 못하는 상황에서 그녀를 그에게서 떼어내겠다는 것이다. 전쟁의 후유증에 시달

리는 그에게 어쩌면 유일한 생명줄이 되어준 그녀와의 접
촉을 차단하고, 셉티머스를 가둬놓고 자기가 일주일에 한
번씩만 점검을 하겠다고 한다. 그 기간 동안, 뭘 어떻게 하
겠다는 얘기도 없다. 그는 셉티머스가 부인을 포함한 누구
에게도 해를 끼칠 여지가 없다는 걸 충분히 알고 있음에도
불구하고, 그가 죽고 싶어한다는 이유만으로 요양원에 가
둬놓겠다는 것이다. "친구들도 없고, 책도 없고, 전갈도 주
고받을 수 없는" 상태에서 6개월 동안 "쉬게" 하겠다는 것
이다. 윌리엄 경이 생각하기에 셉티머스는 "주변에 있는 게
적합하지 않은" 정신병 환자다. 그는 그러한 사람을 격리하
는 것은 "법의 문제"라고 생각한다. 그래서 그것이 실패하
면 경찰한테 의존해 "반사회적인 충동을 통제하겠다"는 것
이다. 윌리엄은 셉티머스를 일종의 정신병원에 일정한 기간
동안 수용해 감시하겠다고 그와 가족에게 일방적으로 통
보하고 있는 셈이다. 결국 셉티머스는 자신이 하는 말과 행
동을 낱낱이 감시당하는 일종의 파놉티콘(원형감옥)에 갇
히게 될 운명에 처하게 된다.

　결국 루크레치아는 도움을 청하러 정신과 의사에게 갔다
가 오히려 그에게 "버림을 받는다". 윌리엄 경이 그를 강제
로 격리시키려 하는 걸 알고, 남편에게 "그들이 당신을 데
려가더라도 내가 같이 갈 테니" 염려하지 말라고 한다. 그
러나 셉티머스는 윌리엄 경을 만나고 난 후, 더 심하게 압박

감을 느끼고 극심한 공포에 시달린다. 그렇지 않아도 인간 본성에 회의하고 절망하던 사람이 정신과 의사의 냉혹한 눈과 처방에 질려버린 것이다. 그 상황에서 홈즈가 찾아오자, 셉티머스는 창문 밖으로 뛰어내린다. 그는 “죽고 싶지 않았음”에도, 홈즈와 윌리엄 경으로 대변되는 사회의 강제적 압박에 못 이겨 자살을 하고 만 것이다. 현장에 있었던 홈즈는 그가 왜 자살을 했는지 이해할 수 없다. 그에게는 그가 “겁쟁이!”로밖에 보이지 않는다. 현장에 있지는 않았지만 그 사건에 대해 보고를 받은 윌리엄 경도 그가 왜 자살을 했는지 이해할 수 없긴 마찬가지다. 그는 자신이 그의 죽음을 초래한 장본인이라는 걸 꿈에도 생각하지 못한다.

*

  울프의 소설에 우울증에 걸린 사람을 자살로 몰아가는 정신과 의사가 등장한다는 것은 의미심장하다. 특히 그녀 스스로가 정신과 의사로부터 치료를 받은 적이 있다는 점을 감안하면 그건 더욱 의미심장해 보인다. 1895년, 울프가 열세 살이었을 때, 그녀의 어머니가 죽었다. 그로 인해 그녀는 심각한 정신쇠약증에 걸렸다. 집안에서는 정신과 의사를 불러 그녀를 치료하게 했다. 정신과 의사는 울프에게 “모든 레슨을 그만두고 단순하게 살고 운동을 하라”는 처방을 내렸다. 그녀는 의사의 처방에 따라 간호사와 함께 시골에서 쉬었고 나중에는 큰어머니와 같이 프랑스 여행을 다녀오기도 했다. 부유한 엘리트 집안에서 태어났기에 가능한 일이었다. 그리고 주변에는 그녀를 보듬어주고 이해해주는 많은 여자들이 있었다. 결국 그녀는 의사의 처방대로 한 결과, 정신쇠약증에서 벗어날 수 있었고 몸도 더 건강해졌다. 그녀를 괴롭히던 환청도 없어졌다. 그런데 이상한 일은 『댈러웨이 부인』에서 정신과 의사가 대단히 부정적으로 나온다는 사실이다. 소설 속의 정신과 의사는 환자를 치료하기는커녕 오히려 자살로 내몰고 있다. 심지어 클래리사라는 인물은 윌리엄 경을 가리켜 "악"이라고 하고, 사람을 "집어삼킨다"는 표현까지 사용한다. 윌리엄 경이 셉티머스에게 처방한 것은 새비지Dr. Savage와 시튼Dr. Seton이 울프에게 처방했던 것과 다를 바 없는 것이었음에도, 셉티머스는 그것을 받아들이기는커녕 자살을 택한다. 그렇다면 우리가 여기에서 자연스럽게 제기할 수 있는 질문은 열세 살 때, 어머니를 잃고 신경쇠약증에 걸려 정신과 의사로부터 휴식을 취하라는 처방을 받고 상태가 호전된 울프가 어째서, 30년이 지나 발표한 『댈러웨이 부인』(1925년)에서 정신과 의사를 위선적이고 경박하며 때로 악마적이기까지 한 인물로 형상화했을까, 하는 것이다.

그녀가 왜 그랬는지 소상히 알 길은 없지만, 소설에 형상화된 정신과 의사의 행태를 보면 그 이유를 유추해볼 수는 있을 듯 하다. 윌리엄 경은 셉티머스가 왜 자기 비하와 자학을 하는지 그 이유를 찾을 생각은 하지 않고, 환자가 "심각한 병"에 걸렸다며 그를 격리시키겠다고 위협한다. 그는 셉티머스가 전쟁이 끝났음에도 어째서 그것에 얽매여 있는지, 어째서 죽었음이 분명한 에반스를 살아 있다고 생각하고 그와 얘기를 하는지 근본적인 원인을 찾아볼 생각을 하지 않고 "자신에 대해 생각하지 말라"고만 주문한다. 슬픔의 원인은 중요하지 않다는 논리다. 그는 환자가 느끼는 압박감을 해소시킬 근본적인 대책은 세우지 않고 오히려 그를 압박해 들어가고 결국 셉티머스를 자살로 내몬다. 어쩌면 울프는 슬픔을 치료의 대상으로 삼고 피상적이고 일률적인 처방을 되풀이하는 정신과 의사들이 문제를 더 복잡하게 만들 수 있는 여지가 있다고 생각했는지도 모른다. 그녀는 나이가 들어가고 삶의 굽이굽이를 통과하면서, 정신과 치료라는 것이 완전한 것과는 거리가 멀고, 때로는 대단히 해로운 것일 수 있음을 소설을 통해 알리고 싶었는지도 모른다. 어쩌면 그녀는 슬픔과 애도의 문제를 의학적인 관점에서만 처리하려고 할 때, 즉 감정의 문제를 '과학'으로 풀어내려고 할 때 생길 수 있는 위험과 역설에 대해 얘기하고 싶었는지도 모른다. 그녀 자신이 어렸을 때 나은 것으로 보였고 스스로도 그렇게 말한 적이 있지만, 사실은 나은 게 아니었다고, 어머니의 죽음이 남긴 상처는 고스란히 남아 있었던 거라고 항변하고 싶었는지도 모른다. 이런 점에서 보면, 울프의 생각은 정상과 비정상(병), 인사이더와 아웃사이더 등으로 "나누는 습관"이 아주 "위험한" 것이라는 푸코의 생각과 전혀 다를 바가 없어 보인다. 푸코가 정신분석을 위험하다고 생각한 것도 다 이유가 있었던 것이다. 그리고 바로 이것이 정신분석이 정상에서 비정상을, 비정상에서 정상을 보고 양자의 획일적인 구분이 때로 위험할 수도 있음을 직시하고 제시하는 『댈러웨이 부인』과 같은 문학작품에서 배워야 할 점이다. "시인들이 정신분석을 예감하면서 동시에 도전한다"는 케리건William Kerrigan과 스미스Joseph H. Smith의 말은 정신분석이 전부가 아니라는 사실을 효과적으로 설명해준다. 프로이트가 문학작품을 옆에 놓고 참조하며 인간심리의 작동원리를 찾으려 했던 것은 이러한 이유에서다.

그런데 여기에서 한 가지 주목할 점은 윌리엄 경이 대변하는 강제적인 "균형"과 "개조"(소설에서는 아이러니컬하게 양쪽 다 "여신"이라고 표현된다)의 정신이 예외적인 것이 아니라 사회를 이루는 근간이라는 사실이다. 즉, 사회가 윌리엄 경이 강조하는 "균형"과 "개조"의 정신을 용인하고 조장한다는 말이다. 윌리엄 경이 정신과 의사로서 탁월한 업적을 세운 덕분에 국가로부터 작위를 받았다는 사실은 이와 무관하지 않다. 그는 "위대한 의사"다. 스스로도 그렇게 생각하고 사회도 그렇게 인정한다. 그래서 윌리엄 경이 셉티머스에게 처방하는, 아니 선고하는 6개월간의 격리수용은, 셉티머스와 같은 아웃사이더들에게 비정상적이고 위험하고 비이성적이라는 딱지를 붙여 그들을 인사이더들로부터 격리하라는 사회의 요구이자 명령인 셈이다. 윌리엄 경은 그걸 충실히 수행하고 있을 따름이다. 사회가 셉티머스와 같은 사람들을 격리시키려고 하는 것은 근본적으로 그들을 치료하고 인류애를 실현하기 위한 것이 아니라 그들을 일종의 파놉티콘에 넣고 통제하기 위해서이다. 윌리엄 경이 "균형을 숭배하며, 자신뿐만 아니라 영국을 번영하게 하고, 영국의 정신병자들을 격리시키고, 그들이 아이를 못 낳게 하고, 절망을 처벌하고, 그들이 균형감각을 갖게 될 때까지 불건전한 자들에게 그들의 생각을 전파하는 걸 불가능하게 만들었다"라고 말하는 것은 사회가 그들이 생각하는 현실 부적응자들에게 얼마나 가혹할 수 있는지를 실감 있게 말해주는 대목이다. 바로 이것이 푸코가 말한 자의적인 잔인성이다.

여하튼, 셉티머스가 막다른 골목에 몰려 자살을 했음에도 불구하고, 아니 그것과는 전혀 상관없이, 세상은 여전히 잘 돌아간다. 홈즈는 자신 때문에 셉티머스가 창문에서 뛰어내렸다는 생각은 꿈에도 하지 못하고 그에게 "겁쟁이!"라고 욕을 하며, 남편이 죽는 걸 보고 거의 실성한 루크레칫아에게 수면제를 처방한 후, 일상으로 돌아간다. 윌리엄 경은 클래리사가 주최하는 성대한 파티에 참석해 셉티머스가 그날 자살한 것을 화제에 올려 사람들의 주목을 끈다. 당연한 얘기지만, 그는 환자의 자살을 가슴 아프게 생각하지도 않는다. 사실, 가난한 하류층 출신의 셉티머스의 죽음을 윌리엄 경을 비롯한 상류층 사람들이 슬퍼할 리는 만무하다. 영국 수상을 비롯하여 파티에 참석하는 사람들의 면면을 보면, 상당수가 나이 지긋한 사회지도층 인사들인데, 그들은 자신들이 누리는 것이 셉티머스처럼 가난한 하층민들의 희생에 기반한 것임을 전혀 인식하지 못한다(이런 의미에서 보면, J. M. 쿳시의 소설 『철의 시대Age of Iron』에 나오는 화자가 "전쟁이란 표면적인 명분과는 전혀 다른 것"이라며 "껍질을 벗겨보면 언제나, 늙은 사람들이 추상적인 명분을 내세워 젊은 사람들을 죽음으로 내모는 것에 불과하다는 게 드러난다"라고 한 것은 충분히 일리가 있는 말이 아닐 수 없다).

그런데 셉티머스를 제대로 치료하지도 못하고 제대로 이해하지도 못하는 정신과 의사와는 달리, 파티를 주관하는 클래리사 댈러웨이는 일면식도 없고 자기와 다른 하류층인 셉티머스의 죽음을 놀랍게도 잘 이해하는 것처럼 보인다. 그녀는 정황은 모르지만, 그 젊은이가 윌리엄 경을 찾아갔다면, 치료를 받기는커녕 "삶이 참을 수 없는 것"이라는 느낌을 받았을지도 모른다고 생각한다(놀랍게도 그것은 사실이었다. 셉티머스는 윌리엄 경을 보고 그런 느낌을 받고 결국 자살로 내몰렸던 것이다). 또한 그녀는 윌리엄 경이 "여자들한테는 대단히 예의 바르지만" 그와 같은 환자에게는 "말할 수 없는 능욕"을 가하며 그의 삶을 "참을 수 없는" 것으로 만들었을지도 모른다는 걸 직관적으로 안다. 그래서 그녀는 그 젊은이의 죽음이 "저항"이었다는 걸 본능적으로 이해한다.

실제로 셉티머스의 죽음은 "저항"이었다. 저항은 자신의 상처를 보듬어주지 못하는, 정신과 의사로 상징되는 비정한 사회에 대한 저항이었다. 슬픔과 애도의 과정을 병으로 규정하고 '과학'과 '이성'의 차원에서만 해결하려고 하는 사회에 대한 저항이었다. 사랑하는 동료의 죽음을 애도하는 걸 비이성과 비정상으로 돌리고 가두려 하는, 윌리엄 경으로 대변되는 사회에 대한 저항이었던 것이다. 그는 죽고 싶어서 죽은 게 아니었다. 그는 마지막 순간에도 "죽고 싶지 않았다. 그에게 인생은 좋은 것이었다". 문제는 "인간들이었다". 그에게 압박을 가하고 그를 통제하려는 인간들이었다. 바로 이것을 클래리사는 직관적으로 이해한 것이다.

클래리사는 셉티머스가 "자살을 했다는 것이 기쁘다"라고 생각한다. 젊은이가 소중한 목숨을 스스로 끊었는데 기쁘게 생각한다는 것이 어폐가 있는 말이지만, 그녀가 이렇게 생각하는 것은 그의 죽음에 자신의 삶을 비춰보기 때문에 가능한 일이다. 그녀는 그의 죽음에 대해 들으면서, 자신이 지금까지 살아온 삶이 "타락과 거짓말과 잡담"에 가려져 "정말로 중요한 것이 훼손된" 삶이었다는 걸 깨닫는다. 그녀는 편안함에 길들여진 자신의 속물적 삶과 달리, 셉티머스는 생명을 버림으로써 자신이 소중하게 생각하는 것을 지킬 수 있었을 것이라고 추측한다. 자신의 삶에 대한 고백이 이어지는 것은 이러한 연유에서이다. 그녀는 자신이 "음모를 꾀하기도 하고 훔치기도 했다"며 자신에게는 "전적으로 감탄할 만한 적이 결코 없다"라고 생각한다. 또한 그녀는 자신이 오직 "성공만을 원했다"라고 생각한다. 실제로 그녀는 사회적 지위와 부 때문에 사랑하는 사람(피터 월시)을 버리고 남편(리처드 댈러웨이)과 결혼했다. 그녀는 결혼생활을 통해서 "대영제국"의 "지배계층의 기질"을 갖게 되었고, 고통을 당하는 다른 나라 사람들(가령 아르메니아인들)보다 파티에 쓸 장미를 더 소중하게 생각했고, 자기보다 못사는 사람들(가령 그녀의 사촌 엘리 헨더슨)에게는 허세를 부리며 함부로 대했다. 또한 그녀는 자신의 딸인 엘리자베스에게 영향력을 행사하는 가정교사 킬만을 질투하고 그녀의 품위 없는 옷차림을 경멸하는 "속물"이었다. 이러한 자신의 구차하고 "훼손된" 삶에 비해, 셉티머스의 삶, 아니 자살은

“소중하게 생각하는 것을 갖고 뛰어내린 것”이기에 훼손된
것이 아니었을 거라고 판단한 것이다. 그래서 그녀는 자신
역시 “지금 죽는다면 가장 행복하겠다”라고까지 생각한다.
그녀는 수상을 비롯한 고위층 인사들을 초대해 성대한 파
티를 열고 있으면서, 다른 한편으로 자신의 삶이 껍데기라
는 걸 뼈저리게 느끼고 있는 것이다. 울프가 셉티머스를 클
래리사의 “더블”이라고 말한 것은 이러한 맥락에서 보면 쉽
게 이해할 수 있다. 클래리사가 현실적으로는 가능하지 않
지만 내면적으로 지향하는 순수하고 때 묻지 않은 상태를
셉티머스가 구현하고 있기 때문이다. 그녀는 몸은 속물적
현실에 몸담고 있지만, 마음만은 셉티머스의 상태를 지향
하고 있는 것이다. 이는 그녀가 분열되어 있다는 말이다. 이
런 점에서 보면, 셉티머스와 클래리사는 한 사람의 두 모습
인 셈이다. 현실에 대응하는 것도, 슬픔과 애도에 대응하는
것도 상반되는 두 모습인 셈이다.

　셉티머스를 진정으로 이해하는 사람이 일반의인 홈즈도
아니고, 정신과 전문의인 윌리엄 경도 아니고, 의술과는 전
혀 관계가 없는 클래리사라는 사실은 대단히 아이러니컬
하다. 그렇다고 홈즈나 윌리엄 경을 비난할 수만은 없는 게
현실이다. 어쩌면 우리도 때에 따라서 홈즈가 되고, 윌리엄
경이 되는지 모른다. 그들처럼 판에 박힌 일상적 생각을 하
면서 셉티머스와 같은 사람을 제대로 이해하지 못하고 사

는 건지도 모른다. 그런 사람을 보면, 다른 사람들은 그런 일이 있었더라도 애도작업을 성공리에 끝내고 멀쩡하게 잘만 사는데 어째 그 모양이냐며 공박을 하기도 하고, 그런 사람을 격리시키는 데 흔쾌히 혹은 암묵적으로 동의하기도 하고, 때로 그런 사람이 죽으면 홈즈처럼 "겁쟁이!"라고 비난하거나 아예 외면하는지도 모른다. 그러다가 어쩌다 한 번쯤, 클래리사처럼 그런 사람의 죽음을 보며 사회가 그를 죽음으로 몰아간 것이 아닐까, 생각하며 안쓰러워하면서 "정말로 중요한 것이 훼손된" 자신의 삶을 돌아보게 될지 모른다. 편안한 삶의 유혹에 그간 얼마나 많은 것들을 잃고 살았는지, 우리의 꿈과 이상은 다 어디로 갔는지 생각할지 모른다. 그리고 그런 사람의 죽음을 자신의 "재앙"이자 죽음으로 받아들이기까지 할지 모른다.

그러나 그것도 잠시일 뿐, 결국 우리는 일상적이고 세속적인 삶 속으로 돌아간다. 사람들이 기다리는 파티장 속으로 클래리사가 돌아가듯이 말이다. 우리는 그렇게 편리하고 자기중심적인 존재다. 그래서 우리는 늘 홈즈와 윌리엄 경과 클래리사를 합해놓은 존재다. 바로 이것이 자신의 이익에 부합되지 않음에도 불구하고, 과거에 얽매여 자신이 사랑했던 사람을 죽음의 세계로 떠밀지 않고 살아 있게 하는 셉티머스와 같은 사람이 우리의 삶과 일상을 비추는 윤리의 거울이어야 하는 이유다.

슬픔의
깊고 큰 구멍

—적군을 사랑한 한 여성의 애도

"당신의 사진이 만족스럽지 않다면, 그건 충분히 가까이에서 찍지 않았기 때문"이라는 유명한 말을 남긴 로버트 카파(Robert Capa, 1913-1954)는 신화적인 종군 사진작가다. 그는 다섯 번의 전쟁—스페인내전, 청일전쟁, 2차세계대전, 이스라엘-아랍전쟁, 인도차이나전쟁—의 현장을 누비며 역사에 길이 남을 생생한 사진들을 남겼다. 그래서 그의 사진에 20세기의 파란만장한 역사가 고스란히 들어 있다고 해도 과언이 아니다.

그런데 그의 사진은 전장에서 찍은 것들이 대부분이기 때문에 죽음과 관련된 것들이 유독 많다. 아니, 많은 정도가 아니라 넘친다고 해야 맞을 것 같다. 총에 맞아 쓰러지는 스페인 인민군 병사, 네이팜탄의 공격으로 죽어가는 손자를 안고 있는 할머니, 아이들의 장례를 치르며 오열하는 어머니들, 저격병의 총에 쓰러진 미군 병사를 비롯한 잘 알려진 사진들을 보면, 죽음이 그의 사진에서 얼마나 큰 비중을 차지하고 있는지 쉽게 알 수 있다. 카파는 인도차이나전쟁에서 지뢰를 밟아 스스로 죽음을 맞을 때까지 전장을 누비며 비극적이고 고통스러운 죽음의 현장을 카메라에 담은 위대한 사진작가였다. 그가 위대한 건 다른 이유도 있겠지만 무엇보다도 사람들을 향한 따뜻한 인간애에 있었는지도 모른다. 그러한 인간애가 없었다면 죽음을 무릅쓰고 전쟁의 한복판을 누비며 고통에 몸부림치는 사람들을 사진에 담는 게 불가능했을지 모른다.

그가 남긴 사진 중에서 그의 인간적이고 따스한 면을 가장 잘 드러내는 사진은 파리가 수복되는 과정에서 찍은, 독일군의 아이를 낳은 여인이 사람들한테 조리돌림을 당하는 장면을 담은 일련의 사진들이 아닐까 싶다. 그중에서도 머리가 깎인 여인을 사람들이 에워싸고 시가행진을 벌이는 가슴 아픈 사진이 특히 그렇다.

카파가 그 사진을 찍은 건 1944년 8월 18일이었다. 6월 6일 노르망디상륙작전으로부터는 두 달 후였고 8월 25일 파리 수복으로부터는 일주일 전이었으니, 그만큼 급박한 상황에서 찍은 사진이다. 카파는 『타임Time』 기자인 찰스 워텐베이커Charles Christian Wertenbaker와 함께 연합군을 따라 파리로 가고 있었다. 그들이 파리에서 멀지 않은 샤르트르Chartres라는 도시를 지날 때였다. 독일군이 퇴각하기 시작하자 흥분한 사람들은 곧 부역자 색출에 나섰다. 그리고 독일군과 관계가 있는 여자들을 공개적인 장소에서 삭발을 시켜 끌고 다녔다. 워텐베이커는 여자들이 삭발을 당하는 장면을 1944년에 출판한 『침략Invasion』에서 이렇게 묘사했다. "독일군을 도왔거나 암시장을 운영했던 나이 든 여자들도 있었고, 독일군에게 몸을 판 젊은 여자들도 있었다. 그들은 벽에 일렬로 세워졌다. 어떤 여자들의 머리는 이미 완전히 깎여 있었다. 뜰 한가운데에는 흰머리와 금발 머리가 수북이 쌓여 있었다. 카파는 이 장면을 카메라에 담았다." 카파의 사진은 이러한 역사적 현장을 담은 것이었다.

카파의 연작사진 중 하나를 보면, 한 여자는 머리를 깎이고 있다.* 그녀와 독일군 사이에서 태어난 아이는 여자의 아버지로 보이는 남자의 품에 안겨 있다. 더 많이 알려진 다른 사진을 보면, 앞의 사진에서 머리가 깎인 여자가 아버지에게서 아이를 받아 품에 안고 걸어가고 있고, 그녀의 앞으로 아버지가 왼손에 보퉁이를 들고 눈을 내리깔고 걸어가고 있다. 여자가 대부분인, 주변 사람들의 시선이 그녀

---

* 『라이프Life』의 사진기자였던 칼 마이던스Carl Mydans가 마르세유에서 찍은 사진도 같은 맥락의 사진이다. 그의 사진을 보면, 두 남자가 한 여성의 머리를 깎는 모습을 보고 좋아서 입을 크게 벌리고 웃는 어른들과 아이의 모습이 참으로 그로테스크하게 클로즈업되어 있다. 이는 부역을 했던 여성의 머리를 깎는 게 프랑스 전역에 광범위하게 번졌다는 걸 말해준다.

를 향해 쏠려 있다. 그들의 얼굴에는 고소해 죽겠다는 표정이 역력하고, 무리 중에는 놀랍게도 여자아이들도 보인다. 어른들만이 아니라 아이들까지 비아냥거림과 조소, 증오의 행렬에 동참하고 있는 것이다. 그들의 얼굴에도 그들의 어머니와 엇비슷한 표정이 어려 있다. 어른들은 아이들을 그 행렬에서 제외할 만큼의 품위조차 갖지 못한 것처럼 보인다. 아니, 어쩌면 일부러 데리고 나온 것처럼 보이기도 한다. 그들에게는 어차피 그것이 카니발이었으니까!

뭇사람들의 삶을 유린했던 나치에 협력한 것이 사실이라면 그것이 결코 옳은 일일 수는 없겠지만, 이미 독일군이 패퇴한 상황에서 그 여자의 아버지에게 강보에 싸인 아이를 안겨 딸이 머리를 깎이는 모습을 보게 하고, 머리가 다 깎인 여자에게 아이를 다시 안기고 아버지에게 보퉁이를 안겨 끌고 다니며 입에 담을 수 없는 욕설을 퍼붓는 것은, 워텐베이커의 책에서 익명의 젊은 프랑스 여자가 말한 것처럼, "잔인하고 불필요한 짓"이었다. "저건 잔인하고 불필요한 짓이에요…… 나는 해방을 위해 싸웠어요. 게슈타포한테 세 번이나 취조를 당했어요. 아시겠어요? 그래도 나는 저렇게 하자고는 안 해요." 워텐베이커에 따르면, 이 말을 한 여자는 지하조직에 가담해 나치에 저항했던 사람이었다. 이 젊은 여자는 여자의 머리를 밀고 질질 끌고 다니는 행위가 정의도 아니고 윤리는 더더욱 아니라는 걸 본능적으로 느꼈던 듯하다. 독일군이 물러난 것만으로도 현실적으로나 심리적으로 구석에 몰려 있었던 그들을 "쥐를 몰듯" 몰아댈 필요는 없었던 것이다. 카파의 사진은 그처럼 "잔인하고 불필요한" 장면을 생생하게 포착하고 있다. 그의 사진은 집단이 도덕과 정의의 이름으로 개인에게 얼마나 잔인하고 비정할 수 있는지를 생생하게 보여준다(예수가 그 자리에 있었다면, 한 여인을 광장으로 몰아놓고 욕을 하며 돌을 던지는 사람들에게 그랬듯이, "너희 중에 죄 없는 자가 있으면 돌을 던져보라"라고 야단을 쳤을지 모른다. 2차세계대전의 막바지에 프랑스 전역에서 있었던 유사한 사건들이, 적어도 그중 일부가, 레지스탕스에 가담한 사람들이 벌인 복수극이 아니라 다소간에 독일군에 협력해 속이 구린 사람들이 자기들의 선명성을 부각시키기 위해서 했던 행동이었다는 건 아이러니가 아닐 수 없다. 조리돌림을 당한 여성들 중, 그러한 벌을 받을 만한 일을 한 적이 없는 사람들이 상당수 있었다. 가위를 들고 다니며 여자들의 머리를 자르고 거리로 끌고 다닌 사람들에 비하면, 그들의 행위를 "잔인하고 불필요한 짓"이라고 했던 익명의 젊은 여성과 "우리 모두가 죄인이다"라고 했던 사르트르는 그렇게 고귀할 수가 없다. 젊은 여성이나 사르트르는 레지스탕스에 가담해 나치에 맞서 싸운 사람들이었다).

카파의 사진은 보는 것만으로도 가슴을 아프게 한다. 아버지 앞에서 머리가 깎이는 여자의 심정은 어땠을까. 아이를 품에 안고 사람들의 조소를 총알을 받듯이, 아니 오줌발을 받듯이 받는 심정은 어땠을까. 그러나 카파의 사진은 이후에 전개될 상황을 상상해보면 가슴이 더 저려온다. 사진 속의 여자는 어떻게 됐을까. 그녀는 어떠한 삶을 살았을까. 그녀는 샤르트르에서 계속 살았을까. 사람들은 이후에 그녀를 어떻게 대했을까. 이런 질문들이 꼬리에 꼬리를 물고 이어지기에 가슴이 아프고 저린 것이다.

*

마르그리트 뒤라스Marguerite Duras의 『히로시마 내 사랑 Hiroshima Mon Amour』(이 시나리오는 영화감독인 알렝 레네 Alain Resnais가 뒤라스에게 의뢰하여 집필된 것인데, 영화는 1959년에 나왔고 시나리오는 1년 후인 1960년에 출판되었다)에 대한 논의를 전설적인 사진작가에 대한 다소 장황한 언급과 함께 시작하는 이유는 놀랍게도 카파의 사진 속에서 조리돌림을 당하는 여인이 중심인물로 설정되어 있기 때문이다. 물론 카파의 사진에 나오는 여성이 실제 모델이라는 말은 결코 아니다. 뒤라스의 시나리오는 카파가 사진을 찍은 장소인 샤르트르와는 전혀 다른 느베르Nevers를 배경으로 하고 있고, 시나리오에 나오는 여인은 독일군의 아이를 낳은 사진 속의 여인과는 다르게 아이를 낳은 적이 없는 젊은 여자이다. 그러나 이러한 차이점에도 불구하고, 카파의 사진과 뒤라스의 시나리오는 프랑스가 나치로부터 해방되는 과정에서 수천 명, 아니 적어도 2만 명에 달하는 여성들이 공개적으로 삭발을 당하고 거리로 끌려 다닌 1944년의 어두운 역사를 기반으로 하고 있다는 점에서 서로 연결된다. 뒤라스가 중심인물을 이름이 없는 여성으로 설정한 것은 치욕적인 조리돌림을 당한 수많은 여성들을 우의적으로 애도하기 위한 전략인 것처럼 보인다. 작가는 특정한 개인이 아니라 집단의 폭력에 내던져져야 했던 수많은 여성들을 애도하고 싶었는지도 모른다.

더 엄밀하게 말하면, 뒤라스의 스토리는 카파의 사진의 연장선에 있다고 하는 게 맞을지 모른다. 1944년에 머리를 깎이고 조리돌림을 당한 익명의 여인이 죽지 않고, 아니 죽지도 못하고 이후 10여 년을 어떻게 살아냈는지에 관한 애도의 이야기이기 때문이다. 그것이 애도의 이야기인 것은 그녀가 여자로서 삭발을 당하는 치욕을 겪었기 때문만이 아니라 삭발을 당하기 직전에 사랑하는 남자를 잃었기 때문이기도 하다. 만나기로 한 장소에 갔더니, 그가 총을 맞고 죽어가고 있었던 것이다.

『히로시마 내 사랑』은 1957년 8월, 히로시마에서 시작된다. 머리가 깎일 때, 스무 살이었던 그녀는 이제 30대가 되었다. 그녀는 겉으로는 성공한 영화배우처럼 보인다. 그녀가 히로시마에 와 있는 것은 평화를 주제로 한 다국적 영화를 촬영하기 위해서이다. 그런데 그녀는 촬영 중에 일본 남자를 우연히 만나 "짧은 연애"를 하게 된다. 그들은 이런 저런 얘기를 나눈다. 1945년에 원자폭탄이 투하된 히로시마도 그들의 대화에 당연히 포함된다. 그녀가 찍는 영화가 반전, 반핵을 포함한 평화와 관련된 영화이기 때문이다. 그런데 놀라운 일이 생긴다. 그녀가 남자와 사랑을 나누는 과정에서 느베르에서 무슨 일이 있었는지를 얘기하기 시작한 것이다. 그것은 그녀가 남편을 포함한 누구에게도 그때까지 말하지 않았던 것이고 너무 엄청난 것이어서 입에 올릴 수조차 없었던 것이다. 무엇이 그녀로 하여금 얘기를 하게 만드는지는 시나리오에 명확하게 제시되어 있지 않다. 낯선 이국 남자가 그녀의 옛 연인을 떠오르게 만들었는지도, 전쟁과 관련된 영화를 찍기 위해 히로시마에 온 것이 전쟁과 관련된 그녀의 과거를 떠오르게 만들었는지 모른다. 또한 그녀는 이방인을 사랑하면서 받은 과거의 사건을 또 다른 이방인을 사랑함으로써 자기도 모르게 반복하고 있는지도 모른다. 그녀가 그런 행동을 한다는 것은 그녀의 마음속 구멍이 10여 년이 지났어도 전혀 메워지지 않았다는 것을 의미한다. 분명한 것은 그녀가 말을 함으로써 자신의 마음속 깊은 곳에 있는 큰 구멍을 드러내 보인다는 것이다. 평소에는 없는 것처럼, 아니 메워진 것처럼 느껴졌지만, 사실은 없어지지도 않았고 메워지지도 않은 깊고 큰 구멍이 난데없이 모습을 드러내자, 그녀 스스로도 놀란 것처럼 보인다.

그 구멍에 그녀가 사랑했던 사람이, 그녀가 태어나서 처음으로 사랑했던 남자가 살고 있었다. 사랑했지만 사랑해서는 안 되는 적군이었기에 자신의 나라로 돌아가기 직전, 총에 맞아 죽어야 했던 사람이 살고 있었다. 그는 죽을 당시 스물다섯 살이었고 그녀는 스무 살이었다.

샤르트르를 점령하고 있던 독일군 중 한 사람이었던 그는 다른 프랑스인들에게처럼, 그녀에게도 프랑스를 침략한 적이자 증오의 대상이었다. 그런 그를 사랑하게 된 것은 아주 우연한 계기에서였다. 어느 날, 독일군이 그녀의 아버지가 운영하는 약국에 손에 입은 화상을 치료받으러 왔다. 당시, 약국에는 두 사람만이 있었고 그녀는 배운 대로 상대를 쳐다보지 않고 치료를 하고 붕대를 감아줬다. 적군은 고맙다고 하고 돌아갔고, 그가 나중에 다시 찾아왔을 때 이번에는 그녀의 아버지도 약국에 있었다. 그녀는 다시 한 번 "배운 대로 눈을 내리깔고 아버지가 보는 가운데 그의 손에 붕대를 감아줬다". 그런데 그날 저녁, 그 독일군이 그녀가 피아노 치는 소리를 어둠 속에 서서 듣고 있었다. 그녀는 자신의 "인생에서 처음으로 자신이 피아노를 치는 소리를 남자가 듣고 있다는 걸 알았다". 가슴이 뛰었고 그것은

무척 신기한 경험이었다. 남자가 다음 날 다시 찾아왔고 그
녀는 마침내 "그의 얼굴을 보았다". 그녀는 그에게서 눈을
뗄 수가 없었다. 그녀의 아버지가 다가오더니 그녀를 밀치
고 그에게 "손은 더 이상 치료할 필요가 없다고 말했다". 적
군은 상처가 나았음에도 그녀를 보려고 일부러 약국에 온
것이었다. 그들의 사랑은 그렇게 시작되었다. 그녀에게 그
독일군은 더 이상 적이 아니었다. 그녀는 다른 사람들처럼
독일군을 증오했지만, 자신이 사랑하게 된 사람을 "다른 적
들로부터 제외시켰다".

그는 그녀의 첫사랑이었다. 그녀에게 사랑은 국가보다도
우선시 되는 모든 것이었다. 아니, 그녀에게는 "사랑이 국
가"였다. 그녀는 "그의 몸과 자기 몸 사이의 차이를 볼 수
없었다". 다만 그녀가 볼 수 있는 건 "그의 몸과 자기 몸 사
이에 놀라운 유사성"이 있다는 것뿐이었다. 그의 몸은 그
녀의 몸이었고, 그녀의 몸은 그의 몸이었다. 그녀는 "더 이
상 그것을 구분할 수 없었다". 그것은 이성에 배치되는 사
랑이었다. 그녀도 그것이 이성에 배치되는 것이라는 걸 알
고 있었다. 그 사랑의 대상이 누구이든, 사랑하는 사람 앞
에서 "자기 자신에 대한 통제력을 잃는다는 것이 어떤 의
미인지 아는 사람들이라면 내게 돌을 던져도 좋다"라는
그녀의 말에는 그녀가 얼마나 사랑 앞에서 순수했고 속수
무책이었는지 잘 드러난다. 사랑 안에서 그들은 프랑스인

도, 독일인도 아니었다. 사랑은 국경을 초월한다는 상투적인 표현은 그들에게 상투적이 아니라 실존적인 것이었다.

그런데 상황이 변하고 있었다. 노르망디상륙작전이 성공한 후, 연합군이 공세를 강화하면서 독일군은 수세에 몰려 퇴각할 준비를 하고 있었다. 그들은 헤어져야 했지만 그녀와 독일군은 더 이상 떨어져 있지 않기로 결심했다. 독일군이 퇴각하기 전날, 그들은 낮 열두 시 정각에 루아르부두에서 만나기로 했다. 그녀는 아버지에게 독일군을 따라가 결혼해서 살겠다는 메모를 남기고 그를 만나러 갔다. 그러나 그녀가 부두에 도착했을 때, 그는 이미 어딘가에서 날아온 총알에 맞아 죽어가고 있었다.

청천벽력이었다. 그녀는 죽어가는 그를 껴안았다. 그녀는 "자신에 대해서는 아무것도 생각하지 않고 오직 그만을 생각했고," 독일군은 "그녀를 고통스럽게 하고 죽어야 한다는 걸 미안해하며 그녀를 위로했다". 그녀는 그가 언제 죽었는지, 시간이 얼마나 흘렀는지 알지 못한 채, 다음 날 아침까지 그의 몸 위에 자기 몸을 포개고 있었다. 그녀는 그렇게 그와 이별했다. 그녀의 가슴에 구멍이 나고 그 구멍에 그가 살기 시작한 것은 그때부터였다. 여기에서 구멍이란 아브라함과 토록이 말한 "비밀묘지"에 해당한다. 죽은 사람을 떠나보낼 수 없는 사람이 죽은 사람을 살게 하면서, 이따금 자신을 찾아오게 하기 위해 만드는 마음속의 "비밀묘지",

바로 이것이 그녀가 택한, 아니 택했다기보다는 그녀에게 강요된 애도의 방식이었다(박완서는 이걸 "존재가 사라진 후에 다른 존재에 남긴 공동"이라고 했다).

날이 밝자, 사람들이 독일군의 시체 위에 엎드려 있는 그녀를 밀치고 시체를 트럭에 싣고 갔다. 그리고 그녀를 끌고 가서 머리를 밀어버렸다. 그녀는 누군가가 자신의 머리를 밀어도 아무 반응이 없었다. 아니, 머리를 미는 것에 "오히려 협조적이었다". 그녀는 자신의 머리를 미는 "가위 소리에 정신을 집중"하고 있었다. 마음속에 난 구멍은 그녀를 세상에 무관심하게 만들었다. 사랑하는 사람의 죽음 앞에서 자신의 머리가 무슨 대수냐 싶었다. 될 대로 되라 싶었다. 죽인대도 상관없었다. 아니, 차라리 죽고 싶었다. "그녀에게 중요한 것은 머리를 깎이고 치욕을 당했다는 사실이 아니라 루아르강의 둑에서 사랑을 위해 죽지 못했다는 사실이었다." 그녀의 마음속에는 자신이 "사랑 때문에 죽을 좋은 기회가 있었음에도 죽지 않았다"는 자책이 있었다. 그래서 그녀는 그들이 자신의 머리를 밀 때, 그들의 가위질에 저항하지 않고 "오히려 협조적이었"던 것이다. 그들은 머리를 밀고 나자, 그녀를 끌고 거리로 나갔다. 그러다가 그녀는 한밤중이 되어서야 집으로 돌아왔다. 그녀는 벽을 넘어 안으로 들어가, 뜰에 누워 죽기를 기다렸다. 그러나 죽지는 않고 미쳐버렸다.

그녀는 "죽을 기회가 있었음에도 죽지 못했"던 대신 사람들에 대한 "증오감"에 미쳐버렸다. 그러자 그녀의 부모는 그녀를 지하실에 살게 했다. 그녀는 정상일 수도 없었고, 정상이어서도 안 되었다. 사랑하는 사람은 죽었는데, 결혼을 약속했던 사람은 죽었는데, 따라 죽지 못하면 미치기라도 해야 했다. 그녀는 처음에는 벽을 긁어 초석硝石을 먹기도 했고, 자신의 손에 난 상처에서 흐르는 피를 먹기도 했고, 죄 없는 어머니의 얼굴에 침을 뱉기도 했다. 그녀는 불러도 대답이 없는 사람의 이름을 부르고 또 불렀다. 그녀는 "당신의 독일 이름. 오직 당신의 이름뿐. 나에게는 오직 당신의 이름밖에 안 남았어요"라며 절규했다. 이름만 남았다는 건 그녀가 사랑했던 사람이 영원히 부재한다는 것이었다. 그 부재 앞에서 그녀는 절망하고 또 절망했다.

그러나 모진 게 생명이었다. "죽지 않으니, 머리가 다시 자라기 시작했다". 머리는 "밤에도 자라고 낮에도 자라고" 머리를 동여맨 "은색 수건 밑에서도 은밀히" 자랐다. 머리가 온전히 자라는 데 1년이 걸렸다. 그녀는 오랜 세월이 흐른 후 이렇게 말한다. "내 머리를 민 사람들이 머리가 다시 자라는 데 얼마나 오래 걸릴지를 생각해봤다면, 내 머리를 미는 것에 대해 한 번 더 생각해보았을 것이다. 내가 치욕을 당한 것은 그 남자들의 상상력이 부족했기 때문이었다." 머리는 여성성을 대변하는 것이다. 그래서 더욱 여성은 머리를 소중히 한다. 남자들은 더러 머리를 밀어버리기도 하지만, 여자들은 그렇게 하는 경우가 드물다. 여자가 머리를 깎인다는 것은 여성성을 제거당해 여자로서의 정체성을 잃어버린다는 것이니, 죽는 것과 다를 바 없는 치욕이다. 그러므로 옛부터 사람들이 부역한 남자들을 총으로 쏴서 죽인 반면, 여자들의 경우에는 머리를 밀고 끌고 다닌 것으로 끝낸 것은 그들에게 관대해서가 아니었다. 목숨이자 생명이자 정체성인 머리를 깎는 것은 여자에게 사형선고를 내리는 것이나 마찬가지였다. 그래서 머리와 관련된 그녀의 말에는 사랑하는 사람을 잃은 것도 모자라 머리까지 깎이고 결국 미쳐버려 지하실에 갇혀 살아야 했던 끔찍한 치욕의 세월이 배어 있다. 그러나 머리가 깎인 것보다 힘들었던 것은, 끔찍한 치욕의 세월보다 고통스러웠던 것은, 자신은 살아 있지만 자신이 사랑했던 사람은 이미 죽고 없다는 것이었다. "존재하는 것 외에 더 이상 아무것도 내게 일어날 수 없다"는 그녀의 말은 사는 것 자체가 그녀에게 얼마나 힘든 것이었는지 여실히 말해준다.

그녀는 머리가 자라면서 조금씩 정상으로 돌아오기 시작했다. 그러나 머리는 너무 길면 안 되었다. 그녀는 머리가 짧은 상태로, 치욕의 상태로 있어야 했다. 그녀에게 찍힌 '주홍글씨'는 지워져서는 안 되는 것이었다. 그것은 손가락질할 대상이 필요했던 그들의 요구였다. 그러니 느베르에 산다는 건 불가능한 일이었다. 결국 그녀는 자전거를 타고 파리로 떠났다. 어머니가 그녀를 새로운 삶이 있는 파리로 떠민 탓이기도 했다(그녀의 어머니는 이 모든 일이 진행되는 동안 얼마나 가슴이 아팠을 것인가. 그녀의 어머니는 카파의 사진에 나오는 여인의 아버지와 다를 바 없었다). 그녀는 이틀 후에 파리에 도착했고 느베르에 결코 돌아가지 않았다(그녀가 도착한 날, 파리는 지구의 다른 편에 있는 히로시마에 원자폭탄이 떨어졌다는 소식으로 떠들썩했다. 그녀가 사랑하는 사람을 잃고 머리를 깎인 게 전쟁 때문이었던 것처럼, 일본에 원자폭탄이 떨어진 것도 전쟁 때문이었다).

*

그녀가 파리에서 어떠한 삶을 살았는지에 대해서는 거의 알려진 게 없다. 아이를 둘 낳고 "행복하게" 잘 살고 있으며, 광기가 "차츰차츰 없어지다가 아이들을 낳은 후로"는 깨끗하게 없어졌다는 게 전부다(그녀가 정말로 "행복하게" 잘 살았는지는 알 수 없는 일이다). 그러나 광기는 없어졌을망정, 그녀의 마음속에 난 구멍은 메워지지 않았다. 그 구멍에 자신의 첫사랑이 살고 있는데 메워진다는 건 있어서는 안 될 일이었다. 그녀가 히로시마에서 만난 일본 남자에게 예기치 않게 이 얘기를 꺼내기 전까지 누구에게도 그것에 대해 얘기하지 않은 것은, 그것을 다른 사람과 공유하지 않음으로써 자기만의 것으로 간직하고 있겠다는, 즉 결핍된 채로 두고 싶은 심리적 이유에서였을 것이다. 그녀의 마음에 난 구멍을 메우는 것은 거기에 사는 사람을 죽음의 세계로 떠미는 것이나 마찬가지였다. 그러므로 그녀가 그것에 대해 낯선 남자에게 얘기한 것은 실로 엄청난 사건이었다. 그녀가 그 얘기를 한 직후, 호텔로 돌아와 자신의 첫사랑, 즉 마음속의 구멍에 살고 있는 독일 남자에게 이렇게 고백하는 것은 그것이 얼마나 엄청난 사건이었는지를 적나라하게 말해준다.

나는 우리 얘기를 했어요.
나는 이 낯선 사람과 함께 오늘 밤, 당신에게 부정不淨을 저질렀어요.
나는 우리 얘기를 했어요.
그런데 그것은 얘기될 수 있는 얘기였어요.
나는 14년 동안, 불가능한 사랑의 맛을 다시는 찾지 못했거든요.
느베르 이후로 말이죠.
내가 어떻게 당신을 잊어가고 있는지 보세요.
내가 어떻게 당신을 잊었는지 보세요.
나를 보세요.

그가 죽은 지 14년이 되었건만, 그녀는 여전히 그에게 미안하다는 말을 하고 있다. 그가 죽지 않고 그녀의 가슴에, 가슴속의 구멍에 살고 있기에 가능한 일이다. 그녀는 14년 동안 누구에게도 할 수 없었던 "우리 얘기"를 남에게 함으로써 자신이 그에게 "부정을 저질렀다"고 생각한다. 즉, 그를 배반했다는 것이다. 그녀가 그렇게 생각하는 것은 그것이 입 밖으로 나옴으로써 더 이상 "우리 얘기"가 아니라 "남과 공유할 수 있는 얘기"가 됐다는 자의식 때문이다. 그녀는 지금까지, 두 사람 사이에 있었던 일이 언어를 초월한 것이라고 생각했었다. 그들의 사랑은 '사랑'이라는 말을 초월한 어떤 것이라고 생각했었다. 그들의 사랑은 '사랑'이라는 말속에 가두기에는 너무 아름답고 절대적이고 이상적이고 숭고한 것이라고 생각했었다. 그런데 막상 꺼내보니 그것은 "얘기될 수 있는 얘기였다_a story that could be told_"는 것이다. 두 사람의 얘기가 이제, 언어를 초월한 것이 아니라 언어로 남에게 전달할 수 있는 차원의 것이 됐다는 말이다. 언어라는 것은 결국 상징의 세계다. 말로 얘기하는 순간, 두 사람 사이에 있었던 모든 것은 상징의 세계로 접어든 것이다. 그러니까 두 사람 사이에 있었던 일이 언어로 대치되면서, 그것을 잊을 수 있는 여지가 생겼다는 것이다. 이보다 엄청난 변화가 어디 있으랴. 완전히 메우지는 못할지 모르지만, 그녀는 적어도 구멍을, 그녀의 첫사랑이 살고 있는 구멍을 조금씩 메울 준비를 하기 시작한 것처럼 보인다. 이것이 그녀가 죄책감을 느끼는 이유이다.

이러한 변화는 그녀가 영화와 시나리오의 말미에서 "느베르의 아름다운 포플러나무들이여, 나는 너희들을 망각으로 보낸다…… 삼류 소설이여, 나는 너를 망각으로 보낸다…… 머리를 깎인 소녀여, 나는 그대를 망각으로 보낸다"라고 독백을 하는 것과 맥락을 같이한다. 그녀는 이제, 말할 수 없던 것을 언어의 영역으로 옮겨놓음으로써, 지난 14년간 줄기차게 잡고 있던 기억의 끈을 놓아버리기 시작했다. 그래서 그녀는 두 사람의 사랑이 그 밑에서 꽃피웠던 "아름다운 포플러나무들"도 잊고 싶고, "머리를 깎인 소녀"도 잊고 싶고, 남이 들으면 "삼류 소설"에 불과할지 모르는 자신들의 이야기도 잊고 싶다고 말한다. 이처럼 그녀는 과거를 망각으로 떠나보내며 자신의 마음속 구멍에 둥지를 틀고 살던 첫사랑을 떠나보낼 준비를 하고 있는 것처럼 보인다.

이런 맥락에서 보면, 그녀로 하여금 과거를 응시하고 과거와 결별하기 시작하는 계기를 마련해준 일본 남자는 환자가 속에 있는 얘기를 함으로써 상처를 드러내 치유의 과정을 밟게 하는 정신분석학자나 정신과 의사의 기능을 한다(이런 의미에서 일본 남자는 영화나 시나리오에서 자율적이고 독립적인 인물이라기보다는 프랑스 여자가 자기 발

견을 해나가는 데 필요한 장치 정도로 보는 게 합당할 듯
하다. 그래서 '히로시마 내 사랑'이라는 제목은 독자나 관
객으로 하여금 불필요하게 히로시마에 관심을 갖게 하는
부적절한 제목이어서, 어느 평론가가 농담 삼아 얘기한 것
처럼, '느베르 내 사랑'이 훨씬 더 적절한 제목이 아닐까 싶
다). 결국 정신분석이란 무의식의 영역을 언어를 통해 의식
의 영역으로 바꿔놓으려고 하는 시도에 다름 아니다. 언어
화한다는 것은 무질서에 질서를 부여하는 작업이기 때문
이다. 정신분석이나 치료라는 것은 결국 혼란과 혼돈의 무
의식을 질서의 영역인 언어권으로 끌어내는 데서 출발하
는 것이다. 10여 년 전에 엄청난 트라우마를 겪은 프랑스
여자가 일본 남자에게 과거에 대해 처음으로 입을 연다는
것은 그래서 대단히 중요한 변화요 사건이다. 그녀는 잃어
버렸던 말을 되찾음으로써 프로이트가 이야기한 죽은 사
람에게 투자했던 심리적 에너지(리비도)를 회수하여 다른
사람에게 다시 투자할 마음의 준비를 하고 있는 것처럼 보
인다. 그러고 보면, 그녀는 프로이트의 말을 아주 충실히 따
르고 있는 셈이다. 그러나 문제는 그럴 수 있게 될 때까지
1년도 아니고 2년도 아닌, 13-14년이 걸렸다는 것이다. 지
난 10여 년 동안 그녀가 사랑했던 남자는 죽지 않고 그녀
의 마음속에, 그녀의 마음에 난 구멍에 오롯이 살아 있었
다. 그에 대한 그리움과 애도의 마음이 그를 살아 있게 만

든 것이었다. 그러니까 그녀는 일본 남자에게 고백을 하기까지는 프로이트가 말하는 의미의 애도에 실패한 것이었다. 그러나 그를 죽음의 세계로 밀어버리지 않고 마음속의 구멍에 살아 있게 했기에, 그 실패는 궁극적으로 성공이었다. "애도에 실패해야, 그것도 '잘' 실패해야 성공한 것이다"라는 데리다의 말은 이런 경우를 두고 한 말이었다. 결국 진정한 애도란 사랑하는 사람이 죽었다고 잊어버리고 다른 대상을 찾는 게 아니라 그 사람한테 집착하고자 하는 윤리적인 심리상태일 테니까 말이다. 바로 이것이 그녀가 과거와 작별을 고하면서 자꾸 미안해하는 이유일 것이다. 그녀는 같이 죽어주지 못한 것도 미안하고, 세월이 흐르면서 그를 잊어가고 있는 것도 미안하고, 그와 얽힌 느베르에서의 추억을 망각으로 밀어내는 것도 미안하다. 그들의 얘기를 다른 사람에게 한 것도 미안하고, 그렇게 함으로써 그와의 추억을 "삼류 소설"이 되게 한 것도 미안하다. 그래서 그녀에게 애도의 끝은 미안함이다.

결국 『히로시마 내 사랑』은 사랑하는 사람을 잃은 여자가, 카파의 사진에 나오는 여자처럼 여성성의 상징인 머리를 깎이고 조리돌림을 당한 후, 어떻게 애도의 삶을 살았으며 어떻게 그를 잊어가는지에 관한 슬픈 이야기다. 그러나 그녀가 미안해하는 것처럼 정말로 그녀가 그를 잊어버리게 될지는 세월이 흘러봐야 알 수 있는 일일 것이다. 그녀의 가슴속에 났던 구멍이 흔적만 남기고 메워진 것처럼 보이다가도, 그에 대한 그리움이 사무치고 또 사무쳐 그것을 더 이상 어쩌지 못하는 상태가 되면, 그녀의 마음을 아리게 하는 찬바람이 부는 깊고 큰 구멍으로 바뀌어 그를 다시 그곳에 살게 할지도 모르는 일이다. 어쩌면 애도에는, 적어도 진정한 애도에는, 마침표라는 게 존재하지 않는 건지 모른다. 카파의 사진에 나오는 여인과 뒤라스의 시나리오에 나오는 여인을 겹쳐놓고 생각해보라. 그들의 가슴에 난 상처에, 그 상처에 대한 기억과 서러움에, 사랑하는 사람의 죽음에 대한 애도에 과연 끝이 있을 수 있을까.

모른는 이를 위한 애도는 가능한가

─시즈토의 '병'과 애도의 감염

"우리는 죽어가는 자들과 함께 죽는다./보라, 그들이 떠나고 우리는 그들과 같이 간다." 이것은 T. S. 엘리엇의 「사중주」에 나오는 시구인데, 사랑하는 이의 죽음 앞에서 스스로도 죽는 느낌을 받는 사람들의 심리상태를 적나라하게 표현하고 있다. 사랑하는 사람의 죽음은 우리 자신의 죽음을 환기시킬 만큼 늘 그렇게 절망스럽다. 그래서 세상은 우리의 귀에 들리지는 않지만, 사랑하는 사람의 죽음을 슬퍼하는 사람들의 울음으로 가득한지 모른다. 사람들은 죽음과 상실을 겪으며 밖으로 우는 것보다는 속울음을 훨씬 더 많이 우는지 모른다.

사랑하는 사람의 죽음 앞에서는 인류의 스승이라고 하는 공자도 울었다. 누구보다 아끼던 제자인 안회顔回가 요절하자 그는 "슬프다, 하늘이 나를 버리셨으니, 하늘이 나를 버리셨으니" 하면서 통곡했다. "나보다 낫다"라고까지 평가했던 제자가 갑자기 세상을 떠났으니 그가 통곡한 것은 당연한 일이었는지 모른다. 그럼에도 불구하고, 당대에도 그랬고 지금도 그렇고 사람들이 성인으로 받드는 그가 죽음 앞에서 그렇게 통곡을 했다는 것은 죽음이라는 것이 우리 인간에게 얼마나 감당하기 힘든 것인지를 웅변적으로 말해주는 좋은 예가 아닐까 싶다. 그런데 놀라운 것은 공자가 알지 못하는 사람의 죽음 앞에서도 눈물을 흘렸다는 사실이다. 그는 위衛나라의 여관집 초상에서도 눈물을 흘렸다. 그는 죽은 사람과는 생전에 일면식도 없었지만 문상을 하는 과정에서 자기도 모르게 그만 울고 말았다. 그런 상황에서 울었다는 사실이 멋쩍었던지, 그는 제자에게 "문상하고 곡만 하려 했는데 다른 사람들이 우는 걸 보고 나도 눈물이 나오지 뭔가" 하고 얼버무리고 말았다. 공자가 누구인가. 그는 제자인 계로季路가 죽음에 관한 질문을 하자 "삶에 대해서도 알지 못하는데 어찌 죽음을 논하려 하느냐"며 공박한 사람이 아닌가. 그는 감상이나 감정에 휘말리는 것 자체를 지독히 싫어했던 사람이 아닌가. 그런 그가 모르는 사람의 죽음 앞에서 울다니, 그것도 애도의 분위기에 감염되어 울다니, 놀라운 일이 아닐 수 없다. 죽음은 그로서도 어쩔 수 없는 문제였던 모양이다.

공자가 모르는 이의 죽음 앞에서 눈물을 흘렸다는 사실은 우리에게 아주 중요한 문제를 제기하는 것처럼 보인다.

우리는 알지 못하는 사람의 죽음 앞에서도 마음이 동하여 울 수 있는 걸까. 아니, 울음까지는 안 간다 하더라도 그 죽음을 진심으로 슬퍼하고 애도할 수 있는 걸까. 이는 전혀 알지 못하는 사람들의 장례식에 참석해 문상을 해야 하는 일이 잦은 우리에게는 한 번쯤은 짚고 넘어가야 하는 문제가 아닐까 싶다. 그렇지 않은 경우도 물론 있지만, 우리가 찾는 대부분의 장례식은 우리가 만난 적조차 없는 사람들의 것이다. 물론 고인이 우리와 알고 지내는 사람의 가족이어서 완전히 낯선 사람이라고 할 수는 없겠지만, 일면식이 없다면 어떤 경우든 낯설기는 마찬가지일 것이다. 우리는 장례식장에 가서 많은 경우, 생전에 한 번도 만나지 못했던 사람의 영정을 향해 애도의 절을 올리고, 가까이에 있는 부의함 속에 미리 준비해 간 봉투를 넣는다. 그 봉투에는 형식적인 애도의 말과 '상스러운' 돈이 같이 들어 있다. '상스럽다'고 하는 것은 죽은 이를 애도하는 마음과 돈의 관계가 어쩐지 이질적인 것으로 느껴지기 때문이다. 장례식이 끝난 후, 들어온 부의금을 계산하는 상주와 그의 가족들을 상상해보라. 때로는 그것의 분배를 놓고 가족들 사이에 '전쟁'이 벌어지기도 한다. 어쩌면 우리는 엄숙한 애도의 현장에 돈을 개입시킴으로써 그들을, 그리고 궁극적으로는 우리 스스로를, 애도의 본질과는 거리가 먼 '상스러운' 존재로 만들고 있는 건 아닐까. 어째서 우리는 진실한 애도가 필요할 때 돈부터 챙기는 걸까. 죽은 이는 어차피 이 세상 사람이 아니니 살아남은 사람들이라도 챙기자는 생각에서일까.

여하튼, 모르는 사람의 장례식에 참석했다가 분위기에 휩쓸려 자신도 모르게 울어버렸다는 공자의 일화는 조용한 울음으로나마, 그것도 감염되어 나오는 울음으로나마 모르는 이를 애도하는 것이 가능하지 않을까 하는 생각을 하게 한다. 텐도 아라타[天童荒太]의 『애도하는 사람悼む人』(권남희 역)은 이러한 문제를 중심에 놓고 이야기를 전개하는 흥미로운 소설이다. 이 소설의 주인공, 즉 "애도하는 사람"은 사카쓰키 시즈토라는 서른두 살의 별난 남자다. 그가 별난 것은 전국을 유랑하며 생전에 전혀 알지 못했던 사람들을 애도하고 다니기 때문이다. 일면식도 없는 사람들의 죽음을 애도의 대상으로 삼고 있다는 점도 별나지만, 그 방식도 별나기는 마찬가지다. 그는 신문이나 잡지, 방송에 보도된 것을 근거로 사람들을 찾아가 죽은 사람에 관한 일종의 자료조사를 한다. 그런데 언론에 보도되는 죽음은 정상적인 형태의 죽음도 있지만 비정상적이고 안타까운 죽음들이 대부분이다. 소설의 주인공은 자료조사를 토대로 죽음의 현장을 찾아가 애도를 한다. 자료조사라는 것도 사실 단순하기 짝이 없다. 그는 더도 말고 덜도 말고, 죽은 이가 "누구를 사랑했고, 누구한테 사랑을 받았으며, 누가 그에게 감사했는지"만을 조사한다. "긍정적인" 것만을 기억함으로써

죽은 이의 특수성을 기억하기 위한 것이다. 인간의 삶에 어찌 "긍정적인" 것만이 있으랴만, "아픈 이야기는 기억하는 것만으로도 아프니까" "그 사람이 주위에 남긴 따뜻한 감정의 유산을 찾아" 애도를 하고 기억을 이어가는 것이 좋다는 판단에서다. 여기에서 자연스럽게 제기되는 질문은, 이 세상에 얼마나 다양한 죽음이 존재하는데, "누구를 사랑했고, 누구한테 사랑을 받았으며, 누가 그에게 감사했는지"에만 입각해서 죽은 이를 제대로 애도할 수 있느냐, 하는 것이다. 그가 사람들에게 "제정신이 아니거나 수상한 사람"으로 보이고, 사람에 따라서는 그 행위를 불쾌하게까지 생각하는 것은 어쩌면 불가피한 일이다. 그러나 그럼에도 불구하고, 다른 이의 죽음을 애도하고 다니는 '별난' 그에게서 진정성이 느껴지는 것은 죽음에 대한 사유와 고뇌가 그가 행하는 애도의 몸짓에 담겨 있기 때문이 아닐까 싶다.

*

모든 일이 다 그렇듯이, 시즈토가 전국을 떠돌며 이례적인 애도여행을 하게 된 데는 계기가 있었다. 놀랍게도 그것은 그가 여섯 살 때 겪었던 사건과 관련된 것이다. 시즈토는 정원이 있는 집에서 살고 있었다. 그런데 밤사이에 분 태풍으로 새끼 직박구리 한 마리가 둥지에서 떨어져 죽는 일이 생긴다. 새끼가 알에서 부화하여 하루가 다르게 커나가는 생명의 신비를 망원경으로 관찰하며 소일하던 시즈토는 아침에 일어나 새끼 새가 죽어 있는 걸 보고 엄청난 충격을 받는다. 여섯 살짜리 아이가 삶의 바다에 넘실거리는 죽음의 파도를 난생처음으로 생생하게 체험하고 목격한 것이다. 어제까지만 해도 둥지에서 꼼지락거리던 생명이 밤사이에 사라졌다는 사실에 아이가 충격을 받는 걸 보고 어머니는 새끼를 묻어줄 것을 제안한다. 그러자 그는 엄마가 건네주는 원예용 삽으로 "백일홍 뿌리 밑에 구덩이를 파고 그 바닥에 새끼를 달래듯이 내려놓는다". 그리고 '무덤' 앞에서 울며 말한다.

나, 이 아이가 태어났을 때의 일, 알아. 베란다에서 내내 지켜봤었거든…… 이 아이, 아빠랑 엄마 쪽으로 목을 길게 뽑고 울었어…… 하지만 지금은 여기 잠들어 있어…… 그걸 아는 건 나하고 엄마하고 이 아이 엄마하고 아빠뿐이네…… 우리가 잊으면, 이 아이의 엄마하고 아빠밖에 기억하지 못하겠네. (……) 우리가 기억하지 않으면 이 아이를 아무도 모르게 되는 거야? 조금씩 자라 이제 곧 날갯짓을 하려던 참이었는데…… 그런 건 아무도 모르게 되는 거야? (……) 어떻게 해야 좋을까…… 어떻게 하면 잊지 않고 기억할 수 있을까.

이렇게 말하던 그가 문득, 잠옷 소맷자락으로 눈물을 닦더니, "이 아이는 저기서 살았어"라고 말하며 "오른손을 둥지가 있는 나무 쪽으로" 들고, "그런데 여기 떨어졌어"라고 말하며 "왼손을 새끼가 떨어진 땅에 닿을락 말락" 내린다. 그리고 그 "다음에는 두 손을 가슴 앞에 가져와 심장으로 밀어 넣듯이" 포개고 말한다. "여기에 넣어둘 거야…… 잊지 않도록, 이 아이, 여기에, 넣어둘 거야. 이 아이가 이 세상에 태어나 살았다는 걸…… 내 안에 넣어둘 거야." 여기에서 그의 몸짓은 애도의 본질, 즉 죽은 이를 잊지 않고 가슴에 넣어 간직하고자 하는 마음을 고스란히 담아내고 있다.

그것이 애도의 시작이고 기원이었다. 그러니까 시즈토의 애도는 새에 대한 애도에서 시작하여 인간에 대한 애도로 옮아간 것이었다. 이후에 그가 성년이 되어 세상을 돌아다니며 애도를 할 때 취한 방식은 그가 직박구리 새끼의 죽음을 즉흥적으로 애도했을 때 취했던 몸짓 그대로였다. 즉, 그는 직박구리 새끼에게 그랬듯이, 사람을 애도할 때도 "오른손을 머리 위로 올려 공중에 떠다니는 뭔가를 잡는 듯하더니 가슴께로 가져"가고 "다음에는 대지의 숨결을 퍼올리기라도 하듯이 왼손을 땅에 닿을락 말락 하게 내렸다가 가슴께로 가져가 오른손에" 포개고 뭔가를 중얼거린다.

이렇듯, 직박구리 새끼의 죽음은 시즈토에게 심오한 영향을 미치게 된다. 물론 할아버지의 죽음, 자원봉사를 하던 소아병동에서 목격한 아이들의 죽음, 친한 친구의 죽음, 자살한 선배, 교통사고로 인한 옆반 아이의 죽음 등이 저마다 그에게 영향을 미치지만, 그것의 시발점은 그가 여섯 살 때 목격한 새끼 새의 덧없는 죽음이었다. 어쩌면 여섯 살짜리 아이에게는 어느 인간의 죽음보다도 태어난 지 얼마 안 된 새끼 새의 죽음이 훨씬 더 강렬한 것으로 다가왔을지 모른다. 그 순간, 그는 새끼 새의 죽음에서 자신의 죽음을 본 것인지도 모르고, 우리 인간이 어느 시점에선가 맞닥뜨리게 되는 허무와 마주한 것인지도 모른다. 이쯤 되면, 서두에 인용한 엘리엇의 시구("우리는 죽어가는 자들과 함께 죽는다./보라, 그들이 떠나고 우리는 그들과 같이 간다.")에 나오는 "죽어가는 자들"에 인간만이 아니라 다른 존재를 포함시키는 것도 무리는 아닐지 모른다. 새의 죽음에서 자신의 죽음을 본다는 것이 과도한 것일지 모르지만, 새의 죽음도 인간의 죽음과 마찬가지로 존재가 비존재로, 유형의 것이 무형의 것으로 옮겨 간다는 점에서는 어차피 다를 바가 없으니까. 그리고 아이는 인간과 다른 존재를 가르고 모든 걸 인간중심적으로 생각하는 어른과는 다르니까, 그런 의미에서 아이는 워즈워스가 말한 것처럼 "어른의 아버지"인지도 모르니까.

*

시즈토는 초반부에는 "한 사람, 한 사람의 죽음에 감정적으로 반응해, 모든 것을 받아들이는 식으로 애도"를 한다. 그런데 그는 "유족이나 친구 같은 느낌으로 모르는 사람의 죽음을 애도하다 보면 정신적인 피로감을 이기지 못하고 쓰러져 결국은 다시 애도할 수 없게" 된다는 사실을 깨닫게 된다. 가령, 남의 잘못으로 죽은 사람이 있다고 하자. 그는 초반부에는 그 사람이 죽게 된 경위를 듣고 가족들과 함께 분노한다. 그러나 그는 지나친 감정이입으로 말미암아 감정이 흔들리게 되면 애도를 할 수 없다는 사실을 깨닫게 된다. 즉 "화를 내봐야 달라지는 것은 아무것도 없을 뿐만 아니라, 분노와 초조감에 사로잡혀 실제로 어떤 인물이 세상을 떠났는지 마음에 새기지 못할 우려"가 있다는 걸 경험을 통해 깨달은 것이다. 그에 따르면, "분노와 원통함을 앞세우다 보면 기억에 남는 것은 고인이 아닌, 사건이나 사고 혹은 범인"이다. "예를 들면 죽은 아이의 이름보다 그 아이를 죽인 범인 이름이 먼저 뇌리에 떠오르는 식"이다. 정작 기억해야 하는 것은 아이를 죽인 사람이 아니라 죽임을 당한 아이임에도 불구하고, 가해자에 대한 분노에 휩쓸리다 보니 아이가 아니라 가해자를 기억하게 되는 모순적 현상이 발생한다는 말이다. 그래서 그는 "죽은 이들을 찾아다니는 동안, 인생의 본질은 어떻게 죽었나가 아니라, 사는 동안, 누구를 사랑하고 누구에게 사랑받고 어떤 일로 사람들에게 감사를 받았는가에 있는 게 아닐까, 하는 깨달음"을 얻게 된다. 가해자/피해자의 이분법은 진정한 애도에 오히려 방해가 된다는 말이다. 죽고 살고의 문제가 있을 뿐, 어떻게 죽었느냐는 문제가 안 된다는 말이다.

애도를 하고 돌아다니면서 체험한 것들이 그에게 이러한 깨달음을 준 것은 분명하지만, 그것은 애도에 대한 아들의 과도한 집착과 강박관념을 있는 그대로 받아들이고 무한한 애정으로 아들을 감싸는 그의 어머니 사카쓰키 준코가 있었기에 가능한 깨달음이었다. 어머니는 아들에게 이렇게 말한다. "자신과 타인의 죽음은 떼어서 생각하는 거야. 죽은 사람을 기억하는 것과 죽은 사람과 자신을 같이 생각하는 건 달라. 냉정하게 들릴지 모르겠지만, 일일이 감정을 이입해서는 안 돼." 그녀가 이렇게 말하는 것은 아들이 과도하게 감정이입을 하는 과정에서 자신의 목숨을 버리게 되지나 않을까 두려워서다. 실제로 시즈토는 "내가 죽는 대신 타인의 죽음을 경험하는 일에 빠져들었던 건지도 모른다"라고 실토할 만큼, 애도를 시작할 때는 삶과 죽음에 대한 고뇌에 몸과 마음이 소진되어 "죽음에 바짝 다가가" 있었다. 그러한 그를 죽음의 벼랑에서 구해준 것은 그의 어머니였다. 그녀는 죽으면 원하는 애도를 할 수 없으니, 세상

282

이 아무리 허무하게 느껴져도 살아야 한다고 그를 설득한 것이다. 그렇다고 그녀가 아들의 기이한 애도행각을 부추겼다는 말은 결코 아니다. 오히려 그녀는 아들이 애도에 집착하지 않고 죽음을 현실의 일부로 받아들이고 다른 사람들처럼 평범하게 살기를 누구보다 바랐다. 다만 아들의 고뇌를 이해하기에, 아들이 직장에 사표를 내고 기이한 애도여행을 하며 온 나라를 돌아다녀도 너그러운 마음으로 그걸 받아들이게 된 것뿐이다. 그녀의 배려가 있었기에 그녀의 남편이나, 뱃속에 아이가 있으면서도 오빠 때문에 파혼을 당한 그녀의 딸도 그를 이해하게 된다. 물론 그녀와 가족들이 그를 완전히 이해할 수는 없는 노릇이다. 아니, 완전히 이해한다는 게 원천적으로 불가능하다. 시즈토 "자신도 설명하지 못하는 일"을 가족이 완전히 이해할 수는 없기 때문이다(그의 어머니는 이렇게 말한다. "그 아이 자신도 설명하지 못하는 일인걸. 진의를 물을 때마다 그렇게 하지 않으면 견딜 수 없다고, 안타깝게 대답할 뿐이었어. 심지어 병이라고 생각해달라고 한 적도 있었어."). 스스로가 암 선고를 받아 죽음에 임박해 있으면서도 아들이 애도여행을 계속할 수 있도록 그 사실을 알리지 말라고 하고 아들에 대한 그리움을 속으로만 삭이는 어머니의 사랑과 배려는 그 자체로 감동적이다. 죽어가면서도 아들을 그리워하며 "내게는 사랑하는 사람을 기다리는 행복이 남아 있어"

라고 말하는 어머니의 마음은, 세상의 죽음을 향한 시즈토의 속 깊은 마음이 어머니로부터 물려받은 것이 아닐까, 하는 생각을 하게 한다. 애도도 사랑의 한 형태일 테니까 말이다(어머니의 임종이 임박해 있다는 걸 알지 못하는 시즈토는 애도를 하며 돌아다니다가 그녀가 숨을 거두는 순간에야 돌아온다. 한발 늦은 것이다. 그런데 사실은 늦은 게 아니다. 사람들은 그녀가 숨을 거뒀다고 생각하지만, 그녀는 아직도 세상을 떠나지 않고 "혼의 귀"를 열어놓고 있다. 여기에서 "혼의 귀"라 함은 사람이 숨을 거둔 후에도 귀에는 "마지막까지 감각이 남아" 모든 것을 낱낱이 듣는다는 의미에서 하는 말이다. 혼에 귀가 있다는 말은 시즈토의 아버지가 어머니에게 오래전에 해준 말인데, 이게 사실인지 어쩐지는 확인할 길이 없지만 적어도 소설 속에서는 현실이 되어 있다. 이런 상황에서 그녀의 귀에 "늦었습니다"라는 낯익은 목소리가 들린다. 그녀가 "애타게 기다리던 목소리", 즉 아들의 목소리다. 아들은 그녀를 향해 애도의 몸짓을 하더니 그녀를 천천히 안아 올리고 말한다. "당신은 나를 사랑해준 사람입니다. …… 당신은 내가 깊이 감사하는 사람입니다. …… 당신은 내가 사랑하는 사람입니다. 그리고 앞으로 계속 사랑할 사람입니다." 그렇게 기다리던 아들이 돌아와 그녀를 애도하고 있는 소리를 그녀의 "혼의 귀"가 듣는다. 그녀는 "새로운 생명을 낳는 딸의 소리를 들으

284

며”[공교롭게도 딸이 아이를 낳고 있다], 그리고 남의 죽음을 애도하고 다니던 아들이 집에 돌아와 해주는 애도의 말을 들으며 행복하게 죽는다. 모르는 이를 위한 애도가 자신의 어머니를 위한 애도로 바뀌는 소설의 마지막 장면은 대단히 아름답고 감동적이다).

시즈토의 애도는 죽은 사람을 잊지 않기 위해서 행해지는 것이다. 그의 어머니는 비록 죽음의 세계로 떠났어도 그에게는 “앞으로 계속 사랑할 사람”이다. 죽음으로 사랑이 끝난 게 아니라 죽음에도 불구하고 사랑은 계속되는 것이다. 바로 이것이 그가 말하는 애도의 본질이요 요체다. 잊기 위해서가 아니라 잊지 않기 위해서 애도하는 것이다. 이런 의미에서 보면, 시즈토가 행하는 애도는 프로이트가 말하는 “애도”와는 거리가 멀다. 아니, 거리가 먼 정도가 아니라 정반대 지점에 있다고 해야 맞을 듯하다. 사랑하는 사람이라 하더라도 일단 죽으면 그와 감정적, 심리적으로 단절하는 일종의 “작업”(아르바이트)을 해야 한다고 역설한 프로이트와 달리, 시즈토는 자신이 모르는 타인의 죽음마저도 어떻게 하면 잊지 않고 기억할 수 있을까를 고민한다. 한쪽이 죽은 이에 대한 집착을 단절하는 것을 목적으로 한다면, 다른 쪽은 그에 대한 집착을 영속화하는 걸 목적으로 한다. 프로이트와 그를 받드는 사람들의 입장에서 보면 남의 죽음까지 애도하고자 하는 시즈토의 행위는 과도할 뿐만 아니라 병적이기까지 해서 치료를 요하는 것일지 모르지만, 시즈토의 입장에서 보면 사랑하는 이마저도 죽게 되면 죽음의 세계로 떠나보내는 '작업'을 해야 한다는 프로이트의 처방과 주문은 대단히 이기적이고 비정한 것이다.

시즈토는 애도를 할 때 대상을 가려서 하지 않는다. 달리 말하면, 그는 누군가의 잘못으로 죽은 사람도 애도하지만, 생전에 나쁜 일을 많이 했던 사람도 애도한다. 죽으면 모두가 애도의 대상인 것이다. 독자의 입맛을 끌어들이기 위해서라면 사건을 조작하기를 서슴지 않는 형편없는 주간지 기자 마키노 고타로가 "여자 문제로 시내 한복판에서 서로 총질"을 하다가 죽은 조직폭력배처럼 "죽어도 싼 인간"도 애도할 셈이냐고 다그치자, 시즈토는 "죽어도 싸다는 말의 의미는 모르겠습니다만, 어떤 분이든 애도를 합니다"라고 답변한다. 그에게는 "죽어도 싼 인간"이나 "차라리 죽는 게 나은 인간"이나 "짐승보다 못한 놈"은 존재하지 않는다. 사람은 누구든 세상에 하나밖에 없는 소중한 존재이기 때문이다. 그는 죽은 사람이 설령 조직폭력배라 하더라도, 그에게도 친구가 있었을 테고 "친구끼리 서로 감사하는 일도 있었을 테고, 여자 문제로 사건이 일어났다면 그 여자를 사랑했"을 것이니, 그만하면 애도의 조건으로 충분하다고 생각한다. 이러한 논리는 어떤 사람이 살아온 삶의 전후 맥락을 무시하고 타인에 대한 사랑과 타인으로부터 받은 사랑과 감사라는 긍정적인 측면만을 전제로 애도를 시도한다는 점에서 논리적으로 보면 대단히 취약하지만, 타인의 죽음을 애도하는 것 자체가 어차피 비논리적인 것일지 모르니까 굳이 약점이라고 할 것까지는 없을 듯하다. 시즈토 스스로도 인정하듯이, 모르는 이의 죽음을 애도하는 것은 피상적인 수준에 그칠 수밖에 없고, 보기에 따라서는 "말도 안 되는" 행위일 수도 있으며, "병"일 수도 있다. 그런데 문제는 그것이 "병"이라면 그가 그것으로부터 치유되기를 원치 않는다는 데 있다.

놀라운 것은 시즈토의 "병"에 감염성과 중독성이 있다는 데 있다. 독자의 관심을 사기 위해서라면 기사를 꾸며내고 사건을 조작하는 걸 서슴지 않던 황색 저널리스트 마키노 고타로, 복잡한 과정을 통해 남편의 다소 '변태적인' 요구에 따라 남편을 '죽여준' 나기 유키요, 그리고 아들이 애도를 그만두고 정상적인 생활로 돌아오기를 바라면서도 그 모습을 멀리서 지켜보고만 있는 사카쓰키 준코에 이르기까지, 결국에는 모두가 시즈토처럼 타인을 소중하게 생각하고 타인의 죽음을 진심으로 애도하는 마음을 갖게 된다. (특히, 저질적이고 비인간적이고 가학적인 주간지 기자 마키노 고타로가 처음에는 시즈토의 애도여행에 대해 비아냥거리다가 결국 인간적으로 변모해가고 스스로도 '애도하는 사람'이 되는 건 시즈토의 애도 병이 얼마나 감염성과 중독성이 강한지를 실감 있게 말해준다.) 이제는 그들도 시즈토처럼, 죽은 이가 누구를 사랑했고 누구한테 사랑과 감사의 마음을 받았는지 물어서 죽은 이를 기억하려고 노력하는 것이다. 시즈토가 그러하듯, 그들도 "돌아가신 분을 다른 사람이 대신할 수 없는 유일한 존재로 기억"하려고 한다. 공자가 자신이 알지 못하는 사람을 문상하며 다른 사람들의 울음에 감염되어 울었듯이, 그들도 모르는 이의 죽음을 애도하며 떠돌아다니는 시즈토의 '병'에 감염되어 모르는 이의 죽음을 애도하기 시작한 것이다. 시즈토의 애도가 병이라면, 누군가가 죽으면 "죽는 순간, 그저 숫자가, 유령이 되어버리고, 가까운 사람을 제외하면 어떤 사람이 이 세상에 살았는지 잊어버리는데, 죽은 자가 지나온 삶에 새로운 숨을 불어넣"으며 "그 인물이 이 세상에 존재했다는 사실을 소박하게나마 기리고"자 하는 애도의 마음이 병이라면, 그것은 걸려도 좋고 감염되어도 좋은 윤리적인 병이다. 그리고 이것이 우울증이라면, 치유를 요하는 게 아니라 더 깊어져야 하는 윤리적이고 아름다운 우울증이다.

머리가 아닌
가슴으로 하는 애도

—셰퍼드의 이타적 행위와 노턴의 이기적 슬픔

프로이트는 인간의 마음을 일종의 기계로 간주하고, 몸이 작동하는 데 에너지가 필요하듯 마음이 움직이는 데에도 에너지가 필요하다고 생각했다. 심리학에서 자주 거론되는 리비도가 그 에너지다. 간단히 얘기하면, 리비도는 좋아하고 사랑하는 대상을 향해 우리를 몰고 가는 무형의 심리적 에너지라고 할 수 있다. 그래서 누군가를 사랑하기 위해서는 반드시 리비도가 있어야 한다. 너무 기계적인 방식으로 인간의 마음을 설명하려 드니까 조금은 거북하긴 해도, 그것이 에너지든 뭐든 우리가 누군가를 사랑하기 위해서는 뭔가가 필요하다는 말이 그리 터무니없는 말은 아닐 성싶다. 숱한 문학작품에 형상화되어 있고 또 우리 스스로가 때로 느끼는 사랑의 광풍은 내부에 있는 심리적 에너지와 무관하지 않을 테니까. 예를 들어 히스클리프와 캐서린, 로미오와 줄리엣이 서로를 향해 쏟는 사랑은 우리의 눈에 실제로 보이지는 않지만 거의 보인다고 느껴질 정도로 강렬한 에너지가 작용해 생긴 것일 테니까.

프로이트에 따르면, 이 심리적 에너지는 우리 안에 무제한적으로 있는 게 아니라 일정한 양이 어느 정도까지만 주어지기 때문에 아무렇게나 남발할 수 있는 것이 아니다. 에너지의 양이 한정되어 있기 때문에 경제적으로 사용해야 한다는 말이다. 즉 아껴야 한다는 말이다. 그래서 누군가를 열렬히 사랑하면 우리 안에 있는 심리적 에너지를 그 사람에게 쏟는 것이기 때문에 다른 사람에게 쏟을 여력이 없어지게 된다. 이것이 한 사람을 열렬히 사랑하면서 동시에 다른 사람을 같은 강도로 사랑하는 것이 불가능한 이유다.

우리가 사랑하는 누군가가 죽어서 우리 곁을 떠나면 그와의 감정적 고리를 끊음으로써 그에게 투자했던 심리적 에너지를 회수해 다른 사람한테 다시 투자해야 한다는 프로이트의 애도이론은 심리적 에너지가 제한적이라는 생각을 전제로 한다. 물론 에너지를 회수하는 일이 쉽다는 말은 결코 아니다. 누구한테 사소한 물건을 주었다가 회수하는 일도 어려울진대, 스스로가 좋아서 다른 사람에게 쏟았던 사랑의 에너지를 거둬들이는 일은 말해 무엇하랴. 아무리 죽음으로 이별을 했다 하더라도, 사랑을 하다가 거둬들이는 게 얼마나 어려운 일일 것인가. 프로이트가 생각한 것과는 다르게, 에너지를 회수하는 것이 가능한지 여부도 확실치 않다. 그리고 비록 가능하다고 해도, 오랜 세월에 걸쳐 행해져야 하는 어려운 일이다. 프로이트도 그 일을 "엄청나게 고통스러운" 일이라고 했다.

프로이트의 애도이론은 그가 주장한 심리이론 중에서 가장 명확하지 못하고 애매한 이론이어서 논란의 여지가 얼마든지 있지만, 사랑하는 사람을 죽음의 세계로 떠나보낸 사람이 겪어야 하는 "엄청나게 고통스러운" 감정의 회오리를 과학과 논리의 차원에서 접근하면서, 살아남은 사람이 '정상적인' 삶을 살아가기 위해서는 어떻게든 그 슬픔을 극복하고 이승을 향해 눈과 마음을 돌려야 한다는 점을 역설하고 있다는 점에서 음미할 가치가 있다. 복잡하고 사변적인 용어를 사용해가며 설명하고 있지만, 프로이트가 애도이론을 통해 말하고자 하는 바는 그리 복잡한 게 아니다. 사랑하는 사람을 잃은 슬픔의 강물에 휘말려 스스로도 죽음의 세계로 떠밀려 가지 말고 어떻게든 살아남으라는 것이다. 죽음은 되돌릴 수 없는 것이니 그걸 현실로 받아들이고 살아남으라는 것이다.

그런데 문제는 사랑하는 사람이 더 이상 이 세상에 존재하지 않게 된 현실을 머리로는 알아도 가슴으로는 받아들이지 못한다는 데 있다. 머리와 가슴이 현실을 받아들이는 것이 이토록 다른 것이다. 죽음 앞에서처럼 머리와 가슴이 이렇게 따로 노는 경우도, 둘 사이의 거리가 이렇게 먼 경우도 드물지 않을까 싶다. 나이가 아무리 들고 세상사에 대해서 아무리 잘 알아도, 사랑하는 이의 죽음 앞에서는 머리와 가슴이 따로 노는 것이다. 사랑하는 사람(들)이 언젠가는 우리 곁을 떠나야 한다는 명명백백한 사실을 머리는 인정하지만, 가슴은 인정하지 않으려 한다. (머리와 가슴의 조화나 화해는 이쪽에서 가든 저쪽에서 오든 그 사이에 있는 해부학적 장애물을 넘어야 가능한 건지도 모른다. 가는 길에 숨이 막힐 수 있고[기관지, 폐], 입이 마르고 목이 메일 수도 있고[입, 식도], 눈물이나 콧물도 나올 수 있을 것이다[눈, 코]. 어쩌면 빨리 가려 할수록 장애물은 더욱 넘기 힘든 것일지 모르고, 이것이 애도에 시간이 걸리는 이유인지도 모른다.)

이렇듯 어른도 죽음 앞에서는 힘들어하는데, 사랑하는 사람의 죽음을 견뎌야 하는 게 어린아이라면 어떨까. 가령, 어머니를 잃은 아홉 살짜리 어린아이의 마음은 어떨까. 사랑하는 어머니가 더 이상 존재하지 않는다는 사실을 과연 받아들일 수 있을까. 프로이트 식으로 말해, 어머니에게 쏟았던 에너지를 회수하여 다른 사람에게 다시 투자한다는 게 애당초 말이나 되는 소리일까. 이 세상에 누가 어머니를 대체할 수 있을까. 어떻게 어머니가 또 있을 수 있을까. 플래너리 오코너Flannery O'Connor의 중편소설 「절름발이가 먼저 들어가리라The Lame Shall Enter First」는 어린아이가 어머니의 죽음을 어떻게 견뎌내는지, 아니 더 정확하게 말하면 그걸 견뎌내지 못하고 어떻게 비극적인 상황으로 치닫는지에 관한 이야기다.

이 소설에 등장하는 소년은 노턴이라는 이름의 "땅딸막하고 금발머리인 열 살짜리 소년"이다. 그의 어머니는 그가 아홉 살이었을 때 그를 두고 떠났다. 어머니를 잃은 후, 그는 아버지와 같이 살고 있다. 그나마 물질적으로는 별로 부족할 것이 없다는 게 위안이라면 위안이다. 단조로운 일상이 반복된다. 도시의 레크리에이션 국장으로 일하는 그의 아버지 세퍼드는 토요일마다 소년원에 가서 거기에 수감된 소년들에게 카운슬링을 해준다. 굳이 할 필요가 없음에도 좋아서 하는 자원봉사다. 루퍼스는 그가 카운슬링을 해주는 소년 중 하나다. 그는 방화, 강도, 폭력 등 다양한 사건에 연루되어 1년 형을 살고 있는데, 노턴보다 네 살이 많은 열네 살이다. 그는 한쪽 발이 기형이어서 제대로 걷지도 못한다. 가정환경도 열악하기 짝이 없다. 어머니는 감옥에 갇혀 있고 아버지는 그가 태어나기도 전에 죽었다. 이른바 결손가정의 아이다. 감옥에 들어오기 전에는 초라한 오두막에서 할아버지한테 얻어맞으며 살았고, 감옥에서 나가면 할아버지 밑으로 다시 들어가 똑같은 삶을 살게 돼 있다. 세퍼드는 그러한 루퍼스가 안쓰러워 감옥에서 나오면 찾아오라고 자신의 집 열쇠를 준다. 수감생활이 끝난 후에도 돌봐주고 싶은 마음에서다. 폭력범인 소년에게 선뜻 자신의 집 열쇠를 맡길 사람이 어디 있겠냐만, 세상의 어느 것보다 남을 돕는 일을 우선시하는 셰퍼드에게는 그것이 그리 어려운 일은 아닌 것처럼 보인다.

그런데 문제는 그 과정에서 정작, 어머니를 잃고 하루하루를 겨우겨우 살아가고 있는 자신의 아들은 소홀히 한다는 데 있다. 소홀히 하는 정도가 아니라 때로 학대를 하는 것처럼 보이기도 한다. 그는 아들을 루퍼스와 비교하며 이렇게 몰아친다. "너한테는 건강한 몸과 좋은 집이 있다. 너는 진실 외의 것은 배운 적이 없다. 그리고 네 아빠는 네가 필요로 하고 원하는 모든 것을 너한테 준다. 너한테는 너를 때리는 할아버지도 없다. 그리고 네 엄마는 교도소에 있지도 않다." 몸도 안 좋고 좋은 집도 없고 필요한 걸 줄 아버지도 없는 루퍼스 같은 아이를 생각하며 행복한 줄 알라는 소리다. 감지덕지하며 살라는 소리다. 그러나 아이는 그의 생각과는 반대로 격렬하게 대응한다. "엄마가 교도소에 있으면 가서 만날 수라도 있잖아요." 아이의 입장에서 보면, 좋은 집도, 건강한 몸도 다 필요 없고 감옥에 있더라도 어머니가 이 세상에 있었으면 싶은 것이다. 세상을 보는 눈이 이렇게 다를 수가 없다. 자기 위주로 세상을 보는 아버지는 이 세상에 없는 어머니를 그리며 우는 아들을 이해할 수 없다. 죽은 지 1년이 넘었으니 이제는 잊어야 한다는 것이다. 그는 "아이의 슬픔이 그렇게 오래 지속되어서는 안 된다"며 아이가 루퍼스의 어머니에 관한 얘기를 듣고 1년 전에 죽은 자신의 어머니를 떠올리며 울고불고하는 것이 "정상적인 슬픔이 아니라" 자신만을 생각하는 이기적인 성격에서 비롯된 것이라고 생각한다. 이기적인 성격을 버리면 어머니도 충분히 잊을 수 있다는 논리다. "네 자신에 대해서 생각하는 걸 그만두고 다른 사람을 위해서 네가 뭘 할 수 있는지를 생각하면 네 엄마를 그리워하지 않게 될 거다." 그는 아내를 잃은 슬픔을 루퍼스와 같은 아이들을 돕는 일로 대신하는 자신의 삶을 아들에게도 강요하는 것처럼 보인다.

얼핏 생각하면, 슬픔을 이타적인 행위로 대신하고 아들에게도 그러한 삶을 살라고 주문하는 것은 고귀해 보일 수도 있다. 사랑하는 사람을 잃은 슬픔에 짓눌려 사는 것보다는 그 슬픔을 딛고 어려운 사람들을 돕고자 하는 마음을 갖기가 쉬운 일은 아닐 것이기 때문이다. 루퍼스라는 아이가 쓰레기통을 뒤져 먹고사는 가엾은 아이이기에 그러한 이타적 행위가 더욱 고귀해 보일지 모른다. 그러나 셰퍼드가 여기에서 간과하고 있는 것은 아들의 슬픔이 머리가 아니라 가슴으로 접근해야 하는 것이며, 자신의 아들이 어머니의 죽음을 쉽게 현실로 받아들일 수 없는 열 살짜리 어린애에 불과하다는 사실이다. 그가 간과하고 있는 또 다른 것 중 하나는 1년 전에 세상을 떠난 어머니를 그리는 아들의 슬픔이 그가 생각하는 것과 다르게 지극히 "정상적"이라는 사실이다. 비정상적인 것은 그런 아들을 보듬어주지 못하는 그이지, 어머니의 죽음을 슬퍼하는 어린 아들이 아닌 것이다. 비정상적인 것은 자신의 집에 들어와 집 안을 휘젓고 다니며 어머니의 소중한 유품을 함부로 만지는 루퍼스에 대해 적개심을 드러내는 아들이 아니라, 그러한 아들을 이해하지 못하는 아버지인 것이다. 셰퍼드는 아내를 잃은 슬픔을 이타적인 행위로 대체해 살고 있다고 말하지만 그것은 머리에서 나오는 말이지 가슴에서 우러나오는 말이 아니다. "너는 나 역시 네 엄마가 없으니 외롭다고 생각하지 않니? 내가 네 엄마를 전혀 그리워하지 않는다고 생각하니? 나도 그립다. 하지만 나는 침울하게 앉아 있지만은 않잖니? 나는 다른 사람들을 돕느라 바쁘단 말이다." 그의 말이 어딘지 겉도는 것처럼 느껴지는 것은 일차적으로는 자신의 슬픔과 대면하여 고통스러운 애도의 나날을 보내지 못하는 그의 무능력 때문이고, 이차적으로는 속울음을 울지 않고는 지난 1년 동안 단 하루도 살 수 없었던 아들의 슬픔을 다독여주지 못하는 아버지로서의 무능력 때문이다. 잔인한 말이긴 하지만, 고통스러워하고 슬퍼할 줄 아는 것도 능력이라면 능력일지 모른다.

일부러 사고를 치고 위악을 일삼는 루퍼스가 자신을 도

와주려고 하는 셰퍼드의 허위를 쉽게 간파해내는 것은 그의 행위에 진정성이 결여되어 있다는 걸 본능적으로 감지한 결과다. 그는 노턴에게 그에 대해 이렇게 말한다. "야, 너 어떻게 견디니? 자기가 예수 그리스도라고 생각한다니까!" 자신이 예수 그리스도라도 되듯 말하고 행동하는 아버지를 어떻게 참고 살아가느냐 하는 질문이다. 그 물음에 답변을 하지는 않지만, 노턴이 아버지를 대하는 태도를 보면 어머니 없이 아버지하고만 살아가는 것이 그에게 얼마나 힘든지를 어렵지 않게 알 수 있다. 여하튼, 루퍼스는 싫다고 거절하는데도 자신을 돕겠다고 덤비는 셰퍼드가 도무지 못마땅하다. 애정이 필요한 사람은 루퍼스가 아닌 자신의 아들 노턴인데, 셰퍼드는 한사코 싫다고 하는 루퍼스에게만 애정을 쏟는다. 이 소설의 제목이 "절름발이가 먼저 들어가리라"인 것은 성경 구절을 약간 비틀어, 애정이 필요한 노턴 대신 절름발이인 루퍼스가 셰퍼드의 애정 속으로 "먼저 들어갔다"는 아이러니컬한 이유에서다. 그 속으로 먼저 들어갔어야 하는 사람은 루퍼스가 아니라 노턴이었다.

셰퍼드가 루퍼스를 집에 묵게 하려고 내세우는 명분도 대단히 잘못된 것이다. 그는 루퍼스에게 말한다. "노턴은 지금까지 누구와 어떤 것을 나눌 필요가 없었단다. 그래서 나눈다는 것이 어떤 의미인지 모른단다. 그런 걸 가르쳐줄 사람이 필요하다. 나 좀 도와줄래? 여기에서 잠시만 살아다

오, 루퍼스. 네 도움이 필요하다." 이는 노턴의 입장에서 보면 대단히 모욕적인 말이다. 그것도 그가 모든 말을 낱낱이 듣고 있는 상황에서 하는 말이기에 더욱 모욕적이다. 셰퍼드의 말은 그가 아들을 어머니의 부재를 감당하지 못해 몸부림을 치는 아이가 아니라 이기적이고 우둔하기까지 한 존재로 생각하고 있다는 걸 적나라하게 보여준다. 그는 한술 더 떠서, 자신이 원하는 바를 관철시키기 위해 아들에게 폭력을 행사하기까지 한다. 어머니가 쓰던 침대에서 루퍼스가 자게 된다는 걸 알고 노턴이 울고불고 난리를 치자 그는 매질을 한다. 그렇지 않아도 조심스럽게 접근해야 할 민감한 문제에 폭력까지 개입되는 것이다. 그렇게 해서 루퍼스는 셰퍼드의 의지대로 노턴과 한지붕 밑에서 살게 된다.

셰퍼드는 루퍼스에게 먹고 자는 곳을 제공하는 데 그치지 않고 그가 세상을 바라보는 안목을 넓혀주려고 한다. 그래서 생각해 낸 것이 망원경이다. 그는 루퍼스에게 천체망원경을 사준다. 그것으로 우주의 신비를 엿보고 원대한 꿈을 갖게 되었으면 싶어서이다. 결손가정의 소년이 장차 우주비행사가 되어 달나라도 가보고 하는 꿈을 꿨으면 싶어서이다. 그러나 망원경은 루퍼스의 안목을 넓혀주기는커녕 그의 냉소적인 면을 더욱 강화시키고, 급기야 노턴에게 파괴적인 영향력까지 행사하는 계기가 된다. 셰퍼드가 망원경을 통해 달을 보며 언젠가 "너도 우주비행사가 되어 달에 가게 될 수 있다"라고 하자, 루퍼스는 달에 가고 싶지 않다며 자기는 죽으면 지옥에 가서 불에 활활 탈 것이라고 말한다. 그 말을 듣고 노턴이 셰퍼드에게 다가가 자기 어머니도 지옥에서 "불에 타고 있느냐?"고 묻는다. 그러자 셰퍼드는 "네 어머니는 어디에도 있지 않다"라고 말한다. 즉 "존재하지 않는다"는 것이다. 그런데 어머니가 "어디에도 있지 않고" "존재하지 않는다"는 말에 노턴은 질겁한다. 그에게는 어머니가 "어디에도 없는 것보다는 지옥에 있는 것이 더 낫다". 그렇다면 적어도 살아 있는 것이기 때문이다. 지옥에서 고통을 당하고 있을지라도 살아 있으니까 결국 만날 수 있을 것이기 때문이다. 노턴은 아버지의 말을 믿을 수 없어 하며 루퍼스를 향해 돌아서서 자신의 어머니가 어디 있는지 묻는다. 그러자 루퍼스는 그의 어머니가 하늘 높은 곳에 있고 "그곳에 가려면 죽어야 한다"며 "지금 가면 네 엄마가 있는 곳에 갈 수 있지만, 오래 살면 지옥에 갈 거야!"라고 말한다. 그러자 노턴은 루퍼스의 말을 액면 그대로 믿고, 망원경을 열심히 들여다보던 어느 날, 그는 별들 사이에서 자신을 향해 팔을 흔드는 어머니를 찾아낸다. 그는 "망원경으로 별 외에는 볼 수 없다"는 아버지의 말에 "엄마가 저기에 있어요! 나를 향해 손을 흔들었어요!"라고 말하며 팔을 흔든다. 미친 것이다. 어머니를 향한 슬픔과 그리움에 미친 것이다.

그러는 사이, 셰퍼드는 루퍼스한테 갖은 공을 다 들이지만 결국 실망만 하게 된다. 루퍼스가 그의 선의에 번번이 악의와 배신으로 응수한 결과다. 루퍼스는 일부러 남의 집 기물을 파손하고 도둑질을 하고 폭력행위를 함으로써 셰퍼드의 진정성을 시험하고, 그 시험을 견디지 못한 셰퍼드는 결국 환멸에 이르게 된다. 루퍼스는 심지어 노턴을 데려가 자신이 가게에서 성경을 훔치는 일을 지켜보게 하고, 그 성경을 집으로 가져와 같이 읽기까지 한다. 그렇게 공을 들였음에도 빈정거림과 배반과 냉소밖에 돌아오는 게 없자, 셰퍼드의 인내심이 바닥에 닿는다. 그러자 이제는 루퍼스를 만나지 않았더라면 싶고, 루퍼스가 자발적으로 집에서 나가줬으면 하는 마음이 된다. 그렇게 해서 루퍼스는 집을 나가고 보란 듯 감옥으로 끌려간다. 엄마를 잃은 아들을 자기만 생각하는 이기적이고 못난 녀석이라고 힐난하며, 오히려 다른 아이를 자신의 아들로 삼으면서 애정을 쏟은 것이 그처럼 참담한 결과로 이어진 것이다.

여기에서 긍정적인 것은 루퍼스라는 아이의 위악적인 말과 행동을 통해 셰퍼드가 자신의 잘못을 깨닫고 지금부터라도 "모든 걸 만회하려고" 노턴에게 좋은 "아버지이자 어머니"가 되겠다고 다짐한다는 것이다. 그는 많은 걸 깨달은 것처럼 보인다. 드디어 눈을 뜨고 현실을 있는 그대로 보기 시작한 것이다.

그러나 불행하게도 시간은 셰퍼드의 편이 아니다. 다락

에 올라가 보니 망원경과 삼각대는 바닥에 넘어져 있고, 허공에 아이가 매달려 있다. 지금 죽으면 어머니가 있는 곳으로 갈 수 있다는 루퍼스의 말을 믿고 목을 맨 것이다. 하늘에 있는 어머니를 만나러 "공중으로 날아오른 것"이다. 만족스러운 논리는 못 되지만 프로이트 식으로 얘기하면, 노턴의 자살은 어머니한테 투자했던 심리적 에너지인 리비도를 회수하지 못하고 우울증에 걸려서 생긴 결과라고 할 수 있을지 모른다. 아니, 그렇게 복잡하게 설명할 것도 없이, 그것은 어머니와의 이별로 인해 생긴 슬픔의 강물에 떠내려가기를 스스로 택한 결과다. 그의 아버지는 아들이 슬픔의 강물에 빠져 떠내려가는 상황이었음에도, 자신이 내민 손길에 도리질을 하는 다른 아이를 자기 자식보다 더 위함으로써("나는 아무것도 비난받을 게 없어. 내 자식을 위해서 했던 것보다 그[루퍼스]를 위해 더 했으니까.") 자식을 죽게 방치한 셈이다. 그렇지 않아도 어머니의 죽음으로 인한 아이의 마음속 상처가 평생 지속될지 모르는데, 셰퍼드는 죽은 지 1년 정도밖에 되지 않은 어머니를 잊으라고 아이를 다그치며 죽음의 벼랑으로 몬 것이다. 따라서 아이를 죽게 만든 것은 루퍼스가 아니라 아버지다. (사실, 루퍼스는 아버지와 아들, 즉 셰퍼드와 노턴이 죽음을 대하는 서로 다른 방식과 그들 사이의 갈등을 부각시키기 위해 의도적으로 과장되게 설정된 인물이라고 할 수 있다. 그가 자신을 좋은 길로 이끌려고 노심초사하는 셰퍼드에게 무슨 원한이 있기라도 하듯 악의적으로 응수하는 것은 이러한 이유에서다. 오코너의 소설에는 이런 인물이 종종 등장한다. 「좋은 사람은 찾기 어렵다A Good Man Is Hard to Find」에서 특별한 이유 없이 사람을 하나씩 차례로 죽이는 미스핏Misfit이라는 인물은 대표적인 경우다.)

그렇다고 셰퍼드가 비정한 사람이라는 말은 결코 아니다. 그는 열악한 상황에 처한 가엾은 아이들을 자진해서 돌보려 한 선한 사람이다. 굳이 그럴 필요가 없음에도 일이 없는 토요일이면 소년원을 찾아가 인생 상담을 해주고 어린 수감자들이 더 나은 삶을 살도록 충고를 아끼지 않은 사람이다. 문제는 그가 아내의 죽음으로 인해 생긴 공허를 회피하는 방편으로 그러한 이타적 행위를 선택했다는 데 있다. 소설에 나오는 표현을 빌리자면, 그는 "폭식가처럼 선한 행위들로 자신의 공허를 채우려고 했다". 그리고 자신이 "생각하는 바를 만족시키려고 자식을 소홀히 했다". 고통을 고통으로, 슬픔을 슬픔으로 느끼지 못하고 사적인 영역의 고통과 슬픔을 공적인 영역의 이타적 행위와 맞바꾼 것이다. 오코너의 말처럼, 인간이 느끼는 "최악의 고통은 고통을 느끼지 못하는 것"일지 모른다. 이는 작가가 그녀의 오랜 친구였던 베티 헤스터Betty Hester에게 보낸 편지에서 전혀 다른 맥락으로 한 말이지만, 아내의 죽음이 몰고 온 고통을 고통으로 느끼지 못하고 그로 인해 어린 아들이 느끼는 고통마저 무감각했던 셰퍼드에게 적용해도 무방한 말이 아닐까 싶다. 그렇다. 그의 문제는 고통을 고통으로 느끼지 못하는 데 있었다. 그래서 아들을 이기적이라고 몰아쳤던 것이다. 어머니를 잃은 슬픔의 강물에 빠져 허우적거리는 아들을 이해하지 못하고 우격다짐으로 이타적 삶을 강요하는 그가 그렇게 미울 수 없다가도, 소설의 막바지에서 아내의 죽음도 제대로 애도하지 못한 그에게 아들의 죽음을 애도해야 하는 짐까지 얹히는 걸 보면 우리의 미움은 짠하고 안쓰러운 마음으로 바뀐다. 그래서인지 아들이 가엾은 아버지를 이해해줬더라면 어땠을까 하는 마음이 문득 들기도 한다. 그러나 이건 '문득'일 뿐이다. 그런 걸 기대하기에는 아이의 나이가 너무 어리니까, 이해를 해야 하는 쪽은 아이가 아니라 어른일 테니까.

프로이트의 말이 금과옥조는 아니더라도, 사랑하는 사람이 죽음의 세계로 물러나면 그 사람에 대한 모든 기억과 희망과 갈망을 다시 음미해야 한다는 그의 말에는 일리가 있는 것처럼 보인다. 그것이 고인을 되살리고자 하는 마음으로부터 자유로워지는, 그러니까 고인으로부터 심리적 에너지를 되찾아오는 유일한 길이라는 말까지 맞는다고 할 수는 없을지 모르지만(프로이트의 생각과는 다르게, 그가 제안한 방식은 결과적으로 고인을 잊기 위한 것이 아니라 오히려 기억하기 위한 방편이 될지 모른다), 고통을 외면하는 것이 해결책이 아니라고 본 것은 맞는 게 아닐까 싶다. 이런 의미에서 보면, 근본적인 원인이 무엇인지를 찾아 해결하려 하지 않고 뱃속에서 느껴지는 허기를 먹는 것으로 채우려고 폭식을 하는 사람처럼, 아내의 죽음으로 인해 생긴 공허를 "선행으로 채우려고 했던" 셰퍼드는 대단히 비정상적인 사람이다. 그래서 아내가 쓰던 방을 소년원에서 만난 루퍼스에게 아무렇지 않게 넘겨주는 그보다는, 낯선 아이가 어머니의 침대를 사용하는 걸 반대하다가 두들겨 맞고, 어머니가 사용하던 빗을 함부로 사용하고 그녀가 입던 코르셋을 입고 흑인 파출부와 춤을 추는 걸 신성모독쯤으로 여기고 루퍼스를 일러바치는 노턴이 훨씬 정상적이다. 셰퍼드의 생각과 달리, 노턴이 어머니의 물건과 그녀에 대한 기억에 집착하는 것은 이기적이어서가 아니라, 치유가 되지 않은 상태로 마음속 어딘가에 고스란히 남아 있을, 그러기에 더욱 보듬어줘야 하는 상처 때문이다. 오히려 이기적인 쪽은 슬픔에 눌려 점점 더 자폐적이 되어가는 아들이 아니라 "아무도 돌보지 않는 아이들을 도와주며" 자기만족을 느끼는 아버지였다. 따라서 그가 아들을 이기적인 놈이라고 욕할 때, 그것은 아이러니컬하게도 아들이 아니라 자신한테 돌려야 하는 욕이었다. 셰퍼드는 가슴으로 응대해야 하는 아들의 슬픔을 머리로만 접근하고자 했고,

그 결과는 아들의 죽음이었다. 슬퍼해야 할 때 슬퍼하지 못하고, 고통스러워해야 할 때 고통스러워하지 못하고, 나아가 아들의 슬픔까지도 자신의 것만큼이나 외면하면서까지 모든 걸 머리로만 해결하려 했던 것이 비극의 씨앗이었다.

셰퍼드의 비극은 사랑하는 사람을 잃은 슬픔이란 피하거나 미루거나 방치할 게 아니라 맞닥뜨리고 응시하고 견뎌내야 하는 것임을 우리에게 깨닫게 해준다. 슬프면 슬퍼해야 하고, 아프면 아파해야 하고, 외로우면 외로워해야 한다. 또한 그의 비극은 사랑하는 사람을 잃은 사람의 슬픔은 탓할 게 아니라 해가 가고 달이 가도 다독이고 또 다독여야 하는 것임을 우리에게 깨닫게 해준다. 애도는 머리가 아니라 가슴의 문제고, 논리가 아니라 감정의 문제이다. 그리고 마침표가 쉽게 찍히지 않는 것이, 아니 마침표를 쉽게 찍지 않으려 하는 것이 애도의 본질이다. 애도는 잊기 위해서가 아니라 잊지 않기 위해서 하는 것일지 모르고, 시간이 흐르면서 자꾸 희미해져가는 기억과의 싸움일지 모른다.

눈물에서
시작되는
애도

—시이드의 사랑과 빌러비드의 유령

사랑하는 사람에 대한 애도는 눈물에서 시작된다. 물이 우리의 몸을 씻어주듯, 눈물이 우리의 마음속 응어리를 온전히는 아니더라도 어느 정도까지는 씻어주기에, 우리는 삶의 언저리 어딘가에서 겪어야 하는 상실의 고통을 견딜 수 있게 된다. 눈물은 일종의 약인 셈이다. 이 약이 없다면 우리는 상실감과 슬픔에 미쳐버릴지 모른다. 단 한 번에 그 상실감과 슬픔을 해결해주지 못하니 비효율적이고 비경제적이긴 하지만, 이것이나마 있어서 우리의 삶은 그래도 살 만한 게 아닐까 싶다. 약에 의지하여 세월을 보내다 보면, 주체할 수 없이 흐르던 눈물도 어느덧, 흐르지는 않고 그저 핑그르르 도는 정도인 눈물이거나 그것도 아니라면 가슴만 싸해지는 상태로 바뀌어 있을지 모른다. 눈물에서 시작된 애도는 바로 이 지점에서 완성되는 것일지 모른다. 아니, 어쩌면 완성이라는 건 없는지 모른다. 세월의 켜가 아무리 쌓여도 그리움은 고스란히 남아 가끔씩은 우리의 가슴을 싸하게 만들 것이기에.

그런데 앞의 말을 뒤집으면, 눈물이라는 약 없이는 애도가 어렵다는, 아니 어쩌면 가능하지 않을 수 있다는 말이 된다. 문제는 이 약이 약이기는커녕 무용지물이 될 때가 있다는 것이다. 다리가 휘청거리는 정도가 아니라 존재의 기둥뿌리가 흔들릴 만큼 극단적인 정신적 충격 앞에서는 눈물이고 뭐고 소용이 없게 된다. 눈물도 나오지 않고, 술술 나오던 말도 나오지 않는다. 울고 싶지 않아서가 아니라 울고 싶어도 울 수 없는 탓이다. 말을 하고 싶지 않아서가 아니라 말을 하고 싶어도 할 수 없는 탓이다. 그래서 가장 안쓰러운 사람은 존재의 기둥뿌리가 흔들리는 충격에 말은 물론이고 눈물까지 잃어버린 사람인지 모른다. 세월이 아무리 흘러도 그 상처가 날것으로 남아 있어 눈물 한 방울 흘릴 수 없는 사람인지 모른다. 얼마나 가슴이 미어지면, 아니 찢어지면 눈물 한 방울 나오지 않겠는가. 애도의 시작이 되어줄 눈물 한 방울이.

그런 사람이 울지 않는 것은 울음이나 애도 자체를 거부하기 때문인지도 모른다. 사랑하는 사람을 저세상으로 떠나보내는 울음을 울기에는, 즉 애도를 시작하기에는 충격이 너무 큰 탓이다. 죽은 사람을 저세상으로 떠나보내기는커녕 무슨 수를 쓰더라도 기어코 살아 있게 해야 할 정도로 충격이 큰 탓이다. 그런 사람에게 어떻게 눈물이 가능할 것이며 애도가 가능할 것인가.

*

가령, 젖도 채 떼지 않은 딸을 죽여야 했던 어머니의 경우를 상상해보자. 미워서가 아니라 사랑하기 때문에 그랬다고 하지만, 그래도 죽인 건 죽인 거다. 그 어머니에게도 눈물은 약일까. 아니, 그 어머니의 눈에서 눈물이라는 게 나올까. 그 어머니에게도 애도는 가능할까. 이것이 1993년도의 〈노벨문학상〉 수상자인 토니 모리슨Toni Morrison이 1987년에 발표한 소설 『빌러비드Beloved』에서 제기하는 질문이다. 이야기의 실타래가 복잡하게 꼬여 있어 처음에는 그 가닥을 잡아내기가 다소 힘들지만, 이 소설이 제기하는 질문은 이처럼 의외로 간단한 거다. 이 어머니처럼 극단적인 경우에도, 눈물과 애도가 가능하겠느냐는 거다.

이 질문에 대한 모리슨 자신의 답변을 미리 얘기하자면, 그 어머니의 경우에 눈물과 애도는 가능할 수도 있고 가능하지 않을 수도 있다는 것이다. 소설의 처음을 보면 가능하지 않을 것처럼 보인다. 어머니가 딸의 귀신과 함께 지난 18년간을 살아온 것으로 나오기 때문이다. 딸의 귀신과 같이 산다는 말은 딸의 죽음을 아직도 현실로 인정하지 않고 있다는 말이다. 애도가 시작되지도 않은 상태인 것이다. 애도는 사랑하는 이가 더 이상 여기에 없는 가슴 아픈 현실을 인정하는 (속)울음을 우는 것에서부터 시작되기에 그렇다. 그런데 이와 달리, 소설의 끝을 보면 애도가 가능할 것 같기도 하다. 어머니가 딸의 귀신을 떠나보내고 가슴이 미어지는 울음을 처음으로 울기 때문이다. 울 수 있다는 건 애도의 작업이 비로소 시작될 수 있게 됐다는 의미다. 그러나 소설의 역학상, 서두보다는 말미에 의미중심이 있기 때문에 애도의 가능성 쪽에 무게가 더 실리는 건 분명하지만, "당신이 가장 소중해"라고 하는 남자의 말에 여자가 "내가? 내가?"라고 반문하는 걸 보면, 가능성은 열려 있되 애도는 여전히 불확실한 미래형인 것처럼 보인다. 딸의 죽음을 섣불리 애도하기에는 딸을 사랑해서 저지른 행동이 불러온 가슴속 상처가 너무 큰 탓이다. 그리고 "가장 소중한" 어린 딸을 죽인 사람인데, 어떻게 자신이 "가장 소중하다"고 할 수 있느냐는 자의식과 죄의식 탓이다. "내가? 내가?"라는 자의식과 죄의식이 있는 한, 애도는 쉽게 시작되지도, 완성되지도 못할지 모른다. 그래도 희망적인 것은 지금까지는 울지 않았던, 아니 울 수 없었던 사람이 서럽게 울면서 다른 사람의 위로를 조금이나마 받아들일 수 있게 됐다는 사실이다. 눈물이 애도의 시작이기에.

그런데 그녀는 딸을 왜 죽였을까.

그녀의 이름은 시이드고, 그녀의 손에 죽은 딸의 이름은 빌러비드다. 시이드는 18년 전에 두 살이었던 빌러비드를 죽였다. 그것도 톱으로 목을 그어 죽였다. 어머니가 자식을 그토록 잔인하게 죽이다니 있을 수 없는 일이고 있어서는 안 될 일이었다. 그런데 있을 수도 없고 있어서도 안 되는 일이 사랑이라는 이름으로 일어난 것이었다.

왜 그랬을까.

시이드는 켄터키주에서 오하이오주(행정구역이 나중에 신시내티주로 바뀐다)로 혼자서, 그것도 만삭의 몸으로 도망친 노예였다. 두 아들(하워드와 버글러)과 딸(빌러비드)을 시어머니가 있는 곳으로 미리 빼돌리고 난 다음에 자신도 도망친 것이었다. 그녀는 도중에 아이(덴버)까지 낳으며 시어머니(베이비 석스)가 있는 곳에 겨우 도착했다. 그로부터 한 달(정확하게 말하면 28일) 후, "학교 선생"이라는 호칭으로 불리는 백인 주인이 그의 조카, 노예사냥꾼, 보안관과 함께 나타났다. "학교 선생"은 줄자로 노예들의 머리와 코, 엉덩이 둘레를 재고 치아의 개수를 세고 번호를 매기며 그들을 동물 취급했던 사람이었다. 반항하는 노예를 잔인하게 죽이는 걸 서슴지 않았던 사람이었다. 우리에서 달아난 양이나 염소를 잡아들이듯, 그 "학교 선생"이 시이드와 네 아이를 잡아들이려고 오자 시이드는 아이들을 데리고 도망쳤다. 그리고 그가 자신에게 접근해 오자 톱을 아이

의 목에 대고 버텼다. 그녀는 "학교 선생" 밑에서 짐승처럼
살게 하는 것보다는 차라리 자식들을 죽이고 자기도 죽는
게 낫다고 생각했다. 백인들이 뒷걸음질을 치는 사이, 시이
드는 아이들을 데리고 헛간 속으로 후다닥 들어갔다.

백인들이 조금 후에 들여다본 헛간 안의 풍경은 처참했
다. "두 아이는 여자 검둥이의 발치에 있는 톱밥과 먼지 속
에서 피를 흘리고 있었다. 여자는 한 손으로는 피투성이가
된 아이를 가슴에 껴안고 다른 손으로는 갓난아이의 발을
잡고 있었다." 빌러비드는 이미 죽은 상태였고, 여자는 "갓
난애를 판자벽에 패대기치려고 하다가 실패하자 다시 한
번 그러려고 하는 찰나였다". 그때 "늙은 검둥이가 어딘가
에서 나타나 그들 뒤에 있는 문으로 달려가더니 여자의 손
에서 아이를 낚아챘다". 스탬프 페이드라는 흑인이 그 와
중에서 덴버의 목숨을 살린 것이었다. 백인들은 기겁을 했
다. "도대체 저 여자가 왜 저러지?" 그들은 이 말을 중얼거
릴 뿐, 왜 그런 일이 벌어졌는지 도저히 이해할 수 없었다.
그들은 자기들의 수중에 들어가 동물 취급을 당하며 사는
것이 죽기보다 싫은 일이라는 걸 이해할 수 없었던 것이다.
"번식기가 적어도 10년은 더 남은" 여자를 더 이상 데려갈
수 없는 상황이 안타까울 뿐이었다.

그렇게 해서 빌러비드가 죽게 된 것이었다. 그나마 불행
중 다행이었다. 다른 세 아이들은 무사했던 것이다. 덴버는

스탬프 페이드라는 사람이 어미의 손에서 낚아채 살려냈
고, 두 아들도 어머니의 자포자기적인 폭력에 상처를 입긴
했지만 생명에는 지장이 없었다. 결국 시이드는 감옥으로
끌려갔다. 태어난 지 얼마 안 되는 덴버도 어머니를 따라갔
다. 시이드는 백인 노예폐지론자들이 구명운동을 해준 덕
분에 몇 달 후 집으로 돌아왔다.

그녀가 감옥에서 나오자마자 한 일은 죽은 딸의 무덤에
"빌러비드Beloved"라는 이름을 새긴 묘석을 세운 것이었다.
어머니의 손에 죽을 당시, 아이에게는 이름이 없었다. "빌
러비드"라는 말은 "dearly"가 앞에 붙어 "사랑하는 여러분
dearly beloved" 정도의 의미로 목사가 한 말인데, 시이드가 그
말을 자신의 딸을 지칭하는 "사랑스러운 아기"의 의미로 해
석하고 묘석에 새기려고 했던 것이다. 그런데 글자를 새겨
주는 사람이 dearly를 떼어내고 BELOVED만 새긴 것이었
다. 그때부터 죽은 아이는 빌러비드가 되었다. 이름이 아닌
것이 이름으로 둔갑하여 묘석에 새겨진 셈이다. 그마저도
묘석에 글자를 새겨주는 남자에게 10분 동안 몸을 팔고 나
서야 새길 수 있었던 이름이다.

이름이 붙여진 상황도, 이 이름이 새겨진 과정도 비참하
기 그지없다. 그래서 "빌러비드"는 이름이 아니라 이름의
부재不在를 가리킨다. 이름이 없다는 것은 정체성이 없다는
말이고, 이는 다시 애도가 가능하지 않다는 말이 된다. 누

군가가 죽어서 땅에 묻히면 남는 것은 이름뿐인데, 그 이름 말고 뭘 매개로 애도를 할 수 있겠는가. 우리는 이름을 통해 더 이상 이 세상에 없는 사람을 추억하고 기억한다. 그러니 이름이 없으면 그 사람에 대한 기억이나 추억, 그리움을 매개해줄 것이 없다는 말이다. 소설의 말미에 나오는 말처럼 "이름을 모르는데 어떻게 부를 수 있으랴". 김춘수의 「꽃의 소묘」에 나오는 말처럼, 이름을 불러줘야 꽃도 꽃이 되는데("내가 그의 이름을 불러주었을 때/그는 나에게로 와서/꽃이 되었다."), 사람이면 오죽하랴. 이름도 모르는데 어떻게 애도를 할 수 있으랴. 그래서 비유적인 의미에서 말하면, 빌러비드가 무덤 속에 갇혀 있지 못하고 귀신이 되어 시이드의 집을 떠도는 것은 이름이 없는 탓일지도 모른다.

*

『빌러비드』는 1873년 어느 날, 폴 디(백인들은 흑인들을 얼마나 사람 같지 않게 알았으면 한집에 사는 노예들의 이름을 폴 에이, 폴 디, 폴 에프라고 했을까!)라는 사람이 빌러비드의 귀신이 출몰하는 집에 나타나는 것으로 시작된다. 폴 디는 시이드가 켄터키에서 노예생활을 할 때 같은 백인 주인 밑에 있었던 사람이다. 그는 탈출을 하지 못하고 백인 주인의 폭력에 죽은 시이드의 남편 할리의 동료이기도 하다. 폴 디는 18년 만에 만난 시이드가 열여덟 살 먹은 덴버라는 딸과 함께 귀신 들린 집에서 살고 있으며, 그녀의 두 아들 하워드와 버글러는 귀신이 나오는 집이 싫어 도망가고 없고, 그녀의 시어머니이자 할리의 어머니인 베이비 석스도 더 이상 이 세상 사람이 아니라는 걸 알게 된다.

폴 디가 집 안으로 들어서자 "고동을 치는 붉은빛"이 쏟아진다. 그가 "어떤 악마를 여기에 들여놓은 거냐?"고 묻자, 시이드는 그건 악마가 아니라 그저 "슬픈" 귀신일 뿐이라고 대답한다. 실제로 폴 디는 빨간빛을 통과해 안으로 들어가다 "슬픔의 물결에 젖어 울고 싶은" 느낌을 받는다. 폴 디는 그 귀신이 8년 전에 죽었다는 베이비 석스의 귀신이라고 착각한다. 그러자 시이드는 그게 시어머니의 귀신이 아니라 오래전에 죽은 자기 딸의 귀신이라고 한다. 그러나 그녀는 왜 딸의 귀신이 나타났는지, 그리고 그 귀신이 왜 그렇게 슬픔으로 집 안을 가득 채우는지 말해주지 않는다. 폴 디가 그 내력에 대해 알게 되는 것은 다른 흑인이 건네준 18년 전의 신문기사를 통해서다.

당연히 폴 디는 시이드의 행동이 잘못된 것이었다고 생각한다("당신이 한 짓은 잘못된 것이었어, 시이드"). 그는 "발이 넷이 아니라 둘"임에도 짐승이나 할 법한 일을 했느냐며 그녀를 다그친다. 그러나 그녀는 그렇다면 "내가 그곳으로 다시 갔어야 한다는 말이냐? 내 아이들을 그곳으로 다시 데리고 갔어야 한다는 말이냐?"라고 반문하며 자신이 "아이들을 안전한 곳으로 보냈다"고 주장한다. 톱으로 아이의 목을 그어 죽게 했던 자신의 행동을 변호한 것이다. 폴 디가 "아들들은 사라졌고 당신은 그들이 어디로 갔는지도 모르고 있어. 딸 하나는 죽고 다른 하나는 마당을 벗어나지 못하고 있어. 그게 어떻게 잘된 거냐?" 하고 추궁하자, 그녀는 적어도 "학교 선생이 그들을 잡아가지 않았다"며 "내가 알고 있는 끔찍한 것으로부터 내 아이들을 구출하는 게 내가 할 일이었다"는 주장을 굽히지 않는다. 그녀에게는 "옅은 사랑은 사랑이 아니다". 어느 선까지만, 자신이 할 수 있는 것까지만, 인간에게 허용되는 정도까지만, 자식을 사랑하는 것은 사랑이 아니라고 본 것이다. 무슨 수를 써서라도 자식을 지켜내는 것이 그녀에게는 사랑이었다는 말이다. 사랑은 진하고 절대적이어야 한다는 말이다. 그녀에게는 그것이 사랑의 윤리다.

시이드와 폴 디 중 누가 옳을까.

주인의 손에 아이들과 함께 끌려가 짐승 취급을 받는 것보다는 다 같이 죽는 게 낫다고 생각한 시이드일까. 아니면 걸핏하면 입에 쇠재갈을 물고 있어야 했던 노예생활을 스스로 체험했으면서도 "무슨 수가 있었을 거야"라고 말하는 폴 디일까. "옅은thin 사랑은 사랑이 아니다"며 톱으로 아이의 목을 그었던 시이드일까. 아니면 "너무 진한thick 사랑은 안 된다"며 빌러비드의 귀신을 쫓아내려고 하는 폴 디일까. 이에 대한 작가의 답은 애도의 가능성에 관한 반응만큼이나 애매하고 양가적이다. 작가는 한편으로 보면 시이드가 옳은 일을 했고 또 다른 편에서 보면 "그녀에게는 그럴 권리가 없었다"는 애매한 입장을 취한다. "옳은 일을 했다"는 말은 자식들이 끌려가지 않게 하려고 했던 건 옳았다는 말이고, "그럴 권리가 없었다"는 말은 그럼에도 불구하고 자식을 죽인 것은 도를 넘어선 것이었다는 말이다. 결국 작가는 시이드와 폴 디 중 하나를 택한 게 아니라 두 사람의 손을 동시에 들어준다. 물론 폴 디의 생각이 훨씬 더 상식에 부합되는 것임은 물론이다. 인간이 다른 인간을 죽이는 것은 신의 영역을 침범하는 것이나 마찬가지다. 그러나 흑인들이 아프리카에서 짐승처럼 끌려와 살아야 했던, 짐승의 것보다 못했던 삶을 생각하면, 신이고 뭐고 따질 계제가 아니다. 바로 이것이 작가가 시이드의 손을 부분적으로나마 들어준 이유다. 이는 그녀의 행동이 옳았다고 추인하는 게 아니라 죽음보다 못한 노예의 삶을 자기 자식들이 살지 않게 하려는 그녀의 생각에 나름대로 근거가 있었다는 말이고, 폴 디가 그러한 것처럼 시이드를 마냥 비난할 수만은 없다는 말이기도 하다. 자식을 죽게 만들었지만, 사랑하기 때문이었으니 그렇다. 윤리의 문제가 여기에서 제기된다.

아프리카에서 노예로 잡혀 대서양을 건너오다가 죽은 노

예의 숫자가 어림잡아 6천만 명 이상이었다고 한다. 용케 살아남은 노예들은 소나 말이나 물건이 팔리듯 팔렸다. 같은 언어를 쓰는 사람은 분리되어 팔렸다. 그들이 자기들의 말로 소통하지 못하도록 하기 위해서였다. 자식은 젖을 떼자마자 다른 곳에 팔렸다. 아버지는 아버지가 아니라 번식을 위한 종마에 불과했다. 시이드는 그 폭력의 아가리 속에 아이들이 들어가는 걸 방관할 수 없었다. 자식을 죽이는 한이 있더라도 그것만은 막아야 했다. (시이드가 극단적으로 행동하게 만든 악랄한 백인 주인이 "학교 선생"이라 불리는 것은 대단히 아이러니컬하다. 학교 선생이란 본디, 진리와 정의의 편에 서서 그것들을 학생들에게 가르쳐야 하는 사람인데, 이 소설에 나오는 "학교 선생"은 어느 백인보다 더 비열하고 악랄하다. 작가는 "학교 선생"이라는 인물에게 악역을 맡김으로써 노예제도를 제도화하는 데 학교마저도 공모했다는 걸 넌지시 암시하고 있는 것처럼 보인다.)

그런데 어머니의 손에 목이 잘려 죽은 빌러비드는 죽은 게 아니었다. "잘못 죽은 사람들은 땅속에 가만히 있지 않는다"는 작중인물(엘라)의 말처럼(이 사람의 말에 따르면, 예수도 끔찍한 십자가형을 당해 죽었기 때문에 "땅속에 가만히 있지 않고" 다시 돌아왔다), 빌러비드는 무덤에 누워 있기를 거부하고 귀신이 되어 돌아왔다. 보이지는 않아도 집 안은 귀신의 흔적으로 가득했다. 거울이 부서지고 케이크에 손

자국이 나기도 했으며, 주전자가 엎어지기도 하고 '히어보이'
라 불리는 개의 다리가 부러지고 눈이 튀어나오기도 했다.
어머니에게 한을 품은 아기 귀신이 한 짓이었다. 아이가 어
머니의 손에 죽었으니 그 집이 온전할 리 없었다. 귀신이라
도 씌어야 했다.

그 사건으로 시이드의 가족은 만신창이가 되었다. 시이
드의 시어머니인 베이비 석스도 마찬가지였다. 그녀는 노예
생활에 시달렸던 흑인들을 위로하고, 백인들한테 천대받던
몸을 소중한 것으로 생각하고 사랑함으로써 인간으로서의
자신감과 정체성을 회복하라는 복음을 흑인들에게 전하며
살던 신앙심이 깊은 사람이었다. 그러나 그녀는 며느리가
손녀딸의 목을 그어 죽이는 걸 보고 신에 대한 믿음을 잃
어버렸다. 복음도, 하느님도 다 필요 없었다. 그걸 막지 못
한 자신이 한스러울 뿐이었다. 그런 일이 일어나도록 놔둔
하느님이 원망스러울 뿐이었다. 급기야 그녀는 마음의 문을
닫아버리더니 몇 년 후에 절망 속에 죽었다. 만신창이가 된
건 시이드의 자식들도 마찬가지였다. 두 아들은 어머니가
자기들을 죽이려 한 것에 충격을 받은 데다 귀신까지 나타
나 난동을 부리자 어디론가 도망쳐버렸고, 덴버는 다른 아
이들과 어울리지도 못하고 집 안에만 틀어박혀 있는 자폐
적인 아이가 되어버렸다. 시이드의 삶이 만신창이가 된 것
은 당연했다. 그녀는 귀신과 같이 18년을 살았다. 그녀는 집

에 귀신이 들어도 꿈쩍하지 않았다. 아니, 어쩌면 스스로가 귀신을 불러들였다고 하는 게 더 적절한 말일지 모른다. 폴 디는 그것도 모르고 빌러비드의 귀신을 쫓아냄으로써 시이드의 집을 "안전하게" 만들었다고 생각했다. 하지만 사실은 그게 아니었다. 시이드 스스로가 딸의 귀신을 불러들인 것이었다. 그녀는 딸이 죽었다는 걸 인정할 수 없었던 것이다.

그런데 18년간에 걸친 귀신과의 동거는 시이드의 과거와 관련이 있는 폴 디가 집에 오면서 와해되기 시작한다. 시이드가 "스위트 홈"(여기에서 "스위트 홈"이란 백인 주인의 집을 가리키는데 이 얼마나 아이러니컬한 말인가!)과 관련된 옛 기억을 환기시키는 폴 디를 만나면서 딸의 죽음을 비롯한 과거를 돌아볼 수 있게 되었기 때문이다. 시이드는 폴 디가 올 때까지는 이웃들은 물론이고 자기 자신한테도 과거를 감추고 살았다. 과거는 "말할 수 없는" 것이었다. 그의 딸 덴버가 과거에 대해 물을라치면 시이드는 "간단하게 대답하거나 종잡을 수 없는 말을 했다". 모든 건 상처였다. 그런 이야기들을 공유하기에 편하게 얘기를 할 수 있는 상대인 폴 디에게 얘기할 때도 그녀에게는 상처가 느껴졌다. 과거는 말로 할 수도 없고, 드러내고 싶지도 않은 상처였다. 그런데 문제는 상처가 햇볕에 노출되지 않고 자꾸 가려지기만 해서 낫지 않고 자꾸 덧난다는 것이었다.

시이드가 본격적으로 이야기를 하게 되는 건, 폴 디가 밖으로 모습을 드러내지 않는 빌러비드의 귀신을 두들겨 패집에서 내쫓고 나서 얼마 후, 빌러비드로 추정되는 여자가 시이드의 집에 들어오면서부터이다(귀신을 내쫓았다거나 귀신이 인간의 모습을 하고 나타났다는 얘기가 참으로 허황하게 들리지만 소설 속의 현실은 적어도 그렇게 돼 있다. 슬픔이 얼마나 컸으면 시이드는 귀신을 불러들였던 걸까. 그리고 슬픔이 얼마나 컸으면 폴 디가 내쫓은 귀신이 살아 있는 인간의 모습으로 다시 돌아왔을까. 감당할 수 없는 슬픔이 귀신을 불러들인 동인動因이었다). 시이드의 과거를 세세한 부분까지 알고 있고 시이드의 딸과 똑같이 이름이 빌러비드이며, 빌러비드가 살아 있으면 먹었을 나이를 먹었고, 빌러비드의 목에 난 것과 똑같은 상처가 목에 있는 걸로 보아, 그 여자는 빌러비드로 추정된다. 물론 다른 가능성도 배제할 수 없지만, 여기에서 중요한 것은 시이드가 그녀를 자신이 죽인 빌러비드로 받아들이고 있다는 것이다. 그리고 덴버도 그녀를 언니라고 생각하고 또 그렇게 부른다.

시이드는 빌러비드가 묻는 말에 답변하는 과정에서 자신의 과거를 얘기할 수 있는 동력을 얻는다. 그녀는 자신의 귀고리에 얽힌 사연도 얘기하고 여타의 다른 것들에 대해서도 얘기한다. 놀랍게도 그녀는 그런 "이야기를 하기 시작하자 자기가 그걸 얘기하고 싶어하고 그걸 좋아하고 있다는 걸" 알게 된다. 그녀는 빌러비드에게 자신의 행동이 어쩔 수 없는 것이었다며 변명을 하기도 한다. 여기까지는 긍정적이다. 그런데 문제는 두 사람 사이의 관계가 애틋함을 넘어 피아彼我를 구분하지 못하는 위험천만한 애증의 관계로 치닫는다는 데 있다. 빌러비드는 시이드의 목을 조르려고 하기도 한다. 시이드도 그렇고 빌러비드도 그렇고, 모두 미쳐 있다. 시이드는 죄의식으로, 빌러비드는 사랑에 굶주려 미쳐 있는 것이다. 그들이 서로를 파괴하는 행동으로 치닫는 것은 어쩔 수 없는 일이다. 자식의 귀신이라 해도, 귀신과의 동거가 어찌 그렇지 않으랴.

다행스럽게도 덴버가 그 상황을 더 이상 견디지 못하고 집을 뛰쳐나가 이웃들에게 도움을 청한다. 집 밖으로 나오지 않고 자폐적인 삶을 살던 덴버가 드디어 밖으로 나가 도움을 청하자, 그간 덴버의 가족을 방치한 것이 못내 마음에 걸리던 이웃들이 그녀의 청을 기꺼이 받아들인다. 그들은 "귀신이 귀신답게 물건을 흔들고 울고 뭘 부순다면" 어미(시이드)가 자식(빌러비드)에게 한 소행을 봐서 이해해줄 만하지만(이 귀신은 폴 디가 쫓아낸 귀신이다), 그렇다고 귀신이 "몸을 갖고 들어온다면 뭔가 크게 잘못된 것"이라고 생각한다. 그들의 상식적인 생각으로는, "아무도 원한을 갖고 식탁에 앉아 있는 성인 악마를 필요로 하지는 않는다". 그래서 사람들이 귀신을 쫓아내기 위해 시이드의 집으로 우르르 몰려간다.

그들이 집 밖에 도착할 무렵, 시이드는 송곳으로 얼음덩어리를 깨 만든 얼음물에 수건을 빨고 있다. 빌러비드의 이마에 얹어주기 위해서다. 그때, 시이드는 이웃 여자들이 몰려오는 것을 보고 빌러비드의 손을 잡고 방어적인 자세를 취한다. 문득, 사람들 너머로 말을 타고 오는 남자가 보인다. 순간적으로 시이드는 그 남자를 자신과 자식들을 잡으러 온 "학교 선생"으로 착각한다. 시이드는 송곳을 들고 그 사람을 향해 달려간다. 이는 18년 전에 "학교 선생"이 왔을 때, 그녀가 취했던 방식과는 사뭇 대조적이다. 그녀가 들고 있던 톱이 18년 전에는 자기 자식들을 향했던 것과 달리, 그녀가 들고 있는 얼음송곳이 이제는 자기 자식들을 잡아가려고 하는 남자를 향하고 있다. 물론 말을 탄 남자가 "학교 선생"이 아니라 그녀가 딸을 죽였을 때 구명운동을 벌여 교수형을 당하지 않게 해준 고마운 백인이어서 그녀의 공격적인 행동은 방향이 잘못돼도 너무 잘못된 것이지만, 여기에서 중요한 것은 그녀가 다시 한 번 자식을 보호하기 위한 행동을 취한다는 것이다. 위험을 본능적으로 감지한 덴버가 어머니의 손목을 잡고, 다른 여자들과 합세해 송곳을 빼앗는다.

그사이, 빌러비드는 어디론가 사라진다. 귀신이 집에서 나가버린 것이다. 그리고 그 혼란의 와중에서 시이드는 정신이 돌아온다. 귀신이 내쫓기면서, 아니 스스로 나가면서, 그녀를 정상으로 돌려놓은 것이다. 빌러비드가 나가게 된 연유가 무엇인지는 확실하지 않다. 빌러비드는 어머니가 자신을 방어하려고 얼음송곳을 휘두르는 걸 보며 어머니의 사랑의 진정성을 확인하면서 이제는 떠날 때가 된 거라고 생각했을지 모른다. 아니면 어머니가 사람들한테 둘러싸여 얼음송곳을 빼앗기는 걸 보며 어머니가 있을 곳은 살아 있는 사람들 곁이라고 생각하고 이제는 떠날 때가 된 거라고 생각했을지 모른다. 연유야 어떻든, 귀신이 더 이상 집에 있지 않게 된 것만은 확실해 보인다. 시이드가 흘리는 눈물보다 더 확실하게, 빌러비드의 귀신이 더 이상 집에 없다는 걸 증언해주는 것도 없다. "그 애가 떠났어." 그녀는 폴 디에게 이렇게 말하며 흐느끼기 시작한다. 빌러비드가 죽고 18년이 지날 때까지 단 한 차례도 울지 않던 그녀가 울기 시작한 것이다. 18년이 지나서야 눈물을 흘리다니 이 얼마나 기막힌 팔자인가. 눈물은 그사이에 어디에 있었던 걸까.

여하튼 빌러비드가 드디어 떠났다. 명실상부하게 몸도 떠나고 혼도 떠났다. "슬프고 붉은 빛줄기가 사람의 몸을 휘감았던 자리에는 아무것도 없다". 거기에 있는 것은 "황량하고 뭔가가 결핍된 무無"요 "부재"다. 그 공허 앞에서 시이드가 울고 있다. 눈물로 공허를 메우려 하는 것이다. 드디어 애도가 시작됐다는 말이다. 빌러비드가 남기고 간 빈자리를 메우는 일이 여전히 힘들기는 하겠지만, 다행스럽게도 시이드의 옆에는 물을 데워 그녀의 발을 씻어주고 "당신에

겐 당신이 제일 소중해"라고 말해주는 사람이 있기에 불가
능한 일만은 아닐 것이다.

＊

역사에는 얼마나 많은 빌러비드가 있었을까. 자기 이름
도 아닌 이름을 갖고 있거나 이름이 아예 없는 사람들이 얼
마나 많았을까. 그들의 진짜 이름은 뭐였을까. 이름도 없는
데 어찌 그들을 애도할 수 있을까. 『빌러비드』의 강점은 빌
러비드의 한스러운 삶에 관한 구체적인 이야기임과 동시에,
역사 속에 존재하는 수많은 빌러비드에 관한 알레고리라는
것이다. 에필로그에 나오는 다음 말은 이 점을 분명히 한다.

그녀가 뭐라 불렸는지는 누구나 알고 있었지만, 그녀의 이름
을 아는 사람은 아무도 없었다. 기억에도 없고 설명이 되지도
않는 그녀는 잊힐 수가 없다. 아무도 그녀를 찾지 않기 때문이
다. 설령 그녀를 찾는 사람이 있다고 해도 이름을 모른다면 무
슨 이름으로 그녀를 부를 수 있을까?

여기에서 "그녀"는 이름도 없는 상태에서 어머니의 손에
죽어 귀신이 되어 나타난 빌러비드이면서 동시에, 이름이
없어서 애도되지 못하는 역사 속의 수많은 빌러비드를 가

리킨다. 그래서 이 소설은 작가의 말대로, "아무도 그들의 이름을 모르고, 아무도 그들에 대해 생각하지 않고, 전설에도 나오지 않고, 그들에 관한 노래도, 춤도, 이야기도 없는" 사람들에 관한 가슴 아픈 애도의 노래다. 노예사냥꾼들에 잡혀 아프리카 대륙에서 아메리카 대륙으로 건너오다가 죽은 6천만 명 이상의 흑인들을 애도하는 노래다. "6천만 명 이상"이라고 적힌 『빌러비드』의 첫 페이지를 보면, 이 소설이 그들을 위한 애도의 노래라는 것이 분명해진다. 그리고 "나는 내 백성이 아닌 그들을 내 백성이라고 하고, 사랑받지 못하는 백성을 사랑하는 백성이라고 하겠다"는 그 다음 페이지의 성서 인용을 보면, 이 소설이 이름 없는 사람들과 사랑받지 못한 사람들을 위한 애도의 노래라는 것이 더욱 분명해진다.

『빌러비드』는 애도가 눈물에서 시작되는 것임을 시이드의 눈물을 통해 실감 나게 보여준다. 그렇다, 애도는 눈물에서 시작된다. 애도는 우리가 사랑하는 사람이 더 이상이 세상에 없고 이후로는 우리의 가슴속에 그리움과 기억으로만 남게 된다는 절망스러운 현실을 인정하는 (속)울음을 우는 것에서부터 시작된다. 눈물이 없다면 상실과 부재의 고통과 쓰라림을 어떻게 견딜 수 있을 것인가. 그러니 눈물에 감사할 일이다. 그게 누구든 눈물을 주신 분에게 감사할 일이다.

슬픔과 애도,
윤리의 역학에 관하여
—로렐의 사랑과 살아남은 자의 죄의식

사랑하는 사람(들)과의 이별은 어떤 식으로든 우리를 변하
게 만든다. 그것에 도리질을 하고 안 하고에 상관없이 그(들)
의 부재로 인해 우리의 삶은 변한다. 그리고 사회는 우리에게
그 변화된 삶을 인정하라고 요구하고, 대부분의 경우 우리도
더 이상 존재하지 않는 풀밭을 떠나 다른 풀밭으로 가는 유
목민들처럼 변화의 불가피성을 인정하고 그 요구를 수용한다.
그런데 그 과정에서 유목민의 삶을 거부하고 황량한 들판에
그대로 남는 사람들도 생기고, 사람들을 따라 다른 풀밭으로
옮겨 가지만 마음은 여전히 자신이 머물렀던 과거의 풀밭을
향하고 있는 사람들도 더러 생긴다. 이들은 마음이 아픈 사람
들이다. 때로는 치료가 필요할 정도로.

프로이트는 과거에 대한 집착의 정도가 심한 경우에는
심리치료를 통해 일상성을 회복해야 한다고 믿었다. 복잡
한 과정을 통한 것이긴 하지만 이 경우에 치료라는 건 사

랑하는 사람에게 "투자"했던 심리적 에너지(리비도)를 "회수"하여 다른 사람에게 "재투자"할 수 있도록 돕는 것이다. 그런데 일상성의 회복이라는 게 그렇게 간단하고 쉬운 일이 아니라는 데 문제가 있다. 말은 그렇게 했지만 프로이트 자신도 이 점에서 예외가 아니었다. 사랑했던 딸의 죽음 앞에서는 그도 어쩔 수 없었다. 딸을 잃고 10년 정도를 살다보니 "애도작업"이나 에너지의 "재투자"라는 게 말처럼 쉬운 게 아니라는 걸 깨닫게 되었던 것이다. 그래서 그는 아들을 잃은 친구에게 보낸 편지에서 자신이 전에 했던 말을 뒤집었다. 그는 친구에게 세월이 지나면 사랑하는 사람을 잃은 "슬픔의 극심한 상태는 진정"되겠지만 "동시에 우리가 위로할 길 없는 상태로 있을 것"이라고 했다. 또한 그는 우리가 사랑했던 사람을 "대체할 사람을 결코 찾지 못할 것"이며 그 사람의 죽음으로 인해 생긴 "틈"이 "설령 완전히 메워진다 할지라도 뭔가 다른 것으로 남아 있어야 하며" 그것만이 "우리가 버리고 싶지 않은 사랑을 영원히 간직하는 방법"이라고 했다. 간단히 말해 이것은 세월이 흐르면서 격렬한 울음이 잔잔한 속울음으로 바뀌는 정도일 뿐, 사랑하는 사람을 잃은 슬픔은 고스란히 남아 있을 것이라는, 아니 남아 있어야 한다는 말이다. 어쩌면 프로이트에게도 슬픔은 완전한 극복의 대상이 아니었는지 모른다. 그가 극복해야 한다고 믿었던 건 삶을 저당 잡힐 정도로 슬픔이 과잉되는 경우였을지 모른다. 이런 점에서 보면, 사랑하는 사람의 죽음을 극복하고 변화된 현실을 받아들이는 "애도 작업"의 필요성을 누누이 역설했던 프로이트는 모순적이게도 애도의 불가능성을 동시에 역설한 사람이었다. 사랑하는 딸의 죽음이 그 모순의 시발점이었다. 그리고 그것은 모순이지만 인간적인 모순이었다. 프로이트가 주창한 심리이론 중 가장 애매하고 일관성이 없는 애도이론이 그의 어느 이론보다 윤리적인 것으로 다가오는 것은 사랑하는 사람을 잃은 사람이 겪을 수밖에 없는 모순적 고뇌가 거기에 담겨 있기 때문일 것이다. 모순이 윤리의 진원지인 셈이다. 그리고 이보다 아름다운 모순은 없다.

프로이트의 경우처럼, 우리도 자신보다 더 사랑하는 사람을 죽음의 세계로 보내고 나서 모순적인 감정에 휘말린다(그러한 사람이 있을까? 이렇게 자문하며 고개를 갸우뚱거리는 사람이 있을지 모르지만 사랑은 그처럼 자기 초월적인 상태를 지향한다). 한편으로는 떠난 사람을 향한 과도한 집착에서 벗어나 변화된 현실을 인정하고 '정상적으로' 살아가기도 하고, 다른 한편으로는 그 현실을 인정하기를 거부하고 '비정상적으로' 옛 삶으로의 뒷걸음질 혹은 베르나 카스트의 말을 빌리면 "공생으로의 뒷걸음질"을 하기도 한다. 때로는 같이 '죽어주지' 못해 미안한 생각마저 들기도 한다. 그 사람은 죽었는데 나만 살아 있다는 게 죄책감으로 다가오기도 한다. 같이 '죽어준다'는 게 현실적으로 불가능한 것일망정 자꾸 그런 생각이 드는 걸 어찌하랴.* 살아남은 사람이 같이 죽어주지 못해 미안해하는 것처럼, (사후세계가 어찌 되는지 알 길이 없는 일이어서 단정하기는 어렵지만) 어쩌면 죽은 사람도 같이 살아주지 못해 미안해할지 모를 일이다. 그래서 서로에 대한 그리움과 미안함이 삶과 죽음의 세계를 연결해주는지도 모른다. 삶이 우리의 의지대로 되는 것이 아니어서 같이 살아주거나 같이 죽어준다는 것이 말이 안 되는 생각일 테지만, 중요한 것은 그것이 아무리 불가능한 것이라 해도 그러한 생각을 우리

---

* 이런 의미에서 보면, 남편이 죽으면 아내가 따라서 죽는, 따라서 죽는 게 아니라 사실은 남편의 시체와 함께 아내를 산 채로 화장하는 인도의 사티sati 풍습은 이해하지 못할 바는 아니다. 살아남은 자가 느낄 법한 윤리적인 죄의식을 근간으로 하는 풍습이기 때문이다. 그러나 문제는 사티를 개인에게 강요함으로써, 그것도 여성에게만 강요함으로써 윤리적인 것을 폭력적인 것으로 만들고 있다는 것이다. 죄의식은 강요하는 것이 아니라 스스로 느껴야 하는 것인데, 죄의식을 제도화해서 강요하다니 폭력도 보통 폭력이 아니다. 그러나 비유적인 의미에서 사티, 즉 강요된 애도는 가부장적 사회라면 어디에나 존재한다. 우리나라도 결코 예외는 아니다. 그런 걸 강요하는 사회는 죽은 자와의 고리를 끊어버리고, 잘 끊어지지 않으면 심리적인 측면에서 죽은 사람을 다시 한 번 죽여서라도 끊어버리고, 새로운 대상에 리비도를 투자하라고 요구하는 사회와 마찬가지로 폭력적이다. 정신분석학은 이런 점에서는 폭력적인 사회를 지원해주는 든든한 우군의 역할을 하고 있는 게 아닐까. 강요된 애도나 애도작업은 애도가 아니다. 사티보다 설령 더한 것이 있다 하더라도 그 행위와 형식이 개인의 자발성 하에 진행된다면 야만적이거나 폭력적이라는 수식어가 붙을 틈이 없이 애도의 행위일 수 있겠지만, 하나의 문화와 집단, 국가 등의 강제적 힘이 작동하여 행위가 진행된다면 애도가 아니라 폭력이다.

가 실제로 한다는 것이고 그 불가능성의 울타리를 끊임없이 넘어다보는 것이 우리를 윤리적인 존재로 만든다는 것이다. 같이 죽어주지 못하고 자기만 혼자 살아서 미안하다는 생각은 떠난 사람을 그만큼 그리워한다는 말일 것이고, 그리워한다는 말은 그 사람에 대한 기억에 충실하려 한다는 말일 것이다. 모순적인 것이면 어떻고 불가능한 것이면 어떻고 비현실적인 것이면 어떤가. 어차피 모순과 불가능과 비현실성이 윤리의 진원지인데.

*

사랑하는 남자를 잃은 여자가 있다. 남자는 전쟁 중에 바다에서 목숨을 잃어 시신조차 찾지 못했다. 여자는 이후 20년간을 사랑하는 사람보다 "오래 사는 것에 대한 죄의식" 속에서 산다. 일정한 시간이 지나면 아무리 비참한 것이어도 훌훌 털고 일어나 새로운 삶을 살아야 하는데 20년을 죄의식 속에 살다니! 이런 사람이 어디 있을까. 1973년도의 〈퓰리처상〉 수상작인 유도라 웰티(Eudora Welty, 1909-2001)의 『낙천주의자의 딸The Optimist's Daughter』(왕은철 역)은 그런 상황에 처한 사람의 내면 풍경을 잔잔하게 묘사하고 있는 소설이다.

소설의 주인공 로렐 맥켈바 핸드는 시카고에서 디자이너

로 일하는 여성이다. 그녀는 결혼한 지 1년 만에 남편인 필을 전쟁터에서 잃고 지난 20년을 혼자 살았다. 아니, 그 삶은 살았다기보다는 살아졌다고 하는 편이 더 적절할 듯하다. 남편의 죽음 이후의 삶이 능동태가 아니라 수동태로 '살아졌기' 때문이다. 그랬다. 지난 20년간의 삶은 그녀에게 살았다기보다는 '살아진' 삶이었다. 소설은 그녀가 그간 어떻게 살았는지, 아니 그녀의 삶이 어떻게 살아졌는지에 대해서 말을 아끼고 있지만, 아니 아끼는 정도가 아니라 거의 침묵으로 일관하고 있지만, 그녀가 삶을 살아온 방식은 그녀가 수동적이고 관찰자적인 입장을 취하고 있는 서두에서부터 어렵지 않게 유추할 수 있다. 그녀는 안과수술을 받은 아버지를 간호하면서도 크게 감정을 개입시키지 않으며 방관자적인 태도를 취하고 있다. 어쩐지 현실을 벗어나 있는 것 같은 모습이다. 지난 20년을 감정의 마비 속에서 살아온 탓이다. 남편의 죽음과 살아남은 자로서의 죄의식이 지난 20년 동안 그녀의 감정을 얼어붙게 만든 것이다.

그녀는 "사랑하는 사람들보다 오래 사는 것에 대한 죄의식은 당연히 견뎌내야 하는 것"이라고 생각하며 살아왔다. 그녀는 사랑하는 사람들보다 "오래 산다는 것은 우리가 그들에게 하는 어떤 것이다. 죽는 것에 대한 환상들은 사는 것에 대한 환상들보다 더 낯설 수는 없다. 살아남는다는 것은 어쩌면 그중에서 가장 이상한 환상일지 모른다"고 생각하면서 지난 20년을 과거에 붙들려 살았다. 그녀가 죽어가는 아버지를 두고도 자기도 모르게 방관자적인 태도를 취하는 것은 과거의 기억이 그녀에게 행사한 영향력이 얼마나 컸는지를 말해준다. 그녀는 20대의 나이에서 40대 중반이 될 때까지 그렇게 과거에 붙들려 살았던 것이다. 따라서 그녀가 아버지의 죽음 앞에서 방관자적인 자세를 취하는 것은 아버지를 사랑하지 않아서가 아니라, 사랑하는 남편의 죽음으로 인한 충격과 상처가 너무 큰 탓에 감정의 불모지대에 스스로를 집어넣고 살아온 탓이다.

로렐이 꾸는 꿈이면서 동시에 실제로 과거에 있었던 일을 묘사하는 다음 대목은 그녀가 얼마나 심각하게 과거에 붙들려 있는지를 실감 있게 말해준다.

기차는 카이로를 떠난 후, 다리를 향해 접근해 갔다. 기차는 헐벗은 나무들의 우듬지 너머로 올라갈 때까지 서서히 움직였다. 그때, 그녀는 아래를 내려다보았다. 창백한 빛이 넓어지고 아래에 있는 강이 보였다. 그리고 낮게 뜬 동녘 하늘의 해가 강물에 반사되고 있었다. 두 개의 강이 있었다. 이곳에서 두 개의 강이 만나고 있었다. 오하이오강과 미시시피강이 합류하는 곳이었던 것이다.

그들은 아주 높은 곳에서 아래를 내려다보고 있었다. 그들이 본 것은 헐벗은 나무들이 지평선으로부터 전진해 오고, 강들이 하나가 되는 모습이었다. 그가 그녀의 팔에 손을 댔다. 그녀는 그와 함께 위를 올려다보았다. 새들이 수정 같은 하늘을 길고 들쭉날쭉하고 연필로 그린 듯이 희미하게 그들 나름의 V 자형을 그리며 오르락내리락하고 있었다. 그들이 볼 수 있었던 것은 하늘과 물과 새와 빛과 합류合流가 전부였다. 그것은 완전한 아침세계였다.

그리고 그들 자신도 그 합류의 일부였다. 그들이 가진 공동의 믿음이 바로 그 순간, 그들을 이곳으로 데려와 그 합류에 맞추게 하고 그것을 따라가게 하고 있었다. 방향 자체가 아름답고 중요한 것이 되었다. 그들은 그것과 함께 하나가 되어 앞에서 기차를 타고 있었다. 그녀는 너무 기뻐서 속으로 생각했다. 이제 우리 차례야! 우리는 영원히 살 거야.

이는 로렐이 필과 함께 결혼식을 올리러 기차를 타고 시카고에서 그녀의 고향 마운트 세일러스로 내려갈 때, 오하이오강과 미시시피강이 합류하는 곳을 지나는 장면인데, 사랑을 두 개의 강이 나란히 흐르다가 어느 지점에서 합류하는 것으로 묘사한 영국 소설가 D. H. 로렌스Lawrence의 산문을 연상시킬 만큼 아름답다. 로렐은 두 개의 강이 합류하는 장엄한 모습을 보며 "그들 자신도 그 합류의 일부"라고 느끼며 "이제 우리 차례야! 우리는 영원히 살 거야"라고 다짐했다. 그녀에게는 필과 함께하는 삶의 "방향 자체가 아름답고 중요한 것이 되었다". 그것은 꿈이자 현실이었다. 두 사람은 결혼을 통해 그 꿈과 현실을 영원한 것으로 만들고자 했다. 그것은 가능할 것 같았다. 그들은 영원히 행복할 것 같았다.

그러나 그게 아니었다. 그들이 꿈꿨던 합류의 세계가 필의 죽음으로 공허한 것이 되어버린 것이었다. 로렐은 폭력적인 현실을 인정할 수 없었다. 자신과 필이 꿈꿨던 합류는 오하이오강과 미시시피강의 합류처럼 누구도, 무엇도 훼손할 수 없는 것이었다. 죽음마저도 그걸 훼손할 수 없었다. 그녀가 20년이 지난 후에도 그 장면을 꿈으로 꾸는 것은 그것에 대한 집착이 어느 정도의 것이었는지를 말해준다. "오래전에 물과 불로 인한 죽음 때문에 시체도 없고 무덤도 없었지만, 필은 아직도 그녀에게 그녀의 삶에 대해 얘기해줄 수 있었다. 그녀의 삶은, 아니 어떤 삶이든, 그 사랑의 계속일 따름이기 때문이었다. 그녀는 그렇게 믿어야 했다." 남편은 그녀가 20대에서 40대로 될 때까지 내내 살아 있어야 했다. 죽었지만 살아 있어야 했다. 어쩌면 그녀는 남편이 죽었다는 소식을 듣고 울지도 못했을지 모른다. 울었다고 해도 죽은 사람을 마음속에 들어앉히기 위한 울음이었을지 모른다. 그녀가 "사랑하는 사람들보다 오래 사는 것에 대한 죄의식은 당연히 견뎌내야 하는 것"이며 "그들보다 오래 산다는 것은 우리가 그들에게 하는 어떤 것이다"라고 말한 것은 바로 이러한 맥락에서였다. 이러한 대응방식은 어떤 식으로든 사랑하는 사람의 죽음을 '극복'하고 정상적인 삶을 살아야 한다는 프로이트의 처방과는 천리만리 떨어진 것이 아닐 수 없었다.

로렐은 사랑하는 사람의 부재로 인한 삶의 변화를 직시하지 않으려 했다. 그것도 자기 일에만 한정된 것이 아니었다. 그녀는 어머니의 죽음으로 인한 변화도 인정하지 않으려 했고 아버지의 새 결혼도 받아들이려 하지 않으려 했다. 그녀는 "일흔 살이 다 된 아버지가 새로운 사람을 자신의 삶 속으로 들어오게 하고, 그런 걸 너그럽게 받아주기로 했다는 사실 자체를 아직도 믿을 수 없었다". 10년 전에 죽은 어머니와 아버지는 변함없이 이상적인 모습으로 남아 있어야 했다. 아버지가 1년 반 전에 딸보다 어린 여자와 재혼을 했건 어쨌건, 그녀의 부모는 늦은 밤에 서로에게 도란도란 책을 읽어주던 다정한 모습의 부모로 남아 있어야 했다.

이런 의미에서 그녀는 아버지처럼 고통과 상처를 직시하지 않으려 하는 낙천주의자였다. 이 소설에서 낙천주의자라는 말은 현실을 직시하지 못하는 로렐의 아버지 맥켈바 판사를 아이러니컬하게 지칭하는 말이다. 맥켈바 판사는 아내의 죽음이 임박했음에도 불구하고, "자신이 아내에게 주지 못할 것이 아무것도 없기 때문에 아내가 겪는 모든 문제들이 결국 잘될 것"이라고 믿었다. 그는 눈앞의 현실에 눈을 감았다. 결국 그는 절망적인 현실에 눈을 감음으로써 죽어가는 사람에게 "큰 짐"을 지운 셈이었다. 그러니 그의 "낙천주의"는 절망에 대한 또 다른 이름에 불과했다. "자신을 낙천주의자라고 했던 그는 단 한 번도 희망을 얘기한 적이 없었다". 그가 실명 위기에 처해 수술을 받은 것은 그래서 이중적인 의미를 담고 있다. 한편으로는 실제로 눈에 문제가 있다는 의미고, 또 한편으로는 현실을 직시하지 못하고 있다는 의미다. 그 아버지에 그 딸인지, 로렐도 현실을 인정하지 않으려 했다는 점에서는 낙천주의자이다. 사랑하는 사람의 죽음으로 인해 삶의 지형이 바뀌었으면 바뀐 지형에 따라 지도도 수정해야 하는데, 그녀는 공동묘지에서 마주친 새들이 그러하듯 한사코 옛 지도를 고수한 것이다. 새들이 공중으로 날아오르고 또 날아갈 때, 땅의 형상과 비슷한 진형을 유지하듯, 로렐도 과거라는 지형에 얽매인 삶을, "새로운 땅을 가리키는 데 여전히 쓰이는 옛 지도" 같은 삶을 살아온 것이다.

로렐이 현실을 인정하게 되는 것은 아버지가 죽고 나서다. 그녀는 아버지와 불과 1년 반 전에 결혼한 여자가 자신이 태어나고 자신의 어머니가 돌아가신 침대에서 자고 있는 걸 보고 현실을 인정하지 않을 수 없게 된다. 아버지의 재산을 노리고 정략결혼을 했든 어쨌든, 아버지가 죽은 후 장례를 주관하는 것도 새어머니 페이이며 집과 재산을 차지하는 것도 새어머니라는 현실을 받아들이지 않을 수 없게 된다. 페이는 곧 현실이다.

로렐이 현실을 인정하기 시작했다는 말은 과거를 과거로 돌리는 애도작업을 시작했다는 의미일 수도 있다. 실제로 그녀는 아버지의 죽음 이후에 과거를 깊숙이 돌아보기 시작한다. 그녀는 장례식이 끝나고 페이가 친정어머니를 비롯한 가족들을 따라 고향으로 잠시 돌아간 사이, 편지, 기념품, 책, 사진, 강의노트, 일기 등 어머니의 유품을 정리하며 과거를 회고하기 시작한다(프로이트 같으면, 이런 걸 가리켜 애도작업에 반드시 필요한 단계, 즉 사랑하는 사람을 죽음의 세계로 떠나보내기에 앞서 거쳐야 하는 예비단계라고 했을 것이다. 프로이트에게 애도작업은 죽은 자에 관한 모든 기억들을 죄다 *끄집어내는* 것에서부터 출발한다. 잊기 위해서 *끄집어내는* 것이다). 유품을 정리하며 기억을 하나하나 되짚어보는데, 그녀의 외할머니가 어머니에게 쓴 편지가 문득 눈에 띈다. "로렐의 생일날에 설탕 한 컵을 보내겠다. 할 수만 있다면, 내 비둘기 중 한 마리도 보내주고 싶구나. 비둘기는 그 애가 그냥 놔두기만 하면 손바닥에서 모이를 쪼아 먹을 텐데." 이 대목을 읽으면서 로렐은 북받치는 울음을 참을 수 없게 된다. "감정의 홍수가 밀려왔다. 서류가 로렐의 손에서 미끄러졌다. 책들도 그녀의 무릎에서 미끄러졌다. 그녀는 책상의 열린 뚜껑에 머리를 대고 사랑을 위하여, 이 세상에 없는 사람들을 위하여 슬피 울었다. 그녀는 자신에게 굴복할 것을 완강하게 요구하는 모든 것들과 함께 거기에 있었다. 마침내 굴복하면서." 울지 않던 그녀가 드디어 울게 된 것이다. 진즉 일어났어야 하는 "감정의 홍수"가 이제야 몰려온 것이다. "그녀의 가슴속에 있던 가장 깊은 샘이 모습을 드러내고 다시 흐르기 시작"한 것이다. 지금까지 "흔들리지도, 흔들려지지도 않는 완벽한 옛 모습을 안고 계속 살아왔는데, 이제는 과거가 자신의 손에 의해 들춰진 것"이다. 과거가 들춰지면서 변화된 삶을 직시할 수 있게 된 것이다. 물론 프로이트가 처방하는 것과는 다르게, 그녀가 과거를 잊기 위해서 과거를 들추는 건 아닌 듯하지만(잊으려고 하면 기억에 더 오래 남는 건 아닐까?), 과거를 정면으로 응시하면서 울음을 울 수 있게 되었다는 것은 20년을 남편의 죽음에 갇혀 살아온 그녀에게는 놀라운 변화가 아닐 수 없다.

*

그러나 그녀의 변화는 놀랍기는 해도 아직은 미완의 것이다. 그녀로 하여금 현실을 직시하게 만든 페이가 없는 상황에서 자신의 마음속에서만 일어난 변화이기 때문이다. 로렐이 현실에 완전히 눈을 뜨는 건 거의 모든 점에서 그녀와 대치되는 지점에 서 있는 물질적이고 이기적이고 조야한 페이와의 만남을 통해서다. 달리 말해 그녀의 변화가 온전한 것이 되기 위해서는 프로이트의 용어를 빌려 말하면 "리얼리티 테스트"를 거쳐야 한다는 말이다. 그녀에게 페이는 "리얼리티"이고 페이와의 만남은 "리얼리티 테스트"이다. 물론, 아버지를 간호하고 또 아버지의 장례를 치르면서 페이와 마주치지 않은 것은 아니었지만, 그것은 어디까지나 리비도가 억제된 상황에서의 것이었다. 그 상황에서 그녀는 예의를 차려야 했고 아버지를 잃은 슬픔의 품격을 유지해야 했다.

그런데 페이가 예정보다 일찍 집으로 돌아온다. 그녀가 돌아왔을 당시, 로렐은 부엌에서 찾아낸 빵 반죽대를 보고 끓어오르는 분노를 참지 못하고 있었다. 남편이 자신의 어머니를 위해 정성을 다해 만들어준 빵 반죽대였다. 그녀의 어머니가 "접시처럼 매끈하고 깨끗하게 간수"했던 반죽대였다. 로렐에게는 성스럽기까지 한 물건이었는데, 그것이 "파먹히고 새까매지고 먼지가 끼고" 담뱃불로 지져져 있는 걸보고, 그녀가 모욕감을 느끼는 것은 당연한 일이다("당신은이 집을 모독했어요"). 그러나 페이에게는 그것이 나무토막에 지나지 않는다. 거기에 대고 호두를 까서 먹어도 상관없는 "낡은 판자"에 지나지 않는다. 그녀가 그 반죽대에 배어있는 기억의 소중함을 알 리가 없다. 그녀는 한술 더 떠 그

것을 애지중지하며 그 도시에서 가장 맛있는 빵을 만들었
던 로렐의 어머니를 모욕할 뿐만 아니라("당신 어머니는 미
쳐서 죽었어요!"), "오븐에서 막 나온 따뜻한 빵을 잘라서
먹는 걸 좋아했던" 로렐의 남편에 대한 기억을 능멸하기까
지 한다("당신 남편이라고? '그'가 그것과 무슨 상관이죠?
그는 죽지 않았던가요?").

로렐은 페이라는 리얼리티를 어떻게 상대해야 하는지 알
지 못한다. 불쾌하고 조야하고 모욕적인 현실에 어떻게 응
수해야 하는지 알지 못하는 것이다. 그녀가 지난 "밤에 느
꼈고 알았던 모든 것들, 그녀가 기억했던 모든 것들, 그녀
가 오늘 아침 이해할 수 있었던 모든 것들이 지금 그녀에
게, 삶으로부터 어떻게 느끼는지를 배우지 못한 사람을 어
떻게 대하고 참아내야 하는지에 대해서는 말해줄 수 없었
다". 이는 그녀가 깨달았던 것들이 미완의 것이었다는 말이
다. 결국 그녀는 페이의 머리를 내리치려고 반죽대를 높이
치켜든다. 물건 이상의 의미를 지닌 신성한 반죽대를 모욕
하고 어머니와 남편에 대한 기억을 능멸하고 죽어가는 아
버지를 다치게 한 페이를 어떻게든 하고 싶은 것이다. 실제
로 페이를 반죽대로 내려치지는 않지만, 여기에서 중요한
건 살의가 느껴질 정도의 분노를 통해서 그녀가 지금까지
외면하기만 했던 현실을 인정하게 됐다는 사실이다. 그녀
는 이제 "우리가 만나고 삶이 계속되는 데는 사랑만이 아

니라 미움도 있는 것"이라는 걸 인정하게 된다. 페이처럼 기억이나 과거를 전혀 소중하게 생각하지 않는 지극히 이기적이고 물질적이고 조야한 "리얼리티"가 현실에 도사리고 있다는 걸 인정하게 되는 것이다. 더불어 그녀는 기억이라는 것은 어떤 걸 "소유"하는 데 있는 게 아니라 "자유로워진 손안에, 용서받고 자유로워진 손안에, 비어 있지만 꿈들에 의해 복구되는 방식으로 다시 채워질 수 있는 가슴 안에 산다"는 걸 깨닫는다. 그러니 현실 속의 빵 반죽대에 더 이상 집착할 필요가 없어진 셈이다. 페이가 반죽대를 어찌했건, 중요한 건 반죽대라는 물건이 아니라 거기에 배인 기억인 것이다. 그녀가 반죽대를 시카고로 가지고 가려다가 마지막 순간에 포기하는 것은 물건이 아닌, 기억이 중요하다는 걸 깨달은 결과다.

　로렐은 아버지를 잃고 많은 걸 깨달은 것처럼 보인다. 소설은 그녀가 살아온 수동태의 삶에 대해서 만큼이나 그녀가 살게 될 이후의 삶이 어떻게 될지에 대해 말을 아끼고 있지만, 그녀가 아버지의 죽음에 이어 페이와의 만남을 통해서 현실을 직시하게 되었다는 것은 이후의 삶이 어느 정도 변화할 가능성을 암시하는 것처럼 보인다. 그녀는 아버지의 죽음을 애도하면서 지난 20년 동안 수동태적인 삶을 살면서까지 도리질을 했던 또 다른 죽음에 대한 애도, 즉 남편의 죽음에 대한 애도를 비로소 시작한 것처럼 보인다.

그녀는 자신이 사랑했던 사람들이 "저세상으로부터 상처를 안고 돌아와서, 필이 그러했던 것처럼, 우리의 이름들을 부르면서 정당한 눈물을 요구"하면 그 요구에 맞춰 울어줄 준비가 되어 있는 것처럼 보인다. 길을 잘못 들어 집 안에 갇힌 새를 고이 날려 보내듯("그냥 날아가게 해주고 싶어"), 로렐은 닫혔던 마음의 문을 열고 세상 속으로 비상할 준비를 하고 있는 것처럼 보인다.

그렇다고 그녀가 "사랑하는 사람들보다 오래 사는 것에 대한 죄의식"을 극복했다는 말은 결코 아니다. 죄의식은 그리움과 더불어 그녀의 마음속에 고스란히 남아 있는 것처럼 보인다. 자신 때문에 죽은 것도 아닌데 왜 죄의식을 느껴야 하느냐고 그녀를 탓할 필요는 없다. 자기보다 더 사랑하는 사람이 죽었다면 같이 죽어주고 싶어하는 건 당연한 것일지 모른다. 그러나 현실에서는 같이 죽어줄 수 없으니 그저 사는 것이다. 그래서 "오래 산다는 것은 우리가 그들에게 하는 어떤 것이다. 죽는 것에 대한 환상들은 사는 것에 대한 환상들보다 더 낯설 수는 없다. 살아남는다는 것은 어쩌면 그중에서 가장 이상한 환상일지 모른다". 이러한 생각이 참으로 비현실적인 것이긴 해도, 그 비현실성이 우리를 윤리적인 존재로 만들어준다. 내가 사랑하는 사람이 로렐의 남편처럼 바닷물 속에서 죽으면 같이 죽어줬으면 싶고, 죽을 수 없다면 끝없이 미안해하고 싶고, 그 사람의 시신을 찾을 수 없으면 바닷물을 퍼내서라도 그 몸을 찾아 묻어주고 싶은 게 윤리다. 윤리는 불가능성의 울타리를 넘어다보지 않으면 더 이상 윤리가 아니다. 윤리가 없으면 인간은 더 이상 인간이 아닐 것이다. 그래서 사랑하는 사람을 잃으면 언제까지나 "위로할 길 없는 상태"로 있으면서 슬픔에 마침표를 찍지 않으려 하는 것이 진정한 애도의 윤리일지 모른다. 애도의 거부에 애도의 본질이 있을지 모른다는 말이다.

그렇다. 애도는 그래서 모순이다. 치료를 요할 정도의 것이 진정한 애도일지 모르니까. 유목민이기에 다른 풀밭에 옮겨와 있으면서도 두고 온 풀밭, 아니 소멸의 늪에 빠져 더 이상 존재하지 않는 풀밭을 향해 뒷걸음질을 하며 유목민의 삶을 거부하는 것이 진정한 애도일지 모르니까.

우울증의 환대

일반적으로 애도란 사랑하는 사람을 죽음의 세계로 떠나보내고 그 충격의 여파를 견뎌내고 극복하는 심리적 과정을 일컫는다. 그러니 당연하게도 애도의 대상은 사람이다. 있음의 세계에서 없음의 세계로 홀연히 사라지고 없는, 우리가 사랑했던 사람(들)이 대상인 것이다. 애도가 구체적인 것은 이러한 연유에서다. 그런데 애도의 대상이 반드시 사람이어야만 하는 걸까? 추상적인 것에 대한 애도란 애초에 불가능한 것일까? 가령 우리가 꿈꾸던 이상이나 가치가 사라진 것은 추상적인 것이라는 이유만으로 애도할 수 없는 것일까? 그리고 나라를 잃은 것은 애도의 대상일 수 없는 걸까? 우리가 잃어버리는 대상에는 사람만이 아니라 꿈이나 이상이나 가치, 심지어 국가까지 포함되는 게 아닐까? 그렇다면 그것도 애도의 대상이어야 하지 않을까?

　이러한 질문들에 대한 답을 찾으려면, 우리는 다시 프로이트로 돌아가야 한다. 결론부터 얘기하자면, 프로이트는 처음부터 양쪽 모두를 애도의 대상으로 생각했다. 그는 「애도와 우울증」에서 애도를 "사랑하는 사람을 잃은 것에 대한 반응 혹은 자신의 나라, 자유, 이상 등 자신을 대신하게 된 추상적인 것을 잃은 것에 대한 반응"이라고 정의했다. 프로이트는 여기에서 애도를 이원화하여 하나는 사랑하는 사람을 잃은 것에 대한 반응이라고, 또 하나는 추상적인 것을 잃은 것에 대한 반응이라고 정의하며, 대상이 사람이든 추상적인 것이든, 애도의 과정은 크게 다를 바 없다는 점을 분명히 하고 있다. 이런 맥락에서 애도에 관한 논의가 사랑하는 사람의 죽음은 물론이고 우리가 꿈꿔왔던 이상이나 가치 등을 비롯한 추상적인 것의 상실이나 죽음에 대한 논의로 이어질 수 있게 된다. 애도에 관한 논의들이 프로이트의 생각에 동의하고 안 하고에 상관없이 거의 절대적일 만큼 그에게 기대는 이유 중 하나가 바로 여기에 있다.

그런데 프로이트는 애도를 사람이나 추상적인 것을 잃은 데 대한 반응이라며 이원화했지만, 그것은 반드시 이원화해야 하는 개념은 아닐 것이다. 양자가 겹쳐지는 게 얼마든지 가능하기 때문이다. 가령 나라를 잃은 식민지 상황에서 사랑하는 사람의 죽음을 애도한다고 가정해보자. 그 애도는 당연히 일차적으로는 사랑하는 사람을 잃은 데 대한 사적인 애도가 되겠지만, 이차적으로는 나라를 잃은 데 대한 애도가 될 수도 있을 것이다. 식민지 상황에서는 사랑하는 사람의 죽음을 슬퍼하는 것마저도 사적인 공간에 머물지 못하고 나라를 잃은 슬픔과 겹쳐질 수 있는 탓이다. 사적이어야 할 애도도 식민역사의 격랑에 휘말린 상황에서는 더 이상 사적인 영역에 머물 수만은 없는 탓이다. 더욱이 그 죽음이 식민주의자들이 자행한 폭력에 의한 것이라면 애도는 당연히 한편으로는 사랑하는 사람을, 다른 한편으로는 빼앗긴 나라를 대상으로 하는 이중적인 애도가 된다. 식민 치하의 애도는 그래서 이중적이다. 가령 "사랑하는 나의 님은 갔습니다"라는 한용운의 너무나 평범한 시구(「님의 침묵」)가 개인적인 것을 넘어 나라를 잃은 것을 애도하는 알레고리적 의미로 읽히는 것은 이러한 이유에서일 것이다.

팔레스타인 출신의 미국 작가인 수잔 아불하와Susan Abulhawa 의 『예닌의 아침Mornings in Jenin』은 개인의 슬픔이나 애도가 잃어버린 "발라디"(나라)에 대한 슬픔이나 애도와 어떻게 얽히고 겹쳐지는지를 보여주는 각별한 소설이다. 이 소설이 각별한 것은 1948년, 이스라엘이라는 나라가 세워지면서 조상 대대로 자기 땅, 자기 나라였던 곳에서 쫓겨난 팔레스타인 사람들이 살아내야 했던 처절하고도 비통한 삶을 형상화한 보기 드문 소설이기 때문이다. 이러한 소설을 만나는 것은 정말로 드문 일이다. 작가가 작품 후기에서 팔레스타인 출신의 탈식민 이론가인 에드워드 사이드Edward

Said의 말을 인용하여 지적한 것처럼, 팔레스타인인들을 대상으로 하는 이야기는 안타까울 정도로 드물다. 그에 반해, 나치한테 인간 이하의 취급을 당하며 수백만 명이 목숨을 잃은 유대인들에 관한 이야기는 영화, 미술, 음악, 춤, 문학, 드라마, 다큐멘터리, 회고록 등 어느 장르를 막론하고 넘쳐난다. 홀로코스트holocaust라는 말은 전번제全燔祭, 즉 짐승을 통째로 구워 신의 제단에 바치는 유대인들의 종교의식을 지칭하는 말에서 나치에 의한 유대인 대학살을 지칭하는 말로 의미가 변질된 지 오래다. 그런데 아이러니컬하게도 유대인들은 자신들의 고난과 고통의 역사에서 배운 바가 없는지, 나치가 자신들에게 행했던 홀로코스트를 팔레스타인인들에게 행했고 지금도 그렇게 하고 있다. 자기들의 고난과 고통만 크게 생각하고 남들의 고난과 고통은 아무렇지 않게 생각하는 탓이다. 그런데 문제는 유대인에 의한 홀로코스트에도 불구하고 팔레스타인인들에 의한 팔레스타인인들의 이야기는 찾아보기 힘들다는 것이다. 그렇지 않아도 그들을 억압하고 식민화하는 유대인들한테 물리적, 외교적, 경제적 싸움에서 밀리는데, 담론 싸움에서도 밀리고 있는 셈이다. 담론 싸움에서 밀린다는 것은 여차하면 역사의 뒤안길로 사라질 가능성이 다분하다는 말이다. 역사의 뒤안길이 아니라 전면에 서기 위해서는 개인에 관한 것이든 집단에 관한 것이든, 자기 목소리를 내야 가능한 일이다. 헤이든 화이트Hayden White의 말마따나, 어차피 역사라는 것도 자기 나름의 주제와 플롯을 가진 이야기에 다름 아니다. 누가 서술하느냐에 따라서 역사적 사건의 의미가 달라지는 것은 이러한 이유에서다. 결국 누가 어떻게 이야기를 하느냐가 중요하다는 말이다. 바로 이러한 이유에서 3대, 아니 4대에 걸친 팔레스타인 가족의 눈물겨운 이야기를 다루고 있는 『예닌의 아침』은 각별한 소설이다.

이 소설의 시간적 배경은 1941년에서 2002년까지이다. 1941년을 소설의 서두로 삼은 것은 이스라엘이 1948년에 팔레스타인인들의 땅에 세워지기 전, 팔레스타인인들이 살았던 평화로운 삶을 이후의 폭력적인 식민역사와 대비시키기 위해서다. 그리고 2002년을 마무리로 한 것은 외부세계에는 잘 알려지지 않은 예닌 난민촌 대학살의 실상을 알려주기 위해서다. 예닌 난민촌의 대학살은 이스라엘이 테러리스트들의 본거지를 청산한다는 이유로 자행한 것이었다. 예닌에서 그러한 일이 일어나는 동안, 세계는 그에 대해서 까마득히 몰랐거나 알아도 침묵했다. 그곳이 이스라엘군에 의해 철저하게 봉쇄된 탓이었다. 그곳이 닫혀 있으면 닫힌 것을 어떻게든 열어젖혀야 할 사명이 있는 유엔마저도 그에 대해 별다른 관심을 보이지 않았다. 소설에 따르면, "이스라엘이 마침내 예닌에 대한 봉쇄를 풀었을 때, 유엔은 결코 오지 않았다". 유엔은 오지 않은 것은 물론이고 사실마저 왜곡했다. "예닌에 가보지도 않고 희생자나 가해자한테 얘기를 해보지도 않은 사람들이 작성한 유엔의 공식 보고서에는 대학살극은 없었다"고 했다. 미국에서 발행되는 신문들의 헤드라인에서도 "예닌에는 대학살극이 없었다"라거나 "이스라엘에 따르면, 호전적인 사람들만이 예닌에서 죽었다"라고 했다. 그러니 예닌 난민촌의 팔레스타인인들은 총으로도 죽고, 폭탄으로도 죽고, 불도저로도 죽고, 실상을 외면한 유엔 보고서로도 죽고, 그리고 급기야 현실을 제대로 보도하지 않는 방송이나 신문의 "헤드라인으로도 죽었다". 그러나 작가가 소설을 마무리하는 시점으로 2002년을 택한 보다 큰 이유는 이 소설이 '다윗의 상처The Scar of David'라는 제목으로 발표된 2002년 당시에도 그렇고, 그로부터 8년 후인 2010년 '예닌의 아침'이라고 제목을 바꿔 발표된 시점에서도 그렇고, 팔레스타인인들의 비극이 과거사가 아니라 현재진행형이라는 것을 보여주기 위해서다.

*

『예닌의 아침』은 에인 호드라는 작은 마을을 배경으로 이야기가 시작된다. 때는 올리브 열매를 수확하는 데 적기인 11월이다. 농부들은 누가 먼저 일어나서 올리브 열매를 많이 수확하는지 티격태격하며 서로 경쟁한다. 단란하고 행복한 가족의 모습이 서두에 소개된다. 가장인 예야, 그의 아내 바시마, 그리고 두 아들인 하산과 다위시의 모습이 더할 나위 없이 평화로워 보인다. 그들이 올리브를 따다가 식사를 하는 장면은 그림에 나올 법한 평화로운 장면이다. 올리브 수확이 끝나자 그들은 알라에게 감사의 기도를 드린다. 모두가 경건한 자세로 둘러앉고 예야가 그의 할아버지한테서 물려받은 코란을 주머니에서 꺼내 읽는 방식으로 감사의 기도를 드리는 것이다. 그렇게 하루가 끝난다. 모든 일이 끝나자, 홀로 남은 예야는 자신의 할아버지에게서 물려받은 피리(나이)를 불며 "조상들과 추수, 땅, 해, 시간, 사랑" 등, 그의 삶을 풍요롭게 해준 것들을 음미한다. 평화로운 모습이다. 이보다 더 좋을 수는 없어 보인다.

예야가 살고 있는 땅은 그의 조상들이 대대로 살아왔고 이후로도 자식들이 물려받고 또 그들의 자식들이 물려받을 땅이다. 팔레스타인 농부들은 그렇게 살아왔고 앞으로도 그렇게 살아갈 것이다. 이것이 예야가 생각하는 삶이다. 그가 큰아들 하산이 예루살렘으로 가서 공부를 하겠다고 했을 때 그걸 허락하지 않은 것도 조상 대대로 살아온 삶의 방식이 무너지지 않을까 염려한 탓이다. 아들이 교육을 더 받게 되면 고향을 버리고 떠나게 될까봐 두려워한 것이다. 결국 하산은 아버지의 뜻에 따라 고향에 남는다. 그리고 발랄한 베두인족 처녀인 달리아와 결혼해 유세프와 이스마엘을 낳는다. 그들은 그렇게 살아간다. 수십 세대가 그렇게 살아왔고 앞으로도 그렇게 살아갈 것이다. 그들의 땅이고 고향이고 나라인 곳에서.

그런데 예야가 당연하다고 생각했던 삶이 유대인들에 의해 산산조각이 난다. 그들은 에인 호드를 점령하고 예야의 가족을 비롯한 마을 사람들을 예닌으로 몰아낸 것이다. 1948년의 일이다. 그들은 팔레스타인이라는 이름을 이스라엘로 바꾸고 그곳에 나라를 세우고 유대인들을 정착시킨다. 예야의 조상들과 그의 가족들이 올리브 열매와 무화과 열매를 따며 대대손손 살아온 고향은 그렇게 유대인들의 수중에 들어간다. 예야의 가족이 만신창이가 된 건 물론이다. 그의 아내 바시마는 이스라엘이 건국되기도 전에 마을에 떨어진 폭탄에 충격을 받아 죽고, 태어난 지 몇 달 안 된 손자이자 하산의 둘째 아들인 이스마엘은 이스라엘 군인에게 납치된다. 또한 그의 둘째 아들 다위시는 애지중지하던 말을 끌고 가려고 하다가 이스라엘군이 쏜 총에 맞아 평생 휠체어에 의존하는 신세가 된다. 온 가족이 그야말로 초토화된 것이다. 예야 자신도 육십 평생을 살아온 고향을 못 잊던 어느 날, 이스라엘 군인들의 눈을 피해 두 번째로 에인 호드에 갔다가 총에 맞아 죽는다. 그는 고향에 처음 다녀왔을 때는 무화과 열매와 올리브 열매를 두둑하게 가져와 동네 사람들과 더불어 잔치를 벌이며 고향 소식을 전했지만(그들의 마을 한복판에 있던 이슬람사원은 유곽으로 변해 있었다고 했다), 두 번째로 갔을 때는 그곳에서 파국을 맞는다. 그의 친구가 하는 말처럼, 그는 난민촌이 아니라 고향에서 죽음을 맞으려고 일부러 에인 호드에 갔던 것인지도 모른다. 죽을 당시, "그의 손에는 세 개의 올리브 열매가 들려 있었고 호주머니에는 무화과 열매가 들어 있었다". 예야 가족의 나크사(파국)는 그렇게 시작되었다. 그리고 그것이 크게는 팔레스타인과 팔레스타인인들의 나크사였다. 그렇게 해서 그들은 "세계와 역사와 미래로부터 서서히 지워지고 있었다".

소설은 여기까지의 이야기를 전지적 시점에서 묘사한다. 전체 분량의 6분의 1쯤 되는 지점까지다. 이후의 이야기는 대부분, 하산과 달리아 사이에서 태어난 세 번째 아이인 아말의 시점으로 전개된다(여기에서 '대부분'이라고 한 것은 소설이 아주 이따금씩, 아말이 하지 못하는 얘기를 다른 사람이 보완하는 형식을 취하고 있기 때문이다. 그러나 그런 부분은 무시할 수 있을 정도로 극히 일부다). 어렸을 때는 해를 두고도 아이들을 밀치며 "저건 우리 아빠 해야, 저리 비켜!"라고 말할 정도로 당돌하고 발랄했지만, 사랑하는 사람들을 하나하나 잃으면서 절망하고 또 절망하는 아말의 시점으로 전개되는 것이다. 아말이라는 이름에는 희망이라는 의미가 담겨 있지만, 아이러니컬하게도 그녀가 들려주는 이야기들은 "돌마저도 울게 만들" 정도로 가슴이 아픈 것들이다(사실, 아말이라는 이름에서 '말'은 길게 장모음으로 '마알'이라고 발음해야 한다. 그녀의 아버지는 그녀에게 이렇게 말한다. "아말이라는 이름은 하나의 희망, 하나의 소망을 의미하지만 너는 그 이상이란다. 우리는 우리의 모든 희망을 너한테 불어넣었다. 네 이름에서 길게 소리 나는 부분은 많은 희망과 꿈을 의미하는 거란다." 그러나 그녀의 입에서 훗날 흘러나오는 얘기는 희망이 아니라 절망의 소리다).

아말의 이야기는 대부분의 소설들이 그렇듯이 과거를 돌아보는 형식으로 되어 있다. 그녀는 과거를 돌아보고 사랑하는 사람들에 대한 기억을 하나하나 되짚어가며 이야기의 실타래를 풀어간다. 프로이트에 따르면, 애도는 사랑하는 사람들과 관련된 기억을 불러내는 것에서부터 시작된다. 그러니 그녀는 이야기를 풀어내면서 사랑하는 사람들의 죽음을 애도하고 있는 셈이다. 다른 점이라면, 프로이트에게는 기억을 되짚는 행위가 궁극적으로 잊기 위한 것인 반면, 아말에게는 그 행위가 잊지 않기 위한 것이라는 점이다.

아버지의 죽음은 아말에게 존재의 뿌리가 흔들릴 정도의 엄청난 충격으로 다가온다. 그는 딸에게 새벽마다 시를 읽어주며 아랍어의 아름다움과 삶의 신비를 일깨워주고 그녀의 어린 시절을 "마술적"인 것으로 만들어준 하늘같은 존재였다. 그리고 그는 아말을 무릎에 앉히고 시를 읽어주며 이스라엘이 그들에게서 다른 것들을 빼앗아갈 수는 있겠지만 머릿속에 든 걸 빼앗아갈 수는 없을 거라며 교육의 중요성을 강조한 지혜로운 아버지였다. 그는 딸이 자기를 얼마나 사랑하느냐고 묻자, "바다와 모든 물고기들만큼, 하늘과 모든 새들만큼, 그리고 지구와 모든 나무들만큼 크게" 사랑한다고 했던 아버지였다. 아니, "우주와 모든 행성들보다 더 크게" 사랑한다고 했던 아버지였다. 그녀는 그런 아버지한테 기대고 살았다. 그는 그녀에게 "신"이었다. 그녀는 그런 "신"의 사랑과 축복 속에 사는 공주였다. 그런데 "신" 같던 아버지가 이스라엘군의 총에 맞아 죽은 것이었다. 그녀의 나이 열두 살 때였다(그녀는 아버지가 죽는 걸 보지는 못하고 나중에 다른 사람으로부터 들어서 알게 되었다).

아말이 "신처럼" 믿고 의지했던 아버지가 사라짐과 동시에 그녀의 집안은 그야말로 쑥대밭이 되었다. 그녀의 오빠인 유세프는 이스라엘군이 혈안이 되어 잡아가려 하자(그들은 오빠만이 아니라 젊은 남자들을 모조리 잡아가려고 했다), 어머니를 아말에게 맡기고 집을 나갔다. 실성한 어머니도 2년 후에 세상을 떠났다. 살아 있어도 살아 있는 것이 아니었던 어머니가 죽자, 열네 살인 그녀는 고아가 되었다. 그녀는 그렇게 삶 속으로 내던져진 것이었다. 결국 그녀

는 팔레스타인 여성 독지가가 운영하는 예루살렘의 고아
원 학교에 가게 되고, 거기서 일등을 놓치지 않고 잘해 열
여덟 살 때 미국 필라델피아에 있는 템플대학으로 유학을
가게 되었다. 결과적으로 보면, 가족 중에서 그녀만이 아말
이라는 이름에 내포된 "희망"의 삶을 살게 된 것이다. 그녀
가 죄의식에 시달렸던 건 그래서였다. 그녀는 사람들이 인
권의 사각지대에서 시달리거나 죽어가고 있는데 자기만 미
국에서 편히 살고 있다는 죄의식에 시달렸다. 사실, 미국에
서의 삶은 행복한 것과는 거리가 먼 외롭고 힘든 "엘 구르
바"(이방인)로서의 삶이었지만, 예닌의 난민촌에서 인간 이
하의 삶을 강요당하는 팔레스타인인들의 삶과 비교하면 백
배 천배 나은 것이었다. 적어도 죽음의 공포에서는 벗어나
있는 삶이었기 때문이다.

그래서 아말의 이야기는 슬픔으로 가득한 애도의 서사
시다. 사랑하는 가족은 물론이고 고향과 나라까지 잃은 것
을 애도하는 서사시인 것이다. 나라를 잃은 것이 가족을 잃
은 것으로 직결되고 있으니, 그녀의 애도는 사람에 대한 애
도와 국가라는 추상적인 것에 대한 애도를 겸한 것이 된다.
"우주와 모든 행성들보다 더 크게" 그녀를 사랑했던 아버지
의 죽음도, 치매에 걸려 사는 게 사는 게 아니었던 어머니
의 죽음도 결국 이스라엘의 식민폭력에 의한 것이었다. 정
상적인 상황이라면 어머니, 아버지의 죽음만 애도하면 될

것을 나라의 죽음까지 애도해야 하는 아말의 실존적 현실
이 우리의 가슴을 저미게 하는 이유가 여기에 있다.

그런데 아말의 이야기를 따라가다 보면, 아버지를 잃은
슬픔보다 어머니를 잃은 슬픔이 어쩐지 더 크고 절실한 것
같은 인상을 받게 된다. 실제로, 뒤로 갈수록 아버지를 묘
사하는 부분보다 어머니를 묘사하는 부분이 더 많이 나온
다. 그런데 그녀의 어머니는 딸에게 살가운 사람이 아니었
다. 오히려 "쌀쌀맞은" 사람에 더 가까웠다. 아말은 어머니
보다는 아버지 밑에서 컸다고 하는 말이 맞을 정도로 아버
지의 사랑을 많이 받았다. 그럼에도 불구하고 아말의 마음
은 어째서 자꾸 어머니를 향하는 걸까.

그 이유는 간단하다. 스스로가 고통의 세월을 살면서 어
머니가 왜 그랬는지를 이해하게 됐기 때문이다. 어머니보다
더하면 더했지 덜하지 않을 고통을 스스로 체험하면서 어
머니가 왜 감정표현에 인색했는지를 이해하게 됐기 때문이
다. 그리고 어머니가 감정표현에 인색했던 것이 사랑이 없
거나 부족해서가 아니었다는 걸 이해하게 됐기 때문이다.
자신의 어머니가 둘째 아들을 이스라엘 군인에 뺏기고 나
서 감정표현에 인색해졌듯이, 아말 자신도 그랬던 것이다.
그녀는 만삭의 몸이었을 때, 사랑하는 남편이 이스라엘군
의 폭탄에 맞아 죽고 조카도 총에 맞아 죽고 올케의 뱃속
에 든 아이도 엄마와 함께 이스라엘군의 칼에 죽었다는 소

식을 들었다. 너무 엄청난 일이어서 울 수도 없었다. 울게 되면 걷잡을 수 없을 것 같았다. "태양마저 갈가리 찢어버릴 듯한" 분노를 걷잡을 수 없을 것 같았다. 차라리 아무 말도 하지 않고 "마음을 얼려버리는 게 더 나았다". 그녀는 어렸을 때 어머니가 "속으로 뭘 느끼든 안으로 간직해라"라고 했던 이유를 그때서야 비로소 깨달은 것이다.

그 충격 때문인지, 그 상황에서 양수가 터지고 진통이 시작되었다. 그러나 그녀는 남편도 없는데 아이는 왜 낳아야 하나 싶었다. 남편을 비롯한 사랑하는 사람들이 다 죽었는데 아이가 무슨 소용이냐 싶었다. 올케의 뱃속에 있던 아이는 이스라엘군의 칼에 죽었는데 자신의 뱃속에 있는 아이는 살아서 나오려고 하다니, 아무 죄도 없는 자신의 아이가 원망스럽기까지 했다. 그녀는 절규했다. "올케는 표시도 없는 떼무덤 속에서 썩고 있는데, 왜 나는 살아야 하나? 올케의 아이는 뱃속에서 칼에 죽었는데, 왜 내 아이는 태어나야 하나?"

보는 이에 따라서는 출산 중인 어머니가 아이가 태어나지 않기를 바라는 게 비정하게 보일 수도 있을 것이다. 그러나 그녀는 10대 초반에 부모를 잃고 예루살렘에 있는 고아원 학교를 다녀야 했고, 이후에는 아는 사람이 아무도 없는 미국으로 혼자 건너와 살고 있는 여자였다. 나이도 스물일곱에 불과했다. 레바논으로 잠시 돌아가 오빠가 오랫동안 사랑했던 파티마와 우여곡절 끝에 결혼해 아이를 낳고 잘 사는 걸 보고 가슴이 벅차했고, 스스로도 사랑하는 사람을 만나 결혼하고 행복해했지만, 그것도 잠시였다. 그녀를 제외한 거의 모든 사람이 죽고 만 것이었다. 남편과 올케가 죽었다는 소식은 그녀를 미치게 하기에 족했다. 이런 상황에서 누구든 죽고 싶지 않으랴. 그래서 그녀가 아이가 태어나지 않았으면 하고 바란 것은 비정한 것이 아니라 역설적인 의미에서 윤리적인 태도였다. 나보다 다른 사람을 먼저 생각하려 드는 것이 윤리의 근본인 탓이다. 그녀가 갓 태어난 아이에게 젖을 물리면서도 아이로부터 거리를 지킨 것은 이러한 이유에서였다. 그녀는 아이가 "원망스럽기도 했다". 자신이 "실제로 원하는 것은 죽는 것"인데 "삶에의 의지"를 강요하는 아이가 원망스러웠던 것이다. 그녀는 결국 자신의 어머니를 닮아가고 있었다. 몇 개월밖에 안 된 둘째 아들이 이스라엘군에 납치된 후, 사랑을 비롯한 모든 감정을 안에 가두며 결국 자식한테마저 감정표현을 하지 못하던 어머니를 닮아가고 있었다. 그렇게 해서 아말은 그녀의 딸 세라와 감정적으로 소원해져 갔다. 사랑하면서도 그 감정을 안으로 간직하기만 했던 자신의 어머니처럼, 딸에게 애정표현을 하지 못하고 살게 된 것이다. 잠을 잘 때에야 방으로 살짝 들어가서 딸의 머리를 만지작거리는 정도밖에 애정표현을 하지 못하던 어머니처럼, 아말도 세라가 있을 때는 속마음을 표현하지 못하고 그녀가 잠들었을 때에야 그녀의 체취를 맡으며 "숨을 쉬어야 하는 이유"를 찾았다. 그래도 그것은 사랑이었다. 아니 어쩌면 그것은 상처가 깊은 사람이 상대가 모르게 은밀히 드러내는 사랑이기에 더 큰 사랑인지 몰랐다.

아말은 혹독한 경험을 하고 나서야, 자신의 어머니가 치매에 걸린 것이 고향에서 쫓겨나고 사랑하는 사람들을 폭력으로 잃은 기억을 밖으로 밀어내고 현재의 순간에만 집중하려는 일종의 방어적 자세라는 걸 이해할 수 있게 되었다. 아말은 "어렸을 때는 어머니가 쌀쌀맞다고 생각했지만, 시간이 지나면서 자신이 태어난 세계를 감당하기에는 어머니가 너무 약한 사람이었다는 걸 깨닫게 된 것이었다". 사실, 표현만 안 했지 그녀의 어머니는 누구보다 따뜻한 사람이었다. 이스라엘군이 쏜 총에 맞아 불구가 된 아말의 작은아버지를 위해 아무도 모르게 자신의 발찌를 팔아 휠체어를 마련해 그의 집 현관 계단에 갖다 놓은 사람은 아말의 어머니였다. 이웃집 산모와 태아 모두가 위험한 상황에서 태아를 돌려놓고 정상분만을 할 수 있도록 도와준 사람 역시 아말의 어머니였다. 그러나 그녀는 팔레스타인인들을 "세계의 쓰레기"로 만들고 방치하는 세상을 받아들이기에는 너무 약한 사람이었다. (우리의 가슴을 더욱 저미게 하는 것은 아말의 어머니가 잃어버린 아들 이스마엘이 유대인 가정에 입양되어 다윗이라는 이름을 갖게 되고, 나중에는 팔레스타인인들을 폭력으로 유린하는 이스라엘 군인이 되었다는 사실이다. 유세프가 이스라엘군에 잡혀 있을 때, 그를 두들겨 패 실신하게 만든 사람도 이스마엘/다윗이었다.)

그런데 아말이 어머니의 삶을 이해하고 그녀에게서 동질감을 확인하는 것만큼이나 중요한 것은 그녀가 점차, 자신의 "감정 주변에 내려앉았던 감옥 창살"을 제거하기 시작했다는 점이다. 그녀는 어느 지점에서부터 자신의 어머니가 걸었던 것과는 다른 길을 가기 시작했다. 자신의 어머니와 달리, 그녀는 성년이 된 자신의 딸 세라를 향해 마음의 문을 열고 지난 세월에 그녀가 느꼈던 감정들을 솔직하게 털어놓았다. 그녀가 딸에게 한 이야기 중에는 지중해의 푸른 물에 발을 담그고 사랑을 속삭였던 남편 마지드와의 "푸른" 사랑에 관한 이야기도 있었고, 그녀의 남편이 어떻게 죽음을 맞았는지에 관한 이야기도 있었다. 그리고 뉴욕의 쌍둥이 건물이 무너진 9·11사태 당시, 거기에서 희생된 사람들을 보고 그녀의 남편이 죽음을 어떻게 맞았을지 상상하며 수없이("삼천 번도 넘게") 울었다는 이야기도 있었다. 세라는 어머니의 이야기를 들으며 어머니의 삶이 애도의 삶이었다는 걸 처음으로 깨달으며 울고 또 울었다. 그리고 자신에게 "쌀쌀맞게" 대하는 어머니에 대한 반발로 스스로도 어머니에게서 거리를 두고 몰이해의 그물에 스스로를 가뒀던 자신을 원망하며 어머니에게 미안해했다. "쌀쌀맞은" 어머니가 사실은 "신보다 더 깊고, 시간보다 더 깊게 그녀를 사랑했다"는 걸 알고 미안해하며 울었다. 아말은 아말대로 "나는 좋은 어미가 아니었다. 내가 진즉 네게 이 얘기를 했어야 했다. 우리가 오래전에 이렇게 얘기를 했어야 했다. 미안한 건 나다"라며 울먹였다. 그런데 그들의 대화가 오간 곳은 예닌이었다. 그들은 미국에 있는 집이 아니라 예닌 난민촌에 있는 아말의 소꿉친구 후다의 집에 묵고 있었던 것이다. 밖에서는 학살이 벌어지고 있던 와중에 서로가 서로를 얼마나 사랑하는지 처음으로 표현하고 또 확인한 것이었다. 어머니와 딸은 그렇게 서로와 사랑에 빠졌다. 얼마 후 아말은 이스라엘군이 물러났다고 생각하고 집 밖으로 나갔다. 그런데 무슨 운명의 장난인지 그게 아니었다. 이스라엘 군인의 총이 세라의 몸을 겨누고 있었다. 그녀는 세라의 몸을 막아서며 딸 대신 총을 맞았다. 그녀는 자신의 피로 딸을 감싸고 "사랑한다"는 말을 들릴 듯 말 듯 속삭이면서 "딸의 생명을 구했다는 기쁨과 함께" 죽었다. 애도의 삶을 살아온 그녀가 이제는 애도의 대상이 된 것이었다.

세라는 그렇게 해서 살아났다. 그녀는 그 마지막 순간을 잊지 못하고 끊임없이 그때, 그 순간으로 돌아갔다. 그녀가 웹사이트에 어머니한테 보내는 편지를 올린 것은 그 순간을 쉼 없이 떠올리며 어머니를 애도하기 위한 것이었다.

엄마의 얼굴이 나를 내려다보고 있어요. 엄마는 입을 반쯤 벌리고 "사랑한다"는 말을 하려고 해요. 하지만 아무 소리도 나오지 않아요. 나는 엄마한테 이 말을 하고 싶어요. 내가 잠들었다고 생각하고 엄마가 내 방에 들어와 나를 안아주곤 하던 걸 알고 있었다고요. 엄마가 나를 사랑했다는 걸 알고 있다고요. 나는 엄마한테 이 말을 하고 싶어요. 엄마의 숨결은 늘 사랑으로 가득 차 있었고, 슬픔으로 가득 차 있었다고. 나는 엄마한테 이 말을 하고 싶지만 두려워요. 엄마가 삶을 사랑하는 것 이상으로 나를 사랑한다는 궁극적인 증거가 이제 나한테 있으니까요. 나는 엄마가 어떻게 생각할지 궁금해요. 나는 엄마의 용서가 필요해요. 엄마가 필요해요. 하느님에게 엄마를 데려가지 말라고 애원하고 있어요. 지금은 안 된다고요. 이렇게는 안 된다고요.

그녀는 웹사이트에 어머니를 향한 애도의 마음을 이렇게 올려놓았다. "밖에 분노의 광풍이 몰아칠 때, 밤새도록 얘기를 하며 서로와 다시 사랑에 빠지던" 2002년 4월을 추억하고 마음에 새기기 위한 것이었다. 그런데 그녀가 어머니의 죽음을 애도하는 글을 웹사이트에 올리게 되면서 문제가 생겼다. 이스라엘 당국이 그걸 사적인 애도의 글로 보지 않고 그들의 "안보에 대한 위협"으로 간주한 것이었다. 이스라엘은 결국 그녀를 추방했다.

그녀는 추방당하기 직전, 할아버지의 유대인 친구이자 대학교수인 아리 펄스타인의 도움으로 에인 호드를 찾아 갔다. 그런데 할아버지가 살았던 돌집에는 30대 초반의 아름다운 유대인 여자가 살고 있었다. 유대인 여자는 "무슨 상황인지 알겠는데, 여기는 이제 우리 집이에요"라고 말하며 세라와 펄스타인 교수를 안에 들이지 않으려 했다. 유대인 여자는 "우리"라는 말을 강조하고 있었다. 세라의 할아버지와 할머니, 증조할아버지와 증조할머니가 바로 그 집에서 자식들을 키우며 평화롭게 살던 역사는 그렇게 지워지고 있었다. 개인과 가족의 역사만이 지워지고 있는 게 아니었다. 팔레스타인의 역사도 지워지고 있었다.

『예닌의 아침』은 가만 놔두면 그렇게 영영 지워지고 말 팔레스타인의 역사를 기억하고 애도하기 위한 소설이다. 아불하와는 사랑하는 사람에 대한 팔레스타인인들의 애도는 잃어버린 땅에 대한 애도와 겹쳐질 수밖에 없는 것이며, 그런 의미에서, 끝내야 하는 게 아니라 대대로 물려주고 물려받아야 하는 애도라는 걸 강조하는 것처럼 보인다. 프로이트는 애도의 과정은 끝내야 하는 것이라고, 정상적인 삶을 살기 위해서는 끝내야 하는 것이라고 했지만, 팔레스타인인들이 지난 60여 년 동안 살아왔고 이후로도 살아내야

372

할 고통과 고난의 세월은 애도가 쉼 없이 계속되어야 하는
것임을, 과거는 청산의 대상이 아니라 집착의 대상이라는
걸 말해준다. 프로이트의 말대로 그 집착이 우울증의 표시
라면, 그것은 극복해야 하는 게 아니라 오히려 환영하고 환
대해야 하는 우울증이 아닐까.

탄생과 함께 시작된 애도

—어머니를 위한 '서정적 기념비'

우리는 어머니의 몸에서 갈라지면서 세상에 나온다. 아이들이 우는 것을 보면 그 갈라짐이 얼마나 고통스러운 것인지 어렵지 않게 가늠해볼 수 있다. 사람들이 흔히 말하는 것과는 다르게, 아이는 세상에 나온 것이 기뻐서 힘차게 우는 게 아니다. 오히려 단말마의 고통을 느끼는 게 아닐까 싶을 정도로 고통스러운 울음을 운다는 표현이 더 맞을지 모른다. 몸의 갈라짐, 즉 탄생의 충격을 완화시키려는 자연의 섭리가 작용하는지, 우리는 어머니 곁에 한동안 머물게 된다(물론, 예외적인 경우는 얼마든지 있다). 그러다가 서서히 그리고 머뭇머뭇, 어머니 곁을 떠난다. 어머니 곁에 아버지가 있기 때문이다. 자신이 있어야 할 자리를 아버지가 차지하고 있기 때문이다. 적어도 프로이트에 따르면 그렇다. 그래서 정신분석학은 우리의 몸과 어머니의 몸이 갈라지는 것을 중심에 놓고 인간심리를 들여다보고자 하는 시도에 다름 아니다. 프로이트의 말이 절대적인 것일 수는 없겠지만, 어머니의 몸에서 우리의 몸이 갈라지는 충격이 우리도 알지 못하는 사이에 마음속 깊은 곳에 각인되어 이후에 심오한 영향력을 행사한다는 가설은 어쩌면 크게 틀린 말은 아닐지 모른다. 정신분석학자들의 이론은 대부분, 그 갈라짐의 문제로 수렴된다고 해도 과언은 아닐 것이다. 그러고 보면, 정신분석학은 몸 담론인 셈이다. 더 정확하게 말하면, 몸의 갈라짐에 관한 담론이다. 이는 정신분석학을 조야하게 풀어낸 말이지만, 크게 틀린 말은 아닐 것이다. 어머니로부터 몸이 갈라지면서 우리의 애도는 벌써 시작된 셈이다.

문제는 우리의 삶이 어머니의 몸으로부터 갈라진 것에 대한 충격에 그렇지 않아도 휘둘리는 애도의 삶인데, 그 어머니가 어느 시점에 가서는 죽음의 파도에 휩쓸려 더 이상 볼 수 없게 된다는 데 있다. 그래서 어머니의 죽음은 우리의 탄생과 더불어 시작된 갈라짐에 잔인하게 마침표를 찍는 것과 같다. 이 잔인한 마침표를 피해 갈 수 있는 사람은 세상에 존재하지 않는다. 결국, 죽음의 파도가 문제이다. 그런데 바다의 파도가 그렇듯, 죽음의 파도 역시 매번 다른 높이와 강도로 우리에게 다가온다. 저마다 죽음을 맞는 방식이 다른 것이다. 편안하고 평화로운 죽음이 어디 있겠냐만, 그래도 상대적으로 편안하고 평화로운 죽음이 있는가 하면, 존재의 기둥을 뽑아버릴 정도로 혼란스럽고 폭력적인 죽음도 있고, 여타의 다른 방식도 얼마든지 있을 수 있다(죽음을 맞는 시기도 어머니에 따라 천차만별이다. 어떤 경우에는 아이가 세상에 태어남과 동시에 어머니가 죽음의 파도에 휩쓸리는 경우도 있고, 아이가 아주 어렸을 때 그러는 경우도 있다).

그런데 탄생과 더불어 시작된 몸의 갈라짐에 마침표를 찍는 죽음이 타인에 의한 폭력의 형태를 띠면 어떻게 될까. 단도직입적으로 말해, 우리의 어머니가 다른 사람이 휘두른 흉기에 의해 죽게 되면 어떻게 될까. 우리는 이후의 삶을 어떻게 살아가게 될까. 사회가 우리에게 요구하고 처방하는 애도라는 게 그런 상황에서도 가능할까. 살아남은 사람이 '정상적인' 삶을 살아가기 위해서는 죽은 사람을 마음에서 몰아내는 애도작업이 필요하다고 프로이트는 말하지만, 그런 상황에서 어머니를 마음에서 몰아내는 것이 가능할까. 만약 가능하다고 해도, 꼭 그래야만 하는 걸까.

이러한 질문은 2007년 〈퓰리처상〉을 수상한 미국 시인 나타샤 트레서웨이Natasha Tretheway와 같은 사람들이 물음 직한 것이다. 트레서웨이의 어머니가 세상을 떠난 것은 1985년, 그녀가 열아홉 살 때였다. 그녀의 어머니는 친어머니였지만, 아버지는 의붓아버지였다. 의붓아버지는 대단히 폭력적인 사람이었다. 그는 자신의 폭력을 견디다 못해 전해에 이혼을 하고 '여성의 집'으로 피신해 있던 부인을 총으로 살해했다. 그는 처음에는 의붓딸을 죽여 전처에게 보복할 심산이었다. 그런데 풋볼경기장에 찾아갔을 때, 치어리더인 의붓딸이 자기를 보고 웃으면서 손을 흔드는 걸 보고 발길을 돌려 어머니를 죽이러 갔다. 그렇게 해서 그녀의 어머니가 대신 죽게 되고 딸은 살아남았다.

트레서웨이가 경기의 흥을 돋우는 치어리더 활동을 하는 사이, 어머니는 죽음을 맞은 것이다. 두 사람의 삶은 그렇게 단절되었다. 어머니의 삶이 동강 난 것은 말할 것도 없으려니와, 마흔 살밖에 되지 않은 어머니가 그리도 비극적인 죽음을 맞았는데 딸의 삶이 어찌 행복할 수 있으랴. 뉴스에나 나옴 직한 얘기지만, 이것이 시인 트레서웨이의 실제 삶이었다.

그녀의 시가 끊임없이 과거를 향해 뒷걸음질을 하는 것은 그래서 당연한 일이다. 그녀에게 〈퓰리처상〉을 안겨준 시집 『네이티브 가드Native Guard』만 해도 그렇다. 이 시집은 표면적으로 보면, 남북전쟁에 백인들과 함께 수십만 명이나 참전했지만, 전쟁이 끝나고 난 후에는 역사의 기록에서 배제되는 운명에 처했던 흑인 병사들의 한스러운 목소리를 되살리는 걸 주된 목적으로 하고 있다. 작가의 말처럼, 그래서 이 시집은 "잊혀진 흑인 병사들을 위한 서정적인 기념비"라고 할 수 있다. 그런데 시집을 자세히 살펴보면, 흑인 병사들을 위한 서정적인 시들이 그와는 거리가 먼 개인적인 시들에 둘러싸여 있는 걸 알 수 있다. 흑인 병사들의 목소리가 가운데에 배치되고, 어머니와 관련된 시들이 앞뒤에 배치되어 그것을 감싸고 있는 형식이다. 어머니와 관련된 시들은 분량의 면에서도 흑인 병사들에 관련된 시들을 압도한다. 그래서 이 시집을 대표하는 시는 표제작인 「네이티브 가드」나 그와 관련된 시들이라기보다는 이 세상에 없는 어머니에 대한 감정이 담긴 다음과 같은 시일 것이다.

당신이 죽어가는 동안, 나는 자고 있었습니다.
내가 잠과 깨어남 사이에 만드는 어떤 틈, 어떤 구멍 속으로
당신이 빠져버린 것만 같습니다.

내가 당신을 에레부스*에 잡아두고 아직도
놓아주지 않으려 하는 것만 같습니다. 당신은 내일 다시
죽겠지만 꿈속에서는 살아 있습니다. 그래서 나는 다시

당신을 아침 속으로 데려가려 합니다. 잠에 취해 몸을 뒤척이며
눈을 뜨면서, 나는 당신이 따라오지 않는다는 걸 압니다.
거듭되는 이 계속적인 저버림.

---

* 에레부스Erebus: 이승과 저승 사이에 있는 암흑계

거듭되는 이 계속적인 저버림.

눈을 뜨면서 나는 당신이 따라오지 않는다는 걸 압니다.

당신은 아침 속으로 물러납니다, 잠에 취해 몸을 뒤척이며.

하지만 당신은 꿈속에서는 살아 있습니다. 그래서 나는 놓아

주지 않으려고

당신을 잡으려 합니다. 내일 다시 당신은 죽을 것입니다.

나는 꿈과 깨어남 사이에 만드는

에레부스에 당신을 잡아두려고 아직도 애를 씁니다.

어떤 틈, 어떤 구멍 속으로 당신이 빠져버린 것만 같습니다.

당신이 죽어가는 동안, 나는 자고 있었습니다.

—「신화」

여기에서 화자/작가는 과거를 향해 뒷걸음질을 하면서, 어머니와 자기 중 누가 상대를 저버린 것인지 자문하고 있다. 그래서 이 시에 나타난 "저버림"은 이중적이다. "일차적으로는 시의 화자인 '나'를 두고 죽음으로써 어머니가 '나'를 저버리는 것"이다. 시인은 스무 살도 안 된 자신을 놔두고 어머니가 세상을 떠났기에 자신이 저버림의 대상이었다

고 느낀다. 이는 물론 논리적으로는 모순이다. 어머니는 그녀를 저버린 게 아니라 의붓아버지가 머리에 쏜 총에 맞아 세상을 떠났기에 누구를 저버리고 말고 할 상황이 아니었다. 그러나 논리적으로 모순이든 아니든, 뒤에 남은 사람이 저버림을 받았다고 느끼는 것은 어쩌면 당연한 일인지 모른다. 우리를 안아주고 품어줘야 하는 어머니가 예고도 없이 우리 곁을 떠나는 경우는 더욱 그러할지 모른다. 나이가 많든 적든, 우리는 어머니의 사랑을 필요로 하는 영원한 '아이'인지 모른다. 그런데 이 시에 나타난 "저버림"은 "이차적으로는 어머니를 죽게 놔둠으로써 '내'가 그녀를 저버린다는 의미를 동시에 갖고 있다. "당신이 죽어가는 동안, 나는 자고 있었습니다"라는 표현은 자기도 어찌할 수 없었지만, 그럼에도 불구하고 어머니가 죽지 않도록 뭔가를 했어야 했다는 죄의식의 표현이다. 시에서와 다르게, 트레서웨이는 자신의 어머니가 죽을 때, 자고 있었던 게 아니라 풋볼게임에서 치어리더 역할을 하고 있었지만, 그 일에 대해 아무것도 모르고 있었기에, 그리고 설령 알았다고 해도 아무것도 할 수 없는 상황이었을 것이기에 '자고 있었던' 것이나 마찬가지였던 셈이다. 결국, 어머니가 그녀를 저버렸다는 것이나 그녀가 어머니를 저버렸다는 것이 논리적으로 모순되는 것이지만, 시인이 그 모순적인 느낌에 집착하는 것은 어머니의 죽음이 그만큼 힘겨운 것이었다는 증거에 다름 아니다.

이 시는 제목이 '신화'인 것에서도 잘 드러나듯 오르페우스와 에우리디케의 가슴 아픈 사랑 이야기에서 모티프를 취하고 있다. 시인은, 뱀에 물려 죽은 에우리디케를 지하세계로까지 찾아가 자신의 음악으로 지하세계의 신을 감동시켜 결국 그녀를 데리고 나오다가 뒤를 돌아보는 바람에 다시 그녀를 잃게 되는 오르페우스의 신화를 읽으면서, 죽은 어머니를 떠올리고 죄의식을 느꼈다. 이는 데리다가 레비나스의 말을 인용해 말한 것처럼, "살아남은 자가 느끼는 죄의식"이다.

「당신이 돌아가신 후After Your Death」라는 시도 「신화」에 배인 것과 흡사한 죄의식을 드러내고 있는데, 앞의 것이 신화를 차용해 죄의식을 드러냈다면, 이 시는 평범하기 그지없는 과일을 보고 드러낸다는 것이 다르다면 다른 점이다.

우선, 나는 당신의 옷장을 비웠고,
당신의 손길이 묻어 찌그러진 과일 그릇을 버렸고,
당신이 잼을 만들려고 사놓은

병들을 비웠어요. 다음 날 아침,
새들이 과일나무에서 바스락거렸어요.
나중에 내가 잘 익은 무화과 열매를 가지에서 비틀어 땄더니

반은 먹히고 다른 쪽은 벌써

썩어가고 있었어요, 아니, 내가 따서

쪼갠 다른 것처럼, 안쪽에서부터 먹히고 있었어요.

그것의 속을 파먹는 벌레들의 무리. 다시 한 번

나는 늦었어요, 상실에 의해 비워진 또 다른 공간.

내일, 내가 아직도 채워야 하는 그릇.

시인은 무심코 딴 무화과 열매가 반은 썩고 반은 먹을 수 없는 상태인 걸 보고 자신이 "다시 한 번" 늦었다고 말하며 어머니의 죽음과 결부된 자의식을 드러내고 있다. 늘 그랬듯이 시인은 또 늦은 것이다. 자신이 "너무 늦어" 어머니를 죽게 만들었듯이, "너무 늦게" 따는 바람에 무화과 열매를 썩게 만든 것이다. 이렇듯 시인은 썩은 과일을 보고도 어머니의 죽음을 떠올리며 죄의식에 사로잡힌다. 이는 시인이 「신화」에서 "당신이 죽어가는 동안, 나는 자고 있었습니다"라고 말한 것과 거의 정확하게 맥을 같이하는 죄의식이다.

「신화」와 「당신이 돌아가신 후」가 어머니의 죽음 이후에 시인이 느꼈던 죄의식을 토로하고 있다면, 「기념비Monument」는 어머니의 무덤에 변변한 비석 하나도 세우지 못하고 살아온 마음의 짐을 서글프게 노래하고 있다. 시의 내용은 이렇다. 그녀가 어느 여름날, 어머니의 무덤을 찾아가니 묘지에 잡초가 무성히 자라 있다. 너무 무성해 "길을 잃을" 정도다.
가까스로 무덤을 찾아내 다가가자, 개미들이 무덤을 들락거
리며 집을 짓고 있다. 시인은 그 모습을 찬찬히 들여다보기
시작한다. 개미들이 어머니의 "돌보지 않은" 무덤을 "동맥처
럼" 들락거리며 그 위에 "작은 언덕"을 만들고 있다. "조금씩/
붉은 흙이 쌓여/풀 위에 발진發疹처럼 펼쳐진다." 그러나 시
인은 개미들이 어머니의 무덤을 들락거려도 자책감 때문에
그들을 탓하지 못한다. 시의 마지막 부분은 시인의 자책감
을 잘 포착하고 있다.

　　나는 개미들이 내 어머니가 그것의
　　일부가 될 흙을 꺼내

　　내 앞에서 쌓는 다부진 모습을
　　오랫동안 바라보았다.
　　정말이지 나는 그들을, 그들의 근면함을
　　시샘하지 않으려고 애썼다.

　　그것은 내가 하지 못한 것을
　　환기시키는 것이었다. 지금도
　　그 흙더미는 내 가슴에 난 물집이요
　　기운이 팔팔한 붉은 개미떼다.

여기에서 시인이 느끼는 자책감은 구체적으로 "어머니의 묘에 기념비를 세우지 못한 것에 대한 죄의식"에서 연유하는 것이다. 개미들도 자신들이 해야 할 일을 그처럼 부지런히 하는데, 왜 자신만은 그렇게 하지 못했는지 시인은 자책한다. 그래서 개미들이 쌓은 흙더미는 그녀에게 "가슴에 난 물집"으로 다가온다. 그렇다면 왜 그녀는 어머니의 무덤에 비석을 세우지 못했던 것일까. 그녀는 그 이유를 다음과 같이 설명한다.

저는 의붓아버지의 성을 가진 어머니의 이름을 비석에 새겨 넣을 수 없었습니다. 그렇다고 제 친아버지의 이름을 새겨 넣을 수도 없었습니다. 저에게는 어머니와 의붓아버지 사이에서 태어난 남동생이 있었으니까요. 그는 어머니가 돌아가실 당시, 열 살이었습니다. 그는 의붓아버지와 이름이 정확하게 똑같았습니다. 그는 살인자인 아버지의 이름을 갖고 평생을 살아야 하는 짐을 지게 되었습니다. 그게 동생한테 얼마나 힘든 것일지 생각하면 너무 가슴이 아픕니다. 제가 『네이티브 가드』로 〈퓰리처상〉을 받으면서 가족사가 알려지고 그 때문에 힘들어 했을 동생을 생각하면 가슴이 미어집니다.

그녀가 비석을 세우지 않은 건 지극히 현실적인 이유에서였다는 말이다. 자신의 어머니를 죽인 의붓아버지의 성을 비석에 새길 수도 없었고, 그렇다고 생부의 성을 새기기에는 의붓아버지와 어머니 사이에서 태어난 동생이 걸렸다. 이는 비석을 세우든 안 세우든, 죄의식이 불가피한 것이었다는 말이 된다.

그런데 트레서웨이는 어째서 비석을 세우지 못한 것에 "죄의식"까지 느끼는 걸까. 비석이 그렇게 중요한 것일까. 그녀는 비석을 세우지 못함으로써 사랑하는 어머니를 떠나보내는 의식을 제대로 행하지 못했다고 느꼈다. "고정된 곳 없이는, 확정할 수 있는 장소 없이는, 애도는 허용되지 않는다"라는 데리다의 말은 그녀의 상황에 잘 들어맞는 말이 아닐 수 없다. 데리다가 말하는 "고정된 곳"이나 "확정할 수 있는 장소"는 무덤이나 비석 등을 두고 하는 말인데, 무덤이나 비석이 있어야 하는 것은 사랑하는 사람이 삶을 마감하고 그곳에 몸을 뉘었다는 표식이, 살아남은 사람에게는 애도의 고통스러운 여정을 시작하는 출발점이 되어주기 때문이다 (이런 의미에서 우리는 너 나 할 것 없이 물질을 중시하고 물질에 기대는 존재이다. 무덤이나 비석과 같은 물질은 우리가 사랑했던 사람에 대한 기억, 즉 비물질로 넘어가는 다리의 기능을 하는 다리다. 사랑하는 사람을 잃은 슬픔에 끝이 있을 리 없지만, 그나마 견딜 수 있는 건 그러한 다리가 있기 때문인지 모른다).

문제는 동생이 받을 상처에 대한 고려 때문에 트레서웨

이가 어머니를 위한 비석을 세울 수 없다는 데 있다. 현실적으로 이 문제를 타개할 길은 전혀 없어 보인다. 적어도 그녀가 "살인자인 아버지의 이름을 갖고 평생을 살아야 하는 짐"을 지고 있는 동생을 배려하는 한, 이후로도 비석을 세울 가능성은 전혀 없어 보인다. 바로 이것이 그녀가 시라는 매개체를 통해 어머니를 향해 끝없이 뒷걸음질을 하는 이유다. 그녀에게 시는 "고정된 곳"이자 "확정할 수 있는 장소"를 대체하는 물질, 은유의 물질인 셈이다. 그녀는 시라는 은유의 물질을 통해 사랑하는 어머니를 향해 달려갈 수 있는 길을 확보하려 한 것이다. 그녀가 자신의 시를 "어머니에 대한 서정적 기념비"라고 한 것은 바로 이런 이유에서였다. 그녀는 현실적으로 불가능한 비석이나 기념비를 시를 통해 세우고 싶었던 것이다.

그런데 하나만 있는 현실적인 비석이나 기념비와 달리, 그녀가 시를 통해 세우는 기념비나 비석은 하나가 아니라 복수다. 비석이나 기념비와 달리, 그것을 대신하는 시는 아무리 쓰고 또 써도 불충분한 복수의 "서정적인 기념비"인 것이다. 이 세상의 모든 것이 그녀에게는 어머니가 살아 있었음을 환기시키는 존재다. 꽃도 그렇고 사진도 그렇고 하찮은 빗도 그렇다. 심지어 나무를 쪼는 딱따구리마저도 그랬다.

나는 온종일, 딱따구리 한 마리가
나의 창문 바로 밖에 있는 개오동나무에
달려들어 부지런히 쪼아대는 소리를 들었다.

열심히 나무를 쪼는 그의 몸은 경첩이요,
내가 그 속에서 어머니의 얼굴을 거의 볼 수 있는
기억의 집 문에 달린 쇠고리다.

가느다란 열매와 하트 무늬의 잎들이 달린 나무 너머에
그녀는 다시 돌아와
젖은 홑이불을 빨랫줄에 널고 있다, 하나씩

널 때마다 얇은 백색의 장막이 우리 사이에 드리워진다.
이 딱따구리는 정말로 끈질기다. 그는 뭔가 다른 것을
찾고 있음이 분명하다. 단순히 딱정벌레와 유충만을

찾는 게 아니라 나무가 갖고 있을지 모르는
다른 선물을 찾고 있음이 분명하다. 그는 녹색 하트 잎들이
팔랑거리게 하면서 온종일 지칠 줄 모르고 일한다.

　딱따구리가 나무를 쪼는 것은 당연한 이치이건만, 시
인은 나무에 달라붙어 있는 딱따구리의 몸을 "그 속에

서 어머니의 얼굴을 거의 볼 수 있는/기억의 집 문에 달린 쇠고리"로 인식한다. 이 시의 제목이 '문지방threshold'과 동의어지만 의식작용의 발생과 소멸의 경계를 일컫는 "식역"(Limen, 識閾)인 것은 결코 우연이 아니다. 딱따구리가 나무를 쪼듯 시인이 "기억의 집 문에 달린 쇠고리"를 두드리자, 놀라운 일이 벌어진다. 죽었던 어머니가 현실로 돌아와 "젖은 홑이불을 빨랫줄에 널고 있다". 세월이 흘러 그녀의 어머니와 같이 살았던 시간보다, 혼자서 살았던 시간의 길이가 더 길어졌음에도 시인은 이처럼 과거를 향해 자꾸 뒷걸음질을 하며 기억에 매달리고 있는 것이다.

딱따구리가 "온종일" 지칠 줄 모르고 나무에 매달리듯, 시인은 끝없이 어머니에 대한 기억에 매달린다. 무슨 말이었는지 정확히 기억할 수 없지만 어머니가 죽기 얼마 전에 자신에게 뭔가를 말하려고 했던 장면을 떠올리기도 하고(「몸이 말할 수 있는 것What the Body Can Say」), 어머니가 의붓아버지한테 죽임을 당한 후의 "몸의 풍경", 즉 "조각난 쇄골"과 "관통된 관자놀이뼈"를 떠올리기도 한다(「증거What Is Evidence」). 그리고 수선화를 보면서도 자신이 어렸을 때, 학교에서 돌아오는 길에 꺾어다가 어머니에게 건네던 야생수선화를 떠올리며 그것이 아름답지만 세상에 머무는 시간이 짧은 꽃의 운명처럼 어머니의 단명을 예언한 것이지 않았을까 생각하기도 하고(「수선화Genus Narcissus」), 사진 속의 어머니를 보면서도 어째서 카메라가 이후에 있을 "의붓아 버지의 주먹"에 관해서는 아무것도 말하지 않느냐고 따지 기도 한다(「사진-얼음보라, 1971 Photograph : Ice Storm, 1971」). 이렇듯 "모든 세계"가 트레서웨이에게는, 『폭풍의 언덕』에 서 히스클리프가 사랑하는 캐서린을 그리며 했던 말을 빌 리자면, "그녀가 존재했으며, 그녀를 잃어버렸다는 끔찍한 메모장"인 셈이다. 트레서웨이와 그녀의 어머니를 히스클리 프와 캐서린의 관계에 비유하는 것은 다소 무리일 수 있지 만, 이 세상을 떠난 사람에 대한 그리움에 끝없이 집착한 다는 점에서 관련이 없지만은 않은 듯하다. "구름에서도, 나무에서도, 그녀의 이미지에 둘러싸여 있다"라고 했던 히 스클리프처럼, 시인에게는 세상만물이 그녀의 어머니를 환 기시키는 것들이었다.

*

트레서웨이의 문제를 더 복잡하게 만드는 것은 그렇지 않아도 힘겨운 어머니의 죽음이 인종의 문제와 맞물려 있 다는 사실이다. 그녀의 친아버지는 백인이었고 어머니는 흑 인이었다. 그녀의 부모가 결혼할 당시, 미시시피에서는 흑 백 간의 결혼이 불법이었다. 그래서 그들은 1965년에 오 하이오로 가서 결혼하고 미시시피로 돌아왔고 이듬해인

1966년에 트레서웨이가 태어났다. 그러나 1960년대는 두 사람의 사랑을 용납하지 않는 야만의 시대였다. 흑인인권 운동가이자 〈노벨평화상〉 수상자인 마틴 루터 킹이 백인우월주의자들에게 암살을 당한 것도 1960년대 후반(1968년)이었다. 악명 높은 백인우월주의단체KKK는 흑인들만 차별한 게 아니라 흑인들에게 우호적인 백인들을 "검둥이를 사랑하는 자들"이라고 몰아붙이며 위협하고 테러를 가했다. 트레서웨이가 여섯 살이 되었을 때, 그녀의 부모가 이혼을 한 것도 그 맥락에서였다. 두 사람은 인종의 장벽을 뛰어넘으려 했지만, 그것은 개인의 의지나 노력만 갖고서는 가능한 일이 아니었다. 그리고 트레서웨이의 어머니는 재혼을 했고, 그것이 문제였다. 어머니의 새 남편은 대단히 폭력적인 사람이었다. 트레서웨이는 그것을 보고 자랐고, 결국 어머니의 비극적인 죽음까지 겪어야 했다. 그녀의 어머니가 죽었을 당시, 그녀는 열아홉 살이었다.

그렇게 어린 나이에 어머니를 잃은 트레서웨이에게 "애도작업"의 완성이라는 것은 애초부터 불가능했다. 사랑하는 어머니를 기억의 저편으로 몰아낼 수는 없는 일이었다. 살해를 당함으로써 존재성과 목소리를 강탈당한 어머니를 아무리 상징적이고 비유적인 의미에서라도 다시 '죽일' 수는 없었다. 어머니는 살아 있어야 했다. 어머니를 애도와 망각의 세계로 밀어내서는 안 될 일이었다. 이것이 몇십 년이 흘러도 트레서웨이의 시에 어머니가 반복하여 나타나는 이유다. 정상과 비정상을 가르기 좋아하는 정신분석학자들 같으면 트레서웨이가 어머니의 죽음을 20년이 지난 시점에서도 반추하고 또 반추하는 걸 가리켜 애도를 제대로 하지 못해서 생기는 현상, 즉 우울증이라고 할 것이다. 죽은 자는 우리 손으로 죽여서라도 죽음의 세계로 밀어내고 우리의 삶을 살아야 한다는 게 그들의 생각이기 때문이다. 아브라함과 토록이 『껍질과 속』에서 정상적인 애도와 비정상적인 애도를 "내재화"와 "합일화"라는 용어로 풀이하는 것도 바로 이러한 맥락에서다. 그들이 말하는 "내재화"란 살아남은 사람이 죽은 사람의 좋은 특징들을 자신의 일부로 동화시키는 정상적인 애도를 의미하고, "합일화"란 살아남은 사람이 죽은 사람의 면면을 자기화하기를 거부하고 그를 살아 있게 하는 비정상적인 애도를 의미한다. 그들에 따르면, 후자의 경우는 "표현할 수 없는 애도로 인해 자아 안에 은밀한 묘지를 만들어" 결국 "한밤중에 그 토굴의 유령이 자신을 괴롭히게 만든다". 간단히 말하자면, 묘지를 만들면 안 된다는 말이다. 죽은 자는 떠나보내야 한다는 말이다. 그러니까 그들은 살아남은 사람이 중요하므로 더 이상 우리와 같이 있지 않는 죽은 사람은 죽음의 세계로 밀쳐버리고 우리 본위로, 이기적이고 자기중심적으로 살아가라고 처방하는 것이다. 그러나 삶의 모든 것이 그러한 것처럼, 사랑하는 사람을 죽음으로 떠나보내고 그와의 감정적 고리를 끊는 일이 무 자르듯 쉽게 해낼 수 있는 일만은 아닐 것이다.

트레서웨이는 '정상적' "내재화"보다는 '비정상적인' "합일화"를 택한 것처럼 보인다. 아니 어쩌면, 그것은 그녀의 선택이 아니라 어쩔 수 없는 일이었던 것처럼 보인다. 그녀가 지금까지 발표한 시들을 자세히 들여다보면, 어머니라는 존재는 여전히 신비로운 존재로 남아 딸과 일종의 대화를 하고 있는 듯한 느낌을 준다. 참으로 잔인한 말이 아닐 수 없지만, 트레서웨이가 시인이 된 것은 어머니의 죽음이 있었기에, 그리고 그 어머니를 가깝고도 낯선 존재로 머물게 하면서 끝없이 슬퍼했기에 가능한 일이었을 것이다. 데리다와 헤겔에 따르면, 기억에는 내면화로의 기억erinnerung과 글쓰기와 사색으로 나아가게 하는 사유적인 기억gedächtnis이 있는데 트레서웨이가 어머니를 기억하는 방식은 후자에 가깝다. 실제로 트레서웨이의 어머니는 시인인 딸이 "개인적 경험을 개인적 차원에 머물게 하지 않고 더 넓은 역사적, 인류적 차원의 것으로 만드는 데" 크게 기여한 셈이다. 트레서웨이가 시를 쓰는 이유를 들면서 "역사의 내러티브에서는 잊혀지고 삭제된" 흑인들의 "목소리를 살려내 그들의 부재를 현재화하기 위한 것"이라고 한 것은 그래서 의미심장한 발언이 아닐 수 없다. 그녀는 어머니를 끝없이 불러내면서 그 어머니를 통해 인종적 불의로 얼룩진 미국의 과거를 사유할 수 있게 되었던 것이다.

발터 베냐민은 "기억되는 사건은 그것이 앞과 뒤에 있었던 모든 것에 대한 유일한 열쇠이기 때문에 영원하다"라고 했는데, 이 말은 트레서웨이에게 잘 들어맞는 말이다. 베냐민이 말하는 "기억되는 사건"은 트레서웨이의 경우에는 어머니의 비극적인 죽음이었다. 그런 의미에서 그녀의 어머니는 살아 있을 때보다 더 생생하게 기억 속에 살아 있었다. 그녀가 1910년대의 뉴올리언스의 홍등가에서 몸을 팔며 살아야 했던 혼혈 여성들의 사진(이 사진은 백인 사진 작가인 E. J. 벨로크가 촬영한 것이었다)을 보고 그들의 비극적 삶을 형상화한 것도 어머니가 기억 속에 살아 있었기에, 살아 있는 그 어머니가 그녀를 "글쓰기와 사유"로 나아가게 했기에 가능한 일이었다. 『벨로크의 오필리아Bellocq's Ophelia』는 그렇게 해서 태어난 시집이었다. 그중 하나를 인용해보자.

그에 대해 생각나는 건 조금밖에 없다.
나는 그가 오면 무서웠다
사과와 사탕, 치약과 분粉을 선물로 가져왔지만.
대신, 나는 손톱과 귀를 내밀어 보이고
입을 벌려 이를 보여줘야 했다.

그리고 작은 소리로 배운 것을 암송했다.
나는 라이lie 대신에 레이lay라고 하는 등,
단순한 말도 더듬거렸다. 그러면 그가
나를 제지했다. 나는 그가 나를 좋아해주고
맨발로 들판을 쏘다니는 거친 흑인 아이가 아니라
영리하고 고운 유색인 계집아이로 생각해주기를
얼마나 바랐는지 모른다. 이제 나는 거리에서 지나치는
남자들 속에서 그의 얼굴을 찾아본다,
어느 날, 내 방에 들어오는 남자가 손님이자 아버지가
아닐지 두려워서다.

이 시의 화자는 윤락녀이자 혼혈 여성인 오필리아인데, 트레서웨이는 이 "시를 쓸 때, 오필리아였다". 이 시가 애잔하면서도 감동적으로 다가오는 것은 그것이 추상적인 형태가 아니라 흑인 어머니와 백인 아버지를 둔 시인이 자신의 "삶과는 천리만리 떨어져 있지만, 인종적 정체성의 면에서 보면" 크게 다를 바 없는 윤락녀와 자신을 동일시하고 있기 때문이다. 그녀의 시를 더욱 감동적으로 만드는 것은 자신이 "아무리 감정이입을 통해서 1910년대의 흑백 혼혈의 윤락녀와 동일시를 했다고 해도, 그러한 삶을 직접 체험하고 살았던 게 아니므로, 그러한 인물을 시의 소재로 삼은 것이 어느 정도는 잔인한 행위라고 할 수도 있다"는 자의식과 겸손함이다. 이는 시인이 고통을 당해본 사람이기에, 어렸을 때부터 손가락질을 당하며 살아온 혼혈인이기에 몸에 익은 태도일 것이다. 그리고 이 모든 것이 역설적으로 어머니의 죽음이 있었기에, 아니 어머니가 '살아' 있기에 가능한 일이었다.

트레서웨이는 결코 어머니를 기억에서 지우거나 몰아내려 하지 않았다. 그녀는 어머니의 죽음이 그녀의 심상에 남긴 "몸의 풍경", 즉 "조각난 쇄골"과 "관통된 관자놀이뼈"를 외면하려고 하지 않았다. 처음부터 그것이 가능한 건 아니었지만, 그래서 그의 첫 시집 『집안일Domestic Work』에는 그 고통스러움으로부터 거리를 지키려는, 차분해 보이지만 눈물겨운 노력이 엿보이지만, 결국 그녀는 "몸의 풍경"을 기억에서 놓지 않으려고 그것을 시로 남기는 작업을 계속해왔다. 그녀가 쓴 거의 모든 시에서 어머니에 대한 슬픔이 묻어나는 것은 그래서 자연스러운 일이다.

*

트레서웨이가 발표한 세 권의 시집, 즉 『집안일』 『벨로크의 오필리아』 『네이티브 가드』에 수록된 어머니와 관련된 시들을 살펴보면, 프로이트가 「애도와 우울증」에서 말한 것과는 전혀 부합되지 않는 양상으로 애도가 전개되고 있음을 알

수 있다. 세월이 어지간히 흘렀건만, 시인은 여전히 어머니의 죽음으로부터 자유롭지 못한 것처럼, 아니 의도적으로 자유롭지 않으려 하는 것처럼 보인다. 이는 프로이트와 그를 따르는 정신분석학자들의 눈에는 애도작업의 실패로 보일 게 분명하다. 프로이트식으로 말하면, 트레서웨이의 시는 그녀가 "잃어버린 대상으로부터 리비도를 회수하라는 현실의 요구"를 따르지 못하고 여전히 그 대상에 리비도를 "투자"하고 있다는 징후를 곳곳에서 드러낸다. 그러나 이 실패는 어머니를 그리워하는 시인의 진정성을 보여준다는 측면에서 보면 실패가 아니라 오히려 성공이라고 봐야 한다. 데리다의 말을 다시 인용하자면, 바로 이것이 애도가 "성공하기 위해서는 실패해야, 그것도 '잘' 실패해야" 하는 이유다. 트레서웨이의 시는 끝이 없는 애도의 과정을, 아니 애도가 어떻게 실패하는지를 보여주는 좋은 예다. 그리고 그 실패에 그녀 시의 윤리성과 아름다움이 있다. 그것은 어머니가 죽으면서 생긴 어머니에 대한, 즉 타자에 대한 책임과 관련된 윤리성과 아름다움이다. 그녀에게는 어머니의 죽음이 어머니에 대한 책임의 출발이었다. 데리다의 말을 인용해 말하면, 그녀에게 어머니의 죽음은 "자신에 관해서나 자신을 위한" 것이 아니라 "타자에게서 유래하는" 책임의 시발점이었다. 바로 이런 이유에서, 세월이 많이 흘렀어도 여전히, 어머니를 묘지에 묻고 "등을 돌린" 자신의 비정한 모습을 가슴 아프게 돌이켜

보고 "죽은 사람들의 이름들 사이를 거닐면서" 비석을 세울
수 없는 죄의식을 안으로 잡아들이며 "어머니의 이름"을 "돌
베개"로 삼는 시인의 모습은 대단히 감동적이다.

우리가 그녀를 눕히는 내내 비가 내렸다.
우리가 그녀를 내려놓았을 때 교회부터 무덤까지 비가 내렸다.
공허한 소리를 내며 진흙이 우리의 발에 달라붙었다.

목사가 소리쳤을 때 나는 손을 올렸다.
그가 증인을 요구했을 때, 나는 손을 들었다……
죽음이 육신의 일을 멈추게 하고, 영혼이 동행자가 됩니다.

내가 떠나려고 돌아섰을 때 해가 나오더니
내가 돌아서서 떠날 때 나를 노려보았다……
어머니를 누운 자리에 두고 등을 돌리는 나를.

집으로 가는 길에는 구멍들이 패여 있었다
집으로 가는 길은 늘 구멍들로 가득하다
우리가 걸음을 늦춰도 세월의 바퀴는 여전히 구른다.
나는 지금, 죽은 사람들의 이름 사이를 거넌다
내 머리를 위한 돌베개, 내 어머니의 이름.

—「묘지 블루스Graveyard Blues」

피 이 세상에 없으니 그 대상에게 투자했던 "리비도를 회수해" 다른 대상에 재투자하는 "작업"을 끝없이 우리에게 처방하고 요구하기 때문이다. 어쩌면 더 끔찍한 것은 우리에게 늘, 죽음을 성공적으로 애도하고 미래를 향해 나아가기를 요구하는 사회인지 모른다. 결국 프로이트의 애도이론도 그의 독창적인 이론이나 가설이 아니라 사회의 요구와 기대를 집약해놓은 것에 지나지 않는다. 그러나 우리의 삶이 제아무리 이기적인 것이라 해도, 제아무리 자기중심적인 것이라 해도, 그렇게 폭력적인 죽음을 당한 어머니에 대한 애도에 어찌 끝이 있을 수 있을까. 어머니에게 "투자"했던 리비도, 즉 심리적 에너지를 어떻게 "회수"할 수 있을까. 트레서웨이의 시는 그러한 요구에 대한 저항이다. 그녀의 시가 웅변적으로 말해주고 있고, 데리다가 아름답게 표현했던 것처럼, 애도는 "끝이 없고, 위로할 수 없고, 화해할 수 없는" 것이어야 하는지 모른다.

이 시는 시인이 어머니를 아직도 잊지 못하고 있음을 확연히 드러낸다. 그래서 길에 패여 있던 구멍은 그녀가 집으로 가는 길을 순탄하지 못하게 만드는 현실 속의 구멍이기도 하지만, 궁극적으로는 그녀의 마음에 난 구멍이기도 하다. 후자의 의미에서, 구멍은 그녀의 어머니를 살아 있게 하려는 윤리의 구멍이다. 이런 점에서, 이 구멍은 아브라함과 토록이 말한, 사랑하는 사람을 잃은 상처를 "감추고, 안으로 들이기 위해" 마음속에 만드는 "토굴"에 해당한다. 그러니 프로이트의 이론을 따르자면, 이 구멍은 비정상적인 애도, 즉 우울증의 징후인 셈이다. 그러나 이 시를 비롯한 많은 시들이 우울증의 징후를 드러낼망정, 이 세상에 없는 사람에 대한 끝없는 사랑과 헌신을 여실히 보여주고 있다는 점에서, 그것은 버려야 할 것이 아니라 오히려 집착해야 하는 우울증의 징후일 것이다.

이렇듯 트레서웨이의 시는 우리에게 프로이트의 "애도 작업"은 성공적으로 완수해야 하는 "작업"이 아니라 끝없이 계속돼야 하는, 어쩌면 자신이 죽을 때까지 계속돼야 하는, 아니 (이것이 가능하다면) 죽어서도 계속돼야 하는 슬픔과 통곡과 그리움의 여정이라는 걸 아름답게 보여준다. 이런 의미에서 보면, 데리다의 말처럼 프로이트의 "애도 작업"이라는 말은 "혼란스럽고 끔찍한 표현"이 아닐 수 없다. 아니, 잔인한 말이기까지 하다. "잃어버린 대상"은 어차

애도예찬

초판 1쇄 펴낸날 2012년 5월 10일

지은이 왕은철
펴낸이 양숙진

펴낸곳 (주)현대문학
등록번호 제1-452호
주소 137-905 서울시 서초구 잠원동 41-10
전화 02-2017-0280
팩스 02-516-5433
홈페이지 www.hdmh.co.kr

ISBN 978-89-7275-609-5 03810

* 책 값은 뒤표지에 있습니다.